고려태조 왕건 1

천하대란

고려태조 왕건 _ 1권 천하대란

초판 1쇄 발행 2016년 2월 11일

지은이 김성한
펴낸이 노미영

펴낸곳 산천재(공급처 : 마고북스)
등록 2012. 4. 19.
주소 서울시 마포구 월드컵북로 5길 48-9(서교동)
전화 02-523-3123 팩스 02-523-3187
이메일 magobooks@naver.com

ISBN 978-89-90496-86-7 04810
ISBN 978-89-90496-85-0(세트)

고려태조 왕건

천하대란

王建

I

김성한
역사소설

산천재

■ 신라말·고려초 전란 관계 지도

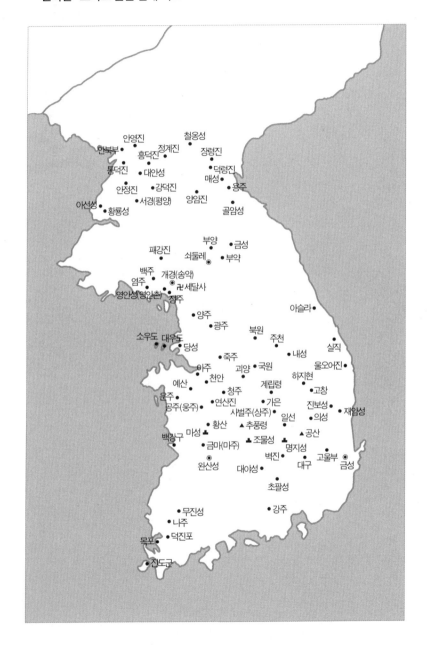

고려태조 왕건_1권 천하대란

차례

■ 이 작품은 1980년대 초 '왕건' 제하로 삼 년에 걸쳐 동아일보에 연재되었다. 1982년 같은 제목의 단행본으로 출간되었고(전6권, 동아일보사) 그 후에도 판을 거듭하여 나왔다.

■ 이 책은 마지막 판인 《고려태조 왕건》(전6권, 행림출판, 1999년)의 오탈자 등을 바로잡아 다섯 권으로 다시 편집한 것이다.

남으로, 북으로

북궁장공주(北宮長公主)가 신라의 제51대 임금(眞聖女王, 진성여왕)으로 등극한 887년 가을.

스물한 살의 견훤(甄萱)은 핫바지 청년들의 대열에 끼어 서울 금성(金城, 경북 경주)으로 가는 길이었다. 하나같이 누더기를 걸치고 괴나리봇짐을 걸머진 일행은 땟국이 흐르는 얼굴에 두 눈만 번들거렸다. 대개 헐수 할 수 없는 머슴 아니면 건달이라 입에 풀칠할 걱정을 면하기 위해서 병정에 응모한 것이다.

그는 철이 들면서부터 고향 사벌주 가은 고을(沙伐州加恩縣 , 경북 문경시 가은읍)에서 아버지 아자개(阿慈介)를 따라 농사를 지었다. 지어야 별수 없는 것이 농사였다. 가뭄, 장마, 병충해, 부역에 세금 – 만만한 것이 농사꾼이라 하늘이고 관원들이고 무시로 들볶아댔다.

더러워서 이 노릇 못해 먹겠다 – 머리가 크면서 아버지와 자주 싸웠다. 농사꾼이 농사를 안 지으면 무얼 할 작정이냐, 그때마다 아버지는 몽둥이로 두드려 팼다. 두들겨 팰 뿐 아니라 한번은 그냥 흘려버릴 수 없는 욕설을 퍼부었다.

"들거라 이눔아, 우린 망국민(亡國民)이다. 백제가 망하고 떠돌이 신세가 된 조상들이 대대루 거렁뱅이를 하다가 니이 할배 대에 그나마 이 터전을 마련했단 말이다. 벼룩이 뛰어야 한 치라구, 망국민이 어쩔 것이여!"

다만 이 집안에는 남다른 점이 하나 있었다. 아버지도 그렇고 자기들 형제와, 하나 있는 누이동생까지 모두 몸집이 크고 건장했다. 집안에서는 병이라는 것을 도시 몰랐다.

그중에서도 자기는 육 척 거구에 힘이 넘쳐흘러 남들이 장사라고 불렀다. 작년 겨울, 산에 나무하러 갔다가 별안간 멧돼지와 딱 마주쳤다. 함께 갔던 친구는 오금을 못 펴고 그만 풀썩 주저앉고 말았는데, 들고 있던 도끼로 달려드는 멧돼지의 양미간을 냅다 쳤더니 단방에 나가 떨어졌다. 온 동네가 떠들썩하고 항우(項羽)도 견훤은 못 당하겠다고 칭송이 자자했다.

그러나저러나 이 시골은 쩨쩨하고 답답해서 틀렸다. 빠져나갈 궁리를 하고 있는데 지난여름, 관원들이 고을을 돌아다니며 병정을 모집했다.

서울 구경도 시켜 준다는 바람에 생각할 것도 없이 가겠다고 나섰다. 잔소리가 나올 것이 뻔하기에 가족들에게도 알리지 않았다.

떠나는 날 아침 봇짐을 걸머지고 신발 끈을 매는데 아버지가 툇마루에 나서서 어디 가느냐고 물었다. 병정 간다고 한마디 내뱉고 돌아서는데 욕설이 뒤따라왔다.

"니 같은 건달자슥은 병정이 알맞다. 그렇다구 칵 뎌지지는 말거레이."

병정 가겠다는 사람이 귀한 모양이었다. 이 고을 저 고을 들러 한두 사람씩 긁어모아 가지고 서울에 들어온 것은 팔월 말이었다.

도중에서 스물을 몇 해 안 넘긴 임금이 죽고 그의 누이동생이 등극했다는 소식이 들렸다. 엎어지건 자빠지건 상관할 것도 없고 그럴 힘도 없었으나 벌써 삼대째 삼십을 못 넘기고 죽은 끝에 이제 가시내 임금이라? 돌아가는 꼴이 수상쩍었다.

서울은 듣던 것보다도 요란했다. 십칠만 팔천 호도 넘는다는데 초가는 하나 없고 모두 기와집이었다. 대궐은 물론이고 세도가들의 거창한 저택에는 채색 옷으로 단장한 파수병들이 서성거리고 비단 옷자락을 바람에 나부끼며 마차를 달리는 남녀의 모습도 신기했다.

그러나 신기한 것은 그것뿐이 아니었다.

며칠을 두고 눈여겨보아도 집집마다 굴뚝은 있는데 연기는 나지 않았다. 신기해서 군관에게 물었다.

"서울 사람들 밥은 안 짓는교?"

"왜?"

"연기 나는 굴뚝이 없네요."

"임마, 나무를 때서 더럽게 연기를 내는 건 천한 촌놈들이나 하는 짓이구 서울 양반들은 숯으루 밥을 짓는다, 알았어?"

난생처음으로 흰쌀밥이라는 것도 먹어 보았다. 콩을 섞은 조밥이나 보리밥과는 댈 것도 아니었다.

군복으로 갈아입고는 부처님 앞에 서원(誓願)을 드린다고 황룡사(皇龍寺)에 갔다. 둘러친 담벼락만 보아도 어마어마한 절간이었다.

문전에는 말도 십여 필, 가마도 십여 채가 있었다. 앞장서 가던 군관이 돌아서서 대열을 세웠다.

"귀하신 분들이 불공을 드리시는 중이다. 끝날 때까지 여기서 조용히 기다리는 거다."

안장이며 가마며 금은으로 장식했을 뿐 아니라 아주 근사한 향기마저 풍겼다. 병정들은 입을 헤벌리고 구경하는데 가마 옆에서 하품하던 교꾼(가마를 메는 사람) 녀석이 한말씀 했다.

"보아하니 서울은 처음이로구나. 느으들 이게 무슨 나문지 알아?"

그는 가마의 멜대를 한 손으로 툭툭 치면서 물었다. 모두들 기가 죽어 대꾸할 엄두도 못 내는데 견훤이 나섰다.

"모르오."

"그럴 거다. 이건 점성국(占城國, 중부 베트남)에서 무역해 들여온 침향목(沈香木)이다. 향기가 좋지?"

교꾼은 대답을 기다리지 않고 조금 떨어져 나무에 고삐를 매인 말을 가리켰다.

"저 안장은 자단(紫檀)이다. 사파국(闍波國, 자바)에서 들여온 것이구."

몇몇 병정은 듣지도 못하던 아득한 나라의 이름에 얼빠진 양 한숨을 내쉬었다.

"헤에ㅡ."

녀석은 신이 나서 촌놈들의 혼을 아주 잡아 빼려고 들었다. 힐끗 곁눈질을 하고는 가마 안에서 옥을 박은 빗을 하나 꺼내 들었다.

"이건 우리 마님이 쓰시는 거다. 여기 박은 이 옥은 슬슬(瑟瑟, 에머럴드)이라구 하는데 말이야, 수십만 리, 아니 수백만 리 떨어진 석국(石國, 타시켄트)에서 왔다."

"헤에ㅡ."

녀석은 빗을 도로 넣고 이번에는 묘하게 생긴 보시기를 하나 꺼내 높이 쳐들었다.

"이건 마님께서 물을 드시는 건데 유리(琉璃) 그릇이다. 이것두 석국

만큼 먼 파사국(波斯國, 이란)에서 온 거다."

"헤에-."

"느으들, 이따 우리 마님 나오실 때 눈여겨봐 둬. 입으신 비단 옷은 당나라에서 온 거구, 목도리는 공작모(孔雀毛)하구 비취모(翡翠毛)로 수 놓은 건데 진랍국(眞臘國, 캄보디아)에서 들어온 거다."

"헤에-."

"남바위에 박은 건 대모(玳瑁)라고 하는데 발니국(勃泥國, 보르네오)에 서 잡히는 거북의 껍질루 만든 거다, 느으들."

"헤에-."

산문이 떠들썩하고 높은 사람들이 나오는 바람에 교꾼은 놀라 가마 옆에 대령하고 병정들은 한쪽 구석에 몰려서서 숨을 죽이고 바라보았다.

교꾼의 이야기에 이미 기가 죽은 청년들은 휘황찬란한 그들의 차림새에 더욱 기가 질려 무어가 무언지 눈여겨볼 경황도 없었고 엄두도 못 냈다.

말 탄 사람, 가마 탄 사람들이 사라진 후 군관을 따라 절간에 들어선 그들은 저마다 코를 벌름거렸다. 향 냄새가 틀림없는데 시골에서 제사 때 쓰던 것과는 딴판이고, 아까 교꾼이 주워섬기던 나무의 향기와도 달랐다.

대웅전에 들어서자 향기는 더욱 짙어지고 벌름거리던 코들은 하나 둘 킁킁대기 시작했다. 부처님 앞에 줄을 지어 무릎을 꿇고 앉아 오십 개의 코들은 제멋대로, 그것도 쉬지 않고 킁킁거렸다.

"왜 이 야단들이야?"

군관은 불단 옆, 평상에 앉으면서 역정을 냈다. 그러나 아무도 대답하는 사람이 없고 킁킁 소리도 멎지 않았다.

"왜들 코를 씰룩거리느냐 말이다!"

여전히 응대가 없자 군관은 견훤을 손가락으로 가리켰다.

"너, 제일 덩치 큰 애, 말해 봐."

"향기가 이상해서 그럽니다."

견훤이 대답하자 군관은 씩 웃고 나서 정색을 했다.

"창피해서 너희들을 못 데리구 댕기겠다. 여기서 피우는 향은 말이다
……."

그는 불단의 향로를 가리키며 말을 이었다.

"대식국(大食國, 아라비아)의 심산유곡에서 나오는 것으로 유향(乳香)
이라고 한다. 유향, 알았지?"

그는 좌중을 한 바퀴 훑어보고 엉덩이를 쳐들었다.

"기왕 말이 나왔으니 이것두 알아 둬. 이건 파사국에서 온 것인데 양
털과 갖가지 털을 섞어 짠 희귀한 물건이다."

그는 평상에 깐 융단을 놓고 장황하게 설명했다.

"이름은 뭐라구 합니까?"

견훤이 물었다.

"탑등(毾㲪)이라구 한다."

그는 일어서서 뒷짐을 짚고 헛기침을 했다.

"곧 스님들이 나오실 터인즉 조용히 마음을 가라앉힐 것이며, 스님들
이 경을 읽으시는 동안에는 마음속으로 호국안민(護國安民)을 부처님께
맹세하고 염원하는 것이다. 더 이상 코를 씰룩거리는 자는 그냥 두지 않
는다."

늙은 중, 젊은 중, 열 명 가까운 스님들이 몰려들어와 불단 바로 밑에
정좌하고 목탁을 두드리며 경을 읽어 내려갔다.

고향을 떠나던 날부터 여태까지 귀가 따갑도록 들어온 것이 호국안

민이다. 견훤은 호국안민은 제쳐놓고 스님들의 모습을 지켜보았다. 목탁 소리며 경을 읽는 소리며 헛갈리지 않고 맞아떨어지는 것이 시골 중들과는 댈 것도 아니었다. 구성진 목소리마저 역시 서울 스님들은 다르다는 생각이 들었다.

생김새도 같지 않았다. 시골 중들은 얼굴이 까맣게 타고 밭일에 열 손가락이 닳아 농사꾼의 손과 다를 것이 없었다. 그런데 이 스님들은 하얀 얼굴에 기름이 흐르고 두 손은 여자의 손길같이 부드러웠다.

독경이 끝나자 늙은 스님의 말씀이 있었다. 병정에 나가는 것은 백성 된 도리일 뿐더러 부처님이 기뻐하시는 일이라 죽는 날은 극락에 왕생하는 날이라고 단언했다. 근사한 풍채에 조리 있게 엮어 내려가는 그의 한마디 한마디는 사람의 마음을 잡아끄는 힘이 있었고, 지금 당장 죽어도 아까울 것이 없을 듯했다.

그가 말씀을 마치고 다른 스님들과 함께 옆문으로 사라진 연후에도 물을 끼얹은 듯 조용하고 코를 씰룩거리는 자도, 헛기침을 하는 자도 없었다.

견훤은 여태까지 스님이라는 것은 허튼소리를 해 대고 공밥을 얻어먹는 인간들로 생각했으나 역시 있을 만해서 있는 사람들이라는 생각이 들었다.

"듣거라!"

다음 날 아침 군관은 병정들을 모아 놓고 목청을 가다듬었다.

"너희들, 이 열흘 동안 서울 구경을 잘 했지? 세상에 태어나서 백 리 밖에도 못 나가 보고 저승으로 가는 사람들이 태반인데 먼 고장 산간벽지에서 장성한 너희들이 서울 구경이 어디냐! 이것은 한마디로 폐하의 망극하신 은덕인즉 가슴에 새기고 충성을 다하는 거다."

그는 엄숙한 얼굴로 대열을 훑어보았다. 견훤은 다른 것은 그럭저럭 알 만한데 걸핏하면 군관의 입에서 튀어나오는 은덕이라는 대목만은 알쏭달쏭했다. 군복을 주면서도 은덕, 밥을 먹는 것도 은덕, 은덕 아닌 것이 별로 없었다.

은덕이라도 좋고 아니라도 무방한데 그냥 이 서울에 두는 것인지 어느 먼 고장으로 보내는 것인지 여태 한마디도 없었다. 모두들 궁금했으나 주눅이 든 처지라 감히 물어보지 못하고 뒤에서 자기들끼리 쑥덕공론으로 지새웠다. 대개는 이 찬란한 서울에 남게 될 것을 기대하고 날이 갈수록 기대는 현실과 혼동되어 남게 된다고 단언하는 자가 속출했다. 그러나 간밤에는 타고난 것이 개 팔자인데 분수에 없는 생심은 내는 것이 아니라고 한마디 내뱉는 자도 나타났다.

"우리들은 장차 어디로 갑니까?"

견훤은 용기를 내어 물었다. 군관은 엄숙하던 얼굴을 일그러뜨리고 씽긋 웃으면서 둘러보았다.

"너희들 이대로 서울에 있고 싶지?"

"네에ㅡ."

오십 개의 입에서는 약속이라도 한 듯 생기 있는 대답이 터져 나왔다. 그러나 군관은 단박 안색이 달라지면서 두 눈을 부라렸다.

"에익! 폐하의 군복을 입은 자들이 싸울 생각은 않고 초장부터 호사를 하겠다는 건 도대체 뭐야, 응? 돼먹지 않았다."

병정들은 기가 죽고 군관은 연거푸 헛기침을 한 연후에 계속했다.

"너희들은 서남해(西南海, 전라남도 서해안 지방)로 간다. 지금 당나라 해적들이 걸핏하면 우리 땅에 올라와서 남녀를 가리지 않고 붙들어다 자기네 본토에 끌고 가서는 종으로 팔아 치운단 말이다. 우리는 이놈들을 무찌르는 거다."

동쪽 끝에서 서쪽 끝으로 끌려갔다가 자칫하면 물귀신이 될 판국이다. 견훤은 이백 년 전에 망했다는 조상의 나라에 대해서 대충 이야기는 들었다. 간혹 억울하게 망했다고 흥분하는 사람도 있었으나 폐일언하고 못나게 놀았으니 망했으려니 생각했고, 따라서 애착도 없었는데 이런 식으로 그 땅을 밟게 될 줄은 몰랐다.

그렇다고 별다른 감회가 있는 것은 아니었다. 병정들 사이에서는 실망의 한숨이 새어 나왔으나 그는 아무렇지도 않았다. 이러나저러나 별수 없는 인생이 나 견훤이다. 될 대로 돼라.

"내일은 길을 떠날 터인즉 오늘 하루는 너희들 마음대로 보내라. 피곤한 자는 자빠져 자도 좋고 구경하고 싶은 자는 어디든 마음대로 구경해라. 그 대신 해가 지기까지 안 돌아오는 자는 군률로 다스린다."

마음대로 다니라는 바람에 신은 났으나 시골에서 갓 나온 청년들은 혼자 다니는 것이 겁이 났다. 십여 명씩 떼를 지어 입을 헤벌리고 두리번거리며 걸었다.

견훤도 여러 친구들과 어울려 모기내를 따라 걷다가 재매정댁(財買井宅) 앞에서 발을 멈췄다. 옛날 김유신 장군이 살던 집, 지금도 그 후손들이 살고 있다는 것이다.

대단한 집이었다. 몇 천 평이나 될까, 높다란 울타리 너머로 여러 채의 기와지붕과 부채 모양으로 퍼진 노송(老松)들이 보였다. 문전에는 초병들이 서성거리고 들리는 이야기로는 말도 수십 필, 종도 수십 명이라고 했다.

이 집안도 권력 싸움에 휘말려 성쇠가 있기는 했으나 망하지 않고 지금까지 내려왔다는 이야기다. 견훤은 가은 고을의 찌그러든 집과 그 집을 뛰쳐나온 자기의 초라한 신세를 생각하면서 다시 한 번 노송을 넘겨다보았다. 대단한 인물이었다는 김유신, 소나무마저 근사하게 보였다.

역시 중요한 것은 팔자였다. 김유신이 타고난 팔자와 이 견훤이 타고

난 팔자. 도시 이 견훤에게 팔자라는 것이 있느냐 말이다. 망해 버린 나라의 거렁뱅이 자식에게 말이다.

다시 발을 옮겨 대궐 쪽으로 어슬렁어슬렁 떼를 지어 가는데 앞에서 낯선 군관이 달려왔다.

"뭣 하는 병정들이냐?"

그는 말을 멈춰 세우고 물었다. 굽신거리기만 하고 아무도 대답을 못 하기에 견훤이 나섰다.

"내일 서남해로 떠나는 병정들이올시다."

"으 – 음. 폐하께서 포석정(鮑石亭)으로 들놀이 행차시다. 곧 당도하실 터이니 줄을 지어 서서 군례(軍禮)를 올리는 거다. 알았지?"

군관은 대답도 기다리지 않고 가 버렸다. 견훤은 가슴이 덜컥 했다. 우선 폐하를 두 눈으로 직접 본다는 것도 엄청난 일이고, 군례라는 것을 어떻게 올리는 것인지 막막했다.

다른 병정들도 다를 것이 없었다. 며칠 전에 핫바지를 군복으로 갈아입었을 뿐 칼 한 번 잡아 본 일이 없고 군례라는 것은 들어 본 일도 없었다. 폐하의 행차에 섣부른 일이라도 생기는 날은 죽는 날이라 모두들 찍소리 못하고 웅크리고 서 있었다.

"이러지들 말구 일찌감치 내빼자!"

견훤은 한마디 외치고 발길을 돌려 오던 길을 뛰기 시작했다. 일행 십여 명은 앞을 다투어 그의 뒤를 따랐다.

"무슨 짓들이냐!"

모기내 다리까지 갔던 아까 군관이 말 머리를 돌려 달려왔다.

"무슨 짓들이냐 말이다!"

모두 숨을 헐떡이며 대답을 못하자 군관은 말에서 내려 맨 앞에 선 견훤의 멱살을 잡고 다그쳤다.

"말씀드리겠습니다."

키 큰 견훤은 한숨 돌리고 어깨밖에 안 닿는 군관을 내려다보며 말을 이었다.

"군례라는 걸 배우지 못했습니다."

군관은 잡았던 멱살을 놓았다.

"군례라는 것은 말이다. 이렇게 한쪽 무릎을 꿇고 한쪽 다리는 뒤로 ……. 어어 안 되겠다. 벌써 오신다. 할 수 없지, 이 길 옆에 두 무릎을 꿇고 머리를 숙여라."

그들은 재매정댁 담 밑에 한 줄로 무릎을 꿇고 앉았다.

십여 기의 기마병들이 깃발을 날리며 지나가고 이어서 쌍두마차가 서서히 다가왔다. 견훤은 앞뒤로 기마병들의 호위를 받으며 마차에 단정히 앉은 남녀를 바라보았다 임금 내외분인 모양이다. 자세히 뜯어보려는데 군관이 그의 머리를 쥐어박았다.

"대가릴 숙이라니까."

깜빡 잊었구나. 그는 시키는 대로 머리를 숙였다.

바람결에 향기가 풍겨오고 갈수록 더욱 짙어졌다. 그런데 마차는 그들 앞에 이르자 소리 없이 멈춰 섰다.

아뿔싸, 숙이라는 머리를 쳐든 것이 잘못된 것이 아닐까, 견훤은 으스스했다.

"어찌 된 사람들이오?"

머리 위에서 젊은 여자의 목소리가 울렸다.

"저어, 저어 성상폐하 내일……."

군관은 당황해서 말을 더듬다가 허리를 구부리고 견훤에게 속삭였다.

"어디루 간댔지?"

"서남해요."

견훤이 머리를 숙인 채 나지막이 대답하자 이번에는 더듬지 않고 엮어 내려갔다.

"내일 서남해로 떠나는 병정들인데 예를 가리지 못하는 어리석은 자들이라 이렇게 잠시 앉혀 놓았습니다."

"저런, 병정들은 나라의 보배인데 그래서야 쓰겠소? 너희들 모두 일어서라."

꿇어앉았던 병정들은 떨리는 다리를 가누면서 일어서기는 했으나 머리는 감히 쳐들지 못했다. 그러나 견훤은 또 머리를 숙이는 것을 깜빡 잊고 마차에 앉은 여왕을 물끄러미 바라보았다. 후리후리한 키에 갸름한 얼굴, 두 눈이 유난히 맑아 보였다. 아무것도 유별난 것은 없었다. 임금이라면 보통사람과는 다를 것이 뻔한데 옷이 유별날 뿐이지 못생긴 얼굴은 아니었으나 그보다 잘생긴 얼굴도 서울바닥에서 가끔 보았다.

자기와 마찬가지로 스물을 갓 넘었다는데 오히려 앳되게 보이고……, 그 옆에 앉은 남편도 장중한 체구에 무게가 있어 보이기는 했지만 유별난 데는 없고……, 열심히 두 눈을 굴려 유별난 대목을 찾는데 옆에 선 군관이 옆구리를 찌르고 속삭였다.

"머릴 숙여!"

아차, 또 실수를 했구나. 머리를 숙이는데 여왕의 음성이 울렸다.

"그 병정 어디서 왔지?"

머리를 숙인 병정들은 대답이 없고 군관은 다시 견훤의 옆구리를 찔렀다.

"너 말이다."

"네, 사벌주 가은 고을에서 왔습니다."

이번에는 단단히 마음먹고 머리를 숙인 채 대답했다. 머리를 쳐든 죄가 심상치 않은 것 같다.

"이름이 무엇이구?"

"견훤이올시다."

"머리를 들어라."

아무래도 머리 때문에 탈이 나는가 보다. 견훤은 할 수 없이 머리를 쳐들었으나 여왕을 똑바로 보지는 않았다.

"너같이 장대한 체구는 처음 보겠다. 서남해로 가거든 용감히 싸워 훌륭한 병정이 돼라."

"네."

"일행은 몇 명이냐?"

"오십 명이올시다."

여왕은 고개를 끄덕이고 군관을 손짓으로 불러 무어라고 몇 마디 남기고 가 버렸다. 병정들 속에서는 저절로 한숨이 터져 나오고 군관은 목청을 높였다.

"너희들, 참으로 일생일대의 영광이다. 특히 너, 견훤이랬지? 폐하께서 그것도 지척에서 말씀이 계셨으니 이건 정말이지 예삿일이 아니다."

"……."

"그뿐인 줄 아느냐? 오늘 너희들 장막에 돼지를 한 마리 보내라는 고마우신 말씀이 계셨다. 뼈가 으스러지도록 충성을 다해도 이 성은에는 보답을 못할 게다."

"……."

"어서들 가 봐."

군관은 말에 올라 대궐을 향해 달리고 병정들은 얼빠진 양 움직일 줄을 몰랐다.

"폐하를 뵈었으니 그 이상 볼 게 뭐냐? 장막으로 돌아가자."

누가 한마디 하자 모두들 축 늘어져 모기내 건너 장막으로 걷기 시작
했다.

산 돼지를 한 마리 끌고 오는 줄 알았더니 그게 아니었다. 내장을 빼
고 통째로 구웠는데 어떻게 양념을 했는지 입 속에서 슬슬 녹는다고들
했다. 술도 한 통 따라 왔는데 시골에서 마시던 소주와는 댈 것도 아니
었다.

군관은 되풀이해서 폐하의 은덕을 쳐들고, 병정들은 폐하의 잘생긴
얼굴에 대해서 한마디씩 하는 것을 잊지 않았다.

"그 둥그신 얼굴은 정말이지 보름달 같더라."

"내 눈에는 국화꽃 같더라."

"그렇게 잘생긴 분이 또 이 세상에 있을까?"

"인자하시구 자상하시구."

견훤은 돼지고기를 씹으면서 귀를 기울였다. 보름달이구 국화꽃이
구, 이것들 곁눈으로도 쳐다보지 못한 것이 분명했다. 같이 살아 보기라
도 한 듯이 인자하시구 자상하시구는 또 뭐야?

그런데 군관은 한 술 더 떴다.

"너희들 우리 폐하같이 총명하신 분은 세상에 둘도 안 계신다. 적어
도 십 년 앞은 내다보신단 말이다."

"십 년 앞을요?"

병정들은 감격했다.

"고럼."

군관은 단언했다.

"어쩐지 얼굴만 보아도 총명기가 철철 흐르시더라."

한 병정이 맞장구를 치자 군관은 눈을 부릅떴다.

"너희들 말버릇 못쓰겠다. 폐하의 얼굴은 얼굴이 아니고 용안이시

다. 한 번씩 해 봐."

"용안."

"용안."

"……"

병정들은 저마다 한마디씩 되뇌었다. 견훤은 얼굴이건 용안이건 상관할 바 아니었다. 남들이 하는 대로 '용안'을 한 번 외고 궁금한 것을 물었다.

"폐하의 서방은 누굽니까?"

"허어, 큰일 났군. 서방이 아니구 부군(夫君)이라고 한다. 모두들 해봐."

또 오십 개의 입에서 '부군'이 한 번씩 튀어나온 연후에 군관은 술을 한 잔 들이켜고 좌중을 둘러보았다.

"그분은 말이다……"

그는 안주를 씹으면서 말을 이었다.

"함자를 김위홍(金魏弘)이라구 하시는데 돌아가신 경문대왕(景文大王)의 아우 되시는 분으로 전에 상대등(上大等, 국무총리)까지 지내신 어른이시다. 지금 성상폐하께서는 경문대왕의 따님이시니 바로 숙부가 되신다."

그는 또 술을 찔끔 마시고 계속했다.

"이와 같이 고귀하실뿐더러 학덕(學德)이 높으신 데다가 향가(鄕歌)에도 조예가 깊으시다."

군관이 목에 힘을 주어 말하는 품으로 보아 대단한 인물이라는 것은 짐작이 갔다. 그러나 '용안'과 '부군'에서 시작하여 '고귀', '학덕', '향가', '조예'에 이르기까지 문자를 쓰는 바람에 알맹이는 알 길이 없었다.

군관은 일어섰다.

"나는 물러갈 터이니 너희들 양껏 마시고 잘 놀아라. 되풀이하거니와 오늘 밤 먹은 돼지고기, 이 은덕은 가슴 깊이 아로새겨야 한다."

군관이 물러간 후 병정들은 왁자지껄 떠들었으나 대식가인 견훤은 쉬지 않고 먹고 마셨다. 나 같은 인생에 이런 고기와 술은 처음이자 마지막일 것이다.

돼지는 돼지라도 임금이 내리신 유별난 돼지라, 저마다 임금과 돼지를 입에 올리고, 구구절절이 인자하신 임금의 은덕과 입속에서 슬슬 녹는 고기를 칭송하여 마지않았다.

바로 옆에 앉은 병정은 쉬지 않고 입을 놀렸다. 전에 서울에 산 일이 있다는 이 사나이는 글도 셈자(數字) 정도는 아는 모양이었고 이 세상일 치고 모르는 것이 없었다.

지나간 신라 왕실의 내력을 경이라도 외듯 엮어 내려가는가 하면 앞날에 대해서도 그럴싸하게 내다보았다.

"느그들도 알겠지만 우리 신라는 여왕이 계실 때 오르막길을 잡았단 말이다. 선덕(善德) 진덕(眞德) 두 분 여왕 때에 어땠어? 오르막길을 잡았지. 그리구선 무열(武烈) 문무(文武) 두 분 임금 때에 천하를 통일하잖았느냐 말이다. 지금 천하에 절색이신 성상폐하의 치하에서 다시 한 번 오르막길을 잡고 다음 대에 크게 흥성하게 돼 있다, 이 말이다."

"그럴 거야."

몇 녀석이 맞장구를 치자 한 녀석은 감격 어린 목소리로 한마디 했다.

"이렇게 돼지를 내리시는 것만 보아도 알조지."

그렇다고 모두 장단이 맞는 것은 아니었다. 혀 꼬부랑 소리로 빼딱하게 나오는 녀석도 있었다.

"앞날을 니가 어떻게 알아?"

그러나 서울 친구는 조목조목 따지고 드는데 들고 보니 그럴듯했다.

"지금 폐하께서 인자하시구 자상하신 건 틀림없지?"

아무도 그렇지 않다는 사람은 없었다. 서울 친구는 잠자코 있는 좌중을 훑어보고 말을 이었다.

"두 분 사이에는 아드님이 한 분 계신데 이 분이 영특하기 그지없으시단 말이다. 인자하신 모왕께서 백성의 마음을 잡으시구, 영특하신 아드님이 뒤를 이어 냅다 밀고 나가시면 안 될 일이 뭐가 있어? 있으면 말해 봐."

잠자코 돼지 갈비를 뜯던 견훤도 그럴싸한 이야기라고 생각했다.

그런데 구석에 앉은 새까만 녀석이 딸꾹질을 하다가 큰소리를 쳤다.

"헉, 어-취한다. 얘, 그 영특하다는 애, 몇 살이구 이름은 뭐야?"

좌중은 긴장하고 서울 친구는 그를 노려보았다.

"뭐? 이제 네 모가지는 달아난 모가지다."

그러나 새까만 녀석은 히죽 웃었다.

"히이, 이렇게 돼지까지 주시는 인자하신 분이 설마 사람의 모가지를 자를라구."

"넌 사람두 아니다."

공기가 이상하게 돌아가자 같은 마을에서 왔다는 녀석이 새까만 친구를 끌고 밖으로 나갔다. 서울 친구는 사발술을 들이켜고 주먹으로 상을 내리갈겼다.

"느그들 촌놈들은 무엄한 데다가 무식해서 모가지가 열 개 있어두 모자라겠다. 지금부터 깨우쳐 줄 터인즉 귀청을 파내구 잘 들거라."

그는 또 주먹으로 식탁을 내리치고 입에 거품을 물었다.

"모가지를 다치지 않으려면 말이다. 귀하신 분에게는 경어를 써야 한다는 것조차 모르는 이 등신들아, 으-홍, 어-취한다……. 어디까지 얘기했더라? …… 응 그렇지, 두 분의 아드님은 함자를 가만있자, 귀하신 분은 이름이라 안 하구 함자라구 한다, 이것두 알아 둬. 함자를 양패 (良貝)라 하시고, 춘추는 두 살이시다……. 춘추, 춘추라는 건 어 - 취한다."

그는 상 위에 고꾸라졌다.

견훤은 그의 덜미를 잡아 끌어다 구석에 내동댕이치고 한 대 짓밟아 주려다 그만두고 자리에 돌아왔다.

귀한 음식이라 한바탕 소동이 벌어진 연후에도 그들은 남은 것을 말 끔히 치우고 잠깐 눈을 붙였다가 동이 트자 서남해로 떠났다.

견훤이 병정들의 대오에 끼어 서남해 먼 길을 떠날 무렵.

죽주(竹州, 경기도 죽산), 궁예(弓裔)의 집에서는 한바탕 소동이 벌어졌다. 궁예가 같은 또래의 아이, 그것도 둘이나 다리를 분질러 놓고 산으로 뛰었다는 것이다.

"애꾸놈의 새끼를 당장 내놓아요!"

몽둥이를 든 동네 청년들이 몰려와 고함을 질러 댔다. 산으로 뛰었다면서 당장 내놓으라니 그렇게 난감할 수가 없었다. 또 남의 다리를 분질렀다니, 그것도 동네에서 내로라하는 두 집 아이의 다리를 한꺼번에 분질러 놓았으니 그냥 넘어갈 수 있는 일이 아니었다.

궁예의 싸움질은 어제 오늘에 시작된 것이 아니다. 말귀를 알아들으면서부터 '애꾸'라는 한마디가 나오기만 하면 무사할 수 없었다. 약한 상대는 짓밟아 놓고, 강한 상대에게는 얻어터지면서 줄기차게 계속 대들면서 열일곱 살 된 오늘에 이르렀다.

'돌'이라는 이름이 있기는 했으나 그것은 어느 옛날에 없어진 것이나 다름없이 애꾸로 통했다.

짓궂은 아이들은 거꾸로 불러 '꾸애'라 하고 약간 초를 쳐서 '꿍애', 심지어 '꿍앵'이라고도 했다.

며칠 전의 일이다. 역시 애꾸 문제로 길바닥에서 여러 아이들을 상대로 치고받고 대판 싸움이 벌어졌는데 지나가던 젊은 중이 끼어들었다. 자초지종을 듣고 난 중은 종이에 '弓裔'라고 두 글자를 적어 주면서 이렇게 말했다.

"화해는 붙이고 싸움은 말리라고 했겠다. 너희들 양쪽이 두루 다 좋도록 이제부터는 이렇게 부르는 것이 좋겠다."

피차 까막눈들이라 읽어 달라고 했다.

"궁예, 알았지? 궁예다."

중은 씽긋 웃으면서 멍청하니 서 있는 아이들을 둘러보았다. 가만있자, '궁예'라면 '꿍애'를 약간 배틀어 놓은 것이 아닌가. 그는 다짜고짜 젊은 중의 멱살을 잡고 한 대 들이받았다. 불의의 습격을 받은 중은 뒤로 자빠지고 걸망에서 시주를 받은 쌀이 길바닥에 쏟아져 흩어졌다.

아이들이 달려들고 중도 일어서 합세하는 바람에 죽신하게 짓밟히고 돌아와 몸져누웠다. 며칠 동안 열이 오르고 헛소리를 지르고 맥을 못 추더니 오늘 아침에 털고 일어났다. 그러나저러나 이 통에 그는 '궁예'로 굳어지고 말았다.

조반을 마치고 슬그머니 나가더니 이런 사고를 저지른 것이다.

어머니는 마당에 나가 청년들 앞에 무릎을 꿇고 두 손을 합장하고 수없이 머리를 숙였다.

"제발 용서해 주시오. 아이구 이 못된 것이……."

"이게 빈다고 될 일이야? 남의 다리를 분질렀으면 고쳐 주든지 자기 다리도 분지르든지 양단간에 결말이 있어야 할 게 아니야?"

품팔이로 겨우 입에 풀칠을 하는 처지에 부러진 다리를 둘씩이나 고쳐 준다는 것은 엄두도 못 낼 일이었다. 어머니는 연거푸 머리를 조아릴 뿐 할 말이 없었다.

"홀어머니 밑에서 자란 후레자식이 별수 있어?"

"그눔의 애꾸가 이 동네에 나타난 후부터 바람 잘 날이 없단 말이다."

"당장 이 동넬 떠날 테야, 안 떠날 테야?"

"이눔의 집, 불을 질러 버릴까 부다."

한 녀석이 부엌으로 들어가고 다른 녀석들은 손에 든 몽둥이로 벽과 지붕을 쑤셔 대는 품이 정말 작살을 내고 불을 지를 모양이었다.

방 하나, 부엌 하나의 쓰러지는 초가였으나 그들에게는 전 재산이었다. 마당에 무릎을 꿇은 어머니는 머리를 떨어뜨리고 눈물을 삼켰다.

"왜들 이러는 거야?"

굵직한 목소리가 다가왔다.

이 동네를 주름잡는 건달 기훤(箕萱)이 궁예를 데리고 나타났다.

청년들은 그의 앞으로 다가섰다.

"이 애꾸눔아가 사람의 다리를 둘이나 분질러 놨으니, 이게 가만있을 일이오?"

다리가 부러진 아이의 형이라는 청년이 한마디 하자, 또 한 아이의 매부라는 청년도 거들었다.

"어디서 굴러온 개뼉다구가 점잖은 집 자식을 몰라보구설랑……."

땅딸보 기훤은 두 팔을 걷어 올리며 노려보았다.

"말 다했어? 얘가 그래 얌전히 있는 아이들의 다릴 분질렀단 말이야? 네 말마따나 개뼉다구 애꾸눔의 새끼라구 시비를 걸어 몰매를 때리는데 누가 가만있을 거야? 나 같으면 아예 모가지를 비틀었을 게다."

"박힌 돌이 왜 굴러온 돌의 편을 드는 거야?"

말깨나 하는 청년이 한마디 하자 기훤은 그의 덜미를 잡아 냅다 던져 버렸다. 멀찌감치 나가떨어진 사나이는 허리를 풀쳤다고 아우성치고 청년들은 몰려가 일으키고 쓰다듬었다. 기훤은 마당에 뒹구는 몽둥이를 집어 들고 다가갔다.

"어서 꺼져. 다시 얼씬했다가는 너희들 다리두 성할 줄 알아? 모조리 분질러 없앤다!"

청년들은 허리를 풀친 사나이를 업고 힐끔힐끔 뒤를 돌아보며 멀어져 갔다. 기환은 그들이 아주 자취를 감추자 잡았던 몽둥이를 팽개치고 아무 말 없이 가 버렸다.

옛날 법도가 세던 시절 같으면 어림도 없는 일이었다. 그러나 지금은 모든 것이 해이해져서 법보다 주먹이 가까운 세월이다. 적어도 이 죽주 고을에서는 건달 기환의 비위를 거슬러 가지고는 배겨날 사람은 아무도 없었다.

마당에 꿇어 엎드렸던 어머니는 털고 일어나 방에 들어갔으나 돌아앉아 벽에 이마를 맞대고 무작정 울기만 했다. 동네에서 눈총을 맞는 건달을 끌어들인 것이 못마땅하다 이 말인가? 그렇다면 오해를 풀어야겠다.

"기환이는 제가 끌어들인 게 아니에요."

"……."

"전 도망친 것도 아니구요."

"……."

"둘이 한꺼번에 덤비길래 이리 치구 저리 치구 돌아가는데, 힘이 부치니까 한 놈이 집에 들어가 도끼를 들고 나왔단 말이에요."

"……."

"살살 피하다가 왈칵 달려들어 도끼를 잡아챘어요."

"……."

"도끼 대가리루 한 대씩 후려쳤더니만 다리가 분질러졌나 봐요."

"……."

"산으로 뛴 건 박달나무 하러 간 거예요. 단단한 몽둥이를 여러 개 만

들어 놓구 시비를 거는 놈들, 돌아가면서 모조리 병신 만들라구요."

"……."

"그런데 휘파람을 불면서 산에서 내려오는 기훤을 만났어요."

"……."

"저두 몰랐는데 기훤이가 묻더군요. 너희 집에 무슨 일이 일어났느냐 구요. 돌아서 내려다보니 사람들이 몰려와 법석을 떨길래 여사여사 했다구 얘기했지요, 뭐."

그래도 어머니는 오래도록 가타부타 한마디 없이 울다가 돌아앉았다.

"너 내 말 좀 들어 봐라."

어머니는 치맛자락으로 눈물을 훔치고 입을 열었다.

"네가 철없을 때는 그만두고라도 철이 든 후 우리 몇 번 이사를 했지?"

"……."

자주 한 것은 기억에 있으나 몇 번인지 세어 본 일이 없기에 잠자코 있었다.

"열두 번이다."

"……."

"그것두 모두가 네 싸움질 때문이다."

"……."

"언제나 동네에서 쫓겨나지 않으면 야간도주를 했단 말이다."

"모두가 이 애꾸 눈 때문이죠. 왜 하필 애꾸루 낳았어요?"

어머니는 입을 벌리고 멍하니 그를 바라보았다.

"이름이라두 제대루 지어 줄 것이지 '돌'이 뭐냐 말이오. 그러니 더욱 업신여기구 애꾸, 애꾸 하잖아요?"

"……."

"그것마저 비틀어서 꿍애, 이제는 아주 궁예가 돼 버리구."

화풀이를 하는데 듣고만 있던 어머니가 눈물을 좌악 쏟았다. 오늘따라 왜 이럴까. 어깨를 들먹이며 흐느끼는 품이 심상치 않았다. 슬퍼도 여간 슬픈 것이 아니다. 궁예도 가슴이 저리고 무슨 영문인지 자기도 모르게 눈물이 솟았다.

"너, 이 손을 좀 봐라."

집안일이고, 들일이고 가리지 않고 품팔이를 하여 온 사십 대 초반의 이 여인의 앙상한 갈구리 손을 가지런히 아들 앞에 내밀었다.

"……."

미안한 생각이 없지 않았으나 원망도 없지 않았다. 한쪽 눈알은 어디다 팽개쳤느냐 말이다. 싸움도 하려고 해서 했나, 애꾸라고 놀려 대는데 가만있을 시러베아들이 어디 있느냐 말이다.

"너도 정신을 차리구 품팔이라두 해서 이 에미 짐을 덜어 줄 나이가 되잖았니? 거친 일루 사십을 넘기구 보니 나두 지쳤다."

"……."

"밤낮 싸움질이나 하구."

"……."

생각할수록 억울한 것은 싸움이다. 이쪽에서 걸어 본 역사는 드물고 대개는 애꾸를 빈정대는 바람에 일어나는 싸움이었다.

품팔이도 그렇다. 안 나간 것이 아니다. 나갔다가도 애꾸 때문에 시비가 붙어 논바닥에서 서로 멱살을 잡고 흙탕에 뒹구는가 하면 밭에서 삯일을 하다가 박치기가 벌어진 일도 한두 번이 아니다. 애꾸라면 이제 품팔이조차 붙여 주지 않는 판국인데 나더러 어떻게 하란 말이냐.

"시비를 걸어 오더라도 못 들은 척 꾹 참아야지. 그렇게 나가다가는 굶어 죽기 알맞다."

"난 못 참는다, 이거요."

궁예는 주먹으로 방바닥을 내리쳤다.

"기훤이 나대지마는 아무래도 일이 심상치 않다. 그애들 다리를 분질러 놓았으니, 행세하는 집안인데 무슨 수라도 쓸 것이 아니냐?"

"……."

"지금 당장 가자. 가서 잘못했다구 빌잔 말이다."

"빌어요?"

"잘못했으니 빌어야지."

"난 잘못한 게 없어요."

"요즘 법이 무르다지마는 관가에 가서 송사를 하면 우린 죽는다."

"할 대루 하라지."

궁예는 막무가내였다.

어머니는 한숨을 내쉬었다.

"그럼 오늘 밤 여기를 뜨자."

"뜨다니, 도망친단 말이오?"

"도망가야지."

"걸레 같은 자식들이 무서워 야간도주를 해요?"

"생각해 봐라. 기훤이가 무섭다구 아들이 다리가 부러졌는데 그 부모들이 가만있을 성싶으냐? 관가에 간다, 가구 말구."

"관가에 가면 어때요? 나두 할 말이 있어요."

"……."

어머니의 눈에는 또 눈물이 고였다.

"걱정 마시오. 법이 살아 있다면 나만 잘못했다구는 못할 것이구 법이 희미해서 나만 볼기를 때려두 좋아요. 내 가만있을 줄 아시오?"

궁예는 이를 갈았다. 철이 들기 전에는 모른다. 적어도 철이 든 후로 자기에게 사람대접을 한 것은 어머니밖에 없다. 모두가 흰눈으로 보고,

놀려 주고, 두드려 패고 – 좋다, 관가에서 잡으러 오면 내 발로 걸어간다. 가서 할 말 다 하구 볼기를 때리면 맞는다. 돌아오면 이 동네 삼십여 가구의 인간들은 모조리 다리를 분질러 쩔뚝발이 동네를 만들어 줄 테니 두구 봐라 이거다. 도망을 가도 그 후에 간다.

그런데 허약한 어머니는 고였던 눈물을 쏟으면서 또 어깨를 들먹이고 흐느끼기 시작했다.

"염려 없다니까요."

달래 보았으나 어머니는 눈물을 쏟을 대로 쏟고 나서 손바닥으로 눈을 훔쳤다.

"내가 죽어야 할까 부다."

뚱딴지같은 소리를 했다. 그것도 가라앉은 목소리로. 전에는 아무리 큰일을 저질러도 이런 소리를 한 일이 없었다. 들구친다면 얼마든지 맞을 수 있는데 이렇게 나오면 재간이 없었다.

"좀 생각해 보지요."

어정쩡한 대답을 했다. 그런데 어머니는 또 엉뚱하게 나왔다.

"네가 잘못한 건 없다."

대답할 말을 몰라 멍청하니 앉아 있는데 어머니는 한 술 더 떴다.

"내가 사내라도 그눔아들 다리를 분질렀을 게다."

"……."

아무리 생각해도 알 수 없는 일이었다. 할 수 없이 싸움을 하기는 하지만 남의 다리를 분지르는 것이 아름다운 일 못 된다는 것은 나도 알고 있다. 그런데 어머니가 이렇게 나올 줄은 몰랐다.

어머니는 오래도록 골똘히 생각하다가 그를 건너다보았다.

"서울에서는 얼마 전에 임금(定康王, 정강왕)이 돌아가시구 남자가 없으니까 누이동생 되시는 북궁장공주가 뒤를 이었다는 얘기는 들었지?"

"······ 듣긴 들었지요."

하도 거리가 먼 이야기라 흐리멍덩한 대답이 나왔다. 어머니는 침을 삼키고 말을 이었다.

"제대로 된 세상이라면······."

어머니는 또 골똘히 생각하다가 계속했다.

"너는 이렇게 있을 사람이 아니지."

"······."

무슨 뜻일까. 사람이 되라고 한번 추켜세우는 것 같기도 하고 무슨 곡절이 있는 것 같기도 했다.

곡절이 있다면 어떤 곡절일까.

아무리 생각해도 알 수 없는 일이었다.

벼룩이 튀어서 한 치라고, 곡절이 있어 봐야 별것도 아닐 것이다. 궁예는 목침을 베고 윗목에 드러누워 버렸다. 어머니의 넋두리를 그대로 상대했다가는 끝이 있을 것 같지 않았다. 박달 몽둥이로 모조리 후려쳐서 쩔뚝발이 동네를 만들어 버릴 궁리를 하고 있는데 한동안 잠자코 있던 어머니가 옆에서 한숨을 내쉬었다.

"이렇게 천덕꾸러기로 굴러댕길 네가 아니지."

"······."

궁예는 응대를 하지 않았다.

"귀하기루 말하자면 이 신라 천지에 너 이상 귀한 사람이 어디 있겠니?"

"······."

"말세지."

"······."

"이치가 통하는 세상이 아니니 어떡하니? 오늘 밤 여기를 뜨자."

"······."

"너 안 들리니?"

"으―음."

궁예는 돌아누웠다.

"세상이 그런 게 아니다."

"……."

한동안 침묵이 흐르고 어머니는 또 눈물을 삼키는 모양이었다.

"너 일어나 앉기라도 해라."

궁예는 부시시 일어나 앉았다.

"일찌감치 저녁밥을 지을 테니 넌 짐을 꾸려라."

"……."

"너 왜 그러니?"

"안 간다니까."

궁예는 퉁명스럽게 대답했다.

어머니는 잠자코 그를 바라보다가 말을 이었다.

"너 한쪽 눈이 그렇다 뿐이지 얼마나 잘생겼니, 키두 훤칠하구."

"……."

"시골뜨기들하구 싸움으로 지새울 네가 아니다."

"……."

"뜨자."

"못 떠요."

"큰일 난다니까."

"볼기 몇 대쯤 얼마든지 맞아 줄 테니 걱정 마시오."

"……."

"떠두 이눔의 동네, 쑥밭을 만들구 떠야지요."

어머니는 입을 다물고 한량없이 생각하고 나서 다가앉았다.

"관가에 붙들려 가면 볼기루 될 일이 아니다."

"……."

"큰일 난다."

"무슨 말씀을 해두 소용없어요."

궁예는 또 목침을 끌어당겨 드러누우려고 했다.

어머니는 가로막고 침을 삼켰다.

"할 수 없구나. 입을 열지 않으려구 했는데……, 네나 내나 들통이 나면 목이 달아난다."

"……."

어머니는 망설이다가 결심한 듯 정색을 했다.

"너는 돌아가신 경문왕(景文王)의 아드님이다. 너의 어머니는 그 후궁이시구."

놀라는 일이 없는 궁예도 가슴이 철렁하고 말문이 막혔다.

"궁중의 복잡한 사정으로 쫓기는 몸이 된 것이다. 관가에서 알기만 하면 목이 달아날 것이구, 너를 숨겨 온 나도 같은 꼴이 될 게다."

"……."

궁예는 난생처음으로 눈앞이 아물거리고 어지러웠다.

"사실이지요?"

거짓을 모르는 어머니가 헛소리를 할 까닭이 없건만 정신을 가다듬은 궁예는 하도 엄청난 일이라 다짐했다.

"사실이다."

"그럼 어머니는 경문왕의 무어지요?"

"난 아무것도 아니구 너의 유모였다."

오랜 침묵이 흐른 끝에 어머니는 계속했다.

"기왕 말이 나왔으니 잘 알아 둬라."

"……."

"기막힌 일이라서 어디서부터 얘기해야 할지……."

"……."

"난 원래 소머리(牛首, 강원도 춘천)에 사는 농부의 아내였다. 팔자가 기박해서 시집간 지 석 달 만에 남편을 여의구 홀몸이 됐다."

"……."

"홀몸이 되었어두 배 속에는 애기가 있구, 돌봐 줄 사람은 없구 해서 남편이 부치던 땅을 그냥 부쳤다."

"……."

"그 땅마저 홍수에 밀려가 버리더구나."

"……."

"품팔이밖에 할 일이 없는데 두메산골에 할 일이 있겠니? 겨우 세 채밖에 없는 동네였다."

"……."

"하는 수 없이 무거운 몸을 이럭저럭 가누면서 오백 리 길을 걸어 서울로 올라갔다."

"……."

"이 집 저 집 다니면서 빨래도 하고 밥도 짓고 했는데, 서울 인심 참 못쓰겠더라."

"……."

"하루는 어느 집 뒤꼍에서 빨래를 하다가 그만 해산을 했다. 누가 알세라 아픈 것을 참구 내 혼자 태를 자르구 머리에 쓰고 다니던 두건으로 애기를 싸구 조심조심했지 . 꼭 너 같은 사내아이였다."

"……."

"그런데 애기가 자꾸 운단 말이다. 문틈으로 기웃거리던 마나님이 불쑥 나오더니 다짜고짜 나가라고 호통이겠지. 막막해두 그렇게 막막할 수 없더라."

"……."

"애기를 안구 길에 나서 궁리 끝에, 서울에는 모기내라구 자그마한 강이 있는데, 그 다리 밑으로 갔다. 거적을 깔구 누웠는데 몸은 아프구 애기는 울구…… 내 정말……."

어머니는 가슴에 한이 맺혔던 모양이다. 한동안 목이 메어 말을 잇지 못했다.

"그때가 삼월이었다. 낮은 그럭저럭 지냈는데 밤이 되니 으스스 춥더니만 애기는 저녁에 죽고 말았다. 지금도 그 생각만 하면 가슴이 에이는 것 같다……. 다음 날 아침 지나가던 비구니(比丘尼)들의 눈에 띄었다. 죽은 애기를 묻어 주고 분황사(芬皇寺)에 데리구 가서 잘 돌봐주더라. 의원을 불러오구 약을 달여 주구. 고마운 분들이었다."

"……."

"이것이 인연이 돼 갖구 너를 만나게 된 거다."

"……."

"몸이 나은 후에는 스님들이 권하는 대로 그냥 눌러앉아 중이 됐다."

"중이요?"

듣고만 있던 궁예는 처음으로 입을 떼었다. 어머니가 중이었다는 것도 금시초문이었다.

"그래, 머리를 깎구 중이 됐다. 중이 되면 법명(法名)이라구 새로 이름을 붙이는데 내 법명은 일삼(一三)이었다. 처음에는 일삼이 아니구 어려운 글자를 써 주는데 원래 배운 게 없으니 입으로 외우는 건 어떻게 되는데 글로 쓰는 건 도통 안 되더라. 며칠을 연습해도 못 썼더니 하루는 주지스님이 마당에서 꼬챙이를 들고 부르시더라."

"······."

"나가서 시키는 대로 이마를 맞대고 앉았더니 꼬챙이를 넘겨 주면서 땅바닥에 옆으로 작대기를 하나 그으라고 하기에 그었다. 그랬더니 조금 간격을 두고 이번에는 나란히 셋을 그으라고 하기에 또 그었지. 첫자는 일, 다음은 삼······ 일삼, 이것은 쓸 수 있겠느냐고 묻더라."

"······."

"작대기를 네 번 긋는 거야 못하겠니? 할 수 있다고 했다. 중이 제 이름도 못 쓴대서는 말이 안 되니 어렵거든 먼저 법명은 버리구 이제부터 일삼으로 하라고 해서 일삼이 된 거다. 일에 삼을 보태면 사가 되니, 부처님이 태어나신 사월과 통한다고 말씀해 주시더라."

"······."

"내가 이 지경으로 무식하지 않았던들 그동안 너한테 천자(千字)라두 가르쳤을 텐데······."

"······."

"가르칠 생각이야 늘 했지. 입에 풀칠하기 바쁘다 보니 마음뿐이구······."

"괜찮아요."

눈물을 글썽이는 것을 보고 궁예는 어머니의 손을 어루만졌다. 까칠한 손의 감촉에 가슴이 싸늘했다.

"사월 보름께였다. 주지스님이 난데없이 젖이 나오느냐, 많이 나오느냐, 꼬치꼬치 캐묻더구나. 많이 나온다고 대답했다."

"······."

"얼마 후에 그 스님이 데리구 간 것이 너의 외가였다. 대궐에 있던 너의 어머니가 산달이 돼서 친정에 오셨거든."

"······."

"내 이 세상에서 너의 어머니처럼 아름다운 아가씨는 처음 보았다."

"몇 살이었는데요?"

"그때 열아홉이었다."

"사월이 가구 오월 단옷날 오정 때쯤 네가 태어났다. 궁중에서 사람들이 달려오구, 날마다 선물이 쏟아져 들어오구 참 볼만하더라."

"……."

"말하자면 헌강왕, 정강왕에 이어 너는 경문왕의 셋째 아드님으루 태어난 거다. 얼마 전에 등극하신 임금은 네 누님뻘이 되지마는 제대로 된 세상이라면 네가 그 자리에 앉는 것이 백 번 옳은 일이 아니냐?"

"……."

"그런데 며칠이 안 되어 이상한 말이 들리더라. 너는 나면서부터 이빨이 있으니 흉물이라구……. 궁중에서 이런 쑥덕공론이 돈다고 전해 주는 사람이 있었다. 젖을 먹이는 내가 왜 모르겠니? 이빨은 무슨 이빨이겠니?"

"……."

"너의 외숙 되는 분들은 심상치 않은 낌새를 알아차렸던지 임금님을 뵙구 그렇지 않다는 해명을 하려고 무던히 애를 썼지. 그러나 임금님을 뵐 수 있어야지."

"……."

"이런 소문도 돌았다. 네가 태어나던 그 시각에 너의 외가에는 무지개가 섰다구 말이다."

"정말인가요?"

"모르지. 그 시각에 나두 그 집에 있었지만 보지 못했다. 안에 있었으니 못 볼 수두 있겠지. 하여튼 이것두 흉조라구 떠들고 돌아간다는 소문이었다."

어머니는 동이에서 바가지로 물을 떠 마시고 계속했다.

"너의 외조부는 대범하신 분이었다. 요동부녀(妖童浮女)들이 찧고 까부는 것이니 일체 상종하지 말라구 하셨단다."

"……"

"열흘 가까이 지났을 게다. 달이 밝은 밤이었다. 더운 때라 높은 정자에 가족들이 모여 앉아 더위를 식히고 나는 네게 젖을 물렸다. 젖을 먹이고 나서 내려와 부엌에 들어가 냉수를 마시구 나오는데 우지끈 와당탕 하면서 대문이 부서지구 병정들이 들이닥치더구나."

"……"

"겁결에 정자 밑 나무 그늘에 숨었는데 병정들이 정자에 올라가 둘러앉은 사람들을 몽둥이루 치구 발길로 차는 것이 달빛에 훤히 보이더라."

"……"

"그런데 너를 포대기째 들어 던지잖겠니. 얼떨결에 튀어나가 두 팔을 벌렸는데 용케 내 품에 떨어지더구나. 그대루 안구 정신없이 도망쳤다."

"……"

"받을 때에 내 손가락에 너의 한쪽 눈이 찔렸다. 그래서 넌 한쪽 눈이 그렇게 된 거다."

"……"

"그 높은 데서 던졌으니 죽은 줄 알았겠지. 그런데 종적이 없고 유모마저 자취를 감췄으니 일이 묘하게 되구 말았다."

"……"

"그 후에 들은 얘기다마는 애기를 내놓으라구 족치는 바람에 너의 외가는 매에 못 이겨 대개는 죽구 몇 사람은 종으로 먼 고장에 끌려갔다더라."

"저를 낳은 분은 어떻게 되구요?"

"그날 밤 북새통에 실신했는데 종내 깨어나지 못하구 돌아가셨단다."

"도대체 왜 그랬대요?"

궁예의 목소리는 떨렸다.

"이것두 후에 들은 얘기다. 너를 찾아본 일관(日官)이 어전에 아뢰었단다. 오(午)월 오(午)일 오(午)시 출생에 제왕지상(帝王之相)을 타고났으니 드문 인걸(人傑)이라구 말이다. 위루 두 분 형님이 계신데 네가 임금 될 팔자라니 그 어머니 되시는 분들의 마음이 안 좋았지. 이게 화근이 됐단다."

"……."

"또 너의 어머니가 너무 잘생긴 것도 탈이구. 후궁에는 미인들도 많은데 임금께서는 너의 어머니만 좋아하신단 말이다. 중전마마께서 언짢아하시는 눈치를 알아차리고는 이때다 싶어 모두들 입을 모아 헐뜯고 다른 일관을 움직이고 나중에는 대신과 종친들까지 움직여서 너를 장차 나라에 해를 끼칠 흉물로 만들어 버린 거지. 이빨이구 무지개구 하는 것도 그 통에 만들어 낸 말인가 부더라……. 뭇사람의 입을 못 막는다구, 처음에는 펄쩍 뛰시던 임금께서도 온 궁중과 조정이 들고 일어나고 종친까지 끼어들자 알아서 하라고 말씀하셨단다."

"……."

"그래서 중전마마, 지금 여왕 폐하의 어머니 되시는 분이 분부를 내려서 군사들을 보낸 거란다."

"그 여자 아직 살아 있어요?"

궁예의 심상치 않은 얼굴을 보고 어머니는 고개를 흔들었다.

"모두 흘러간 일이다. 잊어라."

살아 있는 모양이구나. 분지른다면 이 동네의 어중이떠중이들의 다리가 아니라 그년의 다리를 분질러야겠다.

그는 곰곰이 생각하다가 또 물었다.

"저의 외가는 어떤 집안인가요?"

"응, 그 집안 내력도 그 소동에 한몫했다더라…….."

궁예는 또 잠자코 귀를 기울였다.

"서울에서 더 남쪽으로 내려가면 옛날 고구려가 망할 때 항복해 온 사람들이 사는 동네가 여럿 있단다. 너의 어머니는 그 고장 출신이란다."

"……."

이것도 놀라운 일이었다. 자기의 몸에는 옛날 고구려의 피가 흐르고 있는 것이다.

"경문왕께서 그 고을에 사냥을 가셨다가 너의 어머니를 보고 어찌나 마음에 드셨던지 그냥 가마에 태워 갖구 서울로 돌아가셨단다. 뒤이어 그 일가를 서울에 불러올려 큰 집두 주시구."

"……."

"그런데 일이 안 될라니 그랬겠지. 처음에는 안 듣던 대신이니 종친들도 중전마마께서 신라 왕실에 고구려의 피가 들어온다는 것은 될 말이 아니라고 하시니 과연 그렇다고 모두들 한패가 되어 그 소동이 벌어진 거란다."

"……."

"전국에 영이 내려 그해 오월에 난 아이는 모조리 수색하는 바람에 혼들이 났지."

"……."

"나를 너의 외가에 소개하신 스님두 곤장을 맞아 돌아가시구."

"……."

"여태 네 생일을 정월이라구 했지만 사실은 오월 단오다. 이름을 '돌'이라구 한 것도 누가 묻길래 얼떨결에 대답한 것이구, 내 이름을 유월이라고 한 것도 생각나는 대로 대답하다 보니 그렇게 된 것이란다. 처녀 때 이름은 삼월이다. 삼월에 났으니까."

자기를 업고 숨어 다니면서 고생했을 지난 십칠 년간의 어머니의 모습이 눈앞에 아물거렸다. 억울하고 분하고 미안한 마음이 뒤범벅이 되어 그는 한마디 내뱉었다.

"나 같은 걸 팽개쳐 버리지 그랬어요."

"사람의 가죽을 쓰고 어떻게 그러니?"

"……."

"또 있다. 스님들이 말씀하시지? 사람은 죽었다고 그냥 없어지는 게 아니구 환생(還生)한다고 말이다."

"……."

"못 들었니?"

"못 들었어요."

"그렇지, 너를 절간에 데리고 갈 틈도 없었구나. 사람은 죽으면 그 혼백이 허공을 돌아다니다가 사십구 일 되는 날, 제 갈 데를 찾아 들어간다. 생전에 착한 일을 한 사람은 좋은 집안에 태어나게 되고 그렇지 못한 사람은 나같이 고생문에 들어가고, 더욱 못된 일을 한 사람은 짐승으로 태어나고. 절간에서 사십구재를 지내는 것도 이 때문이다."

"……."

"원래는 애기를 배는 날과 그 사십구 일이 맞아떨어져야 한다. 그런데 이상한 건 너는 모기내 다리 밑에서 죽은 애기의 환생으로만 생각된단 말이다. 애기가 죽은 지 꼭 사십구 일 만에 네가 태어났거든."

"……."

"스님의 말씀대로 하자면 환생이 될 수 없는 거지. 그런데도 외곬로 그렇게 생각되구 정이 가는 걸 어떡하니……."

"환생이 틀림없어요."

궁예는 진정으로 그렇게 대답했다.

"너도 그렇게 생각하니?"

"그럼요."

"숨어 다닌 보람이 있구나."

어머니는 그의 두 손을 잡았다.

"너무 고생을 시켜 드려 죄송해요."

"죄송한 건 나다."

어머니는 치맛자락으로 눈물을 훔치면서 말을 이었다.

"내가 실수를 해서 네 눈을 그 모양으로 만들어 숱한 수모를 받게 하고, 글방을 보냈나, 잘 먹이기를 했나, 생각할수록 가슴이 미어진다."

"아니에요, 어머니."

궁예는 가슴이 무거웠다. 세상에 생불(生佛)이 있다면 이 어머니야말로 생불일 것이다.

"하여튼 우리 신세가 이 지경이니 오늘 밤 여기를 뜨자."

궁예는 한동안 생각하다가 천천히 대답했다.

"어머니는 여기 계시구 저 혼자 가지요."

"……."

"착한 어머니를 누가 다치게 하겠어요?"

"……."

"한 달 후에 모시러 올 테니 그때까지만 기다려 주시오."

"한 달 후에?"

"네."

"어디루 가느냐?"

"두고 보면 아시게 돼요."

말없이 그의 얼굴을 살피던 어머니의 눈이 빛났다.

"너, 서울 가려는 거지?"

궁예는 자기 마음을 꿰뚫어보는 이 착한 어머니에게 아니라고 할 수가 없었다. 그는 말없이 고개를 끄덕였다.

"네 마음, 내 다 알고 있다. 원수 갚을 생각을 하는 모양인데 철이 없어도 분수가 있지."

"……."

"구중궁궐이라는 말이 있지 않니? 겹겹으로 집이 있고, 담장이 있고, 수 없이 많은 군사들이 또 겹겹으로 지키는 곳이 대궐이다."

"……."

"박달몽둥이로 어쩌 보겠다는 그 뚱딴지같은 생각은 아예 그만둬라."

"그렇게 틈이 없나요?"

여왕의 어머니, 안 되면 여왕이라도 죽이든가 병신이라도 만들어 놓고 올 작정을 했는데 이야기를 들어 보니 그게 아니었다.

"수천 명이 칼이니 창을 번뜩이고 활을 겨누고 있는 대궐을 몽둥이 하나로 들이친다니 기가 막혀서……. 하긴 내가 모자라서 아직 대궐 얘기를 해 주지 않았으니 잘못은 내게 있다."

"……."

"저 밑에 강 좌수네 집쯤으로 생각하는 모양인데 턱도 없다."

듣고 보니 정말 턱도 없을 것 같다. 그러면 어떻게 한다?

"우리는 되도록 서울에서 멀리 떨어져야 산다."

"……."

"북으로 가자."

"……."

"큰사람이 될 팔자로 태어났으니 우선 글을 깨쳐야 한다."

"어떻게요?"

그럴듯한 이야기였다. 그러나 백수건달이 무슨 재간으로 글을 배운

단 말이냐.

"너는 아직 어리구 머리도 남만 못지않으니 마음만 먹으면 될 게다. 중이 돼라."

그렇지. 가난한 사람이 먹으며 글을 배울 수 있는 곳은 절간밖에 없다.

그러나 어머니는 어떻게 한다? 자기 하나 보고 그 긴 세월을 고생으로 엮어 온 어머니인데.

"어머니는 어떡하시구요?"

"내 걱정 마라. 살피면서 가다가 네가 알맞은 절간에 들어가면 근처에서 어떻게든 입에 풀칠이야 못하겠니?"

그들은 이른 저녁을 지어 먹고 해가 떨어지자 길을 떠났다.

서남해 西南海

서남해에 온 지 햇수로 삼 년. 또 가을이 왔다.

바닷가 바윗등에 앉은 견훤은 맑은 하늘과 맞닿은 수평선을 바라보면서 생각이 많았다.

천하대란(天下大亂)이다.

바다 저쪽 당(唐)나라에서는 백 년도 훨씬 전에 안록산(安祿山)이라는 오랑캐 출신 장군이 난리를 일으킨 후로 주먹이 법을 누르고 그 큰 나라가 갈기갈기 찢어졌다고 한다. 황제는 난리를 피해 쫓겨 다니기 바쁘고 고을마다 힘 있는 자들이 저마다 잘났다고 나댄다는 것이다.

이 신라도 지나간 백 년 동안 죽이고 살리는 놀음이 그치지 않았다. 그것도 잘난 사람들끼리 아귀다툼이라 칼에 맞아 죽은 임금과 대신들이 얼마든지 있고, 심지어 밧줄에 목을 매고 강아지처럼 허공에서 대롱거리다가 죽어 자빠진 임금도 있다. 판인즉 개판이라, 여기서도 왕실을 우습게 알고 시골 관원들마저 서울에서 내려오는 명령은 귓등으로 듣고 허약한 백성들을 들볶는 것이 일이다.

그런데 요즘 판세가 더욱 묘하게 되었다. 재작년에 인자하신 여왕 폐하의 즉위를 기념하여 전국의 세공(稅貢)을 일체 면제한 일이 있었다. 좋아한 것은 백성들이 아니라 벼슬아치들이었다. 그만큼 더 갉아먹고 트림을 했다. 재미를 붙인 벼슬아치들은 작년 세공은 건성으로 서울에 보내고 더욱 배가 나왔다.

이 년치 세공을 거른 조정은 궁할 수밖에 없는지라 금년에는 어느 고을이고 초가을부터 서울에서 내려온 관원들이 세공을 내라고 들볶았다. 그것도 예년의 곱배기로.

이야기가 다르지 않은가. 참말로 사람 죽을 노릇이다.

굶어 죽으나 맞아 죽으나 매일반이라 도처에서 힘깨나 쓰는 자들이 백성들을 부추겨 관가를 들부수고 못된 벼슬아치들의 모가지를 비틀며 돌아다닌다는 소식이다. 그러고는 크게 힘 있는 자는 큰 고을을 차지하고, 작은 힘밖에 없는 자는 작은 고을을 차지하고, 안으로는 당대등(堂大等), 밖으로는 장군(將軍)이라 자칭하면서 흡사 임금 행세를 한다는 것이다.

일이 이렇게 되려고 그랬는지 작년 이월에는 불길한 일이 있었다. 여왕의 남편 되는 위홍 각간(角干)께서 돌아가시자 혜성대왕(惠成大王)으로 추존(追尊)하였은즉 고을마다 거애(擧哀)라는 것을 하고, 상심하시는 여왕 폐하에게 위로의 말씀을 적은 글을 바치라고 전국에 영이 내렸다. 이것이 탈이었다.

글만 바쳐서 되느냐, 진귀한 선물을 진상해야 된다고 들볶았다. 짤대로 짜서 가져가기는 했는데 그 많은 선물이 정말 서울로 갔다고 믿는 백성은 흔치 않았다.

그리고 가을이 되자 또 받을 것을 다 받아 가고 금년에는 곱배기로 덮

어찌우니 작금 양년에는 한 해에 두 해치 세공을 내라는 것이 아닌가. 해도 너무한다.

시골에서 땅을 팔 때는 몰랐는데 서울을 거쳐 여기까지 와서 몇 해 지내고 보니 이거야 모조리 돼먹지 않았다.

서울에 있는 높은 자들은 썩어서 허약한 데다 얼이 빠졌고, 시골에서 벼슬한다는 자들은 돌아가면서 모조리 날강도 아니면 좀도둑들이다.

통일 후 백 년의 평화, 그다음 백 년의 집안싸움으로 곪을 대로 곪은 나라가 이제 왕창 터지기 시작한 것이다.

이런 때에 이 외진 바닷가에서 구린내 나는 되놈의 해적들이나 상대하고 세월을 보낸다는 것은 될 말이 아니다.

생각하면 그동안 허송세월을 한 것은 아니다. 활을 쏘고 칼과 창을 쓰는 법을 배웠다.

당나라 해적들은 백여 명, 때로는 수백 명씩 떼를 지어 뭍에 올라왔다. 그런데 그들의 행동에는 언제나 일정한 순서가 있었다. 동네에 들어오면 우선 남녀노소를 막론하고 한군데 모아 놓고 채소밭에서 풀을 뽑듯이 건장한 사람들만 솎아 내어 남녀별로 마늘을 엮듯이 오랏줄에 묶고, 노인과 어린이, 병자와 불구자는 한집에 쓸어 넣고 불을 질러 없애 버렸다.

닭, 소, 돼지 가릴 것 없이 잡아 놓고 늘어지게 먹고 나서는 오랏줄에 묶인 여자들을 그대로 마당에 나란히 자빠뜨려 놓고 한 놈이 하나씩 나란히 덮쳤다. 한바탕 재미를 보고는 일으켜 세우고 창끝으로 휘몰아다 배에 실었다. 그동안 오랏줄에 묶인 남자들은 얌전히 있어야 하고 조금이라도 보채면 얻어터지고, 크게 보채면 목이 달아나도록 되어 있었다. 보채지 않고 목숨을 부지한 남자들은 여자들의 뒤를 따라 배에 들어가 한쪽에 죽치고 앉았다.

그들은 본토에 실려 가면 종으로 팔려 가는데 여간 이문이 남는 장사가 아니라고 했다.

해적들이 나타났다 하면 견훤은 앞장서 죽자 사자 덤벼들었다. 유달리 나라에 충성심이 있어서가 아니라 되놈들 하는 짓이 고약하고 괘씸해서 그냥 둘 수 없었기 때문이다.

운수도 좋았다. 찔렀다 하면 자빠지는 것은 해적이고 자기는 손가락 하나 다치지 않았다. 그것도 한번 붙으면 이리저리 휘두르는 그의 창끝에 되놈들은 무더기로 썰썰 자빠져 피를 토하고 버둥거렸다.

시일이 흐르자 적도 그를 알아 모셨다. 육 척 거구의 견훤이라는 사나이가 설치는 부대가 나타났다는 소리만 들어도 기겁을 해서 도망치고, 그의 부대가 있다는 소문만 들어도 근처에는 얼씬도 하지 않았다. 서남해에는 해적을 막는 부대가 하나 둘이 아니었으나 견훤의 부대를 덮을 자는 없었다.

그런데 사람을 알아보는 일에도 흐리멍덩한 신라 조정은 해적들만도 못했다. 견훤은 여전히 졸병이고, 일이 있을 때마다 언제나 서울에서부터 따라온 염소수염의 군관만 포상과 칭송을 받았다. 용감무쌍하다고.

그때마다 염소는 칙사 앞에 머리를 조아리고 모든 것이 폐하 성덕(盛德)의 소치라고 울먹이곤 했다. 그러고는 돌아서 변변치도 못한 수염을 쓰다듬으면서 한마디 하는 것도 있지 않았다.

"너희들, 폐하의 이 고마우신 뜻을 받들어 뼈가 으스러지도록 충성을 다해야 한다, 알았지?"

그는 벼슬도 자주 뛰어올랐다. 싸움이 붙었다 하면 꽁무니에 붙어 큰 소리로 고함이나 치고 급하면 먼저 내빼는 그 주제에.

한두 번이면 참을 수도 있다. 햇수로 삼 년, 만으로 이 년, 그 숱한 싸움이 있을 때마다 냅다 뛰었건만 언제나 꽁무니의 염소가 선두에 선 것으로 되어 있고 다른 졸병들은 그의 질타에 못 이겨 엉기적거린 것으로 되어 있다는 것이다.

무시로 서울에 글을 올렸고, 때로는 옆에서 보기도 했지마는 까막눈이 알아볼 도리가 없었다. 그런데 세월이 흐르면서 문서를 가지고 서울을 내왕하는 병정의 입에서 흘러나오고, 아는 바가 많은 서울내기 병정의 입에서도 새어 나왔다. 염소는 공을 독차지할 뿐 아니라 가끔 있지도 않은 전투에서 용전분투하여 나타나지도 않은 적을 격멸하였다고 보고하여 톡톡히 재미를 본다는 것이다.

버릇을 고쳐야겠다. 견훤은 기회를 보고 있었다.

지난여름의 일이다. 기회는 저절로 왔다. 학질을 앓고 있는데 바닷가에서 망을 보던 병정이 해적선이 나타났다고 달려왔다. 민가에 분숙(分宿)하고 있던 병정들이 마을 앞 뜨락에 모여들고, 칼을 짚고 선 염소는 눈알을 굴렸다.

"키다리 견훤은 왜 안 보이느냐?"

병정들이 모이면 머리 하나는 불쑥 튀어 올라간 견훤이 있고 없고는 금방 나타났다.

"학질루 누워 있습니다."

새까만 병정이 대답했다.

"으-음."

"그런데 말씀입니다. 견훤이 없이 싸움이 되겠습니까?"

염소는 그의 가슴을 한 대 쥐어박고는 한 층 높은 바위에 올라서 한마디 했다.

"듣거라. 대장이 여기 엄연히 있는데 졸병 하나 없다고 싸움이 안 된다? 이거 말이 되느냐?"

그러고는 평소에도 심심치 않게 늘어놓던 자기 자랑을 엮어 내려갔다.

"너희들도 모르지 않을 게다. 나로 말하면 지금 신라에서 제일가는 화랑이신 효종랑(孝宗郎, 훗날 敬順王의 父)의 낭도(郎徒)로 단련에 단련을 거듭한 신라의 무사다. 머리에서 발끝까지 임전무퇴의 화랑정신으로 꽈악 차 있단 말이다. 이런 대장이 여기 엄존하거늘 졸병 하나 없다고 싸움이 안 돼? 너희들 정신머리가 글러먹었다. 여태도 수없이 본때를 보였지만 오늘이야말로 전례 없는 본때를 보여 되놈들을 싹 쓸어버릴 터인즉 나를 따르라!"

말에 오른 염소는 적이 아직 십 리나 떨어져 있는데도 칼을 빼어 들고 내달았다.

병정들은 뒤를 따를 수밖에 없었다. 기를 쓰고 달려도 사람은 말에 뒤지게 마련이다. 염소는 가끔 말을 멈춰 세우고는 굼벵이 같다느니 무사답지 않다느니, 말이 많았다.

겨우 따라잡으면 또 말을 달리고, 처지면 또 욕설이고, 병정들은 죽을 지경이었다.

백여 명의 적은 이미 뭍에 올라 대오를 정제하고 있었다.

천여 보의 거리를 두고 멈춰 선 마상의 염소는 단박에 나가 적을 무찔러 버리라고 허공에 칼을 휘두르며 아우성이었다.

무찌르기는 고사하고 숨이 턱에 닿은 병정들은 모랫벌에 풀썩 주저앉아 버리고, 개중에는 뒤로 나자빠진 병정도 적지 않았다.

"너희들도 신라의 무사냐, 응?"

염소는 말을 몰아 그들의 주위를 돌면서 쉬지 않고 욕설을 퍼부었다. 그러나 병정들은 움직이려고 하지 않았다.

자빠진 병정들 중에는 입속으로 중얼거리는 축도 있었다.

"넌 말을 타고 우린 뛰었단 말이다."

이쪽의 거동이 이상했던지 적도 움직이지 않고 바위틈에 숨어 바라보고 있었다.

도리 없이 한동안 멍청하니 지켜보던 염소는 무슨 바람이 불었던지 칼을 칼집에 꽂은 다음 안장에서 채찍을 천천히 뽑아 들고 노려보다가 고함을 질렀다.

"이 돼지 새끼들아!"

그는 무작정 채찍을 내리치며 돌아갔다.

이것이 실수였다. 적은 알아차리고 활을 당기며 접근하기 시작했고 모랫벌에 자빠졌던 병정들 중에는 창을 팽개치고 도망치는 자도 있었다. 염소는 고함을 지르고, 적은 창을 치켜들고 돌진해 오고, 병정들은 앞을 다투어 내뺐다. 순식간의 일이었다.

당황한 염소는 말에 채찍을 퍼부어 무질서하게 도망치는 병정들을 앞질러 숲 속으로 사라졌다.

온 동네가 떠들썩하고 주인 아낙네가 방에 뛰어들었다.

"큰일 났어요. 되놈들이 쳐들어와요."

학질로 몸을 떨던 견훤은 정신이 바짝 들며 저도 모르게 튀어 일어섰다.

"우리 병정들은 어디 갔소?"

"도망쳤어요, 도망. 젊은이도 빨리 내빼란 말이오."

아낙네는 뒷문으로 빠져 산으로 달렸다. 견훤은 부엌에 내려가 두 손에 도끼를 하나씩 들고 밖으로 나갔다.

일찍이 적에게 밀려 본 일이 없는 군대가 지켜 주는지라 안심하고 있던 동네 사람들은 맨발로 뒷산으로 올리달리는가 하면 허리를 구부리고 정신없이 집과 집 사이를 이리저리 달리는 노인도 있었다.

그는 동구 밖으로 나갔다. 창을 멘 십여 명의 병정들이 도망쳐 오고 그 뒤 천여 보 거리를 두고 당나라 해적들이 와자지껄 떠들면서 쫓아왔다. 염소 군관의 모습은 아무 데도 보이지 않았다.

그는 달려오는 병정들에게 외쳤다.

"아무 집이나 모퉁이에 숨어 있다가 냅다 찔러라!"

한마디 남기고 돌아서 뛰었다.

적은 아주 얕잡아보고 마을로 몰려들었다. 견훤은 집 모퉁이에 비켜섰다가 도끼로 번갈아 쳐서 두 놈을 쓰러뜨리고 골목을 따라 냅다 뛰었다.

적은 좁은 골목을 메우고 떠들썩하게 쫓아왔다.

골목이 끝나는 대목에서 휙 돌아선 견훤은 양손의 도끼를 한꺼번에 들어 두 놈을 내리치고, 한 걸음 물러서 숨을 돌리고는 번갈아 내리치면서 전진했다.

어떻게 된 영문인지 적은 맥을 못 쓰고 머리 아니면 어깨를 맞아 푹푹 쓰러지고, 저희들끼리 밀치다가 넘어져 짓밟혀 아우성치기도 했다.

번갈아 딱딱 치면서 골목 어귀에 이르자 창이고 활이고 내동댕이치고 죽자 사자 도망치는 적들의 뒷모습이 눈에 들어왔다.

멍하니 서 있는데 병정들이 주위에 몰려들었다.

"난 두 놈을 해치웠다."

"난 세 놈이다."

저마다 으스대면서 오다가 골목을 들여다보고는 입을 벌리고 말이 없었다.

"삼십 명은 넘겠다."

한 친구가 서두를 떼자 말보가 터지기 시작했다.

"아냐, 사십이야."

"아냐, 줄잡아서 오십 명이다."

"견훤은 역시 장사다."

"장사가 아니구, 견훤이야말로 장수다."

이런 소리도 들렸다. 그때까지도 멍청하니 서 있던 견훤은 뒤를 돌아보았다.

긴 골목은 아니지만 하여튼 골목은 자빠진 시체로 차 있고, 간간이 팔을 움직이는 자, 무어라고 외치는 자도 있었다.

그는 갑자기 머리가 어지럽고 기진맥진해서 그 자리에 쓰러졌다.

정신을 차린 것은 등잔불이 아물거리는 방 안이었다. 열이 오르고 오한은 더욱 심했다.

염소와 병정들이 보이고 동네 사람들의 얼굴도 섞여 있었다. 미음을 마시라기에 억지로 한 모금 마시고 도로 누웠다. 하늘 아래 없는 장사다. 항우(項羽)의 열 곱은 되고도 남는다, 희한한 칭송이 들려왔다. 그는 땅속에 가라앉듯 또 맥이 풀리고 정신이 몽롱해졌다.

여러 날을 누워 있다가 털고 일어나니 군관이 부른다기에 가 보았다. 그는 만면에 웃음을 띠고 견훤의 손을 잡았다.

"내 급사(急使)를 띄워 자네의 무공을 조정에 아뢰었더니 폐하께서 이를 가상히 여기사 특히 조위(造位)의 벼슬(品階, 품계)을 내리시고 내 부장(副將)으로 임명하셨단 말이야."

'너'가 아니고 '자네'다. 거기다 벼슬에 부장이라니 일자무식의 촌놈이 이게 어디냐?

"고맙습니다. 그런데 조위라는 벼슬은 몇 번째나 됩니까?"

신라의 벼슬에는 열일곱 개의 등급이 있다는 소리는 그도 들은 바 있었다.

"처음 시작이니 그야 열일곱 번째지."

꼬래비로구나. 꼬래비라도 하여튼 벼슬의 세계에 발가락 끝이라도 붙인 셈이다.

"이 고마우신 은덕을 잊지 말고 임전무퇴의 정신으로 뼈가 가루가 되도록 충성을 다하란 말이야."

"고맙습니다."

견훤은 진정으로 고마웠다.

그 후부터 전에 없던 일이 생겼다. 적이 나타났다 하면 군관은 염소수염을 쓰다듬으면서 한마디 했다.

"부장이 가 보지."

여러 번 되풀이하는 동안에 전쟁은 으레 견훤이 하는 것으로 되어 버렸고, 군관은 으레 술이나 마시고 낮잠을 자도 무방한 것으로 굳어 버렸다.

그것도 괜찮다. 못나게 놀아서 도리어 방해가 되고 애매한 병정들을 죽이지 않게 된 것만도 다행이라 생각했는데 그게 아니었다.

요즘에야 안 일이지만 염소는 지난여름의 일도 묘하게 뒤집어 이용했다는 것이다. 자기의 신묘한 계책으로 적을 깊숙이 유인해다가 일격지하에 몰살해 버렸다고 보고하는 바람에 벼슬이 세 등급이나 한꺼번에 뛰고 푸짐한 상품도 내렸다는 것이다. 곁들여서 견훤이라고 힘깨나 쓰는 병정이 하나 있는데 이 싸움에 되놈 한두 명 무찔러 약간 보탬이 되었은즉 상을 내릴 것까지는 없고, 벼슬이나 주고 자기의 부장으로 쓰면 좋겠다고 한마디 덧붙였다는 것이다.

피라미 같은 것이 재간을 부렸다.

세월은 속절없이 흘러가는데 언제까지 이 피라미 염소를 따라다닐 것이냐.

견훤은 바다의 수평선을 바라보면서 곰곰이 생각했다.

"형, 여기 있었는교?"

고향에 두고 온 아우 능애(能哀)였다.

"네가 웬일이냐?"

견훤은 일어섰다.

"형, 빨리 도망가입시더."

"도망?"

능애는 주위를 둘러보고 말문을 열었다.

"아버지가에, 동네 사람들을 끌고 사불성(沙弗城, 경북 상주)에 처들어 가서 관가를 들부수고 장군 행세를 한단 말입니다."

참으로 희한한 소식이었다. 농사밖에 모른다던 아버지 아자개도 이 난세에 한몫 끼어들었구나. 얼른 말이 안 나와 대답을 못하고 있는데 능애가 계속했다.

"서울에서 영기(令奇)라는 장군이 토벌을 왔는데 겁이 나서 접근을 못하구예, 근방에서 촌장(村長)을 하는 우련(祐連)이라는 친구가 덤벼들 었다가 칼에 맞아 죽었심니더."

"그래서?"

갈수록 희한한 소식에 견훤은 흥미가 동했다.

"그만하면 알 것이지예, 역적의 아들이 관군 틈에 끼어 있다가 어느 방 맹이에 맞아 죽을지 누가 아는교? 사잇길을 밤낮 사흘 뛰어왔습니더."

"알았다."

"알았으면 빨랑 도망가입시더."

"……."

"아버지가 기다리구 있심니더."

견훤은 도로 앉았다. 사불성에 들어가 아버지의 부하가 된다? 이것은 생각할 문제다. 크나 작으나 첫째가 돼야지 그 이하는 곤란하다. 허약한 염소도 위에 앉고 보니 눈꼴사나운 일투성이인데, 하물며 자기만 보면 '건달자슥'을 연발하는 아버지 밑에서……. 이것만은 못하겠다.

또 있다. 고향 사람들 사이에서는 아자개의 아들 견훤일 뿐, 아무것도 아니다. 그런데 여기서는 견훤이라면 알아준다. 용감한 장수로 말이다.

골똘히 생각하고 있는데 능애가 재촉했다.

"와 이러는교? 지금이라두 덮치면 우짤라고."

"걱정 마라. 서울의 얼빠진 애들, 여기까지 손을 뻗치려면 몇 달은 걸릴 게다."

"그래예."

"너, 나하구 여기서 같이 일하자."

견훤은 자기를 닮아 늠름한 체구의 동생을 아래위로 훑어보았다.

"무슨 일인데예?"

능애는 비로소 그의 옆에 앉았다.

"우리두 한바탕 깃발을 날리자."

"이 낯선 고장에서예?"

"된다."

"……."

"그런데 너 말투를 고쳐야겠다. 여기 사람들하고 어울리자면 네 말투를 가지고는 안 된다."

"와예?"

"거봐. '와예?' 하면 여기 사람들은 못 알아듣는다. 말이 통하지 않으면 마음이 통할 수 없구, 따라서 합심이 안 된단 말이다."

"어떻게 고치는교?"

"귀를 기울이구 여기 사람들의 말투를 배우면 된다. 나도 그랬다."

"아버지를 따르나 형을 따르나 매한가지 아인교? 난 상관없는기라. 그런데 형, 정말 자신 있는교?"

"있다."

"있으문 크게 한바탕 해 보시이소. 까짓것, 왕후장상(王侯將相)이라구 씨가 따로 있는교?"

"너, 문자를 쓰는구나."

"문자가 아니라예. 사벌주에 가 보시이소. 입 가진 사람은 다 이 말을 씁니더."

"가자."

견훤은 능애를 데리고 동네에 들어가 앞뜨락에 병정들을 모았다.

"느으들 잘 듣거라, 되놈 해적을 막는 이 토벌대는 지금 이 시각을 기해서 해산한다."

뜻밖의 한마디에 잠시 멍청해하던 병정들은 웅성거리기 시작했다.

"조용해라. 집에 갈 사람은 가도 좋구, 대장을 따라 계속 토벌에 종사할 사람은 그래도 무방하고, 또 나를 따를 사람은 따라와도 좋다."

견훤은 병정들의 반응을 지켜보았다. 웅성거리는 속에서 서울 친구가 한마디 했다.

"말씀이 좀 이상한 것 같은데요."

"뭐가?"

"대장의 명령이 아니라 부장님이 마음대로 해산하라는 것으로 들린단 말입니다."

"맞다."

"나라에 법도가 있는데 그래도 됩니까?"

"된다."

서울 친구는 입을 다물어 버렸다.

견훤의 단호한 기세에 눌렸는지 병정들은 숨소리를 죽이고 무거운 침묵이 흘렀다.

"우리는 무얼 하는 사람들이냐?"

견훤은 맨 앞에 선 병정에게 물었다.

"군인입니다."

"누구를 섬기는 군인이냐?"

"여왕 폐하를 섬기는 군인입니다."

"맞다. 그럼 우린 무엇 때문에 있는 군인들이냐?"

"여왕 폐하의 적을 무찌르기 위해서 있는 군인입니다."

"그것도 맞다."

견훤은 한 바퀴 휘둘러보고 나서 가라앉은 목소리로 계속했다.

"여기 여왕 폐하를 해치려는 적이 한꺼번에 두 명이 나타났다고 하자. 한 명은 망치로 폐하의 머리를 내리치려는 큰 적이요, 한 명은 치마 끝이나 베어 가는 작은 적이다. 어느 쪽부터 먼저 때려 부셔야 하느냐?"

병정들은 합창하듯 외쳤다.

"그야 큰 적이지요."

"너희들 정신이 똑바로 박혔다. 우리는 여기 온 지 햇수로 삼 년. 그동안 너희들도 보고 들은 것이 있을 게다. 안에서 여왕 폐하의 백성을 갉아먹고 나라를 결딴내는 벼슬아치들이 큰 적이냐, 아니면 가끔 나타나 보채다가 도망치는 되놈아들이 큰 적이냐, 이것을 분명히 하자."

"벼슬아치들이오."

병정들이 목청을 높였다.

"남의 일이 아니다. 이 벼슬아치라고 부르는 좀벌레들은 그동안 우리 군인들도 갉아먹었다는 것을 모르는 사람은 없을 것이다. 인자하신 폐하께서는 양곡은 물론, 갖가지 고기에 별식까지 보내 주셨는데 우리는 무엇을 먹었느냐? 꽁보리에 콩을 섞어 먹지 않았느냐? 그나마도 배불리 먹지 못했다. 배부른 사람이 있으면 손을 쳐들란 말이다……. 우리는 모두 허기졌다. 도중에서 벼슬아치들이 갉아먹었기 때문이다."

병정들의 얼굴에는 분노의 빛이 나타나고 또 웅성거리기 시작했다.

"이게 있을 수 있는 일이며, 그냥 둘 수 있는 일이냐 말이다!"

견훤이 허공에 주먹을 불끈 쥐고 흔들자 병정들은 흥분했다.

"때려 부수자!"

새까만 친구가 한 걸음 앞으로 나섰다.

"우리 대장이라는 자도 군량미를 갉아먹는 것을 알고 있습니다. 갉아서 술 처먹구 계집질했다, 이 말입니다."

견훤이 무어라고 하기 전에 병정들은 저마다 떠들썩했다.

"염소를 죽여라!"

"그놈의 얌생이를 밟아 죽이자!"

병정들은 조금 떨어져 산기슭에 있는 군관의 처소로 쏟아져 뛰기 시작했다. 견훤은 달려가 앞을 가로막았다.

"안 돼!"

병정들은 엉거주춤했다.

"옳은 일을 하겠다는 사람들이 초장부터 난동을 부려? 이렇게 나온다면 나는 너희들과 일을 같이 못하겠다."

"……."

"더구나 대장님은 우리가 지금까지 받들어 모신 분이다. 세상에는 질서가 있고, 사람에게는 서차라는 것이 있는 법인데 어른으로 모시던 분을 밟아 죽여? 이건 인간의 도리가 아니다."

"그럼, 어떻게 해야 합니까?"

"내게 맡겨. 내가 오늘 이러는 것도 진실로 폐하를 위하는 충정에서 나온 것이다. 이제부터 대장님을 뵙고 나올 터이니 그동안에 각자 마음을 정해라."

그는 대장의 처소로 성큼성큼 걸어갔다.

"하-, 헛기침이라도 하고 들어올 것이지."

대낮부터 젊은 여자의 허벅지를 만지면서 술을 찔금찔금 마시고 있던 대장은 멋쩍게 웃었다. 견훤은 아무 소리 않고 들어가 마주 앉았다.

"우리 대장님은 서울에서도 이름을 떨치는 장수라, 너 알아 모셔야 한다."

견훤의 공치사에 대장은 염소수염을 만지작거리면서 싫은 얼굴이 아니었다.

"한잔 따라 드려. 우리 부장 같은 장수 중의 장수를 수하에 거느린 나야말로…… 뭐라고 할까, 술기운에 마음 내키는 대로 말하자면 한신(韓信)을 거느린 유방(劉邦)의 심정이라고나 할까."

희게 나왔다. 조무래기가 희어 봐야 별수 없지마는 술맛이 마음에 걸렸다. 이것은 보통 술이 아니다.

"이 술 참 별미올시다."

여자가 입을 나불거렸다.

"궁온(宮醞)이라고, 대궐에서 빚은 술이래요. 지난여름의 무공을 치하하사 폐하께서 직접 보내신걸요."

염소는 흠칫하는 눈치였으나 곧 입을 헤벌리고 손수 한 잔 따랐다.

"그러잖아도 부장 이하 모모한 군사들을 불러 한자리 베풀려던 참이오."

이 물건이 무공을 독차지한 데다 술단지마저 슬쩍했구나.

"고마운 말씀이오. 그런데 대장, 영기라는 장군을 아십니까?"

"영기? 아다마다. 나하고 같은 효종랑의 낭도루 자별한 사이였지. 그런데 부장은 어떻게 알지?"

"아까 지나가는 사람한테 들었습지요."

"그 사람 무슨 일이 있었나?"

예상대로 소식불통이로구나. 너무나 오랫동안이다. 너희들은 호의호식에 권세와 주색에 취해서 육체가 허약해졌을 뿐 아니라 정신도 아울러 혼미해졌다. 허약하고 혼미해서 휘청거리니 도처에서 어린애 팔 비틀기로 얕잡아보고 들고 일어난 거다.

"큰 무공을 세웠다더군요."

"그럴 거야. 우리 화랑도(徒)는 언제 어디서나 임전무퇴의 정신으로 싸우거든. 그게 어디래?"

소식불통 정도가 아니라 그믐밤이다.

"사벌성에 반란이 일어났는데 그 영기라는 장군이 나가서 사흘 만에 쳐부수고 서울에 개선했다더군요."

"하하, 그런 일이 있었군. 옛날 같은 낭도로 함께 단련을 받을 때부터 한가락 할 사람이라고 점을 찍어 뒀지. 나한테는 약간 미치지 못했지만 말이야."

견훤은 술을 들이켜고 응대를 하지 않았다.

"그 당시의 학덕으로나 무술로 친다면 나는 하루에 평정했을 거야. 그 정도의 차는 있었지."

"그렇지 않을 겁니다."

견훤이 한마디 했다.

"그건 또 무슨 소리요?"

염소는 안색이 변했다.

"하루도 안 걸렸을 게다, 이 말씀이지요."

"하루도 안 걸려?"

"대장님의 위명(威名)으로 말씀드리자면 나타났다는 소문만 들어도 좀도둑쯤은 혼비백산할 거다, 이런 말씀입니다."

"하긴 그럴 수도 있지. 이봐, 부장에게 술을 따라 드려."

대장은 한마디 하고 문갑에서 서류를 꺼내 그의 앞에 펼쳐 놓았다.

"이건 어제 조정에서 내려온 건데 말이야……. 아 참, 부장은 까막눈, 글을 배울 틈이 없었다지."

그는 크게 기침을 했다.

"나더러 서울로 올라오라는 거야."

"잘됐군요."

"들어 봐요. 도처에서 들고 일어나는데 이걸 싸악 쓸어버릴 장수가 필요하거든. 조정에서 며칠을 두고 의논 끝에 이 서남해에서 용명(勇名)을 떨친 나밖에 없다, 이렇게 된 모양이야."

여왕의 치맛자락을 붙잡고 배때기에 비계가 늘어진 소위 대신이라는 아이들, 정신이 혼미한 정도가 아니라 아물거리는 모양이다. 잠자코 있는데 염소는 문서의 한 대목을 가리켰다.

"이것 봐요, 아 참, 부장은 까막, 아니 저어, 하여튼 말이야, 서울에 올라오는 대로 일약 장군을 제수하시고 일만 병력으로 각처를 전전(轉戰)하여 못된 놈들을 깨끗이 짓밟아 없애 버리라, 이런 말씀이야."

"……."

"그런데 내가 떠나면 이 서남해는 어떻게 되지? 그게 걱정이란 말이야."

"걱정 말고 떠나시오."

견훤은 무뚝뚝하게 나왔다.

"떠나시오라니?"

견훤은 그를 힐끗 건너다보고 여자를 향했다.

"애, 너 좀 나가 있어."

여자는 삿대질을 했다.

"내 대장님을 모신 지 일 년도 넘었소. 더구나 곧 장군이 되실 분을 말이오. 그런데 애가 뭐요?"

"남자들끼리 할 말이 있다. 나가."

"세상에는 법도가 있고 예절이라는 게 있는데 부장은 너무하지 않소? 안 그래요. 장군님?"

그의 성미를 아는 염소는 멍청하니 바라보기만 하고 견훤은 눈을 부라렸다.

"너, 말이 많다."

"장군님, 이걸 보구만 있어요?"

견훤은 한쪽 팔을 걷어 올렸다.

"너, 나갈 것이냐, 죽을 것이냐, 어느 쪽이냐?"

여자는 겁에 질려 일어섰다. 그가 문밖으로 사라지자 견훤은 입을 꾹 다물고 대장을 노려보았다. 심상치 않은 공기에 대장은 쉬지 않고 입을 놀렸다.

"서울 가면 나 혼자 가겠소? 부장도 같이 가는 거요."

"……."

"내가 장군이 돼서 토벌군의 총관(摠官, 사령관)이 되면 조정에 천거해서 부총관이 되도록 하겠소."

"……."

"관등도 한참 뛰어서 적어도 대나마(大奈麻)는 돼야 하고."

"……."

"부장의 혁혁한 무공을 어전에 아뢰어 후한 상과 함께 서울에 대궐 같은 집도 마련토록 할 것이고."

"……."

"고르고 골라 절세의 가인을 배필로 삼고."

"……."

"허나 그 뿐인가, 식읍(食邑)도 내릴 것이오."

"……."

"적어도 이백 호는 돼야지."

"……."

"부장, 내 말이 안 들리오?"

"너 말 다했어?"

"어어, 부장 왜 이러지?"

견훤은 말없이 두 팔을 걷어붙이면서 다가앉았다.

"생각하니 내 여태까지 부장에게 미안한 일이 한두 가지가 아니오."

견훤은 한 손으로 그의 멱살을 잡았다.

"부총관을 시켜 준다니까."

견훤은 잡은 멱살을 번쩍 쳐들고 일어섰다. 두세 번 천장에 대고 머리를 짓찧은 다음 한 주먹으로 얼굴을 쥐어박고 구석에 내동댕이쳤다.

"염소, 너 희게 놀았겠다."

버티고 선 견훤은 비실비실 일어나 앉는 대장을 내려다보았다.

"하ㅡ, 부장 오해요."

염소는 온 낯이 웃음이 되어 그를 쳐다보았다.

"궁온 때문에 비위가 상한 모양인데 사실은 그게 아니오."

"……."

"단지째 부장에게 보내려고 했소."

"……."

"그런데 고것이 그냥 두고 반주를 하라는 거요."

"……."

"보내 드리라고 그렇게 호통치는데도 앙큼한 것이 말을 들어야지."

"……."

못나도 지지리 못났구나. 하기는 이래서 하늘이 공평한지도 모른다. 두고두고 제대로 된 인간들만 등용한다면 신라는 영원히 계속되고, 왕족과 거기 붙은 떨거지들만 영원히 잘살 것이 아니냐. 잘사는 것도 돌려가면서 잘살아야지 그 패들만 자자손손 잘산다면 이건 공평한 처사가 못 된다. 구백 년도 더 되었으니 신라도 슬슬 무덤으로 갈 채비를 한다고 보면 과히 틀리지 않을 것 같다. 서울이고, 시골이고, 전국에 퍼져 있는 벼슬아치들, 저 구석에 죽치고 앉아 있는 못난이 같은 인간들은 그 무덤을 파는 일꾼들이고.

생각에 잠겼는데 염소가 또 입을 놀렸다.

"부장, 이제 오해가 풀리는가 보구만."

견훤은 뒷짐을 지고 그를 내려다보았다.

"당장 보따리를 싸 갖고 서울로 꺼져라!"

쳐다보는 염소의 입술이 떨렸다.

"아, 아 - 니."

"마땅히 죽일 것이로되, 인생이 가련해서 살려 준다."

"호, 가기는 가겠는데……."

고개를 떨어뜨린 염소는 몇 번이고 침을 삼키고 나서 그를 쳐다보았다.

"어두워진 후에 떠나면 안 되겠소?"

"체면을 생각하는 모양인데, 깍듯이 보내 줄 테니 당장 짐을 꾸려!"

"호 - , 고맙소."

염소는 일어서기는 했으나 정신 나간 사람처럼 방 안을 이리저리 헤매고 목침이며 술상을 들었다 놓았다, 갈피를 잡지 못했다.

견훤은 문밖에서 떨고 있는 여자를 불러들였다.

"너, 다 들었지? 병정도 몇 명 보내 줄 테니 부리나케 짐을 싸 갖고 부리나케 나와야 한다."

떨기는 해도 염소보다 몇 배 담찬 여자였다.

"말은 주시나요?"

"말?"

"말이 있고 없음에 따라 짐도 달라질 게 아니에요?"

"네가 탈 말까지 두 필을 준다."

"병정은요?"

"한두 명 붙여 줄까?"

"고마워요."

"다른 건 몰라도 술단지만은 꼭 안고 가라."

견훤은 한마디 남기고 병정들이 모여 있는 동네 앞뜨락으로 돌아와 얼굴에 미소를 지었다.

"대장께서는 장군으로 영전되어 서울로 돌아가신다……."

그는 한바퀴 훑어보고 계속했다.

"서울 출신, 서울 출신이 아니라도 좋다. 장군을 모시고 서울 갈 사람은 앞으로 나와."

입 까진 서울내기가 눈치를 살피다가 앞으로 나오자 오륙 명이 뒤를 이었다.

"너희들은 급히 짐을 챙겨 갖고 대장님의 처소로 가라. 가서 말에 안장도 얹고 짐 꾸리는 일도 도와 드려라."

그들은 짐이라야 별것이 없는지라 삽시간에 챙겨 가지고 대장의 처소로 달려갔다. 서울은 그 이름만으로도 사람을 잡아끄는 힘이 있는 모양이었다.

염소의 일행이 나타나자 견훤은 대오를 정제하고 깍듯이 인사를 드렸다.

"안녕히 가십시오."

"오-, 뒷일을 잘 부탁하오."

염소는 거드름을 피우며 지나갔다.

일행이 사라지자 고향으로 갈 사람들도 보내 버렸다. 남은 것은 삼십 명. 모두 오고 갈 곳 없는 밑바닥 인생들이었다.

"너희들도 언제든지 떠나고 싶으면 떠나도 좋다. 그러나 말하고 가야지 도망치는 자는 군률로 다스린다."

그럭저럭 해가 저물었다. 견훤은 병정들을 해산시키고 능애와 함께 숙소로 돌아왔다.

"그 대장이란 머슴아, 장군이 돼 간다는 게 정말인교?"

저녁상을 마주하고 능애가 물었다.

"정말이다."

시장한 김에 긴 말을 하지 않고 밥을 퍼먹는 형을 물끄러미 바라보던 능애가 중얼거렸다.

"파이다."

"파이다?"

"와, 그눔알 없애 삐리지 그냥 보냈는교?"

"너, 그 말투 고치라니까."

"그게 하루 이틀에 됩니꺼."

"......"

"그눔아가 장군이 되문 아버지도 토벌하고, 장차 우리도 토벌할기라."

"......"

"그런 눔알 살려 보냈으니 말은 다 했고만."

"......"

"형은 얼이 빠진기라."

"어서 밥이나 먹어."

"안 그런교?"

"들어 봐. 그런 얼간이가 토벌군의 대장이 돼야지, 똑똑한 친구가 나오면 이쪽이 곤란하잖아?"

"……."

"또 있다."

"뭔교?"

"살생(殺生)으로 일을 시작하는 건 좋지 않다. 자칫하면 내가 잔인무도하다는 소리를 듣거든."

"……."

"그래 가지고는 부하들이 심복(心服)을 하지 않는다."

"듣고 보니 그럴듯하데이."

잠자코 밥을 퍼먹던 능애가 또 한마디 했다.

"그건 그럴듯한데, 형 오늘 웃겼데이."

"웃겨?"

"그 얼간이한테 납쭉하게 군례(軍禮)를 올린 건 뭐여?"

"……."

"뒤에서 봤는데 투덜거리는 병정도 있더레이."

"투덜거려?"

"콧방귀도 뀌고."

"내 말 들어 봐."

견훤은 양치질을 하던 숭늉대접을 내려놓았다.

"전쟁은 죽이고 살리는 놀음이고, 이 놀음을 하는 것이 군대다."

"……."

"치라면 치고 죽으라면 죽어야 한다. 이것이 안 되면 오합지졸이지 군대는 아니다. 전쟁을 못한단 말이다."

"……."

"윗사람을 우습게 보고, 나가라는데 들어오고, 앉으라는데 선다고 하자. 전쟁이 될 것 같니?"

"그건 안 될 기라."

"불문곡직하고 윗사람을 섬기지 않는 군대는 제구실을 못한다."

"……."

"내가 윗사람을 우습게 아는 모범을 보이면 어떻게 되지?"

"맞다, 형의 말이 맞다."

"……."

"큰일 날 뻔했네."

"뭐가?"

"절을 안 해도 큰일 날 뻔했는데, 그눔알 죽여 뻔짔더라문 이거 정말 야단 아이가."

견훤은 대답하지 않았다. 능애는 밥을 다 먹고 나서 또 한마디 던졌다.

"형예."

"뭐야?"

"그동안 많이 달라졌네예."

"곤할 텐데 일찍 자라."

나란히 잠자리에 들어 한동안 말이 없기에 잠든 줄 알았던 능애가 또 말을 걸어 왔다.

"형은 큰일 할기라."

"자라니까."

"잠이 와야지예."

"……."

"지금 생각하니 아버지는 안 되겠다."

"……."

"눈에 거슬리는 눔아들은 몽조리 잡아 죽이는기라."

“…….”

“그런데에, 삼십 명밖에 안 남은 애들 보고도 가고 싶으면 가라, 이건 파이다 아이가.”

“자라니까.”

“다 가면 우리 형제만 남을 기 아이가?”

“…….”

“단둘이서 뭘 할낀데예?”

“안 간다. 안심하고 자라.”

“정말인교?”

“정말이다.”

“안 가도 삼십 명은 너무 적다.”

“…….”

“형, 안 그런교?”

“사람은 얼마든지 있다.”

“그래예.”

“…….”

“내 여기 오기를 잘했는갑다.”

“너 피곤하지 않니?”

“와예.”

“밤낮 사흘을 뛰어왔다면서.”

“내가 몇살인교? 스무살 아인교? 그 정도로 피곤하면 죽어 없어지는 게 낫지예.”

“…….”

“형, 피곤한교?”

“너를 생각해서 그런다.”

"그라문 자라 카지 말고, 묻는 말에나 대답하이소."

"오늘만 날이냐? 천천히 두고 물어라."

"한 가지만 묻겠심니더."

"뭐냐?"

"그 시꺼먹은 여왕 폐하는 와 처드는교?"

"너 말조심 해."

견훤은 일어나 앉았다.

"내사 마 모르겠다. 이제 와서 여왕 폐하고 지랄이고 있는교?"

"그런 말버릇 못쓴다."

"형이나 내나 역적의 아들놈이라, 죽기 아이문 살기 아인교?"

"아버지는 아버지고 아들은 아들이다."

"형, 산으로 가는교, 바다로 가는교?"

"네 말뜻을 알겠다. 얘기하자면 길어지니까 오늘은 자자."

"아버지는에 기왕지사 이렇게 된 바에는 용상에 앉은 그 가시나 가만 두나 보라고 말끝마다 큰소리라요."

"우린 여왕 폐하에게 충성을 다한다고, 이렇게 나가는 거다."

"요지경 같데이."

"어차피 세상은 요지경이다."

"알았심니더."

견훤은 이불 속에서 생각했다. 돌을 쌓아 놓고 나무에 천 조각을 매단 서낭단(城隍壇)도 귀신이 있다고 이름을 지어 놓고 보면 심약한 사람들은 그 앞을 지날 때마다 가슴이 두근거리게 마련이다.

구백 년 동안 단장하고 떠받들고 갖가지 전설로 초를 쳐 놓은 것이 왕실이다. 백성들은 임금이라는 말만 들어도 아주 높고 귀한 신선같이 생각하고 가슴이 설렌다. 여왕을 선녀(仙女)로 알고.

배짱으로 이름난 나 견훤이만 하더라도 일찍이 서울에서 친구들과 어슬렁거리다가 임금의 행차가 있다는 바람에 겁이 나서 내빼다가 붙들리지 않았는가. 덕분에 돼지고기와 술을 얻어먹었지만.

이것이 천하 백성들이 생각하는 임금이다. 그리하여 자기들을 괴롭히고 못살게 구는 일이 있어도 그것은 임금의 잘못이 아니고 그 옆에 있는 못된 대신들과 벼슬아치들의 농간이라고 생각한다. 임금에게는 잘못이 있을 수 없는 것이다.

겨우 허약한 병정 삼십 명을 거느린 주제에 초장부터 이런 임금을 어째 보겠다고 입을 놀린다는 것은 하룻강아지가 범을 잡겠다고 큰소리를 치는 것이나 진배없는 일이다. 십중팔구 웃음거리가 될 것이고 얻어터지고 맞아 죽을 것이다.

그는 잠이 들었다.

이튿날 아침 견훤은 병정들을 이끌고 길을 떠났다. 우선 가장 가까운 무령(武靈, 전남 영광군)을 쳐서 앉을 터전부터 마련하자. 능애는 신이 나서 조랑말을 타고 옆에 따라붙었다.

떠나기 전에 단단히 일러두었다.

"우리야말로 진정한 여왕 폐하의 군대다. 폐하의 군대가 백성을 괴롭힌다는 것은 말도 안 된다. 따라서 백성들의 물건을 뺏는 일은 물론, 백성들을 때려도 안 되고 욕해도 안 된다. 한마디로 말해서 우리는 폐하의 백성을 보호하는 폐하의 군대다. 이걸 뼈에 사무치도록 명심해라."

한 녀석이 물었다.

"그럼 먹고 입는 것은 어떻게 마련합니까?"

"황공하옵게도 폐하의 조정을 속이고 백성을 괴롭혀 자기 배를 불린 도둑놈들의 물건을 찾아 마련한다."

"근사하네요."

이런 소리가 들렸다.

"일러두지마는 누가 도둑이고 아니고는 내가 정한다. 제멋대로 도둑이라 지목하고 제멋대로 소동을 부리는 자는 용서 없다."

맑은 가을 하늘 아래 병정들은 힘차게 전진했다. 용감하고 믿음직한 견훤, 그가 하는 일에 실수란 있을 수 없고, 거기 한몫 낀 자기들의 앞날도 창창할 것이었다.

성문을 지키는 병정들은 문 옆에 둘러앉아 장기를 두고 있었다.

"장군이야."

한 친구가 크게 소리를 치자 상대방은 물러 달라 앙탈이고 구경하던 친구들은 물러 주라거니 무르는 법이 없다거니 팔뚝질이었다.

"너희들은 뭐냐?"

선두의 견훤이 다가서 눈을 부라리자 모두들 입을 헤벌리고 쳐다보는 가운데 장군을 부른 병정이 손에 쥔 장기쪽을 딸가닥거리면서 일어섰다.

"어디서 오시는 군인들입니까?"

그는 일행을 멍청하니 바라보았다.

"너희들은 뭐냐고 물었다."

견훤은 무서운 눈으로 그를 위아래로 훑었다.

"성문을 지키는 초병들입니다."

"초병이 장기를 둬? 이 하늘 아래 장기를 두라는 초병도 있느냐 말이다!"

그의 서슬에 앉았던 병정들도 비실비실 일어섰다.

"이놈들을 묶어라."

병정들은 달려들어 다섯 놈을 한 오랏줄에 차례로 묶었다.

"태수(太守)의 처소로 인도해라!"

묶인 병정들은 잠자코 앞장서 가다가 한 명이 애걸했다.

"서울서 오셨는가 보구만. 잘못했습니다."

"……."

"태수의 처소에 가면 저희들은 죽습니다."

"……."

"제발 한 번만 용서해 주시오."

"……."

"예?"

"니, 말이 많데이."

능애가 조랑말 위에서 창대로 한 대 후려치자 잠잠해졌다.

자기 집 대청에 앉은 무령군 태수는 반주를 기울이며 점심을 먹는 중이었다. 시중을 들던 젊은 여자는 낌새를 알았는지 슬그머니 일어나 뒷문으로 사라졌다.

"어찌 된 군인들인고?"

이십이 될까 말까. 핏줄을 잘 타고나서 이 애숭이가 무령군 태수라, 요즘 신라 천지를 둘러보면 호수(號數)가 틀리지 않은 것이 없지만 여기도 예외가 아니다. 한두 개 틀리는 것쯤은 하늘의 실수 아니면 심심풀이로 치부할 수도 있겠지만 돌아가면서 모조리 틀린다는 것은 예삿일이 아니다. 천하대란이냐 아니냐, 그것은 틀린 호수의 많고 적음에 달려 있는데 모조리 틀렸으니 대란일 수밖에 없는 것이다.

병정들을 거느리고 마당 복판에 창을 짚고 선 견훤은 잠자코 쳐다보기만 했다.

"왜 대답이 없는고?"

이미 얼근히 취한 태수는 휘청거리며 일어서 견훤을 노려보았다.

"너, 이리 내려와."

"너라니? 이 무엄한 놈, 게 누구 없느냐?"

옆문으로 하인 한 명이 기웃거리다가 그냥 도망쳐 버렸다. 그래도 태수는 큰소리였다.

"나로 말하면 여왕 폐하의 스무촌 동생 되는 사람이다. 태수라도 나 같이 지체 높은 태수는 드물다, 이놈들아."

능애가 흙발로 올라가 얼굴을 한 대 쥐어박고 허리띠를 잡아챘다.

"이 무슨 짓인고?"

허리띠를 쳐들자 허공에서 대롱거리는 것을 더욱 높이 쳐들고 내려와 마당에 엎어 놓았다.

"폐하와 가까울수록 더욱 충성을 해야지, 꼭대기에 피도 안 마른 것이 계집질에 토색질이 뭐냐 말이다."

견훤이 한마디 하자 태수는 아까와는 딴판으로 떨기 시작했다.

일행이 뒷짐을 묶인 태수를 앞세우고 조금 떨어진 관가로 들어갔다. 이 구석 저 구석에 몰려 앉아 장기 아니면 바둑을 두던 관원들은 겁에 질려 엉거주춤 일어서는 자, 그대로 앉아 뭉개는 자, 가지각색이었다. 관가를 지키는 병정들이라는 것들도 처마 밑에 앉아 졸다가 놀라 일어서기는 했으나 어쩔 줄을 모르고 입을 헤벌렸다.

관원들이고 병정들이고 관가에 있던 자들은 모두 시키는 대로 마당에 내려와 무릎을 꿇고 견훤은 층계를 몇 단 올라 그들을 내려다보았다.

"우리는 바닷가에서 당나라 해적들과 싸우던 군인들이고, 내 이름은 견훤이다."

울타리 안에는 기침소리 하나 없이 살벌한 분위기가 감돌았다.

"너희들은 죽어야 한다!"

견훤이 목청을 높이자 엎드린 자들은 사색이 되어 숨을 허덕였다.

"폐하의 녹을 먹으면서 폐하의 백성을 갉아먹었으니 죽지 않고는 배기지 못할 것이다.”

아래윗니를 맞부딪치며 떠는 자도 있었다. 견훤은 목소리를 낮췄다.

“우리는 폐하를 위해서, 또 폐하의 백성들을 보호하기 위해서 만부득이 일어섰다.”

까무라쳐 모로 쓰러지는 관원도 있었다.

“밖에서 쳐들어오는 당나라 해적은 좀도둑이요, 너희들은 관복을 입은 날강도들이다. 인자하신 여왕 폐하의 기대를 어기고 걱정을 끼쳐 드린 너희들이야말로 불충막심한 역적들이다. 그래 가지고도 살겠다면 이건 짐승들이지 인간이 아니다.”

어김없이 죽일 눈치라 사색이 된 자들은 애처로운 하소연으로 나왔다.

“저는 토색질한 것을 남김없이 바치겠습니다.”

“저도요.”

“저도요.”

“……..”

‘저도요’의 물결이 한바탕 지나고 이런 하소연도 나왔다.

“십대독자올시다. 제발 저만은…….”

오래도록 지켜보고 있던 견훤이 다시 입을 열었다.

“신민(臣民)을 자식같이 아끼시는 폐하의 그 인자하신 마음을 헤아려 목숨만은 구해 준다.”

저마다 한숨이 터져 나오고 이마를 땅에 조아렸다.

“또 이 견훤은 살생(殺生)을 좋아하지 않는다. 나는 폐하의 인자하신 마음과 부처님의 자비로운 뜻을 받드는 신라의 무사다.”

군중의 얼굴에는 사라졌던 핏기가 되살아났다. 그러나 견훤은 느닷없이 고함을 질렀다.

"대신, 토색질한 물건은 실오라기 하나라도 감추면 삼족을 멸한다!"

그들은 병사들의 창끝에 휘몰려 옥에 들어가고 무장을 뺏긴 관가의 병정들은 관원들의 집을 향해 흩어져 뛰었다.

달구지에 실려 온 양곡은 관가의 곳간을 메우고 금붙이며 옥이며 값나가는 물건들도 적지 않게 대청에 쌓였다.

바칠 것을 바치고는 대문 밖에서 떨며 눈물을 짜는 노인과 아녀자들을 바라보고 서 있던 견훤은 능애에게 일렀다.

"그자들을 끌어내라."

"다만 며칠이라도 혼쭐내는 게 아인교?"

"아니다."

"태수라는 애두예?"

"그렇다."

능애는 시큰둥해서 옥으로 걸어갔다.

"태수 일어서."

옥에서 나온 관원들이 다시 마당에 무릎을 꿇자 견훤은 그를 불러 세웠다.

"하늘이 실수를 해서 너 같은 철부지를 이 막중한 자리에 앉혔다. 말하자면 호수가 틀린 것이다."

태수는 고개를 떨어뜨리고 대답이 없었다.

"네가 앉아 마땅한 호수로 말하자면 거렁뱅이가 제일이고, 좀 낮게 보아도 궁벽한 시골 관가의 서사 이상은 아니다."

"……."

"살려 준다고 했으니 살려 준다. 여기 남아 거렁뱅이를 할 것이냐, 아니면 서울로 돌아갈 것이냐?"

"돌아가겠습니다."

기어드는 소리로 대답했다.

"지금 당장 떠나라."

그는 마당의 군상을 둘러보고 말을 이었다.

"태수를 모시고 서울 갈 사람은 누구든지 좋다. 다 가라. 고향에 돌아
가고 싶은 사람도 마음 놓고 돌아가라. 또 여기 남아 나하고 일하고 싶
은 사람은 환영한다."

"……."

서로 마주보고 웅성거렸다.

"갈 사람은 당장 떠나라!"

그의 호통에 높은 관원들은 다 떠나고 이 고장 출신 밑바닥 관원 몇
명만 남았다.

"좋다. 너희들은 안심하고 일하되 여태까지처럼 협잡질은 안 통한다
는 걸 명심해라. 오늘은 집에 가 쉬고 내일부터 나오는 거다."

그들이 대문 밖으로 사라지자 그때까지 한모퉁이에 서 있던 병정들
도 정리해 버렸다. 고향으로 가겠다는 자는 보내고 남겠다는 자들 중에
서 쓸 만한 것만 골라 휘하에 편입했다. 이십 명.

소문이 어떻게 퍼졌는지 알 수 없으나 해가 떨어지기 전에 사람들이
성찬을 차려 들고 찾아왔다.

"체했던 것이 내려간 듯 시원합니다."

"그놈들 못되게 놀더니만 천벌이 내린 것입니다."

듣기 좋은 소리들뿐이었다.

"그런데 우리네 백성들은 안심해도 됩니까?"

견훤은 무슨 까닭인지 즐비하게 차린 상을 보면서 오래도록 생각한
끝에 입을 열었다.

"여러분을 위해서 온 사람들인데 안심 여부가 있겠소? 오늘 밤은 여러분의 뜻을 받들어 우리 모두 취하도록 먹고 마시겠소."

군이 사양하는 것을 마다하고 주찬 값이 되고도 남을 금붙이를 쥐어 돌려보냈다.

긴장된 하루를 보낸 병정들은 술이 들어가자 마음이 풀렸는지 춤도 추고 노래도 불렀다.

견훤은 도중에 일어서면서 능애에게 눈짓을 했다.

"어디 가는교?"

밖에 나서자 능애가 물었으나 견훤은 대답을 하지 않고 곧바로 동문으로 걸음을 재촉했다. 많지 않은 병력이라 파수는 둘만 서 있었다.

문루에 올라 잠자코 어둠 속을 바라보던 견훤은 파수병의 옆구리를 찔러 데리고 내려왔다.

"소리를 내지 말고 문을 살짝 열어 놔. 적이 온다."

네 사람은 칼을 빼어 들고 어둠 속에 비켜섰다.

발자국 소리가 가까워지면서 속삭이는 소리도 들렸다.

"이것들, 정말 얼이 빠졌네."

"지금쯤 술에 곯아 떨어졌을 거야."

그뿐이 아니었다.

"태수께서는 이름난 화랑이신데 촌놈 군인 잘못 걸렸지. 참 신묘한 계략이십니다."

어두워 잘 보이지 않았으나 사오십 명 같기도 하고 백여 명 같기도 했다. 문밖에서 발을 멈추는 듯하더니 태수의 목소리가 들렸다.

"임전무퇴, 이것이 화랑정신이다. 이 정신으로 우리는 삼국을 통일했다. 이 정신만 있다면 좀도둑 같은 건 문제도 안 된다. 그리고 한 가지 일러둘 게 있다. 그 견훤인가 하는 소도둑같이 생긴 두목 말이다. 지금쯤 술에 곯아 떨어졌을 터인데 취한 걸 목 자르는 것은 화랑도에 어긋난다. 찬물을 끼얹어 갖고 정신이 바짝 들게 한 연후에, 죽어 마땅한 연유를 일러 준 다음 목을 베는 거다. 살생유택(殺生有擇)이거든. 가만 있자. 정신이 들더라도 마음대로 베지 말고 내게 알려라. 아무래도 내 손으로 자르는 것이 좋을 것 같다."

두 손에 하나씩 칼을 든 견훤은 옆에 선 능애를 돌아보았다. 그도 두 손에 칼을 들고 침을 삼키는 소리가 들렸다.

태수의 일장 연설이 끝나자 그들은 문을 메우고 몰려 들어왔다. 견훤의 칼이 어둠 속에서 번뜩이며 번갈아 내리치자 헉헉 하는 비명이 일고 다른 세 사람도 난도질을 퍼부었다. 엎치고 덮치고 쓰러져 아우성치는 가운데 칼에 맞아 목숨이 끊어지는 애절한 소리들이 허공을 찢고 성벽에 메아리쳤다.

십여 명의 시체들을 남기고, 꼬리에 붙었던 자들은 엎어지고 자빠지며 도망쳐 버렸다. 초병들은 문을 닫아걸고는 횃불을 켜 가지고 자빠진 자들을 비췄다.

태수도 있었다. 눈을 감고 꼼짝하지 않는 것을 능애가 발로 찼으나 역시 움직이지 않았다.

"뒈졌는갑다."

"안 죽었다. 그놈 목을 쳐라."

태수가 후닥닥 일어나 무릎을 꿇었다.

"잘못했습니다. 제발 목숨만은……."

견훤이 응대를 하지 않고 턱을 쳐들자 능애가 내리치는 칼에 그의 목이 떨어져 뒹굴었다.

"이 문루에 달아매라."

초병들에게 이르고 견훤은 돌아서 걸었다.

"형은 귀신이 다 됐는 기라."

"무슨 소리야?"

"적이 올 줄 어떻게 알았는교?"

"……."

"나도 좀 압시다예."

"응, 너도 알아 두는 게 해롭지 않겠다. 아까 백성들이 가져온 그 진수성찬, 그게 보통 백성들이 차릴 수 있는 게 아니지?"

"맞다. 하하, 그눔들도 한통속이었구나."

"시키는 대로 했겠지."

"그러니 한통속이 아인교? 잡아죽여야지예."

"내버려둬. 백성들은 바람 부는 대로 나부끼는 풀이라 생각해라."

"다시는 안 올까 모르겠다."

"안 온다."

"동문으루 올 건 어떻게 알았는교?"

"지형도 그렇고, 전쟁을 많이 하다 보면 마음에 짚이는 것이 있다."

"그래예."

"……."

"애숭이 태수는 불쌍하더라."

"불쌍하지."

"그럼 살려 줄 것이지예."

"견훤이라는 사나이는 항복하는 자는 다 살려 주되 적으로 돌아서면 무섭다는 소문을 낼 필요가 있다……. 참, 내일 어려운 백성들에게 양곡을 좀 나눠 줘라."

능애는 형이 더욱 믿음직했다.

세달사 世達寺

궁예는 지게에 잔뜩 얹고도 성큼성큼 잘 걸었다. 쌀자루, 연장, 이불
보따리, 그 위에 냄비까지 비끄러맨 잡동사니였다. 그러나 어머니는 하
찮은 옷 보따리를 머리에 이고도 처지기 일쑤였다.

무심코 가다가 발을 멈추고 기다리면 어머니는 땀방울이 맺힌 이마
를 한 손으로 훔치며 따라오곤 했다. 그 보따리를 냄비 위에 얹자고 해
도 듣지 않았다. 힘에 겨운 것이 눈에 보이는데도 무겁지 않다 우기고는
좀 쉬어 가자고 했다.

가을이 깊어 가고 밤이면 제법 쌀쌀했다. 밥은 어디서나 지어 먹을 수
있었으나 잠자리가 마땅치 않았다. 어디든 민가에라도 들어가면 좋으
련만 어머니가 듣지 않았다.

"이백 리는 가 놓고 보자."

가끔 빈집이 눈에 띄면 들어가 자기도 했으나 대개는 구석진 바위 밑

에서 밤을 새웠다. 어머니는 이불에 꽁꽁 말아 드리고 자기는 옷을 겹겹으로 입었다. 편하게 살아 본 역사가 없어 그런지 이렇게 밤을 지내도 아침이면 어머니도 자기도 별 탈 없이 일어나 밥을 지어 먹고 또 길을 떠났다.

사람의 눈을 피해 사잇길을 택한 데다 어머니의 걸음이 느려, 여러 날 만에 이백 리를 벗어났다.

큰 강이 보이는 언덕이었다. 어머니는 주저앉으면서 한숨을 내쉬었다.

"나도 이제 다된 것 같다."

사십을 갓 넘었건만 고생으로 엮은 세월에 머리는 반백이 되었고 허리도 구부정했다. 자기에게 바친 그 숱한 나날의 수모와 고통, 어머니를 보던 궁예는 난생처음으로 눈물이 쏟아질 것만 같아 고개를 돌렸다가 짐 속에서 도끼를 빼 들고 일어나 길가의 나무를 한 대 찍었다. 낫으로 가지를 치고 잘 다듬어 어머니의 손에 쥐어 주었다.

"지팡이를 하세요."

"착한 녀석."

어머니는 그렇게 기뻐할 수가 없었다. 생각하면 여태까지 어머니에게 해 드린 것이라고는 싸움질로 골치 아프게 만들어 드린 것이 고작이다. 아들에게서 받은 지팡이 하나……. 어쩌면 이 하찮은 막대기 하나가 어머니로서는 이 세상에서 처음 받아 보는 선물인 것도 같았다.

"저기 보이는 것이 한강(漢江)이다. 옛날 고구려 사람들은 아리수(阿利水)라고 불렀단다."

"아리수……. 좋은 이름이네요."

"응. 이 강을 건너면 안심해도 괜찮을 게다."

"어디로 갈 건가요?"

무작정 북으로 왔다 뿐이지 뚜렷한 목표가 있는 것은 아니었다. 그러나 어머니는 도망 다니는 데 익숙해서인지 가 보지 못한 고장의 소식도 적지 않게 알고 있었다.

"이 강을 건너 이십 리 남짓 가면 장의사(藏義寺, 지금의 세검정 초등학교 자리)라고 있단다. 괜찮은 절이라는데 우선 그리로 가 보자."

숲 속에 마주 앉아 점심을 들면서 어머니는 이 강에 얽힌 이야기도 해 주었다.

"딱히 어딘지는 모르지만 이 근처란다. 아차산성(阿且山城, 지금의 워커힐)이라고 있었는데 이 성에서 신라하고 고구려가 크게 붙었단다."

궁예는 고구려 편이지 신라 편일 수 없었다. 고구려가 이기기를 바랐는데 결과는 그 반대였다.

"결국 고구려가 패하고 성을 지키던 온달 장군은 전사하고……."

"이제 가 보실까요."

궁예가 먼저 일어섰다.

나룻배로 강을 건너니 사지에서 벗어난 기분이었다.

오랜만에 민가에 들어가 더운 음식으로 배를 채우고 따뜻한 방에 눕자 어머니는 그동안의 피곤이 한꺼번에 몰리는지 곧 잠이 들었다. 궁예는 세상모르고 코를 고는 어머니를 지켜보았다.

뼈에 가죽을 씌운 듯한 앙상한 얼굴, 닳을 대로 닳아 손톱도 별로 남지 않은 뭉뚝한 두 손. 세상은 그에게 너무나 오랫동안 감당하기 어려운 매질을 해 왔다. 그것도 나 때문이다.

어떻게든 이 어머니의 소원을 풀어 드려야 하겠고, 생전에 다만 몇 해라도 호강을 시켜 드려야 하겠다. 그것도 안 된다면 하늘은 여지없이 불공평하고 억울해서 이 세상을 어떻게 산단 말인가.

자기를 죽이려 들었다는 신라의 왕실, 자기가 앉을 수도 있었다는 용상, 운명이라는 것이 있다면 심술궂기 그지없는 물건이다. 될 수만 있다면 돌아가면서 주리를 틀고 싶었으나 하루 세 끼 보리밥도 어려운 주제에 어쩔 것이냐. 아예 생각을 말자. 그는 노곤하면서 잠이 쏟아졌다.

이튿날은 습성대로 일찍 일어났으나 어제까지처럼 서두를 것은 없었다. 느지막이 길을 떠난 그들은 오정이 지나 좁은 골짜기에 자리 잡은 장의사를 찾아들었다.

절은 그다지 크지 않았으나 주위의 산들이 좋고 앞을 흐르는 시냇물이 아름답기 이를 데 없었다.

산문을 들어서려는데 젊은 중이 앞을 가로막았다.

"어디루 가는 거야?"

아래위로 훑어보는 꼴이 사람을 우습게 보는 눈치다. 하기는 잡동사니를 지게에 짊어진 궁예의 모양새도 그렇고, 꾀죄죄한 어머니의 몰골도 그렇고, 아무도 우러러보게는 안 되어 있다.

"주지스님 만나러 가오."

"뭣 하러?"

"하여튼 주지스님을 만나야겠소."

"네까짓 게 뭔데?"

궁예는 지게를 내려놓고 작대기를 뻗쳤다. 이 중놈의 새끼, 매라는 것은 소문으로만 들었지 맞는 못 본 모양이다. 그는 한 걸음 다가섰다.

"말 다했어?"

어머니가 끼어들었다.

"얘가 철이 없어서……. 주지스님을 뵙고 긴히 의논 드릴 일이 있어서요."

"주지스님은 바빠요."

"그래도 좀 뵙게 해 주시오."

"그 의논이라는 게 도대체 뭐요?"

"글쎄……. 뵙고 말씀드려야겠는데……."

"난 중으로 안 뵌다 이거요?"

"무슨 말씀을……."

어머니는 두 손을 모아 쥐고 말끝을 흐렸다.

"재를 올리는 거요, 신수를 보는 거요?"

"…….."

어머니는 대답을 못했다.

"그 어느 쪽두 공짜는 없소. 더구나 여기는 고명한 사찰이라 한두 푼 갖고는 안 되오."

"그게 아니고 저어……."

"아니면 뭐요?"

"얘를 출가(出家)시키려고요."

"이 외눈깔을 중으로 만들어 달라. 이런 말이오?"

어머니의 대답이 나가기 전에 궁예는 잽싸게 그의 멱살을 잡았다. 외눈깔, 이건 애꾸보다도 몇 곱절 아프게 가슴을 쳤다.

"너 그 말 다시 해 봐!"

중은 힘을 못 썼다.

"노, 놓고 얘기하, 합시다."

요동을 쳤으나 궁예에게는 턱도 없었다.

"못 놓는다."

"마, 말로 해야지, 이런 버, 법이 없소."

"너 아까 말을 어떻게 했지?"

"미, 미안하게 됐습니다."

"주지스님한테 인도할 것이냐, 안 할 것이냐?"

"하, 하다마다."

"너 따위 열 마리쯤은 한 주먹에 없애 버린다. 앞장서 걸어!"

젊은 중은 크게 숨을 내쉬고 걷기 시작했다. 그의 뒤를 따르면서 어머니는 일이 틀렸다고 한숨을 섞어 가며 속삭였으나 궁예는 못 들은 척했다.

"장의사의 중이 되겠다?"

점심을 마치고 양치질을 하던 주지는 이를 쑤시면서 둘을 번갈아 보았다. 술 냄새를 풍기고, 밀어 놓은 상에는 생선이며 제육이며 절간에는 없는 것으로 알고 있던 것들이 즐비했다. 주지라면 나잇살이나 먹은 줄 알았는데 아무리 보아도 자기와 비슷한 또래였다.

"그렇습니다."

궁예는 부탁하는 처지라 내키지 않았으나 공손히 나갔다. 올챙이배에 얼굴에는 개기름이 흐르는 주지는 크게 트림을 하고 엮어 내려갔다.

"이 절로 말하자면 고명하기로는 신라에서도 몇째 간다. 옛날 무열왕께서 친히 어명을 내려 지으신 관사(官寺)다. 백제와 싸우다가 용감히 전사한 장춘랑(長春郎)과 파랑(罷郎), 이 두 분 화랑의 명복을 빌기 위해서 말이다. 너 이런 내력은 들었겠지?"

"못 들었어요."

"그것도 모르고 이 절의 중이 된다? 안 될 말이지."

"……."

"속인이라도 이 장의사의 내력쯤은 알아 둬야 한다……. 그래서 말이다. 왕실에서는 특히 전장(田莊)도 많이 내리시고 철 따라 심심치 않게 진귀한 물건도 보내 주신다."

"……."

씨도 먹히지 않은 소리에 궁예는 아예 입을 다물어 버렸다.

"가만있자, 어느 쪽으로 왔지?"

"저 남쪽 고개를 넘어 왔어요."

궁예가 잠자코 있자 어머니가 대답했다.

"그러면 오면서 보았겠군. 고개 너머 그 넓은 논이 반 이상 우리 전장이다."

"……."

"전장뿐인가. 사노비(私奴婢)도 수십 명 있지. 이렇게 탄탄한 절은 신라 전국을 통틀어도 몇 안 된다."

"……."

생각 같아서는 한 대 쥐어박고 일어서고 싶었으나 주지를 어떻게 했다가 또 관가 놀음이 나올지 모른다. 궁예는 참았다.

"이쯤 되는 고명한 절이라 여간해서는 들어오기 어렵지."

또 '고명'이 나왔다. 탄탄하고 고명해서 대낮에 주지라는 자가, 더구나 애송이 녀석이 절간 한복판에서 돼지고기를 씹고 술을 퍼 마시고? 가만있자, 요즘 이름난 절간의 주지 중에는 서울의 높은 사람들과 핏줄이 닿는 풋내기들이 적지 않다는 말을 들은 일이 있다. 이 아이도 믿는 데가 있는 모양이다.

"스님은 귀골이십니다."

궁예는 다물었던 입을 열었다.

"허어ー, 사람을 알아보는군. 나는 속성(俗姓)이 김씨다."

김씨라면 왕족이다. 나도 김씨라면 김씨지만 원수지간이다. 있으라고 해도 안 있는다.

그런데 주지는 더욱 희게 나왔다.

"그런즉 신라 천지에서 이 장의사를 건드릴 자는 없다. 있을 수 없지."

요즘 나라 꼴이 개판이 돼 간다더니 개판 바람은 절간에까지 불어 온 모양이다.

"안 그러냐?"

"그렇지요."

궁예는 약간 삐딱하게 대답했으나 주지는 술기운이 있는지라 홍이 났다.

"암. 그런데 너 관상을 배웠느냐?"

"아니요."

"그럼 어떻게 내가 귀골인 걸 알았지?"

궁예가 같잖은 얼굴로 천장을 쳐다보자 어머니가 나섰다.

"배운 게 없는 저 같은 아녀자의 눈에도 귀골로 보이시는걸요."

"귀하고 천한 것은 하늘이 정하는 것이라, 그 말이 맞을 것 같군. 그런데 너 글은 어디까지 배웠느냐?"

"일자무식이오."

궁예는 퉁명스럽게 대답했다.

"에끼, 일자무식으로 이 장의사의 중이 되겠다? 이거, 작대기로 하늘의 별을 따자는 것과 무엇이 달라?"

궁예는 일어섰다.

"어머니, 가십시다."

어머니도 따라 일어섰다. 문을 나서는데 벽에 기대앉은 주지는 게슴츠레한 눈을 치뜨고 한마디 했다.

"전장에서 종으로 땅을 팔 생각이 있으면 그건 시켜 주지."

대답도 하지 않고 마당을 가로질러 산문으로 나오는데 아까 젊은 중이 눈치를 보면서 슬슬 피했다. 홧김에 이놈이라도 죽신하게 두들겨 팰까 부다. 돌아서 한 걸음 내디디는데 어머니가 팔목을 잡았다.

"너 왜 이러니?"

궁예는 꽁무니를 빼는 중을 노려보다가 다시 지게를 짊어지고 걷기 시작했다.

"애, 너 정말 그러지 마라. 겨우 한강을 넘어왔는데 여기서 소동을 부리면 어디로 가니? 더 갈 곳도 없다."

틀린 말은 아니다. 세상 인간들아, 제발 부아만 돋구지 말아 달라, 이거다.

"알았어요."

"부탁이다."

"안 한다면 안 해요."

어머니는 지나가는 사람에게 물어가며 좁은 골짜기를 서(西)로 빠져t 다시 북행길을 더듬었다.

"다음은 어디지요?"

한참 가다가 궁예가 물었다.

"우선 좀 쉬어 가자."

어머니는 놀리던 지팡이를 멈추고 길가에 주저앉아 머리의 보따리를 내려놓았다. 절간에서 부아를 돋구는 바람에 시장한 것을 잊었는데 오늘은 점심을 놓쳤구나. 궁예는 지게를 내려놓고 점심 보자기를 꺼냈다.

보리에 콩을 섞은 밥덩이를 씹으면서 어머니는 탄식했다.

"장의사는 이름난 절이라고 해서 믿고 왔는데 이럴 줄은 몰랐다."

그러나 궁예는 차라리 잘됐다고 생각했다. 그 신라 왕족이라는 올챙이 주지가 받아 주었다면 피차 무사하지 못했을 것이다. 언젠가는 맞붙을 것이고 맞붙으면 그 작자의 모가지가 성하지 못할 것은 어김없는 사실이다.

일은 그것으로 끝날 리 만무하고 나는 붙들려 사지를 찢길 것이고 어머니도 화를 당할 것은 정해 놓은 이치다.

"까짓것 모두 안 받아 주면 나두 생각이 있어요."

궁예는 큰소리를 쳤다.

"생각이라니?"

법과 순종과 굴욕의 세계에서 잡초처럼 살아온 어머니는 궁예의 성품을 아는지라 또 무슨 엉뚱한 일을 저지를지 모르겠다고 불안한 표정이었다.

"이 도끼 하나면 알아봐요."

"도끼?"

어머니는 더욱 불안했다.

"이 도끼로 나무를 찍어다가 적당한 고장에 암자를 하나 지으면 되지요."

"암자만 짓는다고 일이 되니? 불단에 부처님두 모셔야 하구, 가사에 목탁두 있어야 하구."

"……."

그런 것쯤이야 장의사같이 배부른 절간의 창고에 들어가면 얼마든지 있지 않은가, 야밤중에 들이치면 되는 것이다.

"그걸 다 갖췄다고 되는 것두 아니다. 나라에 법도가 있어 스님들이 천거해서 승첩(僧牒)을 받아야 중이지, 그게 없으면 협잡꾼으로 몰린다. 관원들이 잡아간단 말이다."

"……."

그럴 법도 하지만 없으면 없는 대로 하면 되지. 시끄럽게 굴면 냅다 뛰고.

"경도 외울 줄 알아야 하구."

"……."

"이런저런 걸 다 제쳐놓고, 너 왜 중이 되려고 했니? 글을 깨우치려고 절간을 찾은 게 아니냐?"

"……."

"그렇잖니?"

"그것도 생각이 있어요."

"생각만으루 될 일이냐?"

"글 잘하는 스님을 모셔 놓고 가르쳐 달라고 하지요."

"그럴 팔자라면 중이 될 것도 없잖니? 할 수 없어 절간을 찾는 주제에 무슨 뚱딴지같은 소리냐?"

"암자에 글줄이나 하는 중을 끌어다 놓구 가르치라면 되지요, 뭐."

"끌어다 놔?"

"다리몽둥이를 분질러 앉은뱅이를 만들면 제까짓 게 어딜 가겠어요. 그래 놓고 윽박지르면 안 가르치고 배겨요?"

"세상에 내 원. 너 정말 큰일 칠 애로구나."

"……."

"금은보화를 강도질했다는 소리는 들었어도 글을 강도질했다는 소리는 못 들었다."

"……."

"글이라는 건 말이다. 스승으루 모시는 분에게서 공손히 배우는 것이지 가르치라고 윽박지르고 어쩌고 한다는 것은 들도 보도 못했다."

"……."

"힘으로 임금의 자리를 뺏는 수는 있다더라만 글을 뺏는다는 것은 고금에 없는 일이다."

"……."

없으면 내가 글 강도의 시조(始祖)가 되면 될 것 아닌가.

"너 시큰둥해 앉은 걸 보니 이 에미 말이 귀에 안 들어가는가 보구나."

"다 들어왔어요."

"그런데 왜 대답이 없니?"

"……."

"너 아무래도 일을 치겠다. 생각해 봐라. 남쪽은 못 가게 돼 있지, 동쪽은 내 고향 소머리라 진작부터 관의 손이 뻗쳐 있고, 서쪽은 바다 아니냐, 북쪽은 오랑캐 땅이고."

"……."

"마음을 돌린 줄 알았더니 그게 아니로구나. 난 이제 물에 빠지든지 목을 매든지 결판을 내야겠다."

어머니는 먹던 밥덩이를 떨어뜨리고 통곡을 시작했다.

이렇게 나오면 재간이 없었다.

"하는 데까지 해 볼 테니 이러지 마시오."

궁예는 한 걸음 후퇴했다. 그러나 실컷 울고 나서도 어머니는 멍청하니 건넛산을 바라보고 오래도록 말이 없었다.

"너도 참는 법을 좀 배워라."

어머니는 비로소 무거운 입을 열었다.

"네……."

어중간한 대답이 나왔다.

"사람이 누가 밸이 없겠니? 나도 있다. 머리를 숙이고 싶어 숙이고, 무릎을 꿇고 싶어 꿇는 줄 아니?"

"……."

"네 팔자에도 그렇다 하고, 내가 보기에도 그렇고, 하여간 너는 큰일을 치기는 칠 걸로 생각해 왔다."

"……."

"좋은 쪽으로 큰일 치기를 바랐는데, 이건 걸핏하면 주먹질 아니면 박치기라, 그쪽은 틀린 것 같고……."

"……."

"팔자가 그러면 좋지 못한 쪽으루 큰일을 쳐도 어쩔 수 없는 일이지. 하지만 이대로 가다가는 그쪽으로 큰일을 치기도 틀린 것 같다."

"……."

"참는 것을 배우지 않고서는 말이다."

한마디 한마디가 가슴을 쳤다.

"알아들었니?"

"네."

"더 바라지 않는다. 네가 들어앉을 절간을 찾을 때까지만이라도 그 성미를 좀 죽여라."

"네."

다시 길을 떠난 그들은 절간이라면 크고 작음을 가리지 않고 들어가 머리를 숙였다. 그러나 중이 된다는 것도 쉬운 일이 아니었다.

먹을 것이 남아도는 절간에서는 배가 불러 손을 내젓고, 먹을 것이 덜한 절에서는 군식구쯤으로 보고 고개를 흔들었다. 좀 멋을 부리는 절간에서는 두툼한 책을 꺼내 놓고 읽어 보라고 했다. 글에는 까막눈이라 눈총을 맞으면서 쫓겨나는 도리밖에 없었다. 그래도 궁예는 잘 참았다.

며칠을 두고 헤맨 끝에 찾아든 것이 정주(貞州, 豊德) 고을 백련산(白蓮山) 세달사(世達寺, 후세에 흥교사[興敎寺]로 개칭, 경기도 개풍군 흥교면 흥교리에 있다)였다.

그다지 크지 않은 중간쯤 되는 절이었다. 날이 어두워 산문을 들어서는데 다른 데서처럼 까다롭지도 않고 주지스님도 곧 만나 주었다.

"중이 되겠단 말이지?"

오십 대 반백의 스님은 눈으로 웃고 있었다.

"그렇습니다."

궁예는 순순히 대답했다. 다른 스님들과는 달리 찬 기운을 풍기지 않는 것만도 우선 안심이 되었다. 스님은 눈을 돌려, 등잔불을 한참 바라보다가 가라앉은 목소리로 말을 이었다.

"돌중이 될라면 몰라도 진실로 이 길을 가려면 어려운 대목이 한두 가지가 아니다……. 그보다도 시장들 하겠구나……."

그는 농사꾼 같은 손으로 종을 흔들어 동승을 불렀다.

"나하고, 손님 두 분, 겸상을 해 오너라."

길을 떠난 후로 이런 대접은 처음이었다. 어머니는 짐 속에 먹을 것이 있다고 했으나 스님은 들리지 않는 양 응대가 없었다.

"일자무식인데 괜찮을까요?"

어머니는 말머리를 돌렸다.

"그야 배우면 되지요."

스님은 아무렇지도 않게 대답했다.

저녁식사는 죽주 시골에서 먹던 것에 비하면 약간 나은 편이었으나 장의사 주지의 식탁과는 댈 것도 아니었다. 보리와 콩에 흰쌀이 약간 섞인 밥에 찬이라고는 산채밖에 없었다.

상을 물리고 나서 한동안 말이 없던 스님은 등잔불에서 눈을 떼지 않고 천천히 입을 열었다.

"하기야 훌륭한 중이 되어 준다면 고마운 일이지. 의원이 육체의 병을 고친다면 중은 마음의 병을 고치는 사람이다."

"……."

"요즘은 말세라서 그런지 중 비슷한 것도 드물다. 권세를 믿고 거드 렁거리는가 하면 전장에서 지어다 주는 것을 먹고 빈둥거리니 살만 찌고 남의 병을 고치기는커녕 돌아가면서 해치고 있다. 사람들의 마음을 말이다. 마치 돌팔이가 사람을 잡듯이."

궁예는 장의사의 중들을 머리에 그리면서 맞는 말이라고 생각했다.

"그런 돌중이 하나 더 생겼다고 세상에 보탬이 될 것은 없고……. 너 무엇 때문에 중이 되려는 거지?"

돌아보는 스님에게 궁예는 성품대로 솔직하게 나왔다.

"글을 배우려고요."

"글을?"

"네, 집이 가난해서 달리 변통이 없길래 중이 되자는 겁니다."

"으—응, 알아듣겠다."

"…….."

"글을 배워서는 무엇에 쓰지?"

"아직은 모르겠고, 배운 연후에 알게 될 것 같습니다."

스님은 웃었다.

"허허, 묘한 녀석이로군."

"글만 가르쳐 주신다면 중이 안 돼도 좋습니다."

옆에 앉은 어머니는 진땀을 흘리고 스님은 또 한 번 웃었다.

"허허, 가르쳐 주지."

"중이 안 돼도 됩니까?"

"절간에도 법도가 있으니 중은 돼야 하고……."

어머니가 엎드렸다.

"이렇게 고마울 데가 어디 있겠습니까?"

"좋은 아들을 두었소. 되면 큰 중이 될 것이오."

"고맙습니다."

어머니는 다시 한 번 머리를 숙였다. 궁예는 자기 일이 해결되어 한시름 놓았으나 어머니가 걱정이었다. 오면서 보니 큰 강들이 바다로 흘러 들어가는 고장이라 경치는 좋았으나 두세 채, 많아야 오륙 채 모여 사는 동네가 있을 뿐, 인적이 드문 두메였다.

그러나 어머니는 모든 근심걱정이 사라진 양 흡족한 얼굴로 일어섰다.

"가끔 얘를 찾아봐도 괜찮을까요?"

"그럼요. 그런데 이 밤중에 어디루 가시오?"

"아무데나 이 근처 민가에 가서 하룻밤 지내지요."

"이 절에도 빈 방이 몇 개 있는데 모자가 같이 주무시오."

"아녀자가 괜찮을까요?"

"괜찮소."

어디까지나 소탈한 스님이었다. 궁예는 이 세상 인간 치고 바로 뵈는 것은 어머니밖에 없었는데 하나 더 늘었다고 생각했다.

"곤할 텐데……."

스님은 혼자 중얼거리면서 종을 흔들어 또 동승을 불렀다.

"손님들 자리를 만들어 드려라."

모자는 동승을 따라 밖에 나섰다.

이튿날 아침.

첫 새벽에 시작된 독경 소리는 일정한 억양 속에 온 절간에 퍼져 울렸다. 어떻게 들으면 운율을 갖춘 노래와도 같아 귀에 거북하지 않았다. 적어도 이삼십 명은 되는 모양이다.

어머니는 간밤에 저녁을 얻어먹고 아침에 또 밥을 얻어먹는다는 것은 말이 안 된다고 일찍부터 서둘렀다. 어디든지 자리를 잡는 대로 알리겠다고도 했다. 어제 잠자리에 들면서 주지스님에게 부탁하면 어떠냐고 했더니 아예 말도 꺼내지 말라는 것이었다. 너 한 사람이 지는 신세만도 태산 같은데 무슨 염치로 그런 말을 꺼내느냐, 자칫하면 네 일까지도 틀어질 염려가 있다고 막무가내였다.

스님에게 하직 인사를 드린다고 대웅전 모퉁이에서 기다리는데 먼동이 틀 때 시작된 독경은 날이 밝아서야 끝났다.

"벌써 가실라구?"

다른 중들이 흩어지고도 얼마 있다가 염주를 한 손에 들고 나온 스님은 어머니의 인사에 이렇게 대답했다.

"얘를 잘 부탁드립니다."

어머니는 다시 한 번 허리를 굽혔다.

막상 헤어지게 되니 궁예는 눈시울이 뜨거워 고개를 쳐들고 하늘을 쳐다보았다. 곧 해가 뜰 모양이다.

"떠나는 거야 떠나야겠지만 조반은 들어야 할 게 아니오?"

"웬걸요, 어서 가 봐야지요."

스님은 굳이 말리지는 않았다.

"차츰 쌀쌀해지는데 몸조심해야겠구만."

함께 산문을 향해 걸으면서 이런 말도 했다.

머리에 조그만 보따리를 이고 구부정한 허리에 지팡이를 짚은 어머니가 오늘처럼 외롭고 처량해 보이기도 처음이었다.

산문 안, 아름드리 삼(杉)나무 밑에 세워 둔 지게는 그대로 있었다.

"내가 찾아갈 때까지 이 짐을 잘 간수해 둬라."

어머니는 발을 멈추고 궁예에게 일렀다. 잡동사니를 바라보던 스님이 궁예를 돌아보았다.

"고향으로 돌아가시는 줄 알았는데 아주 떠나온 거로구나."

"네……."

스님은 잠시 생각하다가 돌아섰다.

"내 방으로 갑시다."

"웬걸요."

어머니는 사양했으나 스님은 앞장서 걷기 시작했다.

"따라오시오."

그의 말에는 복종을 요구하는 권위가 있었다.

방에 돌아와 또 겸상으로 조반을 들었으나 식사가 끝날 때까지 스님은 말이 없었다.

"내 짐작이 가오. 여기는 험한 고장이라 섣불리 나섰다가는 고생하기 십상이오."

스님은 책상에 돌아앉아 먹을 갈면서 이렇게 말했다.

"아니올시다. 저는 밭일이든 집안일이든, 다 할 수 있으니 제 걱정은 마세요."

스님은 대답하지 않고 종이에 글을 써서 봉했다.

"여기서 서쪽으로 삼십 리 가면 영안촌(永安村, 예성강[禮誠江] 하구의 창릉동[昌陵洞])이라고 있소. 장사하는 사람들이 사는 마을인데 강돌(剛乭)이라는 노인을 찾아 이 편지를 전하시오. 애써 줄 것이오."

"이거 원 미안스러워서."

어머니는 엎드리고 스님은 궁예에게 물었다.

"참, 네 이름은 뭐지?"

"돌, 그저 돌이라고 합니다."

궁예가 대답하는데 어머니가 헛기침을 했다. 어려운 부탁을 할 때의 버릇이었다.

"죄송합니다. 배운 게 없다 보니 이름도 제대루 못 짓구, 스님께서……."

어머나 궁예 자신이나 이름은 한이 맺힌 일이었다. 그 흔해 빠진

'돌'이라는 이름조차 제대로 불러 주는 사람이 드물고, '애꾸'가 뒤집혀 '꾸애', 거기서 '꿍애', 심지어 비틀 대로 비틀어 '꿍앵', 얼마 전부터는 돌중이 입을 나불거리는 바람에 '궁예'가 되고 말았다. 동네북이 돼 버린 이름이다.

궁예는 문득 한강을 굽어보는 언덕에서 어머니가 하던 한마디가 가슴에 와 닿았다.

"착한 녀석."

어머니와 헤어지는 마당에 이 한마디를 이름으로 간직할 수는 없을까?

"스님, 착한 녀석이라고 어떻게 씁니까?"

"응?"

생각에 잠겼던 스님이 되물었다.

"착한 녀석이라고 어떻게 쓰는지 물었습니다."

"으- 응, 착한 녀석이라……. 선인(善人)이라고 쓸까……. 그런 뜻으로 이름을 짓고 싶은 모양이구나."

스님은 머리도 빨리 돌았다.

"그렇습니다."

스님은 잠시 생각하다가 붓을 들어 종이에 적었다. 善宗.

"착할 선에, 마루 종, 선종이다. 옛날 사람들 같으면 '착한 마로'라고 읽었을 것이다."

선종. 좋은 이름이다. 어머니도 마음에 드는 모양이었다.

"귀한 사람의 이름 같다."

"스님, 그걸 이름으로 해도 괜찮겠습니까?"

"그럼, 네 마음에 달렸지."

"중이 되면 법명이라는 게 새로 붙는다는데 전 속명이고 법명이고 통틀어 선종으로 하겠습니다."

"그렇게 하려무나."

스님은 시원스럽게 대답했다. 어머니가 또 헛기침을 하고 입을 열었다.

"죄송스럽습니다만 그 이름, 저도 하나 적어 주실 수 없을까요."

스님은 말없이 새로 정하게 두 벌을 써서 하나씩 주었다. 궁예는 저고리 안주머니에 넣고, 어머니는 봇짐을 풀고 옷 갈피에 챙겼다. 어머니가 절하고 일어서는데 스님은 궁예에게 일렀다.

"네가 모시고 갔다 오너라."

"아닙니다. 저 혼자 갈 수 있습니다."

스님은 사양하는 어머니에게는 대답하지 않고 덧붙였다.

"아까 짐도 져다 드려라."

"아이구, 낯선 분을 찾아가는데 이삿짐까지 함께 들이닥치면 염치가 없어서……."

"괜찮소."

스님은 짤막하게 한마디 하고 따라 일어섰다.

신발을 신고 한 걸음 옮기다가 어머니가 돌아섰다.

"스님은 무어라고 하시는지……."

"내 이름 말이오?"

툇마루에 나선 스님이 물었다.

"네에."

"허공(虛空)이오. 생각이 안 날 때는 허공을 쳐다보시오."

스님은 한 손으로 하늘을 가리키고 방으로 들어갔다.

"세상에는 저런 분도 있구나."

나란히 걸으면서 어머니는 목이 메었다. 궁예는 잠자코 걷다가 산문에서 지게를 걸머지었다.

늦가을이라 붉은 단풍은 검게 퇴색하여 만물이 시들어가는 낙엽의 계절이 시작되었건만 산이고 바다고 모든 것이 아름답게만 보였다. 특히 처음으로 확 트인 바다를 보는 것은 놀라운 경험이었다. 어제까지의 어둠이 물러가고 바다와 같이 넓고 밝은 앞날의 초입에 들어선 느낌이었다.

같은 짐도 덜 무겁게 느껴졌다. 이제 궁예 아닌 선종, 그는 가벼운 마음으로 걸으면서 이름을 적은 종이를 꺼내 손가락으로 허공에 그리다가 그만두었다. 밑에 붙은 '宗'자는 간단해서 그럭저럭 그릴 수 있는데 위에 붙은 '善'자는 복잡해서 어디서부터 어떻게 손을 대는 것인지, 엄두가 나지 않았다.

어머니는 나란히 걸으면서 말없이 그의 손을 잡았다 놓곤 했다. 즐거움이란 별로 없고 슬픔과 괴로움으로 엮은 세월 속에 자별하게 다져진 정애(情愛)의 끈을 풀고 헤어지는 아쉬움에 어머니는 소리 없이 울고 있는 것이다.

"얘, 선…… 네 이름이 '선' 뭐더라?"

"선종."

"그래 선종아, 틈이 있을 때 너를 찾아가도 괜찮을까?"

"괜찮지요, 뭐."

"수도에 방해된다고 스님이 뭐라지 않으실까?"

"방해되긴요."

"어느 절간이나 아녀자들이 들락거리는 걸 꺼리지 않니?"

"어머니는 아녀자가 아니고 부처님이시오."

"너 그런 벌 받을 소리 마라."

어머니는 정색했으나 선종은 개의치 않았다.

"저도 틈나는 대로 어머니 부처님을 찾아뵙겠어요."

"내가 공연한 소리를 꺼냈구나. 부탁이다. 마음잡고 공부해야 한다."

"죽자 사자 싸움질하던 것처럼 공부질을 하면 되지요?"

어머니는 실로 오래간만에 허리를 꺾고 웃었다.

"그래, 맞았다."

큰 강이 바다로 흘러드는 대목에서 선종은 발을 멈췄다. 영안촌은 이 근처일 터인데, 육지에는 산뿐이고 인가는 보이지 않았다.

"여기서 점심을 들고 가지요."

그가 지게를 내려놓고 앉자 어머니도 봇짐을 내리고 옆에 앉았다.

"바다가 참 아름답구나."

어제 먹다 남은 보리밥덩이를 씹으면서 어머니가 탄성을 발했다. 그 것은 고생에 찌든 초로의 얼굴이 아니라 천진스러운 소녀의 표정이었다. 어머니도 마음에 여유가 생긴 모양이다.

"좀 편한 데 자리를 잡으시면 좋을 텐데."

"내 걱정은 마라, 네가 잘됐으니 더 바랄 것이 없다. 입에 풀칠이나 하면서 네가 크게 되기를 부처님께 빌며 살아 갈란다."

한동안 잠자코 밥을 씹는데, 뒤에서 인기척이 났다. 활을 멘 소년이 산에서 내려와 앞을 지나가는데 옆에는 칼도 차고 있었다. 어깨에 걸친 그물주머니에는 장끼와 까투리 한 쌍이 들어 있고- 사냥을 갔다 오는 모양이다. 오솔길을 따라가는 소년을 바라보던 궁예가 씹던 밥을 넘기면서 불쑥 일어섰다.

"이봐, 뵈는 게 없어?"

또 본성이 드러나는가 보다 - 어머니는 그의 손을 잡아 앉히려고 했으나 듣지 않았다.

돌아선 소년은 멍하니 바라보기만 했다.

"뵈는 게 없느냐고 물었다."

"네?"

"너, 이리 와!"

소년은 순순히 다가왔다. 이목구비가 깨끗하게 생긴 가운데서도 특히 맑은 눈이 사람의 마음을 끄는 얼굴이었다.

"너 임마, 몇 살이냐?"

"열한 살입니다."

"쬐끄만 게 건방지기는……."

"네?"

"뵈는 게 없어?"

"무슨 말씀인데요?"

"이거 영 틀렸군. 어른들 앞을 지날 때는 인사가 있어야 할 게 아냐?"

"미안하게 됐습니다."

깍듯이 머리를 숙였다.

"이게 미안하다로 될 일이야?"

"……."

"왜 대답이 없어?"

"어떻게 하면 됩니까?"

선종은 저고리 안주머니에서 종이쪽지를 꺼내 펴 들었다.

"이걸 읽으면 용서하고 못 읽으면 그 활을 내놔야 한다."

이제 활은 내 것이 되었다고 생각했는데 피라미 같은 것이 엉뚱하게 나왔다.

"다른 조건은 없지요?"

"깨끗이 없다."

"선종."

소년은 조용한 목소리로 읽고 그를 쳐다보았다. 요것이 글을 아는구나.

"용서했다."

소년은 돌아서 가려고 했으나 선종은 불러 세웠다.

"이봐."

"네."

"이리 와 앉아."

소년은 망설이다가 결심한 듯 그와 마주 앉았다.

"너, 어디 사는 누구냐?"

"영안촌에 사는 왕건(王建)입니다."

"왕거미?"

"왕건입니다. 왕거미라고 놀리는 사람들도 있기는 해요."

"뭣 하는 인간이야?"

"뱃놈이지요."

"뱃놈이라? 뱃놈이 어떻게 글을 배웠어?"

"마을에서 여러 아이들하고 같이 배웠어요."

"돈을 내고 배웠다 이거지?"

"그렇습니다."

"뱃놈이라도 팔자 늘어졌구나."

"……."

"뭣 하는 뱃놈이냐?"

"여러 사람들이 동사(합작)를 해서 당나라에 무역을 다니지요."

"너같이 쬐끄만 게 당나라에 다녀?"

"아버지를 따라 몇 번 갔다 왔어요."

"그래서 돈푼깨나 있다 이거로구나."

"……."

"그런데 내 모를 게 하나 있다."

"?"

소년은 그를 쳐다보았다.

"뱃놈이 활을 메고 칼을 차고, 이거 희지 않아?"

"……."

"희지 않느냐고 물었다!"

"모르는 말씀입니다."

"어떻게 모르는 말씀이냐?"

"바다에 나가면 당나라 해적들이 들끓어요. 걸핏하면 싸움이 벌어지는데, 활과 칼뿐인 줄 아시오? 창이다, 도끼다, 갖출 건 다 갖춰야 해요."

"……."

어렴풋이 들은 일이 있다.

"이제 가도 돼요?"

"안 된다."

선종은 그를 째려보았다.

"아이고, 똑똑해라……."

어머니가 끼어드는 것을 가로막았다.

"너는 역시 희게 놀았다."

"희게요?"

"그렇다."

"……."

"아까 얘기를 들으니 바다에 나가서 활이고 칼이고 하는 건 알겠다. 그런데 너, 지금 그 모양새는 뭐야? 여기도 바다야?"

"사냥을 갔다 오는걸요."

"뱃놈이 사냥이라는 것부터 희단 말이다."

"……."

"안 그래?"

"사냥으로 단련해 둬야 바다에 나갔을 때 싸울 수 있거든요. 또……."

"또 뭐야?"

"이 서해 바닷가에는 언제 당나라 해적들이 나타날지 모릅니다. 손님도 무기를 하나쯤 갖고 다니는 게 좋을걸요."

"……."

"이제 가도 됩니까?"

"안 된다."

어머니는 아무리 보아도 소년의 이야기가 이치에 닿고 선종은 억지였다. 처지가 바뀌 되었다면 벌써 주먹질이 나갔을 터인데 소년은 잘 참았다. 뚝심은 어떨는지 모르지만 자기는 무기를 가졌고 이쪽은 맨손인데.

"너 아까 머리를 숙이기는 했지만 그걸로는 부족하다."

키가 머리 하나는 더 큰 선종이 하나밖에 없는 눈을 비스듬히 내리깔았다.

"네?"

"너, 옆에 앉아 계신 우리 어머니는 아예 안 계신 걸로 치부하고 놀았겠다?"

"미처 생각을 못해 죄송합니다."

소년은 큰절을 하고 일어섰다.

"이제 가도 됩니까?"

"안 된다."

"어떻게 하면 됩니까?"

"그리 않으면 된다."

소년은 안색이 약간 변하는 듯했으나 순순히 도로 앉았다.

"너, 내 마음에 들었다."

"······."

"영안촌에 산다고 했지?"

"그렇습니다."

"강돌이라는 영감을 아니?"

"압니다."

"어떻게 아니?"

"바로 이웃집인걸요."

"뭘 하는 사람이야?"

"우리 마을 대장이지요."

"마을에도 대장이라는 게 있어?"

"나라에서 받은 벼슬이 아니고 장사하는 사람들끼리 뽑은 대장이지요."

"흐응, 바다에 나갔을 때의 대장이구나."

"뭍에서도 대장은 대장이지요."

"우린 그 영감을 찾아가는 사람들인데, 너, 길잡이를 해라."

"네."

"여기서 얼마쯤 가면 되느냐?"

"이 비탈을 돌면 바로 영안촌입니다."

"앞장서 걸어!"

선종으로 변한 궁예는 잡동사니 지게를 걸머지고 일어섰다.

비탈을 돌자 자그마한 토성(土城)이 나타나고 성루(城樓)에는 활을 멘 초병도 보였다.

"이 성이 영안촌이야?"

"그렇습니다."

"역시 희게 노는군."

"네?"

소년이 돌아보았다.

"뱃놈들이 성을 쌓고, 초병까지 세우고, 이게 안 희단 말이야?"

"……."

소년은 응대할 말을 몰라 잠자코 걸었다.

성문에 이르자 선종이 생각하던 것과는 딴판이었다. 시퍼런 창끝을 턱밑에 들이대는데 촌놈의 주먹질이나 몽둥이질로 될 일이 아니었다.

"강돌 영감을 찾아가는 길이오."

두 청년은 이상하다는 듯 서로 마주 보았다. 지게에 잡동사니를 걸머진 허름한 애꾸녀석과 꾀죄죄한 초로의 여인이 이 성의 대장을 찾는다는 것은 아무래도 어울리지 않는 일이었다.

"너 왕거미, 이 사람들을 어떻게 알지?"

"도중에서 만났지, 아는 사람들은 아니에요."

"이거 혹시 해적들의 세작(細作, 간첩)은 아닐까?"

한 친구가 중얼거리자 다른 친구가 창끝을 더욱 바싹 들이댔다.

"바른 대로 말해. 어디서 왔지?"

"허공 스님이 보내서 왔소."

그래도 믿어지지 않는 눈치였다. 어머니는 봇짐에서 스님의 편지를 꺼내 보였다.

"애 왕거미, 너 허공 스님의 글씨를 알지?"

잠자코 봉서를 받아 겉을 훑어보던 왕건은 고개를 끄덕였다.

"틀림없는 것 같아요."

"같아요루는 안 된다."

"틀림없어요."

청년들은 누그러졌다.

"하도 별일이 많아서 이런다. 너 고깝게 생각 말아라. 아주머니도 잘 가시오."

그들은 성안으로 들어왔다.

"이거 고마워서 어떻게 하지?"

어머니는 왕건에게 정말 고마워했다.

"뭘요……."

왕건이 덤덤히 대답하고 선종을 향했다.

"아까부터 곰곰이 생각해 봤는데 무슨 사연이 있는 건 아녜요?"

"사연이랄 건 없다. 허공 스님의 소개로 어머니를 강돌 영감에게 맡기고, 난 내일 세달사에 가서 중이 된다."

"왜 중이 되지요?"

"백수건달이 글을 배우자니 절밖에 갈 데가 있냐?"

왕건은 더 묻지 않고 잠자코 걸었다. 성내에는 제법 큰 기와집들도 있고, 큼지막한 곳간들도 심심치 않게 눈에 들어왔다.

묵묵히 앞을 가던 왕건이 돌아서면서 어깨에 걸친 꿩을 내렸다.

"이 꿩을 어머님께 드리겠어요."

그는 그물 주머니째 어머니 앞에 내밀었다. 어머니는 지팡이를 떨어뜨리고 손을 내저었다.

"아냐, 이럼 우리가 무안하잖아? 정말 이러지 말아 줘."

"괜찮아요."

왕건은 꿩을 선종의 지게 꼭대기에 얹어 놓고 떨어뜨린 어머니의 지팡이를 집어 드렸다.

"집에 갖다 어머님께 드리면 반가워하실 텐데……."

어머니가 지팡이를 받으면서 한마디 더 하자 그는 고개를 흔들었다.

"어머니는 작년에 돌아갔어요."

"저런……."

왕건이 다시 앞장서 걷는데 선종이 불렀다.

"왕건아!"

돌아보는 왕건에게 선종은 좋은 얼굴이 아니었다.

"너, 왜 까부니?"

"……."

발을 멈춘 왕건은 멍하니 바라보고 어머니가 끼어들었다.

"너, 그게 무슨 소리냐? 이렇게 착한 아이를 보고."

그러나 선종은 작대기를 짚고 서서 삿대질을 했다.

"언제 봤다고 이 꿩을 드리겠어요, 어쩌고야?"

"……."

왕건은 난처한 얼굴을 하고 말을 못했다.

"너, 대답을 안 했겠다?"

노려보는데 어머니가 막아섰다.

"고맙다는 말은 못할망정 이게 무슨 짓이냐?"

그러나 선종은 누그러지지 않았다.

"꿩을 공짜로 내민 데는 연유가 있을 게 아냐? 이 선종이 공짜 꿩이나 얻어먹고 댕기는 인간인 줄 알았어?"

"그게 아니고……. 돌아가신 어머니 생각을 했어요."

"으-응."

선종은 어쩐지 가슴이 찡해 오기에 눈을 뚜부럭거리는 수밖에 없었다.

"어머니가 꿩을 잡숫고 싶다길래 산에 가서 헤매다가 겨우 한 마리 잡아 가지고 와 보니……."

그는 말을 맺지 못하고 목이 메었다. 그를 돌아보는 어머니의 눈에도 이슬이 맺혔다.

"해적들의 칼에 맞아 돌아가셨어요."

선종은 침을 삼키고 왕건을 바라보다가 이 세상에 나서 처음으로 사과 비슷한 것을 했다.

"내가 지나쳤다."

다시 걸음을 옮기면서 아무도 입을 여는 사람이 없었다.

왕건은 큰 기와집 앞에서 발을 멈췄다.

"여기가 강돌 영감님 댁입니다."

죽주 고을에서 제일 높은 태수의 집보다도 으리으리한 집이었다.

왕건은 돌아서려다 말고 옆집을 가리켰다.

"저것이 우리 집인데 어머님께서 혹시 일이 있으시면 불러 주시지요."

기와를 이기는 했으나 이 집에 대면 반도 될까 말까 했다.

문전에 지게를 내려놓은 선종은 작대기를 뻗치면서 내뱉었다.

"자슥아, 고맙다."

적어도 어머니가 알기로는 선종의 입에서 고맙다는 말이 나오기는 이것이 처음이었다.

"허공 스님에게서는 전에 글을 배운 일도 있고, 세달사에는 가끔 가니까 또 만나게 될 거예요."

"응, 꿩을 잡아다 바쳐도 이번에는 시비를 안 할 것이다."

왕건은 씩 웃었다.

"자슥아, 웃기는 제엔장."

"법명은 생각해 두었어요?"

"법명이고 속명이고 통틀어 선종이다."

왕건은 돌아서서 가고 선종은 주먹으로 대문을 두드리기 시작했다.

늙수그레한 노파가 빗장을 벗기고 목을 내밀었다.

"어떻게 오셨지요?"

어머니는 허리를 굽신 하고 편지를 내밀었다.

"영감님을 뵈러 왔습니다."

잡동사니 지게와 애꾸, 지지리 허름한 행색의 초로의 여인, 아무래도 이상한지 노파는 묘한 눈으로 그들을 번갈아 보았다.

"여보시오, 사람 구경 처음 했소?"

선종이 내뱉었으나 노파는 못 들은 척 어머니에게 물었다.

"어디서 오셨나요?"

어머니는 얼른 생각이 안 나는 듯 위를 처다보고는 침을 삼켰다.

"하, 하늘 스님이 보내서 왔구만요."

노파는 빙그레 웃었다.

"허공 스님이 아니고 하늘 스님이오?"

"참, 허공 스님이 맞아요."

"좀 기다리시오."

노파는 안으로 들어갔다 곧바로 나왔다.

"들어오시래요."

그들은 대문 다음에 중문을 거쳐 안채의 큰 방으로 들어갔다.

머리도 수염도 하얀 영감은 그들의 절을 건성으로 받으면서 그냥 편지를 읽어 내려갔다. 읽고 나서도 한동안 잠자코 있던 노인은 햇볕에 그을린 얼굴을 처들어 선종을 물끄러미 바라보다가 어머니를 향했다.

"무슨 일을 했으면 좋겠소?"

"막일 치고 안 해 본 것이 없습니다. 무엇이든지 시켜만 주신다면……."

어머니는 무릎 위에 두 손을 가지런히 올렸다.

"고생을 많이 한 손이로구만."

"……."

"별채가 비어 있는데 이 집에 있으면 어떻겠소?"

"……."

"장성한 아이들은 따로 살림을 나갔고, 아직 정혼하지 않은 손주 두 셋이 나하구 같이 있소마는 뭍에 있는 날보다 바다에 나가 있는 날이 더 많소. 나도 마찬가지구."

"네……."

"집이 빌 때가 많으니 집을 지켜 주는 셈 치고 말이오."

"네……."

노인은 그때까지 구석에 서 있는 노파를 가리켰다.

"저이는 친척인데 아들이 장사에 성공해서 내일이라도 나가야 할 참이오."

"고맙습니다."

어머니는 두 손으로 방바닥을 짚고 머리를 숙였다.

"한 가지 일러두겠소. 장사로 생업을 삼는 이 예성강 변이나 이 근처 해변의 포구는 어디나 그렇소만 돈 셈이 밝소. 일정한 녹을 줄 터이니 사랑채에서 독립된 살림을 하고, 직책은 집을 보는 일이라고 생각하면 되겠소."

"네, 안팎 청소는 도맡아 하겠습니다."

"청소하는 사람은 따로 몇 명 있소. 이 사람들에게 일을 시키고 집이 빌 때 주인을 대신해서 집을 돌봐 주면 그것으로 족하오."

어머니는 감격해서 넙죽하게 엎드렸다. 말대로라면 이렇게 편한 일은 어머니의 생애에서 처음이라고 생각하는데 노인이 돌아보았다.

"너는 중이 된다지?"

"네……."

"왜 중이냐?"

노인의 두 눈에는 광채가 있었다.

"글을 배우려구요."

"그렇다면 몰라도……."

노인이 못마땅해서 노려보는 것만 같기에 가만있을 수 없었다.

"중이 되면 못쓰나요?"

"너는 중이 될 사람이 아니다."

"네?"

"내 사람을 많이 다뤄 봤지마는 너는 중이 된다면 돌중이 될 게다."

"네……."

선종은 날카로운 눈초리 밑에서 입을 벌렸다.

"무사가 된다면 몰라도."

구미가 동하는 이야기였다.

"무사가 되면 성공하겠습니까?"

"으–음."

노인은 오래도록 노려보다가 뚱딴지같은 소리를 했다.

"넌 머리가 너무 좋아."

난생처음 듣는 소리였다. 자신이 머리가 좋다고 생각해 본 일, 도시 머리에 대해서 생각해 본 역사가 없는 선종은 멍하니 노인을 쳐다볼 수밖에 없었다.

"세상 사람들이 모두 우습게 보일 날이 올 것이다."

"……."

"그날은 망하는 날이다."

이눔의 영감태기가 사람을 쳐들었다, 내려 던졌다, 가지고 노는 것이 아닌가. 한 대 쥐어박을까, 생각 중인데 그의 얼굴을 살피던 어머니가 슬그머니 무릎을 잡아 흔들면서 머리를 숙였다.

"하해 같은 은덕은 잊지 않겠습니다. 바쁘실 텐데, 얘, 어서 물러가자."

선종은 어머니를 따라 머리를 숙이고 일어서는 수밖에 없었다. 노인
은 일어서지 않고 구석의 노파에게 일렀다.

"별채로 인도해 드리시오."

노인은 한마디 하고는 돌아앉아 책상에 펼쳐 놓은 문서를 들여다보
기 시작했다.

뒷정원 한 모퉁이, 큼지막한 방에 부엌까지 달린 별채였다. 잡동사니
를 들여다 놓고 방에 마주 앉아 꿩의 털을 뜯으면서 어머니는 아주 감격
했다.

"내 생전에 이런 일이 있으리라고는 생각도 못했다."

그러나 선종은 시무룩해서 응대를 하지 않았다. 영감태기, 무엇이 잘
났다고 사람을 들었다 놓았다, 마음대루 주무르는 거야? 돌중이라고 내
리 깎다가는 무사라고 쳐들고, 머리가 좋다고 했다가는 망한다고 재수
없는 소리를 해대고. 도대체 어떻다는 거야? 꼭 찍어 말해 보란 말이다.

"역시 그쯤 되는 분은 다른 데가 있어. 사람을 보는 눈이 있거든."

어머니는 노인을 치켜세웠다.

"영감태기 말이오?"

"너 무슨 말을 그렇게 하니?"

"정신이 오락가락하잖아요?"

"못쓴다."

"어차피 저야 내일 떠날 건데, 아무래도 상관없어요."

"사람이 고마운 걸 알아야지, 가만히 듣고 앉았으니 구구절절이 옳은
말씀이더라."

"저는 가만히 들으니 구구절절이 잡소리던데."

"그러는 게 아니다."

"그 얘기는 그만둡시다."

잠자코 꿩의 털을 뽑다가 무심코 쳐다보니 어머니의 두 뺨에 눈물이 흐르고 있었다. 잘못했구나, 떠나는 마당에 거스르는 게 아닌데.

"제가 잘못 봤어요. 영감님 말씀이 구구절절이 옳아요."

"……."

"구구절절이 옳다니까."

어머니의 손을 잡으니 어머니는 고개를 떨어뜨리고 흐느꼈다.

"너하고 떨어져 어떻게 살지?"

선종은 말문이 막히고 눈시울이 뜨거워졌다.

"자주 찾아올게요."

어머니는 손등으로 눈물을 훔치고 다시 꿩의 털을 뜯기 시작했다

"내가 눈물이 헤퍼서……. 수도하는 사람이 그렇게는 안 될 게다. 공부나 열심히 해 주려무나."

어머니는 더 이상 말이 없었고 밤에는 잠을 이루지 못하고 부스럭거렸으나 이튿날 아침 떠날 때 눈물은 보이지 않았다.

그로부터 사 년.

절간 생활은 고되기는 했으나 얻는 것도 적지 않았다.

우선 글을 익혔다. 선종은 성격 그대로 싸우듯이 글과 마주쳤다. 밭에 나가 땅을 파거나 산에 올라 나무를 찍거나, 이 동네 저 동네 돌아다니며 목탁을 두드리고 시주를 받을 때나 허리띠에 책을 비끄러매 가지고 다녔다. 틈만 생기면 책을 들여다보고 꼬챙이로 땅바닥에 쓰는 연습을 했다. 천자문(千字文)은 한 달로 끝장을 내 버렸다.

허공 스님은 보통 생각하는 중과는 달랐다. 우선 사서삼경(四書三經)

을 가르치고 불경을 시작하면서 틈나는 대로 우리나라와 중국의 사서(史書)를 들여다보라고 했다. 인간 세상의 흥망성쇠를 모르고서는 안목이 넓은 인간이 될 수 없다고 일러 주었다.

선종은 남들이 잘 때에도 책을 들여다보았다. 이 때문에 구박도 적지 않게 받았다. 남이 자는데 무슨 심보로 불을 켜 놓고 야단이냐고 윽박질렀다. 아무도 없는 대웅전에 나가 불단 밑에서 책을 보았더니 이번에는 왜 기름을 마음대로 탕진하느냐고 등잔을 뺏어가 버렸다.

허공 스님이 알고 공부하는 사람을 훼방한다고 나무라는 바람에 중들은 들어가기는 했으나 흰눈으로 보기는 매일반이었다. 일자무식이 하면 얼마나 하겠느냐, 두고 보자는 것이었다.

절간에는 육도삼략(六韜三略)이니 손자(孫子), 오자(吳子)같은 병서도 있었다. 그는 닥치는 대로 읽었다.

삼 년이 지나고 보니 이 절에서 선종을 덮을 사람은 허공 스님밖에 없다는 공론이 돌았다. 실지로 상좌(上座)스님이 돌아가자 그 자리에 앉으라는 것을 굳이 사양했다. 별것도 아닌 것을 가지고 남의 입돋음에 오르기 싫었다.

중도 가지가지여서 정말 도를 닦으려는 사람도 있기는 했으나 소견머리가 바늘구멍만 해 가지고 입으로 한몫 보려고 드는 친구들도 적지 않았다. 이런 친구들일수록 시비를 걸고 무식과 유식을 따지고 들었다.

선종은 참았다. 수양이 돼서 참은 것이 아니라 쓰라린 경험이 있기 때문이다.

처음 들어와서 얼마 되지 않은 때였다. 점심을 들면서 천자문을 들여다보았더니 식사가 끝난 후 사오 명이 뒤켠으로 나오라고 했다. 나갔더니 애꾸놈의 새끼가 건방지다며 다짜고짜 몰매를 치는 것이었다. 이에 선종이 무작정 치고 차고 돌아갔더니 다섯 놈이 다 나가떨어졌다. 나가 떨어졌으면 그만이지 이것들이 합창이라도 하듯 죽는다고 고함을 질러 대는 바람에 온 절간이 떠들썩하고 수십 명 되는 중들이 달려 나오고 나중에는 허공 스님까지 나타났다.

모조리 갈빗대가 부러졌다는 것이다.

자기 방에 데리고 간 스님이 화라도 내 주었으면 할 말이 있겠는데 그게 아니었다.

"진작 일러두지 않은 내가 잘못이다."

이렇게 나오는 데는 할 말이 없었다.

"너는 참는 것을 배우지 않고는 큰사람이 못 된다. 명심해라."

어머니와 같은 소리를 하고 돌려보냈다. 그러나 일은 그것으로 끝나지 않았다. 여러 달을 두고 의원이 내왕하고 약을 쓰는 바람에 곳간에 있던 양곡은 반이나 약값으로 나가고 그해 겨울 내내 배를 곯는 바람에 중들의 원망은 이만저만이 아니었다.

갈빗대 사건은 소문이 퍼질 대로 퍼져 어머니의 귀에도 들어갔다.

바람이 세차게 부는 날, 어머니는 왕건을 앞세우고 찾아왔다.

"어떻게 해야 그 버릇이 떨어지겠니?"

"지금 거의 떨어지는 중입니다."

이렇게 대답했으나 어머니는 곧이듣지 않았다.

"너, 주지스님한테 사과를 했니?"

생각해 보니 그날 한말씀 듣기만 했지 사과는 하지 않았다.

"안 했어요."

"내 그럴 줄 알았다. 지금이라도 가자."

그는 하는 수없이 따라나섰다.

"못난 자식 때문에 걱정을 끼쳐 면목이 없습니다."

어머니는 코가 방바닥에 닿도록 절을 했다.

"뭐, 다 지나간 걸 가지고."

스님은 대수롭지 않게 대답하고 왕건에게 반색을 했다.

"아버지도 무고하시고?"

"네."

"당나라에는 언제 나가시느냐?"

"봄이 되면 가신대요."

"너도 가느냐?"

"네."

단정히 무릎을 꿇고 앉은 왕건과 한쪽 다리를 뻗고 앉은 선종은 누구의 눈에도 달리 보였다. 스님은 빙그레 웃었다.

"너희 둘은 성미가 꼭 반대로구나. 반대지만 둘 다 크게 타고났다."

아들이 아주 밉보인 줄만 알고 온 어머니는 얼굴에 화색이 돌았다.

"스님께서 너그럽게 보시는 거지요."

스님은 응대를 하지 않고 나란히 앉은 두 소년을 바라보다가 계속했다.

"허지만 그릇이 크다고 저절로 큰사람이 되는 건 아니다. 마음을 길들여야 한다."

모를 소리를 시작했다.

"도를 닦는다는 것을 어렵게 생각할 건 없다. 사람의 마음은 잡동사니로 차 있는데 이 잡동사니들이 제멋대로 놀아나면 도둑질도 하고 심지어 사람을 죽이기도 하고, 못할 짓이 없지. 이를테면 길이 들지 않은 황소가 벌판에서 제멋대로 날뛰는 것과 같다. 황소에게 굴레를 씌우고 고삐를 달아 가지고 말이다. 채찍으로 치면서 길을 들여 밭도 갈고, 짐도 싣고, 마음대로 부리듯이, 황소같이 날뛰는 자기의 마음을 길들여 자기 뜻대로 부리게 되면, 이것이 도통(道通)하는 것이고 성불(成佛)하는 것이다."

"……."

"큰사람이 되려면 많은 사람들의 마음을 잡아야 하는데, 자기 마음조차 잡지 못하고 멋대로 노는 사람이 어떻게 남의 마음을 잡겠느냐?"

수긍이 가는 이야기였다. 그러나 선종은 한 가지 모를 것이 있었다.

"남이 쳐도 가만히 맞고 있어야 합니까?"

"참을 수 있는 데까지 참아야지."

"참을 수 없을 때는 어떡합니까?"

"참을 수 없는 걸 참는 것이 진정으로 참는 것이지, 참을 수 있는 걸 참는 것은 참는 것도 아니다."

"죽이려 들어도 참아야 합니까?"

"사람을 죽이려 드는 자는 짐승이지 사람이 아니다. 그런 걸 참을 필요는 없다."

이제 알 만했다.

어머니는 물러 나와서도 걱정이었다.

"저렇게 좋은 말씀을 듣고도 사람이 안 되면 이 일을 어떻게 하지? 더도 말고 왕건처럼만 돼라. 내가 떠난다니 혼자서는 위험하다고 이렇게 데려다 주지 않겠니."

어쨌든 어느 정도 참는 것을 배웠다. 절간에서 배운 것은 그뿐이 아니었다.

무술도 배웠다.

왕건의 이야기대로 당나라 해적들이 심심치 않게 나타났다. 영안촌에서 예성강을 따라 북으로 팔십 리, 이 일대의 경비를 맡은 군대의 본영인 패강진(浿江鎭, 평산[平山])이 있었다.

예전에는 제구실을 한 모양이지만 지금은 별수 없는 건달, 고아들이 모여 투전판을 벌이는 밥집에 지나지 않았다. 서울에서 내려온 대사(大使)는 삼십도 안 된 녀석이 술과 문벌 자랑으로 세월을 보내고, 어느 고장에 해적이 나타났다고 하면 적당히 알아서 하라고 한마디 내뱉는 것이 고작이었다.

알아서 할 사람이 있을 까닭이 없었다. 건달들은 백성들이 달려와 죽는다고 발을 굴러도 으레 이 한마디가 나올 것을 알고 투전판에서 엉덩이를 들지 않았다.

한번은 패강진에도 해적떼가 나타났다. 건달 병정들은 적당히 알아서 도망치고 대사는 자기 목숨만은 적당히 할 수 없는지라 스스로 알아서 풀이 무성한 개울에 숨어 죽음을 면했다. 그로부터 개울 대사, 또는 개울 장군이라는 별명이 붙어 다녔다.

예성강 연변 일곱 개 포구의 장사치들이 영안촌에 성을 쌓고 스스로 무장한 것이나 이 세달사에서 남으로 십여 리, 해변에 있는 정주 포구의 장사치들이 주야로 파수를 서는 것도 알 만한 일이었다.

세달사의 중들도 스스로 지키지 않을 수 없었다. 틈틈이 활을 쏘고 창과 칼을 쓰는 법을 익혔다. 선종은 이 일이 마음에 들어 정성을 쏟아 연습했다.

허공 스님은 무술에도 능했다. 해적이 나타나면 산문 다락에 올라 승병(僧兵)들을 지휘하고 때로는 칼을 빼어 들고 선두에서 쳐나가 적들을 짓밟고 돌아왔다.

선종은 언제나 그의 옆에 따라붙어 창을 휘둘렀다. 좀체로 칭찬도 꾸지람도 하지 않는 스님은 언젠가 싸움에서 돌아와 그에게 칼을 넘겨주면서 혼잣말처럼 뇌까린 일이 있었다. 선종은 타고난 무사 같다고.

책과 칼 사이를 넘나드는 각고(刻苦)의 생활 속에도 즐거움이 없는 것은 아니었다. 탁발(托鉢)을 나가는 일이었다.

허공 스님은 중들을 번갈아 내보냈다. 비바람에 시달리고 허기지고 때로는 굶어도 보아야 사람이 된다고 했다. 절에서 농사를 짓고 있으니 쌀 한 톨에도 농부들의 땀과 고통이 얼마나 서려 있는지 알 것이다. 한 줌의 쌀, 한 덩이 밥도 경건한 마음으로 받고 고맙게 먹되 그날 먹을 것 이상으로 받지 말라고 했다. 여러 날 치를 받고 빈둥거리면 수도는커녕 사람을 버리게 되는 것이 탁발이라고 일러 주었다.

몸이 건장한 데다 고생 속에서 자란 선종은 태산준령을 넘고 인가를 찾지 못해 바위틈에서 자도 끄떡없었다. 허기지는 일, 굶는 일도 전에 드물지 않게 경험한지라 대수로울 것도 없었다.

탁발의 즐거움은 가고 오는 길에 영안촌의 어머니를 찾는 데 있었다. 삼십 리를 사이에 두고도 서로 매인 몸이라 내왕할 기회가 쉽지 않았다.

기침소리만 나면 어머니는 맨발로 달려 나와 그의 어깨에 매달리고, 들어가면 선반에 간직해 두었던 엿이며 과일을 내려 주었다.

처음 갔을 때의 일이다. 어머니는 꿩을 잡아 주면서 이렇게 말했다.

"육식이라도 에미가 주는 것이니 부처님도 용서하실 게다."

"그럼요."

그는 서슴지 않고 먹었다.

"절간 생활도 고달픈가 보구나."

농사꾼 같은 그의 손을 보면서 어머니의 눈에는 눈물이 고였다.

"수도하는 사람은 그래야 된대요. 허공 스님의 손을 보지 않았어요?"

"참 그렇지."

어머니는 두 손을 가지런히 내밀었다.

"이렇게 편하다."

험상궂던 손이 좀 부드러워 보였다.

"너, 그 후에는 사람을 치지 않았겠지?"

어머니는 갈빗대 사건을 잊지 않고 있었다.

"안 쳤어요."

큰 소동을 일으켜 처지가 난처하게는 되었어도 본때를 보여 준 셈이라 감히 주먹으로 어째 보겠다는 사람은 없었다.

"그래야지. 허공 스님 말씀대로만 해라."

"옆집 왕건이는 잘 있어요?"

"응, 그렇게 착한 아이는 처음 보았다. 집에서 별식을 하면 갖다 주기도 하고, 참 이 꿩도 그 애가 가져온 게다."

왕건은 아버지를 따라 세달사에도 다녀갔다. 돌아가신 어머니를 위해서 재를 올리러 왔다면서 큼직한 엿덩이를 내밀었다.

"절간이라 꿩은 안 되겠고, 이걸 갖고 왔어요."

"너, 쓸 만하다."

한마디 칭찬을 해 주었다.

어느 여름이었다. 영안촌의 어머니를 찾아가다 길에서 왕건과 마주쳤다. 낚시를 하고 온다면서 큰 송어 두 마리를 버들가지에 꿰매어 어깨에 걸치고 있었다.

"어머님 찾아가세요?"

"응, 너 많이 컸구나."

대답은 않고 웃기만 했다.

"사내자식이 가끔 치고받고 싸움도 해야지, 넌 너무 얌전해서 못쓰겠다."

"어머님께 선물은 무얼 갖고 가세요?"

엉뚱한 소리를 했다.

"건달 중이 선물은 무슨 선물이냐?"

왕건은 송어를 내려 한 마리 건네주었다.

"그렇잖아도 거기 들르려던 참인데 잘됐어요. 이걸 갖다 드리지요."

선종은 받으면서 씩 웃었다.

"내 어머니지, 네 어머니야?"

왕건도 웃었다.

"여전하시구만."

어머니도 그렇고, 자기도 그렇고, 이래저래 왕건에게는 정이 갔다.

마지막으로 어머니를 찾은 것은 작년 가을이었다.

잡아 주는 닭다리를 뜯고 있는데 어머니는 전에 없이 심약한 소리를 했다.

"보리밥을 먹어도 너하고 같이 있던 때가 좋았다."

"곧 같이 있게 될 겁니다. 조금만 더 하면 글을 다 익힐 테니, 가사를 벗어던지고 어머니를 모실게요."

"그렇게 되면 오죽 좋겠니. 여기서 큰 장사를 하는 사람들의 서사 노릇을 해도 괜찮은가 보더라."

"그것도 좋지요."

"자나깨나 너를 기다리는 게 일이다. 사람이 산다는 게 뭔지, 일 년에 몇 번밖에 못 오는 걸 알면서도……."

어머니는 말끝을 흐리고 얼굴을 돌렸다.

"금년까지만 하고 새해부터는 어머니와 같이 있으십시다."

선종은 진정으로 말했다.

오래도록 잠자코 있던 어머니는 창문을 바라보면서 차분한 목소리로 이야기했다.

"하지만 세상 일이 사람의 뜻대로 되는 것도 아니고……. 어쩐지 앞 날이 오래지 않은 것 같다."

어머니는 벽장 깊숙이 손을 넣어 삼베에 싼 것을 내밀었다.

"이걸 갖고 가라. 요긴하게 쓸 데가 있을 게다."

큼직한 금가락지였다.

"여기 사람들은 돈 셈이 밝다더니 정말 그렇더라. 제 날짜에 꼬박꼬박 주고, 어지러운 세상에는 금이 제일이라고 일러 주기에 저축한 것으로 사 두었다."

"절간에는 둘 데도 없어요. 그냥 갖고 계세요."

아무리 사양해도 어머니는 막무가내로 그의 손에 쥐어 주었다.

그로부터 한 달이 못 되어 왕건이 달려왔다. 어머니가 위독하다는 것이었다.

그는 왕건과 함께 삼십 리를 곧장 뛰었다.

어머니는 등잔불 밑에 혼수상태로 누워 있고 의원이 청심환을 풀어 입에 넣고 있었다. 자기가 보기에는 병이 있는 게 아니고 지쳐서 탈진했다는 것이 의원의 의견이었다.

"어떻게든 살려 주십시오."

선종은 어머니가 주었던 금가락지를 내밀고 머리를 숙였으나 의원은 고개를 흔들었다.

"오늘 밤을 넘기기 어렵겠소."

선종은 눈물을 삼키고 어머니를 지켜보았다. 그러나 자꾸 안막이 흐리고 앙상한 얼굴이 희미하게 비칠 뿐이었다.

"선종이 왔구나……."

어머니의 쇠잔한 목소리였다. 감았던 눈까지 반짝 떴다.

"네, 저예요."

그는 어머니의 손을 잡았다.

"널 봤으니 여한이 없다. 난 전생에 죄가 많았던가 부지……. 힘에 부치는 짐을 지고 감당하지 못해서…… 허우적댄 것이 내 인생이다. 이제 그 짐을 벗게 된다 생각하니 마음이 홀가분하다……. 내 걱정은 말고……."

어머니는 말을 맺지 못하고 다시 혼수상태에 빠져들었다.

의원은 일어섰다.

"등불이 꺼지기 전에 한 번 반짝하는 것과 같은 것이지요."

아무리 사정해도, 이제 별도리가 없다면서 가 버렸다.

밤이 깊어도 왕건은 자리를 뜨지 않았다.

"넌 집에 가라."

"괜찮아요."

"애들이 험한 걸 보면 못쓴다."

"저도 이제 열네 살인 걸요."

"열네 살이면 어른인 줄 아니?"

"당나라에 가고 오는 길에 바다에서 해적들과 싸우기도 했어요. 활을 쏘아 몇 놈 죽이기도 하고."

"그래……."

선종은 더 말리지 않았다.

어머니는 다시는 깨어나지 못하고 첫닭이 울 무렵에 마지막 숨을 몰아쉬고 운명했다.

선종은 치뜬 눈을 감기면서 목을 놓아 울었다.

복받치는 눈물이 쏟아져 어머니의 얼굴을 적시고 바닥에 떨어져 흘렀다. 이렇게 분하고 억울할 데가 없었다. 하늘이고 부처님이고 간에 이 고달픈 어머니를 이렇게 보낼 수 있단 말인가.

왕건도 소리 없이 눈물을 흘리고 이따금 손등으로 얼굴을 훔쳤다.

강돌 영감은 무던한 사람이었다. 마을 사람들과 함께 장례를 치러 주고 다비(茶毘)에 부쳐 유골을 담아 상자에 넣어 주었다. 왕건 부자도 시종 돌보아주었고, 왕건은 유골을 안고 돌아오는 선종을 따라 세달사에까지 와서 허공 스님이 올리는 재에도 참석했다.

"왕건아, 고맙다."

떠나가는 그의 어깨에 손을 얹었다.

"스님도 어머님이 귀한 걸 알게 될 거예요."

돌아서는 그의 눈에서 눈물이 한 방울 떨어졌다.

어머니가 돌아가실 무렵부터 세상은 크게 달라졌다.

힘 있는 자들이 도처에서 들고 일어나 관(官)을 짓밟고, 멋대로 땅과 백성을 차지하는 놀음이 벌어졌다. 그 수가 팔십여 명. 관을 짓밟았을 뿐 아니라 짓밟은 자들끼리도 서로 짓밟아, 강한 자는 크게 차지하고 약한 자는 적게 차지하거나 짓밟혀 없어지는 판국이 전개되었다.

처음에는 어떻게 되든 나와는 상관없는 일이라고 치부했으나 일 년이 지나 어머니를 여읜 슬픔이 가라앉으면서 골똘히 생각하기 시작했다. 붓으로 갈 것이냐, 칼로 갈 것이냐.

모르던 글을 익히고, 모르던 지식을 파고드는 것도 나쁘지 않았다. 예전에는 신라의 나라꼴이 우습게 되어 가는 것은 자기의 생모를 억울하게 죽음으로 몰아넣고, 양모를 학대하고, 자기를 죽이려 든 죗값이라고 생각했다.

그러나 공부를 하고 알았다. 이 세상 만물은 생사 (生死)와 성쇠 (盛衰)의 법칙을 벗어날 수 없는 것이다. 풀과 나무, 사람과 짐승뿐 아니라 나라도 이 세상에 태어난 이상, 이 어김없는 법칙에서 벗어난다는 것은 있을 수 없는 일이다. 신라는 이 법칙대로 이제 쇠잔하여 죽을 날이 머지 않은 것이다.

곰곰이 생각한 끝에 이 난장판이 된 세상에 붓으로 남의 서사 노릇을 한다든지 절간에 죽치고 앉아 목탁이나 두드린다는 것은 싱겁고도 무의미한 일이라고 결론을 내렸다.

그러나 소도 언덕이 있어야 비빈다고, 돈이 있거나 사람들이 있어야 하는데 그 어느 쪽도 없었다. 돈으로 말하면 어머니가 남긴 가락지 하나밖에 없었다. 가락지 하나로 세상을 어찌해 보겠다는 것은 될 말이 아니다.

사람으로 말하면 없는 것은 아니다. 그러나 이 세달사의 중들은 허약한 데다 자기 말을 들을 것 같지 않고 영안촌의 장사치들은 잇속에는 밝아도 전쟁에는 쓸 것이 못 된다. 설사 쓸 만하다 하더라도 이웃집 공자(孔子)를 몰라본다고 자기를 알아줄 턱이 없다.

허공 스님이면 될 것이었다. 그는 영안촌의 재력을 움직일 수 있고 이 고을 사방 백 리에는 그의 말이라면 순종하지 않는 사람이 없는지라 많은 청년들을 모을 수 있을 것이다.

어떻게 보면 문무를 겸한 이 스님은 석가여래 다음으로 이 세상에 내려와 애통하는 중생을 제도(濟度)한다는 미륵불(彌勒佛) 같기도 했다. 그를 총수로 모시고 그 밑에서 부장(副將)으로 한번 깃발을 날려야 하겠다.

구월 구일 중양절(重陽節) 밤, 결심하고 스님을 찾았다.

"스님, 일어서야 하지 않겠습니까?"

"……."

잠자코 바라보는 스님은 그의 말귀를 알아들은 것이 분명했다. 그러나 가타부타 말없이 얼굴을 돌렸다.

"스님이 일어서시면 됩니다."

기다리다 못해 한마디 더 했다. 천천히 고개를 돌린 스님은 무겁게 입을 열었다.

"일어설 사람은 내가 아니고 너다."

뜻밖의 대답이었다.

"아닙니다. 생각하고 또 생각했는데 스님이 아니고는 안 됩니다."

스님은 고개를 흔들었다.

"나는 머리를 깎을 때 속세를 버리기로 부처님과 천지에 맹세했다. 또 죽을 날도 머지않았다."

"스님은 정정하신데."

"아니다."

하는 수 없이 물러나왔다.

그런데 한 달이 못 가 희한한 소식이 들려왔다.

죽주의 건달 기훤이 깃발을 날린다는 것이다.

태수를 몰아내고 고을 일대를 손아귀에 넣고는 스스로 죽주 장군(竹州將軍)이라 칭하고 위세가 대단하다는 소문이었다.

졸병으로 들어가려면 어딘들 못 가랴마는 졸병으로 될 일이 아니었다. 그래서 여태까지 움직이지 못했는데 기훤이라면 옛정을 생각해서 부장, 그것이 안 되면 많거나 적거나 부하를 거느리는 대장은 시켜 줄 것이다.

그는 허공 스님에게 자초지종을 이야기하고 하직 인사를 드렸다.

"오랫동안 참으로 감사합니다. 성공하는 날로 찾아뵙겠습니다."

"아니야, 그때는 이미 나는 이 세상에 없을 거다."

스님은 책상 서랍에서 종이에 적은 것을 펼쳐 놓았다.

"어렵고 고된 일을 많이 치러서 그런지 나도 기력이 쇠잔하고 기억이 희미해서 틈틈이 적어 둔 것이다. 읽어 봐라."

선종은 두 손으로 들고 훑어보았다.

"큰사람이 되려거든 귀한 사람이나 천한 사람이나 가리지 않고 모두 부처님으로 알고 공손히 대해라. 사람을 얕보는 것은 멸망의 시초다. 제일 금물은 싸우는 일이다. 주먹 싸움은 물론 말다툼도 스스로를 해치는 일이다. 또 이치를 따지려 들지 말라. 이치를 따져 설사 이긴다 하더라도 진 사람은 너를 공경하는 것이 아니라 원한을 품는 법이다. 정직한 것이 좋은 일이지만 진실로 상대를 생각해 주는 정이 없는 정직은 남에게 상처를 입히는 박정(薄情)과 다를 것이 없다. 내 의사를 남에게 강요하지 말고 남의 말을 귀담아들을 줄 알아야 한다. 아무리 높이 되더라도 이같이 처신하여 변함이 없고 고달프던 어린 시절을 되새겨 사치를 하지 않는다면 오래갈 것이다. 이 허공이 너 선종에게 남기는 유언이다."

육체를 길러 준 것은 작년 가을에 돌아가신 일삼 어머니, 정신을 길러 준 어버이는 이 허공 스님이다. 그는 종이를 접어 품에 넣으면서도 목이 메어 말을 못하고 그대로 일어서 절하고 나왔다.

대웅전에 들어가 아직도 불단에 안치되어 있는 어머니의 유골 상자에 두 손을 얹고 비로소 눈물을 쏟았다. 허공 스님의 말씀으로 특별히 여기 정좌하였으나 스님이 돌아가시면 어떻게 되는지.

그는 생각 끝에 상자를 안고 뒷산 중턱에 올라 깊숙이 파묻고 돌을 모아 표지를 해 두었다. 언젠가는 돌아와 제대로 된 산소를 꾸미리라.

선종은 세찬 겨울바람에 가사 자락을 날리며 남으로 걸음을 재촉했다. 잡동사니 지게를 걸머지고 사잇길로 도망쳐 온 지 사 년, 이제 가사를 입고 대로를 따라 활개를 치며 돌아간다 생각하니 새삼 세상도 많이 변했다는 실감이 들었다.

고을의 접경을 지키던 기훤의 부하는 그를 알아보고 무사 통과시켜 주었다. 예전에 살던 동네를 지났다. 산천은 변한 것이 없고, 사람들도 그다지 변하지 않았다. 다만 아이들은 몰라보게 성장했고 나이 든 사람들은 약간 더 늙고, 개중에는 세상을 떠난 사람도 있다고 했다.

한 가지 변한 것은 자기에 대한 대접이 달라진 일이었다. 그저 지나가는 중으로 알고 몰라보는 사람도 적지 않았으나 간혹 알아보는 사람들은 손을 붙잡고 반기는가 하면 얼싸안고 아양을 떠는 축도 있었다.

예전의 그 못된 애꾸가 아니라 새로운 권력자 기훤과 가까운 사이라, 한자리 하리라고 계산하는 모양이었다.

그러나 오십 리를 더 가서 읍내에 들어가 예전 태수의 처소에서 기훤을 만나니 일은 영 틀려먹었다.

젊은 여자의 무릎을 베고 누운 기훤은 대낮부터 술을 찔끔찔끔 마시고 있었다. 큰절을 했으나 일어나 앉지도 않았다.

"너 애꾸, 웬일이냐?"

초장부터 틀렸다 싶었으나 참을 수밖에 없었다.

"그동안 크게 성공하셨다는 말씀은 들었습니다."

"했지……. 가만있자, 너 중 대가리를 떠메고 있는데 진짜 중이냐, 가짜 중이냐?"

"중은 틀림없는 중입니다."

"그래, 어디를 굴러다녔느냐?"

"북쪽 정주 고을입니다."

"그쪽도 머지않아 내 손에 들어온다."

"……."

이거 호수를 잘못 찾아들었다. 그렇다고 이제 와서 세달사로 돌아갈 수도 없는 노릇이었다.

노려보던 기훤이 술을 죽 들이켜고 처음으로 일어나 앉았다.

"너 내 덕으로 목숨을 건진 은혜는 잊지 않았겠지?"

"잊지 않았습니다."

"그렇다면 인사가 있어야 할 게 아냐?"

할 수 없이 어머니의 가락지를 내놓았다.

"응, 겨우 요거야?"

"죄송합니다."

그는 가락지를 집어 던졌다.

"이따위 시시껄렁한 건 필요 없다."

선종은 시치미를 떼고 가락지를 도로 집어넣었다.

값이야 얼마 가든 어머니의 하늘 아래 없는 정성이 담긴 것을 내놓은
것부터 잘못이다.

"그런데 너 왜 왔어?"

"형님을 도울 일이 있을까 해서……."

"허허허……."

우습지도 않은데 공연히 허리를 꺾고 돌아갔다.

"생각해 봐라. 애꾸가 천하 명장 (名將)을 도울 일이 무엇이 있겠느냐?"

"……."

"있으면 말해 봐."

"……."

"있을 수 없지."

할 수 없다. 어느 절간이든 찾아가 한동안 형세를 보고 처신을 작정
하자.

"공연히 심려를 끼쳐 미안합니다. 물러가겠습니다."

내키지 않는 절을 하고 대문까지 나왔는데 병정이 달려와 도로 불러
들어갔다.

다시 여자의 무릎을 베고 누운 기훤은 눈을 치뜨고 불렀다.

"애꾸야."

"네."

"너 진짜 중이라고 했지?"

"네."

"진짜라면 글을 읽고 쓰고 해야 진짜다."

"그렇지요."

"너는 어때?"

"조금 하지요."

그는 밖에 대고 소리를 질렀다.

"서사더러 지필묵(紙筆墨)을 갖고 들라고 해라."

예전에 살던 동네에서 서당 훈장을 하던 늙수그레한 사나이가 들어와 지필묵을 바치고 무릎을 꿇었다.

"애꾸야."

"네."

"너 지금부터 내가 부르는 대로 써라. 알았지? 에ー, 팔십여 명의 호걸들이 각처에 웅거하고 있지만 천하 호걸 중의 호걸은 누구냐. 남에는 견훤이요, 북에는 기훤이라, 기냐 견이냐, 다 같이 훤 자가 붙었으니 신기하도다. 누가 천하를 통일할 것이냐. 기로다."

붓을 들기는 했으나 하도 같잖아서 멍청하니 있는데 기훤이 일어나 앉으면서 주먹으로 방바닥을 내리쳤다.

"너, 가짜 중이지?"

선종이 대답하기 전에 기훤은 또 고함을 질렀다.

"가짜는 법으로 다스린다. 목을 벤단 말이다!"

선종은 하는 수 없이 종이에 써 내려갔다. 이 죽주 고을은 전생에 나하고 무슨 원수라도 졌는지 왜 이 모양일까. 다 쓴 것을 기훤 앞에 내밀었다.

글과는 담을 쌓은 기훤은 종이를 서사에게 넘겼다.

"영감태기 보기에는 어때? 제대로 썼어?"

이것이 또 뚱딴지같은 소리를 해 댔다.

"거우 오리발을 그렸습니다."

"내 그럴 줄 알았어. 애꾸가 제대루 글을 한다면 이거 삶은 소대가리가 웃을 노릇이지."

기훤은 다시 여자의 무릎을 베고 누워 술을 찔끔 마시고 불렀다.

"애꾸야."

"네."

"오리발이라도 그린다니 대견하구나."

"……."

"대견하다고 했다, 이눔아."

"고맙습니다."

기훤이 서사에게 물었다.

"그 오리발로는 서사 노릇 못하겠지?"

"어림도 없지요."

손까지 내저었다.

"그럴 거야."

"마구간 서사라면 몰라두요."

"그렇지, 말이 몇 마리 나가고 들어오는 걸 적을 정도는 되겠단 말이지?"

"거우 될 겁니다."

기훤은 선종에게 눈길을 돌렸다.

"애꾸야."

"네."

"너는 오늘부터 마구간 서사다."

"그만두지요."

"그만두다니? 분수에 넘친다고 생각지 않느냐?"

"그렇게 생각돼서 그만두겠다는 것입니다."

"너, 나를 웃겼다."

노려보던 기훤이 일어나 앉으면서 그의 가슴을 쥐어박았다.

"건방진 눔의 새끼!"

"……."

"내 다 안다. 마구간 서사는 성에 차지 않는다, 이거지?"

"……."

잘못 걸려도 이렇게 잘못 걸리는 수도 있을까.

"왜 대답이 없어?"

또 가슴을 쥐어박았다.

"차구도 남습니다."

"그런데 왜 안 한다는 거야?"

"곰곰이 생각하니 저는 역시 절로 돌아가는 것이 좋겠습니다."

"왜?"

"더 공부해서 저 서사 영감쯤 돼 가지고 다시 찾아뵙겠습니다."

이번에는 서사가 나섰다.

"너, 나를 빈정대는구나."

"빈정댈시 맞아. 이 애꾸눔의 새끼, 여기가 어딘 줄 알고."

이번에는 주먹으로 얼굴을 갈겼다.

"이눔아, 여기는 내 천하다."

"네."

"나를 거역하는 자는 무사할 수 없다."

"네."

"마구간 서사를 할 것이냐, 안 할 것이냐?"

"하겠습니다."

기훤과 서사가 흰눈으로 노려보는 가운데 병정의 인도로 얼마 떨어지지 않은 마구간으로 갔다. 마구간에는 마구간대로 옛날부터 안면이 있는 기훤의 부하 건달이 대장으로 앉아 거드름을 피우고 있었다. 말, 소, 노새, 당나귀 등 잡다한 동물들이 들끓기는 했으나 통틀어 백 마리도 안 되는지라 한가하기 이를 데 없었다. 한가하기 때문에 선종이 받는 구박은 더욱 자심했다.

이 건달이 하는 일이라고는 하루에 몇 번

"애꾸야, 적어라. 노새 두 마리 나가신다."

혹은

"애꾸야, 적어라. 당나귀 한 마리 들어오신다."

하는 것이 고작이었다.

그러니 심심할 수밖에 없었다. 심심한지라 쉬지 않고 입을 놀려 선종을 구박하는 것이 일이었다.

"애꾸야, 너는 편하겠다."

"네?"

"우리네는 두 눈을 껌뻑여야 하는데 너는 한 눈만 껌뻑이니 그 수고가 절반이 아니냐? 얼마나 편하겠니?"

"……."

"안 그래?"

"네."

선종은 자기를 죽이고 사는 수밖에 없었다.

"그놈의 중 대가리 볼수록 묘하단 말이다. 어디 한번 만져 볼까."

건달은 쓰다듬고 주무르고 나중에는 손바닥으로 찰싹 치기까지

했다.

"바가지 같기도 하고, 우리 마누라 볼기짝 같기도 하고."

심부름을 시킬 때도 그냥 시키는 법이 없었다.

"애꾸야, 이 마구간 대장께서 목이 마르시다."

그러고는 옆구리를 쥐어박았다. 그때마다 우물에 달려가서 바가지에
물을 퍼 와야 했다. 단지라도 하나 마련해서 물을 길어다 놓자고 해도
듣지 않았다.

"이 마구간 대장께서는 새로 떠 온 시원한 물을 좋아하신단 말이다."

저녁이면 거리에 나가야 했다.

"이 마구간 대장께서 출출하시다. 애꾸야, 술을 받아 오너라."

그러고는 옆구리를 쥐어박았다.

읍내에는 기훤의 부하들을 위시해서 예전에 살던 동네 사람들이 많
이 눈에 띄었다. 기훤의 휘하에서 한자리 하는 사람들도 있고 기훤을 의
지해서 장사를 하는 사람들도 있었다.

처음에는 우러러보는 듯했으나 마구간 서사로 굳어 버리면서부터는
옛날의 흰눈으로 돌아갔다. 자기들만 흰눈으로 돌아간 것이 아니라 온
읍내에 그의 사연을 퍼뜨려 모든 사람을 흰눈으로 만들어·버렸다.

'돌'이라고 불러 주는 사람조차 거의 없고, '애꾸'에서부터 '궁예'는
물론, '꾸애', '꿍애' 심지어 '꿍앵'까지 되살아났다.

소문은 널리 퍼져 조무래기들까지 먼발치에서 '꿍앵' 하고는 골목으
로 도망쳤다.

이래저래 여기는 있을 곳이 못 되고 빠져나가야 하겠는데 어디로 갈
것이냐. 날마다 그 생각만 하고 있는데 그런 생각을 가진 사람이 자기뿐
이 아니라는 것을 알았다. 같은 마구간에서 걸핏하면 건달 대장에게 얻
어터지는 원회(元會)와 신훤(申煊)이었다. 이들은 부처님을 믿는 순박한

농사꾼으로 선종을 스님이라 공대하고 다른 사람들이 없을 때는 터놓고
이야기를 했다.

"스님은 이런 데서 천대를 받을 분이 아닌데 떠나시지요."

"떠나야겠는데 붙들린 목숨이라서……."

한 해가 가고 새해(892년) 정월 대보름이 되었다.

대장은 기훤이 베푼 술자리에 가고 세 사람은 마구간 한구석 온돌방
에 앉아 속삭였다.

"이게 건달 도둑놈의 소굴이지 어디 군댑니까?"

원회가 운을 떼자 신훤도 한마디 했다.

"부처님의 뜻대로 이 땅에 정토(淨土)를 만들려고 들어왔더니 이건
영 날불한당들입니다."

"그러게 말이야."

선종도 맞장구를 쳤다. 그동안 이 고장의 기훤이처럼 들고 일어나 장
군을 자칭하고 임금처럼 행세하는 팔십여 명에 대해서 알아볼 대로 알
아보았다. 두드러진 것이 두 사람이었다. 서남해 쪽에서 착실히 지반을
넓혀 가는 견훤은 일자무식이면서도 장수다운 장수라는 소문이고, 북원
(北原, 강원도 원주)에서 세력을 떨치는 양길(梁吉)은 덕이 있어 사람들이
따르는 장수라고 했다.

어느 쪽으로 갈 것이냐. 양길은 사십 대 중반이고, 견훤은 스물여섯.
아무래도 낮살 먹고 덕이 있다는 양길이 나을 듯했다.

견훤은 이제 스물둘이 된 자기보다 네 살 밖에 더 먹지 않은 데다 동
생을 부장으로 쓰고 있다니 끼어들 틈이 있을 것 같지 않고, 있더라도
죽을 때까지 아우 되는 능애보다 아래면 아래지 위에 오를 수는 없을 것
이었다.

양길은 나이를 먹은 데다 사람을 보는 눈이 있다니 어쩌면 큰 자리를 차지할 수도 있으리라. 그는 입 밖에는 내지 않았으나 마음에는 작정했다. 그러나 두 사람은 견훤이 좋다고 했다. 젊고 유능한 장수 밑에 붙어야 앞날이 있지 언제 죽을지도 모르는 장수는 안심이 안 된다는 것이다.

속삭이고 있는데 마구간 대장이 술 냄새를 풍기며 들어섰다.

"애꾸야, 너 뭐 가진 게 없어?"

그는 올라와 선종과 마주 앉았다.

"없어요."

"듣자 하니 금가락지가 있다던데."

"……."

"내 말이 안 들려?"

"들리오."

"그런데 왜 대답이 없어?"

"그건 안 돼요."

"너, 날 우습게 봤다."

"우습게 안 봤소."

"너, 장군께 바치려다 퇴짜를 맞았다는 걸 내가 알고 있다."

얼굴을 바싹 들이대고 코를 벌름거렸다.

"장군께는 바칠 수 있어도, 이 마구간 대장은 우스워서 못 바치겠다, 이 말이지?"

잠자코 얼굴을 돌렸더니 주먹으로 턱을 올려 질렀다. 자리를 피하려고 일어서는데 덜미를 잡아 앉히고 손가락을 들이댔다.

"나머지 눈깔을 찔러 베린다."

해 보는 소리로 알았으나 그렇지 않았다.

"약간 아플 테니 어금니를 지그시 깨물어!"

곰보상을 찌푸리고 멱살을 잡고는 오른쪽 둘째손가락으로 푹 찔러 왔다.

일어서면서 그의 팔을 툭 친 것이 화근이었다. 옆으로 나동그라졌던 사나이는 일어서서 고함을 질러 댔다.

"이제 네 모가지는 떨어진 모가지다."

그는 선종의 멱살을 잡고 주먹으로 양미간을 후려쳤다.

"군률로 다스린다."

"대장, 이거 너무하지 않소?"

두 사람이 다가섰다.

"으-응, 이눔들, 작당해서 불칙한 음모를 꾸몄지? 직결로 목을 쳐야겠다."

그는 선종의 멱살을 놓고 옆에 찬 칼을 뽑아 들었다.

겁을 먹은 두 사람은 풀썩 주저앉았으나 선종은 움직이지 않았다.

이것이 더욱 그의 부아를 돋우었다.

"이눔의 애꾸가 보자 보자 하니까."

그는 처들었던 칼을 힘껏 내리쳤다. 옆에서 떨고 있던 두 사람은 선종이 두 동강 나는 줄만 알고 두 손으로 얼굴을 가렸다. 그러나 옆으로 살짝 피한 선종은 헛치고 비틀거리는 놈의 뒤통수를 한 손으로 내리쳤다.

크게 움직이는 기색도 없고, 내리치는 주먹도 가볍게 상하운동을 하는 듯했으나 대장은 칼을 떨어뜨리면서 고꾸라졌다. 선종은 칼을 집어 들고 한 발로 그의 머리를 건드렸다.

"그 잘난 얼굴, 처들어 보시지."

그러나 대장은 죽은 듯이 꼼짝하지 않았다. 선종은 가라앉은 목소리로 일렀다.

"이제 목을 쳐야겠는데 어금니를 지그시 깨물어 주실까?"

대장은 튀어 일어나 앉았다.

"애, 너 정말 치는 건 아니겠지?"

"정말이다."

"군률이 무섭지 않니?"

"군대가 있어야 군률이지."

"우린 죽주 장군의 군대가 아냐?"

"불한당이지, 이것도 군대야?"

"애, 옛정을 생각해서도 이럴 수 있니?"

"옛정?"

선종은 씩 웃었다.

"제발 이러지 말자."

"너 저렇게 착한 사람들을 심심하면 두들겨 팼지? 무릎을 꿇고 사과해."

그는 두 손을 합장했다.

"그것만은 용서해 다오."

"이게 아직 정신이 덜 들었군."

칼이 번뜩이면서 내리쳤다.

어깨를 맞고 뒤로 쓰러졌으나 피도 흐르지 않고 죽지도 않았다. 혼이 빠진 양 두 눈을 뚜부럭거리면서 입을 헤벌리고 선종을 쳐다보았다. 자기가 죽었는지 살았는지 분간이 서지 않는 모양이었다.

"이건 칼등이다. 이번에는 날로 칠까?"

"제발 살려 줘."

정신이 바짝 드는 눈치였다.

"아까부터 가만 보니 말버릇이 고약하구나."

"제발 살려 주시오."

"저 사람들한테 무릎을 꿇고 사과해!"

대장은 시키는 대로 원회와 신훤에게 무릎을 꿇고 머리를 숙였다.

"죽을죄를 지었습니다."

두 사람은 신이 나서 그의 뺨을 이리저리 후려갈겼다.

"이제 그만하고 슬슬 시작해 볼까."

"시작하다니 뭘 말입니까?"

곰보 대장의 목소리는 떨렸다.

"너를 저승으로 보내는 일 말이다."

"저는 처자가 있습니다. 제발……."

그는 손을 비벼댔다.

"그렇게도 살고 싶으냐?"

"제발……."

"인생이 가련해서 살려 주지."

그는 크게 한숨을 내쉬고 엎드렸다.

"고맙습니다. 이제 다시는 안 그러겠습니다."

"대신, 동문(東門)까지 인도해라."

"네?"

"우리는 동문 밖에 볼 일이 있다."

"무슨 일인데?"

"넌 알 것 없다. 가자."

세 사람은 말을 끌어내 타고 곰보는 당나귀를 탔다.

동문에 와 보니 곰보를 앞장세울 것도 없었다. 십여 명의 병정들은 술에 곯아떨어져 초막(哨幕)에서 코를 골고, 문 양쪽에 창을 짚고 서 있는 자들도 비틀거리며 다가오는 품이 제정신이 아니었다.

"어, 어─디로 가는 거야?"

"나야, 나."

곰보가 큰소리를 쳤다.

"어ー서들 가시라요."

또 비틀거렸다.

동문을 나서 보름달이 비치는 길을 한참 가다가 산비탈을 돌자 그들은 멈춰 섰다.

"너, 당나귀에서 내려 고삐를 넘겨."

선종의 말소리는 조용했으나 곰보 대장은 기가 죽어 시키는 대로 당나귀에서 내려 고삐를 원회에게 넘겼다.

"너 같은 건 인간쓰레기라 상대할 것이 못 되고, 돌아가거든 기훤에게 일러라, 하늘 높은 줄을 알라고 말이다."

"네네, 이르고 말고요."

"가 봐."

세 사람은 곰보가 돌아가는 것을 지켜보다가 말 머리를 돌리고, 채찍을 퍼부었다.

"북원이다."

두 병정은 이제 완전히 선종의 심복이 되었고, 그가 하는 말에 이견(異見)이 있을 수 없었다. 도중에 당나귀를 팽개친 그들은 동북으로 이백 리, 북원을 향해 더욱 속력을 가했다.

양길은 선종의 자기소개가 끝나자 아주 반가워했다.

"허공 스님은 전에 월정사(月精寺)에도 계신 일이 있는데 훌륭한 분이지요. 그분의 설법(說法)도 여러 번 들었구요."

이렇게 서두를 꺼낸 양길은 문갑에서 편지를 한 장 꺼내 선종에게 건네주었다.

몇 줄 안 되는 간단한 내용이었다.

- 내 제자로 선종이라는 청년이 있는데 행여 인연이 있어 서로 만나게 되면 잘 보살펴 주시오. 지옥을 정토(淨土)로 바꾸려는 마음은 서로 같을 줄 믿소. 선종은 문무를 겸한 사람이오. -

문면으로 보아 반드시 이렇게 찾아올 것을 예견한 것 같지는 않고 혹시 서로 전장(戰場)에서 마주치더라도 살상만은 피해 달라는 뜻으로도 해석되었다. 선종은 스님의 깊은 마음씨가 가슴에 와 닿았다.

신라의 임금은 이름뿐으로, 실지로는 서울 주변의 몇 고을을 다스리는 조금 큰 태수나 다름없고, 나머지 국토는 약육강식의 난장판으로 변해 버렸다. 백성들의 목숨은 파리 목숨이나 진배없이 어디나 애매하게 죽은 시체들이 즐비하고 농사를 지어 봐야 칼 든 자들이 강탈해 가는 판국이다.

심약한 자들은 그들의 강압에 못 이겨 건성으로 밭을 갈고 배포 있는 자들은 스스로 두목이 되거나 어느 두목에게 붙어 호미 대신 칼을 들고 설치는 세상 -, 살육과 황폐의 폭풍이 부는 신라는 바로 지옥이요, 예토(穢土)가 아닐 수 없었다.

스님은 말씀은 없어도 이 예토가 정토로 바뀌기를 갈구하였고, 나 선종에게도 은근히 기대를 걸었음이 분명했다.

허공 스님과 돌아가신 일삼 어머니의 얼굴이 번갈아 떠올랐다. 이 두 분은 뭇사람들이 짓밟으려고 드는 이 선종을 키우고 사람을 만들었을 뿐 아니라, 사람을 알아보는 눈을 가진 사람들이었다. 단 두 사람.

큰일, 보람 있는 일을 해야 하겠다. 큰일을 하려면 큰 연장이 있어야 하는데 양길은 어떻게 나올까. 나쁘게 보지는 않은 모양인데, 대단한 인물 같지는 않았다. 그는 편지에서 얼굴을 들었다.

선종이 편지를 앞에 하고 골똘히 생각하는 동안 잠자코 지켜보던 양길이 천천히 입을 열었다.

"어떻소, 내 부장으로 일해 주지 않겠소?"

선종은 죽주에서 당한 경험이 있는지라 분명한 금을 긋고 싶었다.

부장은 한 사람만 있으라는 법도 없고, 이름만의 부장도 얼마든지 있을 수 있다. 이번에는 신중을 기해서 기훤을 찾았을 때처럼 자기를 써 달라는 말은 아직 하지 않았다. 뜻대로 안 되면 빠질 구멍은 얼마든지 있는 것이다.

"사방 백 리도 제대로 차지하지 못한 처지라 큰 병력은 없고, 쓸 만한 병정으로 치자면 천 명 안팎이오, 반을 갈라 드리지요."

선종은 사상(伩上, 부대장) 정도면 응낙할 생각이었는데, 기대 이상이었다.

"고맙습니다."

그는 머리를 숙였다.

"일을 하려면 명색이라는 것도 필요한 법이오. 내 명색이 북원 장군(北原將軍)이라, 두 사람이 같은 호칭을 쓸 수는 없고······."

"······."

"어떻겠소, 나는 북원 대장군이라 하고 스님을 북원 장군이라 하면."

"초면에 이렇게까지 믿어 주실 줄은 몰랐습니다."

"나는 허공 스님을 믿는 사람이고, 또 내 나름대로 보는 바가 있소."

기훤과는 딴판이었다. 며칠을 두고 터놓고 의논을 하고 저녁이면 겸상으로 식사도 같이 했다.

"우선 이 북원에서 바다에 이르는 산지대를 손아귀에 넣고, 다음에 서쪽으로 밀고 나가면 어떻겠습니까?"

"나도 그 생각을 못한 건 아니오. 또 하느라고도 했지마는 원체 힘이 미약해서 부하만 잃고 돌아왔소. 지금 같아서는 이 북원 땅만 침범을 당하지 않고 보전해도 다행이겠소."

사람은 좋으나 역시 처음에 본 대로 대단한 인물은 못 되고, 자기를 받아들인 것도 북원을 지키는 일을 거들어 달라는 정도에 지나지 않는 모양이다.

"대장군께서는 오십이 가까우신데 편히 쉬시고, 제가 한번 나서 보지요."

"될까……."

내키지 않는 응대였다.

"안 되더라도 이 북원 땅이 침범을 당하는 일은 없도록 하겠습니다."

"해는 보시오마는……."

마지못해 응해 주었다.

선종은 자기에게 갈라 준 부하 오백 명을 점검하고 이대로는 백전백패하리라는 결론을 얻었다. 우선 소성(小成)에 만족하는 양길의 기상(氣象)이 전염되어 사상들이고 졸병들이고 나가 싸우기보다는 일이 없기만 바라는 눈치였다. 그 위에 잡다한 사람들이 사는 성내에서 유혹에 휩쓸려 나약해질 대로 나약해졌다.

그는 양길의 허가를 얻어 부하들을 이끌고 동쪽으로 삼십 리, 치악산(雉岳山)으로 이동하여 석남사(石南寺)에 본영을 두고 단련에 들어갔다.

안일에 젖은 장병들은 좋은 얼굴이 아니었으나 장군인 선종 자신이 그들과 같은 처소에서 자고, 같은 음식을 먹고, 선두에서 산을 오르내리는 데는 불평할 여지가 없었다.

또 사람대접을 해 주었다. 기강을 엄히 하면서도 매를 때리는 일을 철저히 금하고 아픈 자에게는 약을 구해 주고 걱정이 있는 자는 걱정을 풀어 주었다.

이상한 눈으로 보던 병정들의 태도가 차츰 달라지기 시작했다.

말을 달리는 품이며 칼과 창을 쓰는 솜씨며 그를 따를 자가 없고 활을 쏘면 백발백중이었다. 그 위에 인정이 있고.

그는 정신이 제대로 박히지 않은 자들, 목적이 선명치 않은 자들의 집단이 무기를 가지면 흉측하기 이를 데 없다는 것도 알고 있었다.

우리는 왜 험한 산을 치달리며 활을 쏘고 창을 휘두르며 이 고된 일을 하느냐, 백성들의 재물을 뺏고 그들이 지어 놓은 곡식을 강탈하기 위해서인가. 그것은 도둑이다. 우리는 도둑떼가 되기 위해서 여기 모인 것이 아니라 도둑들이 들끓는 이 예토에서 도둑을 쓸어 내고 부처님의 나라, 평화로운 정토를 만들기 위해서 여기 모인 것이다.

우리들이야말로 이 막중한 일을 떠맡고 나선 부처님의 아들이다. 부처님의 아들이 백성의 물건, 한 톨의 쌀이라도 뺏는다면 이것이 있을 수 있는 일이냐. 그것은 부처님의 아들이 아니고 도둑이다.

부처님의 아들이 정토를 만드는 싸움에서 도둑이 무서워 후퇴한다면 이것이 될 말이냐. 그것은 부처님의 아들이 아니고 나락에 떨어질 겁쟁이다. 부처님이 원하시는 의로운 싸움에서 목숨을 잃는다면 그보다 복된 일은 없다. 아미타여래(阿彌陀如來)께서 좌정하신 서방정토에서 영원한 복을 누리게 되기 때문이다.

살아서는 이 세상에 미륵대불께서 원하시는 지상정토를 세우는 데 힘쓰고, 죽어서는 서방정토로 간다. 이것이 우리가 할 일이요, 우리의 목표다.

이리하여 병사들의 정신을 뜯어고치는 일에도 정성을 다했다.

시일이 흐름에 따라 병사들의 눈빛이 달라지고 기강이 엄정한 강병으로 변해 가는 것이 눈에 보였다. 그를 따르면서도 어려워하고 그를 위해서는 물불을 가리지 않을 분위기가 조성되어 갔다.

이분이야말로 이 난세를 가라앉히기 위해서 부처님이 보내신 참된 장수라는 쑥덕공론도 들려왔다.

선종은 이들을 단련하면서 앞날의 계획을 짜 내려갔다. 지금은 비록 오백 명에 지나지 않으나 이 오백 명을 눈사람처럼 불려 대군(大軍)으로 만들기 위해서는 역시 동쪽 산지대로 가는 것이 옳으리라.

산지대에 사는 사람들은 쌀밥을 먹고 평지를 다니는 사람들보다 건강하게 마련이다. 잡곡을 먹고 험한 산을 오르내리며 자라온 그들은 잘 먹지 못해도 어려움을 이겨 내는 끈기와 참을성이 있다.

동쪽 산지대를 점령하고 이런 청년들을 끌어들여 단련하면 천하제일가는 강병(强兵) 집단을 만들 수 있을 것이다. 이들을 끌고 기훤 같은 건달들이 웅거하는 서쪽을 휩쓸어 신라 전 국토의 반을 차지한 연후에 남으로 밀고 내려가 천하를 통일하는 것이다.

사월 칠일.

선종은 병사들과 함께 석남사의 미륵대불 앞에 서원을 드렸다.

－우리는 한결같이 부처님의 아들로 미륵대불께서 원하시는 정토를 이룩하고자 일어선바, 재물을 탐하지 않고 백성을 보호할 것이며 두려움 없이 부처님의 적을 처부술지어다.－

선종은 거의가 글을 모르는 병정들인지라 평소에 가르친 것을 더욱 쉽게 풀어 병정 한 사람 한 사람, 모두가 자기 입으로 맹세하도록 하였다.

동남으로 팔십 리, 주천(酒泉, 강원도 영월군 주천면)부터 치자. 선종은 진군을 명령했다. 주천을 택한 데는 이유가 있었다.

첫 전투는 제일 강한 적을 골라 이기되 크게 이길 필요가 있었다.

세달사에서도 경험한 일이었지만 병사들의 마음이란 묘해서 첫 전투에 지면 계속 패하는 버릇이 생겨 다음 전투에서는 싸우기도 전에 겁부터 먹는 습성이 생긴다. 더구나 이번에는 자기가 장군으로 처음 출전하는 만큼 적을 아주 깔아뭉개서 부하들에게 싸우면 반드시 이긴다는 믿음을 심어 주어야 했다.

다음으로는 가장 못된 인간을 들고쳐서 백성들의 한을 풀고 시원히 잘했다는 소리를 듣고, 그 소문이 퍼지면 퍼질수록 좋을 것이었다. 다음부터 일이 쉬워지기 때문이다.

여기 온 이후 북원과 접경한 자들을 검토한 결과 대개 비슷한 건달들이었지만 그중에서도 '선무당'이라는 별명이 붙은 주천 장군이 가장 세다는 소문이 나 있으면서 가장 못된 인간으로 첫 전투의 상대로는 제일 적격이었다.

협잡을 하고 자취를 감췄다가 세상이 어수선해지면서 고향 주천에 나타난 선무당은 그동안 서울에서 공부했노라면서 곧잘 문자를 썼고, 서울과 글을 우러러보는 시골 사람들은 곧 그에게 녹아 버렸다.

선무당은 왕도정치(王道政治)라는 어려운 문자까지 써 가면서 잘살게 된다고 시골 사람들을 선동하였고, 시골 사람들은 그가 시키는 대로 도끼, 낫, 몽둥이를 들고 몰려가 관가를 들부수고, 선무당은 주천 장군으로 들어앉았다.

왕도정치라는 것이 어떤 것인지는 몰라도 하여튼 세금이 없고 누구나 골고루 잘살게 해 준다는 바람에 들고 일어섰던 백성들은 차츰 의심이 들기 시작했다.

건장한 청년들을 병정으로 뽑아 가는 것까지는 알 만했다. 어느 고장에서나 하는 일이라 그러려니 했는데, 많은 병정들로 자기 주변을 굳힌 다음에 해괴한 일이 벌어졌다. 왕도정치가 시작된 것이다.

하루는 주천 고을의 촌장(村長)들을 전원 모아 놓고 목청을 높였다.

"옛날 성현은 이렇게 말씀하셨다. 보천지하에 막비왕토요, 솔토지빈에 막비왕신(普天之下, 莫非王土, 率土之濱, 莫非王臣)이라고 말이다."

모를 소리를 늘어놓고는 좌중을 둘러보고 히죽이 웃었다.

"무슨 소린지 모르지? 하늘 아래 땅 치고 임금의 땅이 아닌 것이 없고, 그 땅 끝까지, 어디 사는 사람이건 임금의 신하가 아닌 사람이 없다, 이런 뜻이다."

그는 크게 기침을 하고 정색을 했다.

"이것이 왕도정치의 근본이다. 그런 터인즉 오늘부터 이 주천 고을의 땅은 일률로 임금에게 바치고, 다 같이 골고루 일해서 골고루 나눠 먹는 것이다. 금년부터 세금이 없음은 물론, 부역도 없다."

근사한 이야기인데 한 가지 모를 것이 있으나 그의 주위에 창을 든 병정들이 버티고 서 있는지라 서로 눈치를 살피는 가운데 늙은 촌장이 물었다.

"임금님께 바친다고 하셨는데 서울까지는 도중에 내로라하고 설치는 사람들이 많지 않습니까? 길이 막혔는데 어떻게 바칩니까?"

"너, 좋은 것을 물었다. 그러기 때문에 이 주천 장군이 임금을 대신한다는 것이다."

칼자루를 잡고부터는 노인이고 애들이고 돌아가면서 '너'였다.

아니꼬웠으나 임금을 대신한다니 할 수 없고, 왕도정치라는 것으로 세금도 부역도 없는 세상이 온다니 그쯤은 참을 수도 있었다.

그런데 야릇한 것이 왕도정치였다.

왕도정치는 양푼 소리로 시작되었다. 동네마다 병정들이 나타나 한복판에 기둥을 세우고 양푼을 달아 맸다.

동이 트면 한 명이 양푼을 두드리고 나머지는 고함을 지르며 돌아다니는데 남녀를 막론하고 사지가 제대로 붙어 있는 사람은 연장을 들고 뛰어나와야 하고 걸어와도 안 되었다. 골고루 빨리 와야 하는데 늦으면 싸리 회초리로 몇 대 얻어맞아야 했다.

병정들은 밭에도 따라붙었다. 남보다 처지거나 게으르다고 판정되면 역시 싸리 회초리로 얻어맞아야 하고 아주 게으르다고 지목된 사람은 몽둥이찜질을 당하기로 되어 있었다. 골고루 일해야 하는데 처졌으니 매질로 보충한다는 것이다.

가을에 추수가 끝나자 한 줌씩 골고루 나눠 주고 나머지는 몽땅 주천성의 선무당에게 실어다 바쳤다. 골고루 배가 부를 줄 알았던 백성들은 골고루 배가 고플 수밖에 없었다. 처음에는 '약속과 다르다', '배가 고프다'라고 불평하고 나서는 사람도 있었으나 밧줄로 기둥에 묶어 놓고 몽둥이질을 하는 바람에 그런 말도 쏙 들어가고 말았다.

골고루 나눠 줬으니 약속대로 된 것이고, 왕도정치하에서 배가 고프다는 것은 정신 나간 놈의 정신 나간 넋두리라고 늘씬하게 두들겨 팼다.

농사철이 지나자 대궐 같은 선무당의 집을 짓는 데 동원되었다. 이것은 부역이 아니고 문자를 써서 공사(公事), 쉽게 말해서 나랏일을 하시는 어른이 거처하실 곳을 마련하는 것이니, 나랏일 중에서도 제일 보람 있는 일이라고 했다. 길닦이도 공사, 축성도 공사, 죽을 지경이건만 부역은 없는 것으로 되어 있었다.

백성들이 왕도정치고 뭐고 선무당 굿에 사람 죽을 노릇이라고 속삭이는 바람에 그는 '선무당'이 되고 말았다.

한 가지 묘한 것은 병정들만은 양껏 먹고 배가 나오는 일이었다.

그런데 들리는 말로는 이 대목에서도 선무당은 문자를 썼다는 것이다. 병기즉필패(兵飢則必敗), 즉 병사들이 굶주리면 반드시 패한다고…….

이렇게 되다 보니 백성들은 선무당에게 모든 것을 뺏기고 죽지 않을 만큼 밥만 얻어먹는 공짜 머슴이 되고 말았다. 그러나 도리가 없었다. 입을 함부로 놀렸다가는 배가 나온 병정들이 달려들어 짓밟아버리고, 목이 달아난 경우도 드물지 않았다.

저 선무당을 잡아가는 귀신은 없을까, 여러 해를 두고 시달린 백성들은 속으로 앓고 있었다.

성은 높고 무기와 군량이 흡족하고 병정들도 제일 많은지라 양길은 그의 비위를 맞추기 위해서 심심치 않게 선물을 보내곤 했다.

접경에서 하룻밤을 지내고 아침에 일어난 선종은 대검(大黔), 모흔(毛昕), 귀평(貴平), 장일(張一) 등 사상들을 모아 놓고 마지막 지시를 내렸다.

"전에도 얘기한 대로 선무당은 허세로 한몫 보는 인간으로 겁이 많고 전투 경험도 없소. 그런 만큼 성은 높고 양식도 많은지라 십중팔구 성안에 박혀 나오지 않을 것이오. 이것을 끌어내기 위해서는 갖은 욕설을 퍼부어 허세로라도 가만있을 수 없게 만들어야 하겠소. 이것들이 쏟아져 나올 때까지는 성첩에 나타나는 적병을 쏘더라도 헛쏘아야 하오. 약하게 보여서 겁쟁이라도 겁을 안 먹게 하고 허세에 못 이겨서라도 쳐나오게 만들잔 말이오."

그들은 풀밭에서 조반을 마치고 다시 진군을 시작했다. 벌판에서 맞붙어 싸운다면 배때기에 비계가 낀 선무당의 병정들쯤은 일당백은 못 되어도 일당십의 자신이 있었다.

그런데 얼마 안 가 간밤에 보낸 척후(斥候)가 기막힌 소식을 가지고 왔다.

선무당이 초파일을 맞아 주천성에서 남으로 이십 리, 송학산(松鶴山)에 있는 절간으로 재를 올리러 떠났다는 것이다. 보기(步騎) 천 명의 호위를 받으며 금박 안장에 비스듬히 앉은 그의 일행은 임금의 행차나 진배없다고도 했다.

입 밖에는 내지 않았으나 속으로는 은근히 바라던 일이다. 어제 치악산을 떠나 접경에서 자고 초파일의 대낮에 주천성에 닿도록 행군 일정을 짠 것도 이 때문이었다.

주천성은 앞으로 십 리, 선종은 대검에게 지휘를 맡기고 되도록 빨리 뒤를 따라오라 이르고는 오십여 기의 기병들과 함께 먼저 내달았다.

주천성이 내려다보이는 고개 마루에 멈춰 서서 형세를 관망했다. 성문에 파수병들이 서 있기는 했으나 그 위 다락에서는 병정들이 둘러앉아 술을 마시고 있었다.

역시 오늘을 택한 것은 잘한 일이었다. 만인이 부처님의 탄생을 기리는 명절이라 대장은 안심하고 절간에 갔고, 남은 병정들은 술을 마시고 있다.

성과 송학산의 거리, 그간의 지형을 살피면서 계획을 짜고 있는데 본대가 도착했다. 선종은 점심을 먹으면서 쉬라고 일렀다.

성루에서 북이 울리고 이어서 말 탄 병사 두 명이 남문을 나와 송학산 쪽으로 달려갔다. 적도 알아차린 모양이다.

선종은 점심을 마친 병사들을 거느리고 천천히 고개를 내려갔다. 서둘지 않고 한가하게 잡담을 하면서 전진하는 모습은 어느 모로 보나 절제도 기강도 없는 오합지중이었다.

성과 송학산 사이에는 연속부절로 말 탄 병사들이 달려가고 달려왔다. 쫓아가 붙잡아야 한다는 군관들도 있었으나 선종은 내버려 두라고 했다.

마침내 평지에 내려온 선종은 요소에 병력을 배치하여 주천성과 송학산 사이를 차단하고 본영 양쪽에 '북원 장군 선종(北原將軍 善宗)', '나무미륵대불(南無彌勒大佛)'의 두 깃발을 올리고 기다렸다.

남쪽이 떠들썩하면서 동서로 가로지른 나지막한 구릉(丘陵) 위에 선무당의 본진이 나타나자 성에서도 병정들이 쏟아져 나와 사면을 포위하기 시작했다.

"외눈깔 돌중눔의 새끼, 듣거라."

언덕 위에서 말 탄 선무당이 외쳤다.

"네가 분수도 모르고 치악산에서 우습게 나댄다는 소리는 일찍부터 들었다."

이쪽 진영에서는 아무 응대도 없었다.

"중은 절간에서 목탁이나 두드릴 것이지 장군이라니, 지나가는 강아지도 웃을 노릇이다."

"……."

"외눈깔로도 보일 게다. 너의 쥐새끼 같은 오백에 이쪽은 황소 같은 이천이다."

"……."

"더구나 빈틈없이 포위되었으니 독 안에 든 쥐다."

"중놈이 파일에 동병(動兵)이라, 그 죄는 부처님도 용서하지 않을 것이다. 다만 인생이 가련해서 이처럼 설유하는 터인즉 지금이라도 나와 백 배 사죄하고 살 길을 찾아라."

"……."

"오호라, 천명이로다!"

길게 끄는 소리와 함께 장군기가 흔들리고 적은 활을 쏘면서 조여들었다. 나무, 바위, 돌무지, 도랑 등을 의지해서 진을 친 선종의 병사들은 자기들의 사상을 주시하고, 사상들은 선종의 중군(中軍)을 지켜보면서 귀를 기울였다.

"이 겁쟁이 두더지들을 일거에 쓸어버려라!"

아무리 화살을 퍼부으며 조여들어도 꼼짝하지 않는지라, 백여 보의 거리에 이르자 선무당은 고함을 질러 댔다. 허세 같기도 하고 아주 얕잡아보고 덤비는 것 같기도 했다.

적은 활을 내리고 칼과 창을 휘두르며 달려들었다.

중군에서 북소리가 요란하게 울리고 선종의 병사들은 창을 높이 들고 내달았다.

잠시 둘러보면서 말에 오른 선종은 통쾌하기 이를 데 없었다. 단련에 단련을 거듭한 이쪽 병사들은 엉기적거리는 적병들을 잽싸게 치고 찌르며 돌아갔다.

그는 수하에 대기하고 있던 오십 기를 거느리고 선무당의 본진으로 돌진해 들어갔다. 잠시 접전하는 듯하던 친위군은 말 머리를 돌려 도망치고 선무당도 말고삐를 틀어 남으로 달리기 시작했다.

백마를 탄 선종은 검은 가사를 바람에 나부끼며 그의 뒤를 쫓았다.

"선무당, 게 섰거라!"

고함을 질렀으나 선무당은 말갈기에 얼굴을 파묻고 연거푸 채찍을 퍼부어 죽자 살자 도망쳤다.

선종은 마상에서 활을 내려 한 대 쏘았다. 엉덩이에 살을 맞은 말이 뒷발로 곤두서면서 요동치다 쓰러지자 선무당은 땅 위에 나동그라졌다.

선종은 말에 탄 채 그의 주위를 맴돌고 주저앉은 선무당은 겁에 질린 눈으로 그를 쫓고 있었다. 아니 선종이라기보다는 그가 틀어잡고 있는 창끝이었다. 금시라도 내지를 것 같고, 찌르면 이 선무당은 가는 것이다.

뒤에 처졌던 오십여 기가 당도하여 빙 둘러서자 선무당은 와들와들 떨었다.

"묶어."

선종은 조용히 이르고 둘러보았다. 적은 수십 명의 사상자를 벌판에 남긴 채 뿔뿔이 흩어져 도망치고, 일부는 성내로 쫓겨 들어갔다. 대검을 선두로 하는 우군은 성문을 닫으려는 적을 밀어붙이고 성내로 쏟아져 들어가는 길이었다.

선무당을 뒷짐으로 묶은 원회는 그를 짐짝처럼 안장 옆대기에 비끄러매고 선종을 쳐다보았다.

"가자."

선종은 기병을 거느리고 성내로 향했다.

주천 장군 처소의 앞마당에는 미처 도망치지 못한 적병들이 우군의 창끝에 떨며 몰려 앉아 있고, 주위에는 남녀노소의 백성들이 먼발치로 구경하고 있었다.

말에서 내린 선무당이 옥으로 끌려가는 것을 곁눈으로 보면서 선종은 안으로 들어가 좌정했다.

"포로들의 무장을 빼앗고 제 고장으로 돌려보내라."

"백성들에게 부형을 대하듯 깍듯이 할 것이며 조금이라도 범하는 일이 있어서는 안 된다."

"곳간에 있는 무기와 양곡을 점검하여 그 숫자를 알리고, 금은 등 값진 물건은 한군데 모아 두라."

"성내의 방장(坊長)과 고을의 촌장들을 내일 오정 안으로 여기 모이게 하라."

그는 필요한 명령을 내리고 병정들은 사방으로 뛰었다.

"이것들은 어떻게 할까요?"

선무당이 거느리고 살던 십여 명의 젊은 여자들이 병정들에게 끌려왔다.

"모두 고향으로 보내라."

땅거미 지는 가운데 여자들은 다시 끌려 나갔다.

이튿날 아침, 겁을 먹고 모여든 방장과 촌장들은 긴장이 차츰 풀리고 나중에는 아주 만족해 돌아갔다.

우선 그들은 넓은 방에서 점심 대접을 받았다. 선무당에게는 깡그리 뺏기면서도 물 한 모금 대접받은 일이 없었다.

그들과 함께 식사를 하는 사람은 장군이라고 부르니 장군이지, 머리를 깎고 가사를 입은 스님이었다. 소문대로 한 눈이 없었으나 잘생긴 얼굴에 말씨도 부드러웠고 질문이 나오면 즉석에서 받아 명쾌하게 대답해 주었다.

　"앞으로도 왕도정치를 합니까?"

　늙은 촌장이 물었다.

　"선무당의 왕도정치는 오늘로 없어졌소. 과거의 연유는 일체 불문에 부치고 여러분이 의논해서 땅은 머릿수대로 골고루 나눠 갖기로 합시다."

　골고루에 질린 그들은 시무룩했다.

　"골고루……, 또 골고루 배고프게 되는 건 아닙니까?"

　한 사람이 선종의 부드러운 얼굴에 용기를 얻어 물었다.

　"골고루 배부를 것이오."

　"세금은 없습니까?"

　"소출의 십분의 일이오."

　"부역은요?"

　"있소. 그러나 여러분을 위한 부역은 있어도 어느 한 사람의 집을 짓는 따위 부역은 없을 것이오."

　좌중에는 웃음이 터졌다.

　"선무당의 수하에서 싸우다 도망간 병정들은 어떻게 됩니까?"

　이것은 혈육의 생사에 관한 절실한 문제였다.

　"일체 불문에 부치겠소."

　"믿어도 되겠습니까?"

　선종은 정색을 했다.

　"어제 붙들린 자들도 놓아 주었다는 소문을 들었을 것이오. 이 선종에게 거짓은 없소."

"스님의 휘하에서 군인이 되고 싶은 사람은 될 수 있습니까?"

"우리는 가는 사람을 막지 않고, 오는 사람을 마다하지 않소. 그러나 우리 군대에 들어와서 백성들보다 잘 먹고 배가 나올 생각은 말아야 하오."

자기들에 관한 의문이 풀리자 한 사람이 마지막으로 물었다.

"선무당은 죽여야겠지요?"

"죽여야 하오."

선종은 엄숙히 선언했으나 말미를 달았다.

"그러나 선무당은 이 고장 사람이오. 여러분이 살려야 한다면 살리지요."

아무도 대답하는 사람이 없었다.

선종은 군량미만 남기고, 창고를 풀어 돌아가는 방장, 촌장들에게 그 고을 인구수에 따라 양식도 배정했다. 그것도 백성을 동원하지 않고, 선종의 부하들이 달구지에 싣고 가서 집집마다 나눠 주고 돌아왔다.

부처님의 군대라는 소문이 일어나기 시작했다.

선무당이 긁어모은 금은보화며 비단도 적지 않았다. 선종은 군관에서 졸병에 이르기까지 높고 낮음을 구분하지 않고 똑같이 나눠 주었다.

"장군께서는 아무것도 안 가지시네요."

이 일을 담당한 군관이 물었다.

"나는 어머니께서 주신 게 있소."

그는 가락지를 내어 보였다.

"그건 다릅니다."

"중이 재물을 무엇에 쓰겠소?"

부하들은 더욱 그에게 심복했다.

적과 우군을 가리지 않고 죽은 사람은 정중히 장례를 치러 주고 다친 사람은 치료해 주었다. 좋은 소문은 파다하게 퍼져 갔다.

다음은 내성(奈城, 영월), 그는 계획을 세우고 있었다.

조상의 땅에서

892년 가을.

추수가 끝나자 고을마다 대기하고 있던 기병들은 금성(錦城, 전남 나주)으로 모여들었다. 도합 오천. 견훤은 이들을 지휘하여 무진성(武珍城, 광주광역시)으로 진격을 개시했다.

흔해 빠진 것이 장군이었다. 다른 데와 마찬가지로 이 무진주(武珍州, 전라남도) 관내에서도 건달들은 관을 내쫓고 장군이라 자칭하고 거들먹거렸다.

삼십 명으로 시작한지라 일은 쉽지 않았다. 무령군을 근거로 병사들을 모집하고 단련하여 이웃 압성군(押成郡, 장수)의 건달 장군을 무찌르고 남으로 금성군을 손아귀에 넣은 다음 무진주 방비군의 총본영인 미다부리정(未多夫里停, 나주시 남평읍)을 일거에 짓밟아 버렸다.

그로부터 서둘지 않고 모험을 피하면서 압해(壓海, 무안), 뇌산(牢山,

진도), 영암(靈岩), 양무(陽武, 강진), 보성(寶城), 승천(昇天, 순천)을 평정하고 북상하여 추성(秋成, 담양), 곡성(谷城)의 건달들을 쓸어버리는 데 삼 년이 걸렸다. 이제 남은 것은 도독부(都督府)가 있는 무진성이다.

그런데 신라 조정은 여기서도 호수가 틀린 짓을 하고 있었다. 박수종(朴秀宗)이라는 열댓 살 난 아이를 도독으로 앉히고 삼 년 전 무령군에서 쫓겨난 염소를 이 방면에 밝은 뛰어난 장수라 하여 이미 없어진 미다부리정의 대대감(隊大監, 사령관)으로 임명하여 박수종의 휘하에 배치한 것이다.

골품(骨品)이라 해서 타고난 피의 종류에 따라 인간의 팔자가 결정되는 신라에서 박수종은 그 으뜸가는 진골(眞骨)이니 임금도 될 수 있는 처지라 도독이 되었다고 이상할 것은 없었다. 더구나 돌아간 헌강왕(憲康王)의 딸 의성공주(義成公主)와 결혼한 부마요, 시중(侍中)을 지낸 박예겸(朴乂謙)의 아들이니 순종(純種) 중에서도 나무랄 데 없는 순종이다. 그러나 열다섯 살짜리 도독, 호수가 틀려도 한두 치요, 웃겨도 한두 번이지, 이건 엉망진창이다.

들자 하니 같은 또래의 공주 각시와 함께 하루 세 끼 늘어지게 먹고 나면 동산을 거닐면서 목을 빼어 들고 노래(鄕歌)를 합창하는 버릇이 있다고 한다.

또 한 가지, 한 달에 두세 번 성내와 인근 고을의 글줄이나 하는 사람들을 모아 놓고 시회(詩會)라는 것을 열어 시를 짓는답시고, 더불어 목을 배틀고, 긁적거리고 지우고 흥얼거리는 버릇도 있다는 것이다.

가끔 벽자를 휘갈겨 써 놓고는 아는 사람이 있느냐 묻고, 만장일치로 모른다고 대답하면 없는 위엄을 쥐어짜면서 그 글자의 내력을 설명하여 자신의 유식을 과시하고 무식한 자들에게 은근히 존경과 복종을 요구한다는 것이다.

글로 위엄을 보인 연후에는 주연으로 덕(德)을 베풀어 위(威)와 덕을 아울러 보이는 것이 그의 치정(治政)의 근본인데 한번은 눈치 없는 노인이 그가 묻는 묘한 글자를 대답하는 바람에 기분이 언짢아 주연을 중지하는 소동이 벌어졌다.

노인은 술과 성찬을 기대했던 사람들로부터 적지 않게 핀잔을 받았고, 그 후로는 도독이 글에 대해서 묻는 것은 만장일치로 모른다고 대답하기로 되었다는 소문이었다. 도독은 만장의 감탄을 받으면서 자문(自問)에 자답(自答)하여 자기의 유식에 도취하고 뭇사람들의 무식을 개탄한 연후에 성대한 연회가 벌어지는 것이 움직일 수 없는 절차로 굳어져 있다고 한다.

"이 광대놈아들부터 짓밟읍시더."

능애는 못 참겠다고 한 고을을 점령할 때마다 다음은 무진성을 치자고 우겼으나 견훤은 듣지 않고 오늘에 이르렀다.

견훤은 벌판을 덮고 동북으로 진격하는 기병집단을 돌아보면서 천운(天運)이라는 것을 생각했다.

자기가 병정이 되어 이 고장에 온 것도 천운이고, 무령에서 시작하여 서해와 남해 일대를 휩쓸어 성공한 것도 천운이었다. 무엇보다도 말들을 얼마든지 얻을 수 있어 전력(戰力)을 갖추게 되었고 아울러 소와 돼지들도 무수히 있어 병정들을 잘 먹일 수 있었다.

식수가 풍족한 섬들은 어디나 왕실 아니면 세도가들의 마거(馬阹, 이당시 산이나 골짜기 등 지형을 이용하여 울타리를 치고 말을 기르는 장소를 마거라고 불렀다)로 되어 있었다. 처음 서울에 갔을 때 도성 안에는 삼심오 금입택(金入宅)이라 하여 웅장한 저택에 많은 군마(軍馬)와 군사들을 거느린 세도가 서른다섯 명이 있다는 것을 알았다.

그들은 저마다 이러한 섬을 여러 개 차지하고, 말을 방목하여 군용(軍用)에 쓰고, 아울러 소, 돼지, 닭까지 길러다 일가친척들이 포식한다는 사연을 안 것은 서남해에 와서 직접 눈으로 본 연후의 일이다.

해변의 고을을 칠 경우에는 우선 마거가 있는 섬부터 점령했다. 소와 돼지를 잡아 병정들에게 양껏 먹이고, 나머지는 육포를 만들어 비축하는 한편 저마다 말들을 끌어다 길을 들이고 마상에서 활을 당기고 칼과 창을 쓰는 법을 익혔다.

숙달하는 것을 기다려 육지에 올라오면 대적할 자 없는 강병이었다. 시일이 흘러 점령지가 넓어짐에 따라 작은 기병 집단은 차츰 불어 이제 오천 기에 이르렀다.

견훤은 이 기병집단을 주축으로 군을 편성하였다. 보병의 몇 배 가는 기동력이 있고, 식량을 싣고 다니기에 여러 달을 치달려도 보급을 받지 않아도 되고, 싸움이 벌어지면 보병을 압도해서 좋았다.

보병들은 점령한 고을에 분산 배치하여 경비를 담당케 하고 휘하의 기병 오천 기를 총동원하여 이제 무진성을 치러 가는 것이다.

무진성에서는 사자(使者)가 말을 달려 와서 도독의 편지를 전했다.

"여왕께서는 네가 철따라 잊지 않고 진상하는 진귀한 물건들을 보고 너의 충성을 가상히 여기시는 터에 이 무슨 짓인고. 할 말이 있거든 단기(單騎)로 성내에 들어올지니 너의 청은 다 들어줄 것이며 내 특히 조정에 아뢰어 큰 버슬이 내리도록 할지니라."

견훤은 민극(閔郤)이 읽는 것을 잠자코 들었다. 강역이 넓어지고 군사들이 많아짐에 따라 문서도 필요한지라, 서사로 채용한 이 청년은 어려운 글도 쉽게 풀어 읽어 주는 재간이 있었다.

명절 때면 임금 이하 서울의 모모한 세도가들에게 선물을 보냈고, 그때마다 역적들을 일소하여 폐하와 귀하신 분들의 걱정을 덜어 드리겠노라, 일러 보내기도 했다. 조무래기 건달 장군들과는 달리 병(兵)에는 명분이 있어야 한다는 것을 알고 있는 자기로서는 그 명분을 찾기 위해서 한 일인데, 정말 그대로 믿는 것인지, 아니면 믿는 척하는 것인지.

견훤은 생각 끝에 사자에게 정중히 허리를 굽혔다.

"이 견훤에게 딴 뜻이 있을 수 없고, 어지러운 세상에 도독 어른을 보호해 드리자는 것입니다."

그가 돌아가자 염소의 편지도 왔다.

"보호란 언어도단이요. 도독께서는 진노가 대단하신즉 장차 조정으로부터 대역 죄인으로 몰려 큰 벌이 내릴까 두렵도다. 옛정을 생각하여 내 잘 말씀드렸으니 지금이라도 물러가면 후한 상이 내릴지니라."

이번에는 회답도 없이 진격을 계속했다.

무진성을 십 리 앞두고 휴식에 들어갔다. 병사들이 말에 먹이를 주고 있는데 척후로 나갔던 기병 사오 명이 젊은 여자 두 사람과 병정 십여 명을 묶어 가지고 왔다.

"도둑눔아의 마누라에 염소의 계집인데 서울로 가는 길이랍니다."

호상(胡床)에 앉은 견훤 앞에 아직 애티가 가시지 않은 여인과 연전에 염소를 따라 서울로 간 여자가 뒷짐을 묶인 채 휘청거리다 쓰러졌다.

"공주마마를 이렇게 대접하는 법이 어디 있어요? 무엄하게시리."

공주는 머리를 숙인 채 말이 없고, 염소의 여자가 대들었다. 예전보다 더욱 간이 커진 모양이다.

견훤은 일어서 공주의 결박을 풀어 주면서 공손히 나왔다.

"철없는 아이들이 몰라뵙고, 이거 황송하게 됐습니다."

그는 병정들을 시켜 전원을 모두 풀어 주고 염소의 여자를 돌아보았다.

"대장께서도 안녕하시구?"

그러나 여자는 새침해서 대답을 하지 않았다.

빼앗은 말과 짐도 돌려주고, 따라붙은 병정들을 훈계하는 것도 잊지 않았다.

"너희들, 공주마마를 호위하는 막중한 책임을 맡은 자들이 왜 그렇게 맥을 못 쓴단 말이냐? 이제부터 목숨을 걸고 지켜 드리란 말이다."

그들이 멀어져 가는 것을 지켜보던 능애가 한마디 했다.

"공주라는 말만 들어도 가슴이 두근거렸는데 맞대 놓고 보니 별게 아입니다."

"쓸데없는 소리 마라."

견훤은 눈을 흘기고 다시 진격을 명령했다.

무진성을 포위한 것은 오정 때였다. 우선 병정들에게 점심부터 먹이려고 초병들을 배치하고 있는데 성에서 짐을 잔뜩 실은 수십 마리의 소, 노새, 당나귀들이 쏟아져 나왔다.

도독께서 친히 식사를 내리신다는 것이다.

"별꼴 다 보겠다."

능애가 투덜거리자 군관들은 짓부숴 버린다고 창대를 거꾸로 쥐었다.

그러나 견훤은 고개를 저었다.

"고맙게 받아먹는 거다."

장병들이 여기저기 둘러앉아 흰쌀밥에 닭, 돼지 고기 등을 먹고 있는데 성루에서 사람들이 웅성거리면서 북이 울리고 염소가 목청을 가다듬었다.

"너, 견훤이 들거라. 지금 우리 신라에서 가장 영특하신 화랑은 어느 분이냐. 말할 것도 없이 여기 도독으로 계시는 수종랑(郞)과 내가 일찍이 모신 바 있는 효종랑의 두 분이시다. 두 분이 다 태어나시면서부터

지체가 높으시고, 도독께서는 의성공주, 효종랑께서는 계아공주(桂娥公主)를 맞으셨으니 다 같이 돌아가신 헌강대왕의 부마이시며 동서지간이시다. 이런 분이 친히 식사를 내리시니 이처럼 황공할 데가 또 어디 있느냐. 그뿐이 아니다. 지금부터 몸소 효유(曉諭)가 계실 터인즉 삼가 듣고 삼가 준봉해야 한다."

견훤은 닭다리를 뜯으면서 옆에 앉은 민극에게 물었다.

"효유라는 건 뭐냐?"

"모르는 자에게 알아듣도록 타이르는 겁니다."

그는 닭고기를 씹으면서 성루를 쳐다보았다.

"그냥 식사를 들면서 들어라."

어린아이의 목소리가 제법 크게 울렸다.

"나로 말하면 무진주 도독 박수종이다."

병정들 사이에서 쑥덕공론이 일어났다.

"도독이라는 건 어린애가 하는 자린가?"

"저거 팔삭둥이 아닐까?"

"그러나저러나 진수성찬을 보내 줘서 고맙지 뭐요."

그러나 곧이어

"집어 치워라!"

하는 고함소리가 마구 터져 나와 도독이 외치는 소리를 삼켜 버렸다. 견훤의 지시로 북이 울리고 모두들 잠잠해지자 능애가 일어서 외쳤다.

"보이소, 도독 어른. 그 효유라는 걸 처음부터 다시 해 주이소."

성루에서는 또 소년의 찢어지는 듯한 목소리가 울렸다.

"무엄한 것들. 우선 병정들 듣거라. 너희들의 두목으로 행세하는 견훤으로 말하자면 원래 사벌주의 백수건달 농사꾼이다. 군에 들어온 후 조정에서는 특히 부장(副將)으로 올려 우대하였거늘 천한 태생이라 은

혜를 모르고 무리를 모아 도둑질을 일삼으니 기죄당백사(其罪當百死)
라, 그 죄는 백 번 죽어 마땅하단 말이다. 그뿐이 아니다. 그의 애비 아자
개라는 건달은 진작부터 도둑이 되어 지금도 사벌주에서 장군이랍시고
살인 강도를 업으로 삼고 있다. 너희들은 부자 이대에 걸친 이 불한당
날강도를 따라다니다가 역적으로 몰려 목을 잘릴 것이냐, 아니면 여왕
폐하의 충성된 무사로 자손만대에 복을 누리고 역사에 길이 빛날 것이
냐, 곰곰이 생각해 보라. 길은 하나다. 지금이라도 그의 목을 잘라 가지
고 오라. 후한 상과 벼슬이 기다리고 있다."

　화난 능애가 몇 번이고 일어서는 것을 붙들어 앉히고 견훤은 병정들
의 동정을 주시했다. 성루에서도 반응을 보는 것인지 침묵이 흘렀다.

　"저걸 왜 그냥 두는교?"

　능애가 푸르락붉으락 하고 속삭였다.

　"……."

　"형 , 말해 보이소. 병정들을 부추기는데 와 가만있는교?"

　"능애야."

　견훤이 속삭였다.

　"이쯤 가지고 들고 일어나는 병정들이라면 일은 틀린 거다. 일찌감치
맞아 죽는 게 낫지."

　"그래도오……."

　능애가 또 무어라고 하려는 것을 가로막고 성루를 쳐다보았다. 북이
한 번 탕 울리고 도독의 목소리가 또다시 울리기 시작했다.

　"다음은 두목 견훤이 들거라. 너는 배은망덕했을 뿐 아니라 흉측하기
그지없는 물건이다. 입으로는 여왕 폐하를 받드는 시늉을 하면서 지난
삼 년 동안 무엇을 했느냐? 폐하의 이름을 내세워 폐하에게 반역한 무
리들을 친 것은 사실이다. 그렇다면 친 연후에는 역도들이 차지했던 땅

과 백성들을 조정에 돌려 드려야 할 것이 아니냐. 그런데 너는 고스란히 차지하고 인사치레로 가끔 서 푼짜리 선물이나 보내지 않았느냐. 말하자면 닭을 통째로 잡아먹고 갈빗대 하나 넘겨주는 것과 무엇이 다르냐 말이다. 그러니 너는 강도의 또 강도다. 우리 신라의 구백 년 역사에 너 같이 흉악한 역적은 일찍이 없었다. 천벌이 내리기 전에 지금이라도 항복하여 오면 인자하옵신 여왕 폐하께서는 용서하시고 상과 벼슬을 내리실 터인즉 잘 생각해 보아라. 만약 듣지 않으면 성내에 있는 일만 병력으로 일거에 무찔러 없애버릴 것이다."

흥분한 군관들이 모여들어 당장 들이치자고 우겼으나 견훤은 듣지 않았다. 뿐만 아니라 그들을 모아 놓고 묘하기 이를 데 없는 명령을 내렸다.

"오늘은 대휴식을 취하되, 지금이라도 고향에 돌아가고 싶은 병정은 가도 무방하고, 도독부에 항복할 병정은 뜻대로 하라고 일러라. 또 밤중에 몰래 도망가는 병정이 있더라도 내버려 둬라."

한 군관이 물었다.

"그래 가지고 기강이 서겠습니까?"

"선다."

"안 설 것 같은데요."

"어차피 난세다. 도망가려면 얼마든지 구멍이 있다. 차라리 찌꺼기는 일찌감치 없어지는 것이 낫다."

능애가 나섰다.

"그라문 성을 향해서 도독이라는 머슴아에게 욕설이나 즉사도록 퍼부웁시더."

"어린애를 상대할 것 없다."

"그눔아가 형더러 강도의 또 강도라고 나발을 불어 대는데 가만있습니꺼."

"나는 강도의 또 강도가 맞다."

"그게 무슨 소린교?"

"우리가 건달 장군이라는 강도들을 힘으로 밀어붙이고, 그냥 깔고 앉아 있으니 강도의 또 강도가 맞지. 그러나 그 땅과 백성들을 또다시 썩은 벼슬아치들이 갉아먹도록 넘겨줄 수는 없다."

"······."

"강도로부터 뺏어 좀도둑에게 넘기려고 우리가 이 고생을 하고 있는 것은 아니다."

민극이 끼어들었다.

"그렇게 대의명분이 뚜렷하신데 성에 대고 한말씀 하시는 게 좋겠습니다."

"나는 쓸데없이 입을 나불거리는 것을 좋아하지 않는다."

견훤은 능애를 돌아보고 계속했다.

"내일 쳐들어가되, 북문 쪽은 터놓을 테니 도망갈 사람은 안심하고 가라고 외쳐라."

거구의 능애는 일어서 허공에 주먹을 휘두르며 목청을 가다듬었다.

"도둑인지 도둑인지 귀창을 후비고 잘 들어라. 씨도 먹히지 않은 넋두리는 온 동네를 웃겼다. 오늘은 용서하고, 내일 들이쳐서 짓밟아 버리겠다. 겁이 나거들랑 누구든지 북문으로 도망쳐라. 다치지 않고 눈을 감아 준다 이 말이다."

"너, 말솜씨가 늘었구나."

견훤은 빙그레 웃고 주위의 사람들은 소리를 내어 웃었다.

병정들 사이에 동요가 없는 것을 확인한 견훤은 이튿날 새벽에 공격을 명령했다.

성에서는 덮어놓고 화살을 퍼부었다. 거리가 멀거나 가깝거나, 또 맞거나 말거나 마구 쏘아 댔다. 견훤은 단련되지 않은 병정들이 겁을 먹은 것이라고 판단했다.

남문 누각에 버티고 선 도독 박수종은 이쪽에서 쏘는 화살을 방패로 용케 막아 내면서 계속 고함을 지르고 있었다. 좋게 보아서 겁을 모르는 풋내기 용사라고나 할까. 고작 십여 명의 돌격대장이라면 몰라도 일만 군을 지휘하는 장수로는 능애의 문자대로 온 동네를 웃기는 이야기다.

그를 보좌한다는 염소는 무엇이 바쁜지 무시로 사라졌다가는 나타나고, 나타나면 덩달아 고함을 지르고 창대로 옆의 병정을 후려치기도 했다.

견훤은 말을 몰아 천천히 성을 한 바퀴 돌았다.

대나무 고장이라 화살은 그런대로 마련한 모양이나 그 밖에는 성을 지킬 태세가 되어 있지 않았다. 이제 신라 조정에는 전쟁을 아는 장수는 씨가 말랐고, 화랑이라는 것조차 이름과 허울이 남았을 뿐이다.

성을 둘러싼 기병들이 함성을 지르며 활을 당기는 가운데 공성(攻城) 부대와 엄호부대는 서서히 다가갔다. 충차(衝車), 포차(抛車)를 밀고 가는 병사들은 물론, 그들을 에워싸고 전진하는 기병들도 투구와 갑옷으로 무장하고 있었다.

도독이 있는 남문 공격은 견훤이 직접 지휘했다.

그는 겉으로는 나타내지 않아도 병정들의 마음속 깊은 곳에 도사리고 있는 불안을 꿰뚫어보고 있었다. 전에 여왕의 스무 촌인가 된다는 무령군 태수를 몰아 낸 일이 있기는 하다. 정말 스무 촌인지 백 촌인지 희미했고, 또 그때는 삶아 놓은 계란을 집어 삼키듯 거저먹었다.

그러나 이번은 다르다. 상대는 일만 군을 거느린 도독일 뿐더러 시조 박혁거세왕(朴赫居世王)의 종손이요, 어김없는 헌강왕의 부마요, 지금 여왕의 조카사위다. 백성들이 우러러 모실 거룩한 조건은 골고루 갖추고 있다. 행여 이 거룩한 분이 신묘한 조화를 부려 우리는 풍비박산이 되는 것은 아닐까.

아무리 거룩해도 이 견훤 앞에서는 별수 없다는 것을 보여 줘야 한다. 자기에 대한 병정들의 믿음을 위해서는 이보다 더 좋은 것이 없겠고, 약으로 치면 녹용이나 산삼에 댈 것이 아니었다.

돌을 날리는 포차 양쪽에 말을 멈춰 세운 견훤 형제는 곡예(曲藝)라도 하듯이 두 손에 든 방패를 이리저리 놀리고 그때마다 화살이 부딪치는 소리가 콩 볶듯이 요란했다. 그들은 무더기로 날아오는 화살도 언제 어디서 올 것인지 미리 알기라도 하듯이 정확히 막아 내고, 병정들은 마음 놓고, 돌을 날릴 수 있었다.

바라보는 병정들 속에서는 신기(神技)니 신장(神將)이니 하는 탄성이 나왔다.

빗나간 돌도 많았으나 맞은 돌도 적지 않았다. 그러나 문도 튼튼하고 그다지 큰 돌을 날릴 수도 없는지라 오전 내내 걸려도 문은 부서지지 않았다.

견훤은 서두르는 기색이 없었다. 오정이 되자 모든 병정들을 멀찍이 후퇴시키고 점심이 끝난 다음은 푹 쉬도록 했다.

병정들이 쉬는 동안 그는 말을 달려 성을 한 바퀴 돌면서 적의 동태, 특히 오전 내내 포차로 돌을 날린 성문들을 유심히 살펴보았다. 북문은 어제 약속대로 공격하지 않았고 병력도 배치하지 않았으나 지나는 길에 문루를 쳐다보았다.

군관들을 거느린 염소가 창을 짚고 서서 손짓을 했다.

"이봐, 너 장부의 일언은 중천금(丈夫一言重千金)이라는 말을 알지?"

염소는 문자를 쓰고 한 손으로 변변치 못한 수염을 내리 쓰다듬었다.

"저게 무슨 뜻이냐?"

견훤은 옆에 따라 붙은 민극에게 물었다.

"사내대장부는 한번 언약하면 변동이 없다는 뜻입니다."

"흐흥."

견훤은 나직막이 코를 울렸다. 도망갈 궁리를 하는구나.

"아느냐, 모르느냐?"

염소가 다그쳤다. 견훤은 같지 않아서 민극에게 응대를 시켰다.

"모른다."

"모른다? 하, 이거 큰일 났군."

"……."

"도독께서는 무고한 백성들이 화를 당할까 그것을 염려하신다. 어제 네가 북문은 터놓는다고 했는데 정말이냐, 아니냐. 정말이면 이제부터 백성들을 내보낼 작정이다."

견훤이 눈짓을 하자 민극은 알아서 잘 대답했다.

"북문으로 나가는 자는 백성은 물론, 도독이든, 너 염소든 또 군관이든 병사들까지 털끝 하나 안 다친다."

"백성들을 걱정했을 뿐이다. 우리는 임전무퇴의 화랑정신으로 너 견훤을 격멸할 것이다."

염소는 활기가 있었다.

제자리에 돌아온 견훤은 능애를 불렀다.

"지금이 병기(兵機)다. 동문과 남문은 충차로 몇 번 들이치면 부서질 것 같다. 너는 동문으로 밀고 들어가라, 나는 남문을 들이친다."

호각이 울리고 다시 말에 오른 기병들이 성으로 다가가자 성 위에서는 또 화살이 무더기로 날아왔다.

이쪽 병사들이 문루 주위에 집중 사격을 퍼붓는 가운데 갑병들은 충차를 밀고 남문으로 치달았다. 수레에 실린 아름드리 통나무가 잇달아 들이치는 충격에 남문은 마침내 부서지고 말았다.

창을 겨눈 채 견훤을 선두로 공격군은 바람같이 쳐들어갔다. 문루에서 내려온 도독의 앳된 호통소리에 그의 보병들은 창과 칼로 덤벼들었으나 기병과 보병의 백병전은 처음부터 싸움이 되지 않았다.

도독군은 한동안 버티다가 선봉이 무너지자 걷잡을 수 없는 혼란에 빠져 뿔뿔이 흩어져 도망갔다.

염소는 아예 보이지도 않고 잽싸게 말에 오른 도독이 보졸들을 앞질러 북문을 향해 도망치기 시작했다. 견훤은 말에 박차를 가하여 추격했으나 길을 메우고 우왕좌왕하는 적의 보졸들 때문에 거리는 점점 멀어져 갔다.

그는 부하들이 창을 휘두르며 그들 속으로 뛰어들어 짓밟는 것을 말렸다. 무기를 버리고 갈팡질팡하는 이들은 이미 군대라기보다 죽음 앞에 떠는 가련한 인생들이었다.

"팽개쳐 둬!"

큰 소리로 외치는데 오른쪽 팔에 화살이 꽂히면서 그는 창을 떨어뜨렸다. 그 충격으로 하마터면 말에서 떨어질 뻔했다. 고개를 돌리는 순간 골목을 요리조리 도망치는 염소의 모습이 눈에 들어왔다.

부하들이 그를 쫓는 것을 지켜보면서 이를 악물고 화살을 뺐으나 참을 수 없는 통증에 출혈이 심해서 병사들의 부축을 받아 말에서 내렸다.

그는 민극이 권하는 대로 길가에 놓은 호상에 걸터앉았다. 의원이 달려와 상처를 동여매는 동안에도 아픈 것을 참으면서 쫓기는 적과 쫓는 우군의 움직임을 지켜보았다.

동문도 뚫린 모양이었다. 북문을 향해 도주하는 적의 측면에 우군의 기병들이 달려들고 퇴로가 막힌 적병들은 무기를 팽개치고 길가에 무릎을 꿇었다. 그러나 우군은 사정없이 창을 휘둘렀다. 견훤이 다쳤다는 소문이 퍼진 모양이었다.

견훤은 옆에 있는 군관들에게 일렀다.

"빨리 달려가 전해라. 항복하는 자는 다치게 말고 도망치는 자는 내버려 두라고 말이다."

군관들은 말을 달려 흩어져 갔다.

멀리 북문 가까이 도독부 앞마당에서 도망치는 도독을 따라잡은 능애가 그와 창을 겨누고 있었다. 견훤은 침을 삼키며 바라보았다.

도독 박수종은 나이에 비해서 창을 다루는 솜씨가 제법이었으나 능애의 적수는 아니었다. 서로 간에 몇 번 지르고 피하는 놀음이 벌어진 끝에 능애는 도독이 힘껏 내지르는 것을 살짝 피하면서 한 손으로 창대를 잡아챘다. 도독은 창을 뺏기지 않으려고 앙탈을 부리다가 능애가 자기 창을 안장에 꽂고 두 손으로 힘껏 낚아채는 바람에 창을 놓치면서 균형을 잃고 말에서 떨어졌다.

능애는 창끝으로 그를 휘몰아 가지고 견훤이 있는 데로 천천히 다가왔다.

가끔 등 뒤의 창끝을 힐끗 돌아보고는 힘없이 걸음을 계속하는 소년의 모습에 견훤은 쇠잔하여 가는 신라의 발걸음을 보는 느낌이었다. 그 걸음의 종착역은 미상불 이 견훤일 것이다. 이제 무진주는 완전히 손아귀에 들어왔고, 지금 전국에서 팔십여 명이 어쩐다고 하지만 가장 넓은 땅과 가장 많은 백성을 차지한 것은 나 견훤이다.

"이놈아, 꿇어 엎드려!"

견훤 앞에 당도하자 능애는 소년을 창대로 후려치고 소년은 순순히 그의 앞에 무릎을 꿇고 앉았다.

"그런 법이 없다."

견훤은 능애에게 핀잔을 주고 옆에 지켜선 병사에게 일러 호상을 하나 더 가져왔다.

"내 불민해서, 미안하게 됐소이다."

그는 일어서 성한 손으로 도독 박수종을 일으켜 호상에 앉혔다.

"귀하신 분을 몰라뵙고……."

소년은 갈피를 잡지 못하고 여전히 공포에 질린 얼굴이었다. 올해 이십육 세가 된 거구의 견훤과 십오 세 소년 수종의 대좌는 고양이와 쥐가 마주 앉은 것 같고 견훤의 정중한 말씨는 어떻게 보면 잡아온 쥐를 놀리는 고양이를 연상케 했다.

"나를 죽이겠지요?"

소년은 목이 타는 말소리였다.

"물을 떠다 드려라."

병정이 물을 떠 오고 소년이 받아 마실 때까지 잠자코 바라보고 있던 견훤은 천천히 입을 열었다.

"죽이다니, 천만의 말씀입니다. 잘 모셔 드리지요."

소년은 고개를 떨어뜨리고 한동안 생각하다가 또 물었다.

"그럼 서울에 보내 주신다는 말씀이오?"

"두구 봅시다."

병정들이 들것을 가지고 왔으나 그는 마다하고, 다친 팔을 동여맨 채 말에 올랐다. 어린 도독 박수종은 그의 옆에 따라붙어 터벅터벅 걸었다.

도독부 앞마당에는 포로로 잡혀온 수천 명의 병정들이 창을 든 견훤의 부하들에게 둘러싸여 힘없이 주저앉아 사방을 두리번거리고 있었다.

"성내는 완전히 평정되고 일부 병력이 염소를 추격하여 성 밖으로 나갔습니다."

군관이 보고하는 소리에 견훤은 고개만 끄덕이고 포로들을 훑어보고는 도독부에 들어가 좌정하였다.

"이리 앉으시지요."

몸 둘 곳이 마땅치 않아 엉거주춤 서 있는 도독 박수종을 옆에 앉힌 견훤은 능애를 돌아보았다.

"저 마당에 있는 포로들을 고향에 돌려보내라."

"네……."

"지난 일은 일체 불문에 붙이되 앞으로 항거하는 자는 삼족을 멸한다고 일러두어라."

능애가 나가 층계에서 우렁찬 목소리로 고함을 지르자 맥없이 앉았던 포로들은 웅성거리다가 뿔뿔이 흩어져 갔다. 그러나 개중에는 그대로 견훤을 따라 군대에 남아 있게 해 달라는 자들이 적지 않았다. 능애를 따라 나갔던 민극이 들어와 그들의 뜻을 전했으나 견훤은 고개를 흔들었다.

"돌려보내라."

성 밖으로 쳐나갔던 병사들이 흩어져 가는 포로들을 헤치고 뒷짐을 묶인 염소를 끌고 도독부 앞마당으로 들어왔다.

그때까지 층계에 버티고 섰던 능애가 고함을 쳤다.

"너, 잘 만났다."

층계를 내려선 능애는 염소의 멱살을 번쩍 쳐들었다가 메어치고 발길로 한 대 찼다.

"넌 이제 죽었다."

당상의 견훤은 물끄러미 내려다보면서 생각하는 눈치였다.

능애는 나동그라진 염소를 발길로 건드렸다.

"쥐새끼처럼 골목에 숨어서 우리 형을 쐈지? ……가만있자. 얘들아, 이 염소를 풀어 줘라."

병정들이 달려들어 단도로 끈을 자르자 능애는 옆에 선 병정의 창을 뺏어 들고 다른 병정에게 일렀다.

"너, 그 창을 염소에게 줘라."

병정이 창을 내밀었으나 염소는 받지 않고 엎드린 채 머리를 조아렸다.

"옛정을 생각해서라도 이러지 말아 주시오."

"이눔아, 사내답게 덤비란 말이다."

능애는 창대로 그의 어깨를 후려쳤으나 염소는 일어서지 않았다.

"이리 모셔라."

당상에서 견훤의 굵직한 목소리가 울렸다.

능애는 염소의 덜미를 잡아끌고 올라가 견훤 앞에 엎어 놓았다.

"이런 눔아는 죽여도 거저 죽여서는 안 됩니다. 기름에 볶든지 껍데기를 벗기든지, 본때를 보여야 합니다."

호상에 앉은 견훤은 천천히 입을 열었다.

"대장, 이거 오래간만이외다."

그러나 염소는 떨기만 하고 대답을 못했다. 견훤은 사이를 두고 말을 계속했다.

"피차 이런 자리에서 이렇게 만나게 될 줄은 몰랐는데 지금 보신 바와 같이 우리 병정들이 매우 화를 내고 있소. 대장 생각으로는 어떻게 하면 좋겠소?"

염소는 아래윗니를 부딪치다가 눈을 감고 마음을 가라앉히는 모양이었다.

"도독께서 저를 구해 주시지요."

눈을 뜨고 도독 박수종을 쳐다보는 염소는 떨리는 목소리였다.

"이눔아가 사람을 웃기네……."

능애는 창대로 그의 잔등을 후려치고 계속했다.

"도독이라는 이 피라미도 죽을 판인데, 니를 어떻게 구한단 말이냐?"

견훤이 눈을 부릅뜨고 가로막았다.

"도독 어른께 그런 실례를 두 번 다시 해 봐라. 무사하지 못할 게다."

염소는 용기를 얻었는지 도독 앞에 머리를 조아렸다.

"저의 목숨은 도독 어른에게 달려 있습니다."

견훤은 인간사회의 격식이란 묘한 것이라고 생각했다. 열다섯 살짜리도 도독이면 어른은 어른이다. 아니 한 살짜리도 용상에 앉으면 폐하인데 거기 비하면 열다섯 살의 어른은 월등 나은 편이다.

가시나 폐하에 애숭이 어른들, 글자 그대로 아녀자들의 유희(遊戱), 이것이 오늘날 신라의 현실이다. 박수종은 침을 삼키고 견훤의 눈치만 살폈다.

"도독 어른, 어떻게 할까요?"

견훤은 박수종의 거동을 바라보다가 물었다.

"글쎄……, 내 체면을 봐서 용서해 주시면 오죽 좋겠소마는……."

수종은 말을 더듬거렸다.

"내 어찌 귀하신 분의 소망을 거역하겠소이까. 대장, 아니 대대감(隊大監) 어른은 서울로 보내 드리지요."

"이 은혜는 죽어도 잊지 않겠습니다."

염소는 견훤 아닌 박수종 앞에 머리를 숙이고 나서 견훤을 쳐다보았다.

"언제 보내 주시겠소?"

"지금 당장도 좋고, 며칠 후도 좋고, 뜻대로 하시오."

"말은 주시겠지요?"

"드리지요."

"당장 떠나겠소."

"그렇게 하시오."

염소는 털고 일어서 호상에 앉은 박수종을 향했다.

"제가 모시겠습니다. 지금 곧 떠나시지요."

박수종은 엉거주춤 일어서면서 견훤의 눈치를 살폈다.

"잠깐."

견훤의 심상치 않은 얼굴에 박수종은 다시 주저앉고 염소는 안색이 변했다.

"왜 그러시오?"

염소는 아래위로 훑어보는 견훤의 눈길을 피해 고개를 떨어뜨리고 가까스로 물었다.

"모르겠소?"

"……."

염소는 기가 죽어 대답을 못했다.

"내가 알기로는 도독 어른같이 높으신 분은 어명으로 움직이지, 당신의 명령으로 움직이지는 않을 것이오."

"……."

"내 말이 틀렸소?"

"틀리지 않았소."

염소는 기어드는 목소리였다.

"그러면 됐소. 어명이 있을 때까지 도독 어른은 내가 모시겠소."

염소는 머뭇거리다가 물었다.

"그럼, 난 지금 떠나도 괜찮겠소?"

"괜찮소."

염소는 도독에게 눈길을 돌렸다.

"조정에는 어떻게 아뢰면 좋을까요?"

"글쎄……."

염소는 놓아 주고 자기는 붙들어 두는 것이 분명해진 순간부터 박수종의 얼굴에 서렸던 공포의 빛은 더욱 짙어지고 안절부절못했다. 나잇살 먹은 것이 어린아이에게 의견을 구하는 모습에 견훤은 만사 물구나무서듯 거꾸로 되어 가는 요즘 판세를 눈으로 보는 느낌이었다.

박수종은 견훤을 쳐다보았다.

"어떻게 아뢰면 좋겠소?"

"글쎄올시다. 제가 알기로는, 아뢴다는 것은 보고 들은 대로 알리는 일인가 했는데, 초 치고 소금 치고 해야 하는지는 모르겠습니다."

박수종은 울상을 하고 염소는 능애에게 등을 밀려 밖으로 나갔다. 민극이 종이에 적은 것을 들고 들어왔다.

"병사들은 도독부의 군영에 수용하고 초병들도 배치가 끝났습니다."

"……."

견훤은 고개만 끄덕이고 입은 열지 않았다.

"사상(舍上, 부대장)들에게는 앞서 도독부 군관들이 살던 집을 배정했습니다."

"……."

"능애 장군은 대대감이 쓰던 집에 모시기로 하고 장군께서는 도독 처소를 쓰시면 어떻겠습니까?"

"도독 어른은 어디 모시고?"

"옥중에 한 칸 따로 마련했습니다."

민극은 박수종을 힐끗 보고 대답했다.

"도독 어른은 그대로 도독 처소에 계시도록 하고, 대대감이 쓰던 집을 내가 쓰도록 하겠다."

민극은 어리둥절하는 박수종을 또 힐끗 보고 물었다.

"옥에 가둬 놓고 조져야 하지 않겠습니까?"

"높으신 어른에게 그런 실례가 없다. 피곤하실 터인데 편히 모셔라."

견훤은 박수종이 민극을 따라 나가는 것을 지켜보다가 눈을 감고 이마에 손을 얹었다.

"열이 있으신가 본데 쉬시지요."

옆에 지켜선 의원이 권했다.

"그래 볼까."

일어서는 견훤은 전에 없이 휘청거렸다.

상처는 생각보다 훨씬 깊고 의원은 뼈에도 금이 간 것 같다고 했다. 어깨에서 손가락 끝까지 부어오르고 열이 심해서 한번 자리에 누운 견훤은 좀체로 운신을 하지 못했다.

능애는 형을 쏜 염소를 고이 보내 준 것이 후회스러웠다.

"형이 뭐라건 그눔알 없애 버리는 건데."

견훤이 듣지 않는 곳에서는 가끔 이런 푸념을 한다는 소문이었다.

"너, 그러면 못쓴다."

소문을 들은 견훤은 그를 머리맡에 불러 놓고 타일렀다.

"와예?"

"네가 앞장서 대장인 내 말을 안 듣는다면 우리 군대는 어떻게 되겠냐?"

"도대체 그눔알 살려 보낸 형의 심보는 뭔교?"

"내 심보가 뭐든 간에 윗사람의 명령이 마음에 안 든다고 멋대로 거역하면 군대는 무너지는 거다."

"……."

"더구나 너는 내 아우다. 네가 앞장서 군대를 무너뜨리는 짓을 한다면 이거야말로 큰일이다."

"그건 그렇습니더."

"그런 소리를 함부로 하고 다니는 것은 반란을 부채질하고 다니는 거나 마찬가지다."

"반란이라니 천만의 말씀입니다."

"큰 둑이 무너지는 것도 개미구멍에서 시작된다는 말이 있다. 조심해."

가을이 깊어 가고 초겨울이 와도 견훤은 일어나지 못했다. 상처도 중하거니와 여러 해를 두고 비바람 속을 치닫고 음식도 제대로 먹지 못한 끝에 몸이 쇠약해진 탓이니 한동안 쉬어야 한다는 것이 의원의 소견이었다.

그런데 능애와 민극은 중대한 소식을 가지고 찾아왔다.

북원에 자리를 잡은 양길의 휘하에 선종, 일명 궁예라는 승장(僧將)이 있는데 용병에 뛰어나서 주천 내성을 치고 멀리 동남으로 울오어진(蔚烏御珍, 울진)까지 석권하여 버렸고, 이에 힘을 얻은 양길도 친히 정벌에 나서 국원(國原, 충주), 괴양(槐壤, 괴산), 청주(靑州, 淸州)까지 손에 넣어 그 세력이 막강하다는 것이었다.

차근차근 설명하는 민극의 이야기를 들은 견훤은 누운 채로 눈을 감고 오래도록 생각하다가 입을 떼었다.

"양길에게 직첩과 편지를 보내라."

"……."

"내 부장(副將)으로 임명한다는 직첩과 함께 서로 합심해서 난세를 평정하자고 정중한 편지를 보내란 말이다."

"들을까 모르겠습니다."

능애는 미심쩍은 얼굴이었으나 견훤은 덤덤했다.

"들으면 더욱 좋고 안 들어도 밑질 것은 없다."

"장군께서 빨리 일어나셔야 하겠는데……."

민극이 걱정했으나 견훤은 딴 이야기를 꺼냈다.

"군관들 중에 가족이 있는 사람은 가족을 데려오고, 미혼인 사람은 결혼해도 좋다고 일러라. 그리고……."

견훤은 사이를 두고 말을 이었다.

"세납이 들어오는 것을 아껴 어려운 백성들에게 양식을 나눠 줘라."

"네……."

민극은 엉거주춤 대답했다.

"지나간 삼 년 동안의 전란으로 많은 사람들이 목숨을 잃었고, 살아남은 자들도 사람이나 가축이나 지칠 대로 지쳤다. 난리를 피해 제 고장을 떠나 뿌리를 잃고 유랑하는 백성이 부지기수라, 많은 농토들이 황폐했다. 이 겨울에 할 일은 유랑하는 백성들에게 땅과 먹을 것을 주어 정착시키고, 피곤한 병사들을 쉬게 하는 데 있다."

"양길이 저렇게 세력을 뻗치는데 우린 가만있어도 됩니꺼?"

능애가 걱정했으나 견훤은 길게 말하지 않았다.

"된다."

겨우내 서울 금성에서는 어명을 받든 칙사가 여러 차례 다녀갔다.

처음에는 무진성을 점령한 것을 크게 꾸짖고 소망하는 고을의 태수를 제수할 터인즉 무진성을 도독 박수종에게 넘기고 물러가라, 듣지 않으면 대병 (大兵)으로 무찔러 버린다고 기세등등했다.

다음에는 박수종만 놓아 보내면 지난 일은 불문에 부치겠다고 나왔다.

나중에는 무진주 도독으로 임명할 터이니 박수종을 보내 달라는 애걸에 가까운 조서(詔書)도 왔다.

　　견훤은 칙사가 올 때마다 아픈 몸을 이끌고 박수종도 동석한 자리에서 융숭한 대접을 해 보냈다. 그러나 대답은 언제나 한마디뿐이었다.

　　"알겠습니다."

　　무엇을 어떻게 알았다는 것인지, 캐어물어도 대답은 매일반이었다.

　　신라의 조정에서는 도통 알 수 없는 것이 견훤의 뱃속이라고 공론이 자자하다는 소문이 들려왔다.

　　능애도 답답해서 한마디 했다.

　　"도대체 염소를 살려 보낸 꿍꿍이속부터 모르겠습니다."

　　"꿍꿍이속은 아무것도 없다."

　　"그럼, 인생이 가련해서?"

　　"그건 아니고 서울에 가서 도독이 살아 있다는 것을 알리라고 보낸 거다."

　　"서울로 도망친 자들이 얼마나 많십니꺼?"

　　"어중이떠중이들의 얘기는 풍문으로 흘려보낼 수도 있지마는 염소의 얘기는 어김없는 사실로 들을 게 아니냐?"

　　"사실로 듣고 칙사가 와서 도독 벼슬까지 주겠다 카는데, 덮어놓고 알겠습니더는 뭔교?"

　　"두고 보면 안다."

　　"나도 좀 압시다예."

　　"압시다까지만 하고, 예는 빼라."

　　"빼지요."

　　"지금 우린 박수종이란 낚시로 신라라는 물고기의 아가미를 걸고 늘어진 형국이다. 공짜로는 못 놓아 준다."

"무진주 도독 벼슬을 주는데도 공짠교?"

"무진주야 이미 차지하지 않았어? 직첩(사령장)이라는 종이 한 장과 박수종은 못 바꾼다."

"듣고 보니 조정에 있는 애들, 비윗살 좋데이. 남이 피를 흘리고 잡은 것을 종이 한 장과 바꾸자니, 말은 다했고만."

"……."

"무엇과 바꿀 작정입니꺼?"

"네 생각은 어떠냐?"

"황금 만 냥이면 어떻십니꺼?"

"안 되지."

"이만 냥?"

"안 되지."

"얼마면 되겠는교?"

"얼마로 될 일이 아니다."

견훤의 대꾸는 무뚝뚝했다.

"그라문 결국 안 놔준다는 말입니꺼?"

"그렇지는 않다."

"참으로 형의 뱃속은 모르겠다."

"그쯤 해 둬라."

섣달 그믐날 서울에서는 거타지(居陀知)라는 사람이 왔다. 갖가지 비단을 실은 마필과 함께 잘생긴 처녀도 함께 나타났다.

"성상께서는 장군이 아직 미혼이라는 소식을 들으시고 석(昔)씨 문중의 규수를 간택해서 보내셨습니다. 열아홉 살로 이름은 여옥(麗玉)이라고 하는데 새해에는 총각을 면하시지요. 아시겠지만 석씨라면 우리 신라에서는 으뜸가는 명문 아닙니까. 지내 놓고 보면 허무한 것이 인생이지요. 젊음은 세월로 치면 봄이라, 헛되이 보내지 마시오."

능애의 인도로 상좌에 좌정한 거타지는 견훤의 절을 받고 수인사가 끝나자 반백의 수염을 내리 쓰다듬으며 이렇게 말했다. 상처도 아물고 건강도 회복된 견훤은 단정히 앉은 자세로 머리를 숙였다.

"황공하신 일입니다."

"전에 조위 품계를 받으셨다는 이야기를 들었는데……."

"그렇습니다."

"일곱 등을 뛰어 대나마(大奈麻)를 제수하셨습니다."

거타지는 작은 상자를 열고 문서를 꺼내 주었다. 견훤은 머리를 숙이고 문서를 받아 민극에게 넘겼다.

병졸 출신으로 인간 세상의 고초를 겪은 탓인지 거타지는 전에 왔던 사람들같이 쓸데없는 격식을 요구하는 일도 없고 자세를 하는 일도 없었다.

그는 옆에 앉은 박수종에게도 말을 건넸으나 예전 사람들처럼 견훤더러 들으라는 듯이 애통하는 조정의 모습을 늘어 놓지도 않았다.

"장군께서 극진히 모신다는 소식을 들으시고 성상께서는 아주 만족하고 계십니다. 공주마마께서도 안녕하시구요."

박수종은 말없이 고개를 끄덕이고 그를 바라보기만 했다. 이 몇 달 동안 감시가 붙기는 했으나 예전 집에서 예전과 다름없는 생활을 하고, 무엇이든 부탁하면 견훤은 들어주지 않는 것이 없었다. 노루 사냥을 나가는 것도 응낙해 주었다. 죽음의 공포에서 벗어난 그는 차츰 배포가 커져 서울로 보내 달라고 몇 번 조르기까지 했다. 그러나 견훤의 대답은 언제나 마찬가지였다.

"생각해 봅시다."

잠자코 거타지를 바라보던 박수종의 입에서는 볼멘소리가 나왔다.

"조정에서는 무엇들 하는 거요?"

"무슨 말씀이신지?"

거타지는 침착했다.

"가만히 듣자 하니 나를 여기 그냥 팽개쳐 둘 작정이 아니오?"

"……."

"성상께서는 만족하시고, 공주는 안녕하시고……. 나는 하루가 삼 년 같은데 모두들 그렇게 뱃속이 편하단 말이오?"

거타지는 미소를 지으며 수염을 내리 쓰다듬었다.

"다 때가 있는 법이외다. 때가 되면 봄은 오지 말라고 해도 오게 마련 이고 꽃은 피지 말라고 해도 피게 마련이지요."

견훤은 이제 용건이 나오나 보다 생각했으나 거타지는 엉뚱한 데로 이야기를 끌고 갔다.

"바다에 해가 솟는 것을 보신 일이 있는가요?"

견훤은 바다라면 서해밖에 모르는지라 지는 해는 보았어도 솟는 해 를 본 일은 없었다.

"이쪽 바다는 서해라서……."

"그렇군요."

거타지는 끄덕이고 말을 이었다.

"나는 마음이 울적할 때면 가끔 토함산(吐含山)에 올라 동해에 솟는 아침 해를 바라보곤 합니다. 언제나 새로운 생명의 숨결을 느끼거든요. 요즘 난세를 개탄하고 부처님이 말씀하시는 제행무상(諸行無常)을 슬퍼 하는 것이 일반의 풍조가 되었습니다만 낙엽만 보고 다음에 솟아오를 새싹을 생각할 여유가 없는 때문이 아니겠어요."

"어지신 폐하가 계시고 걸출한 대신들이 계시니 만사 잘될 것입니다."

견훤의 응대는 듣기에 따라서는 빈정대는 것 같기도 했으나 거타지는 잠자코 고개를 끄덕였다.

칙사를 위한 연회는 밤이 깊도록 계속되었다. 자리를 같이한 박수종은 음식을 씹으면서도 생각에 잠기는 눈치였다. 가끔 견훤과 거타지를 번갈아 보았으나 두 사람은 술을 마시면서 무탈한 이야기로 시종하였다. 견훤은 사냥에서 호랑이를 잡던 이야기를 하는가 하면 거타지는 당나라에 가다가 풍랑을 만나 고생하던 이야기도 했다.

멀지 않은 절간에서 제야(除夜)의 종소리가 울리기 시작했다. 한동안 귀를 기울이고 있던 박수종이 슬그머니 일어섰다. 소리 없이 문을 열고 나가면서 손등으로 눈물을 닦는 것이 견훤의 눈에 들어왔다.

"저렇게 어린 분을 볼모로 잡았다고 서울에서는 원망이 많겠지요?"

견훤은 마주 앉은 거타지를 건너보고는 빙긋이 웃었다. 그러나 거타지는 잔을 비우고 안주를 집으면서 남의 일같이 대답했다.

"잡는 것은 장군의 사정이고, 원망하는 것은 서울의 사정이고, 세월이 해결하겠지요."

그들은 백여덟 번 치는 종소리가 끝나기 전에 연회를 파하고 저마다 잠자리에 들었다.

설을 지내고 며칠 쉬고 나서 서울로 돌아갈 때까지 거타지는 한 번도 박수종을 어떻게 해 달라는 말이 없었다. 그가 떠나간 후 박수종은 싱거운 인간이라고 투덜거렸다는 이야기가 들렸고 능애도 같은 의견이었으나 견훤은 달랐다.

"아니야, 내 속셈을 떠보러 온 거야."

"그래 속셈을 이야기했는교?"

"아니."

"와 안 했는교?"

"안 해도 거타지는 안다."

"그래예."

"그런 걱정 말고, 네 말씨나 고쳐라."

봄.

지리산에는 진달래가 만발하고 대밭의 신록(新綠)은 날로 짙어 갔다.

견훤은 석여옥과 정식으로 혼례를 올렸다. 능애는 조정에서 보낸 세작(細作, 간첩)에 틀림없고, 언젠가는 형을 독살할 것이라고 말했으나 견훤은 듣지 않았다.

"쓸데없는 걱정이다."

"잘생겼고, 이 몇 달 동안 형에게 극진히 한 것도 알아요. 하지만 두고 보이소. 수종이란 머스마가 사라지는 날은 야단나는 날입니더."

견훤은 응대를 하지 않았다. 난세에 사는 인간의 목숨은 파리 목숨이라고 하지만 그중에서도 특히 칼을 잡고 일어선 무사는 스스로 보전하지 않으면 파리 목숨보다도 지탱하기 어렵다는 것을 잘 알고 있었다. 그러기에 잠자리에서도 범연할 수 없었다.

어느 날 밤 이렇게 물은 일이 있었다.

"넌 왜 하필 나한테 왔지?"

그런데 대답은 약간 예상 밖이었다.

"전, 난세를 사는 여자예요."

"무슨 뜻이지?"

"난세의 여자는 힘 있는 분들이 주고받는 선물감에 지나지 않거든요."

"네 뜻은 아니란 말이지?"

"제 뜻일 수 있나요?"

등불에 비친 그의 얼굴에 바닷가에서 본 해당화를 연상하면서 견훤은 이 여자는 세작이 아니라고 생각했다.

"서남해에 견훤이라는 도둑이 있는데 잘 쓰다듬어서 박수종을 돌려보내도록 해라, 이거지?"

"맞았어요."

여옥은 시름없이 웃었다.

"될 수 있으면 음식에 독을 타서 없애 버리고."

"저도 그런 말이 나올 줄 알았는데 안 나왔어요. 그만한 배짱도 없나봐요."

"왜 없을까?"

"복수가 무서웠겠지요."

"복수가 무서워?"

"힘이 없으니까요."

"으―응, 그래. 너, 나를 쓰다듬어 박수종을 돌려보낼 자신이 있느냐?"

"없어요."

"나는 아름다운 네 말이라면 무엇이든지 다 들어줄 작정인데."

"쓰다듬을 생각부터 없는걸요."

"왜?"

"전 석씨예요."

"석씨라니……."

"옛날은 몰라도 지금은 김씨네 천하를 박씨네가 거드는 형국이 아니에요? 석씨는 천덕꾸러기로 구박을 하다가도 이런 때면 반반하게 생긴 여자를 골라 강아지처럼 끌고 다니거든요. 명문이라는 너울을 씌워서 말이에요. 이게 석씨 가문의 여자들이 당하는 운명이지요."

"열아홉이라면서 어른 같은 소리를 하는구나."

"작년 가을에 언니가 재암성(載岩城, 경북 청송군 진보면)으로 끌려가고부터 골똘히 생각해 보니 그렇게 됐는가 봐요."

재암성 장군 선필(善弼)은 덕과 용기를 겸비한 장수로 그 일대에서는 명망이 높다는 소식은 견훤도 듣고 있었다.

"선필 장군이라면 신랑감으로 부족함이 없을 텐데."

"족하고 부족하고의 문제가 아니에요. 좋아 지내는 청년과 혼례를 올리려는데 억지로 끌려갔으니 온 가족의 가슴에 못이 박혔지요."

"부모님은 아무 말씀 없으시고?"

"하면 소용 있나요? 언니를 보내고 나서 아버지는 절에 들어가시고, 제가 떠난 후에 어머니도 아마 머리를 깎았을 거예요. 딸 형제를 둔 한 집안이 말 한마디 못하고 자취를 감추고 말았어요."

둑이 터지는데 미인계(美人計)라는 조약돌로 막아 보겠다고 발버둥 치는 신라의 모습은 차라리 애절했다.

"나는 너를 선물로 생각하지 않는다. 서울로 돌아가고 싶으면 돌아가도 좋다."

견훤은 진정으로 말했으나 여옥은 고개를 흔들었다.

"돌아가 봐야 또 다른 데로 끌려갈 것이 뻔한걸요."

"남녀가 억지로 한 지붕 밑에서 산다는 건 말이 안 된다."

"끌려올 때는 울기도 많이 울었어요. 하지만 막상 와 보니 잘됐다는 생각이 들어요."

"……."

"서울은 시들어가고 여기는 살아서 약동하고……, 장군도……."

여옥은 말끝을 흐리고 그의 가슴에 얼굴을 파묻었다.

이리하여 봄이 오자 혼례를 올리게 되었다.

무진주를 점령할 때부터 생각한 일이었지만 혼례를 마치고 고을을 돌아보고 나서는 더욱 한숨 돌릴 때라고 느꼈다.

무수한 사람들이 죽어 가고 농토는 황폐하여 가는 곳마다 잡초가 무성한 마당에 칼을 휘둘러 땅을 넓힌다는 것은 실속 있는 일이 못 되었다. 그나마 생명을 부지한 백성들조차 안주할 곳을 찾지 못해 유랑민(流浪民)으로 전락하여 강도, 절도를 일삼고, 강한 자와 마주치면 도망치는 것이 습성처럼 되어 버렸다.

이런 판국이라 지난겨울부터 유랑민을 정착시켜 농사를 짓도록 독려했으나 신통한 효과를 보지 못했다. 하는 수 없이 무진성에서도 수비에 필요한 병력만 남기고 나머지는 고향에 돌려보내거나 근처의 묵은 땅을 주어 가족을 데려다 농사를 짓게 했다.

그래도 곡식을 심은 땅보다 폐농한 땅이 월등 많았다. 수비병들도, 단련하는 틈틈이 성 밖에 나가 밭을 갈고 씨를 뿌리게 하는 수밖에 없었다. 땅도 지치고 사람도 지쳤으니 우선 고달픈 사람들이 안심하고 모여들어야겠고, 다음에는 황폐한 땅이 옥토로 돌아가 주어야 했다.

오늘도 말을 달려 유랑민의 정착촌들을 돌아보고 황무지 사이사이에 제법 자란 보리밭을 한없이 바라보았다. 이 곡창을 다져 힘을 기르면 천하에 당할 자가 없을 것이다.

저녁 식사를 마친 견훤은 민극을 불러 고을에서 들어온 보고를 들었다. 농황(農況)이며 정착민의 숫자는 제때에 알리기로 되어 있었다. 듣기 좋으라고 하는 소리 같기도 하지만, 견훤 장군의 지역에 들어가면 마음 놓고 살 수 있다는 소문이 퍼져 숨었던 백성들뿐 아니라 다른 고장의 백성들도 차츰 모여들기 시작했다는 것이었다.

민극이 나가자 견훤은 옆에서 잠자코 바느질하는 여옥을 돌아보았다.

"여옥의 소망은 무어지?"

"저는 평범한 여자예요. 다른 여자들과 다를 것이 없어요."

"이를테면?"

"전쟁이 없는 세상에서 한 가족이 평화롭게 사는 일이지요."

"……."

하루 세 끼 밥을 먹고, 편히 잠잘 수만 있다면 더 바랄 것이 없는 백성들, 만인의 이 평범한 소망이 짓밟히고 있는 것이 요즘의 신라천지다.

"하지만 이 같은 난세에 이것이 당치도 않은 과욕이라는 것도 알아요."

"과욕이라……."

조용한 세월이라면 이처럼 작은 소망도 없으련만 세상이 이렇게 되고 보니 과욕이라면 과욕이기도 했다. 도시 무슨 소망을 갖는다는 일 자체가 허망한 것이 요즘의 세상 형편이다.

"그래서 전 부처님 앞에 기구하는 심정으로 무슨 일이든 정성을 다하고 열심히 움직이기루 했어요."

그의 말대로 여옥은 잠잘 때를 제외하고는 쉬는 일이 없었다. 뜨락에 꽃과 채소를 가꾸고 집에 들어오면 음식을 만들고 틈이 생기면 바느질을 했다.

"왜 그래야 하지?"

"우선 시름을 잊게 되고, 가끔 부처님의 마음을 느끼는 것도 같고……."

쉬지 않고 바늘을 놀리는 그의 옆모습을 바라보면서 이 여자와 결혼한 것은 역시 잘한 일이라고 생각하는데 밖에서 능애의 목소리가 울렸다.

"서울에서 손님이 왔습니더."

여옥은 옆방으로 물러가고 육중한 체구의 늙은 스님이 들어섰다. 거타지가 돌아간 후 소식이 끊어졌다가 여러 달 만에 이번에는 난데없이 중이 나타난 것이다.

"견훤이라고 합니다."

스님은 그의 절을 받고도 한동안 말없이 바라보다가 천천히 대답했다.

"도선(道詵)이라고 하오."

도선 스님이라면 당대의 고승으로 신라에서는 모르는 사람이 없었다. 특히 무령군(영암) 출신이라 이 일대에서는 생불로 존숭을 받는 처지였다.

"스님을 이렇게 뵈오니 영광스럽고도 송구스럽습니다."

견훤은 할아버지뻘도 넉넉히 되는 이 노승 앞에 다시 한 번 머리를 숙였다. 생불이라는 이름 그대로 묵묵히 앉아 있는 모습은 위풍이 당당했다.

그는 또 가타부타 말없이 견훤을 바라보기만 했다. 견훤은 보통 중이 아니라고 생각하면서도 슬그머니 화가 동했다. 사람을 찾아와서 이런 행동거지는 인사가 아니다.

"박수종은 잘 있소?"

오랜 침묵을 깨고 도선이 물었다.

"잘 있습니다."

스님은 품에서 봉서를 꺼내 그에게 넘겨주었다.

"이것과 박수종을 바꾸러 왔소."

이것도 해괴한 일이었다.

"안 된다면 어떻게 하시지요?"

"될 거요."

견훤은 옆방의 여옥을 불러들였다.

"폐하께서 내리신 직첩이에요."

봉서를 뜯고 큼직한 도장이 찍힌 종이를 펼쳐 든 여옥이 쳐다보았다.

"읽어 봐."

"신라 서면도통 지휘병마 제치지절 도독전무공등주군사 행전주자사 겸 어사중승 상주국 한남군개국공, 식읍 이천(新羅 西面都統 指揮兵馬 制置持節 都督全武公等州軍事 行全州刺史 兼 御史中丞 上柱國 漢南郡開國公 食

邑 二千)이랍니다."

세상에 이렇게 길쭉한 벼슬도 있을까. 듣기는 들었는데 무당의 넋두리 같아 무슨 소린지 알 재간이 없었다. 견훤은 정색을 하고 물었다.

"간단히 말해서 어쩌자는 겁니까?"

"간단히 말해서 무진주와 완산주(完山州, 전북 전주), 웅주(熊州, 충남 공주)를 장군에게 맡기신다는 어명이오."

무진주는 이미 손에 넣었고, 완산주와 웅주는 고을마다 장군을 자칭하는 자들이 할거(割據)하는 판국이라 신라 조정으로서는 잃을 것이 없는 반면에 견훤은 드러내 놓고 이들 땅을 정벌할 명분이 생겼다. 대체로 옛날 백제 땅의 주인이 되는 것이다.

여태까지 삼 년 넘어 무진주에서 싸워 왔는데, 상대하는 놈마다 네나 내나 마찬가지 역적이 아니냐고 대들었다. 이 종이 한 장으로 처지가 일변하는 것이다. 이쪽은 어명을 내세울 수 있고 대항하는 자는 역적으로 몰아세울 수 있는 것이다. 처음부터 이쯤 나올 것이지. 역시 거타지는 보는 눈이 있었다.

"좋습니다. 바꾸십시다."

견훤은 쾌히 승낙했다.

"내일 아침에 떠나게 해 주시오."

"그렇게 해 드리지요. 그런데 한 가지 모를 것이 있습니다."

"뭐요?"

"왜 하필 스님이 오셨습니까?"

"지난 정초가 옛날이오. 도중은 난장판이라서."

"스님은 괜찮으신가요?"

"나야 잃을 게 있어야지."

단잠을 잔 도선은 다음 날 박수종을 데리고 떠나갔다.

아버지와 아들

895년 팔월, 영안성.

여러 해를 두고 이 성의 좌상으로, 이 일대 상인들을 지휘하여 온 강돌 영감이 돌아갔다. 예성강 연안의 여러 포구(浦口)들과 개주(開州, 개풍군 북부), 정주(貞州, 개풍군 남부), 염주(鹽州, 연안), 백주(白州, 배천) 등지에서 모여든 장사치들은 삼우제를 마치고 영감댁 뒷마당에 모여 앉았다.

이 성의 좌상은 상인들의 우두머리일 뿐만 아니라 지난 육 년 동안의 난리로 서울 금성과의 연락이 두절되면서부터 이 송악고을의 사실상 태수이기도 하였다.

그동안 세상은 크게 소용돌이쳤다. 팔십여 명의 군웅(群雄) 중에서 남에서는 견훤이 제일 막강해서 예전 백제 땅을 거의 차지하고, 동쪽에서 선종이 크게 위세를 떨쳐 이달 초에는 멀지 않은 쇠둘레(鐵圓, 철원)까지 당도했다는 소식이었다.

몇 해 전 양길의 부장으로 선종이라는 승장이 주천 내성 울오어진(蔚烏御珍, 울진)을 거쳐 동해안을 북상한다는 소문을 들었을 때도 설마 이 고장에서 집집마다 돌아다니며 목탁을 두드리고 동냥하던 애꾸눈이라고는 생각하지 않았다. 부하들과 고락을 같이하고 용맹이 뛰어날 뿐더러 백성을 아낄 줄 아는 명장이라고 했다. 여기서 굴러다니던 애꾸 중에게 그런 재주가 있을 턱이 없고 따라서 선종이라도 다른 선종일 것이라고 생각했다.

그런데 작년 시월에는 마침내 명주(溟州, 강원도 동반부) 일대를 석권한 끝에 삼천오백 명의 정예를 이끌고 아슬라(何瑟羅, 강릉)에 들어갔다는 소문과 함께 애꾸라는 이야기가 들려왔다. 그 고장에 있던 명주 장군 순식(順式)은 싸우지 않고 항복했다고도 하였다. 이때부터 사람들은 혹시나 하는 생각을 가지게 되었다. 건달, 머슴, 졸병, 심지어 거렁뱅이까지 하루아침에 장군이 되는 판국에 애꾸 선종만이 안 된다는 법도 없었다.

동지에 세달사로 병든 허공 스님의 문병을 갔던 강돌 영감이 애꾸 선종이 틀림없다는 소식을 가지고 왔다. 스님은 아슬라에서 보낸 선종의 편지도 받았다고 했다.

영안촌은 서해를 바라보는 예성강구에 있고, 아슬라는 아득한 동해 연변에 있는지라 사람들은 먼 고장의 산울림 정도로 치부하고 별것이 다 나대더니 나중에는 애꾸 돌중까지 설친다고 웃어 주었다.

겨울 동안 잠잠하던 선종은 봄이 오자 삭주(朔州, 강원도 서반부)에 침입하여 저족(猪足, 인제), 생천(牲川, 화천), 금성(金城) 등지를 점령하고, 한숨 돌린 연후에는 이 한주(漢州, 대체로 경기도와 황해도)에 쳐들어와 부약(夫若, 김화) 등 십여 고을을 격파하고 이달 초에는 쇠둘레에 들어가 내외 관청을 설치하고 흡사 임금같이 행세하기 시작하였다.

그는 이미 양길의 부장이 아닐 뿐더러 막강한 세력을 가진 왕자로 그 무서운 힘은 지척까지 몰려오고 있는 것이다. 영안성과 주변의 백성, 상인들은 범연할 수 없고 더구나 애꾸 돌중이라고 비웃을 계제가 못 되었다.

아녀자들조차 둘만 모이면 선종을 화제에 올렸다. 자기 집에 동냥 왔을 때 쌀되나 넉넉히 주고 공손히 합장배례했으니 아무리 높이 되었어도 자기만은 알아줄 것이라고 은근히 선견지명(先見之明)을 자랑하는 축이 있는가 하면, 입 밖에는 내지 않아도 공연히 돌중이라고 괄시해 보낸 것을 속으로 후회하는 축도 없지 않았다.

그러나 쌀되나 준 사람이건 공연히 괄시한 사람이건 근심걱정은 매일반이었다.

괄시한 사람은 괄시한 대로 선종은 자기만은 잊지 않고 목을 자를 것 같고, 쌀되나 준 사람들도 주기는 주었어도 행여 잘못 보여 괄시한 사람들과 함께 도매금으로 짓밟히는 것은 아닐까, 말 탄 선종이 군사들을 끌고 들이닥치는 광경은 생각만 해도 가슴이 내려앉았다.

서로 의논해서 이 고을을 다스려 온 상인들의 걱정도 별로 다를 바가 없었다. 배를 타고 바다에 나가 싸운다면 어느 정도 자신이 있고 기백 명의 적이라면 육전도 못할 것이 없지마는 동해에서 쇠둘레까지 휩쓸고 온 선종의 휘하는 일만이라는 사람도 있고 이만을 넘었다는 소문도 있다. 어쨌든 맞서 싸울 상대가 아닌 것은 분명했다.

제일 궁금한 것은 선종이 이 고장에 대해서 어떤 감정을 가지고 있는지 알 수 없는 일이었다.

만약 좋지 않은 감정을 품었다면 허약한 무력밖에 갖추지 못한 이 장사치들의 고장을 쓸어버리는 것은 식은 죽을 먹는 것이나 진배없을 것이다.

이런 때 허공 스님이 돌아가고 없는 것이 한이었다. 지난겨울 강돌 영감이 문병하고 돌아온 며칠 후에 세상을 떠나고 말았다. 스님이 계시다면 그의 한마디로 선종은 어떻게든 될 터인데……. 하필 이런 때 돌아간 강돌 영감이 원망스럽기까지 했다. 스님만은 못하다 하더라도 영감이 그의 어머니에게 극진히 했고, 선종도 이를 고맙게 생각하고 있는 것은 알 만한 사람은 다 알고 있었다. 영감이라도 살아 있으면 일이 쉽게 풀릴 터인데……. 도무지 그와 상대해서 이야기할 사람이 없었다.

몇 사람이 세달사를 찾아 선종과 함께 수도하던 중들과 의논했으나 거기서도 걱정으로 지새우고 있었다. 흰눈으로 보고 구박한 일이 되살아나면서 걱정은 공포로 변했고, 그에게 몰매를 주려다 갈빗대가 부러진 중들은 도망갈 차비를 하고 있더라는 것이다.

둘러앉은 사람들은 한결같이 침울한 얼굴이었다. 강돌 영감을 이어 좌상으로 지목되어 온 육십 노인이 반백의 수염을 내리 쓰다듬고 무거운 침묵을 깼다.

"모두들 많이 생각하고 의논도 많았으리라고 짐작하지마는, 내 생각을 얘기하지요. 이렇게 된 이상 앉아서 기다릴 것이 아니라 스스로 나아가 선종 장군에게 이 송악 고을을 바치고 그 보호를 받는 것이 좋을 것 같소."

"보호를요?"

중년 상인이 물었다.

"그렇소. 미리 성의를 표하는 것이 앉아서 당하는 것보다 호감을 줄 것이고, 겉으로만 어루만지는 것이 아니라 우리의 힘을 합쳐서 장군을 뒷받침하자는 말이오."

한때 잘 대접해서 목숨을 부지하고 재산을 잃더라도 적게 잃고 세상 돌아가는 형편을 두고 보자던 장사치들은 얼른 이해가 가지 않는 모양이었다. 노인은 잔기침을 하고 말을 이었다.

"우리는 지금 해적들과 싸우면서 당나라와 무역을 하면서 명맥을 유지하고 있지 않소? 그나마 당나라도 저 모양이라 실속이 적고……. 빨리 이 난세가 평정돼서 나라 안 어디나 안심하고 물자를 통할 수 있게 돼야 우리들 장사치들도 살 길이 트이지 않겠소? 내가 보기에는 선종 장군은 가망이 있는 것 같소."

그럴까? 걸망을 지고 동냥을 다니던 왕년의 모습을 생각하면 어림없는 이야기 같고, 소문대로라면 굉장한 것 같고, 모두들 마음을 작정하지 못했다.

"여러분의 생각은 어떻소?"

노인은 좌중을 훑어보았다.

한동안 웅성거리고 쑥덕공론이 오간 끝에 왕륭(王隆 혹은 王龍)이 여러 사람의 의견을 종합했다.

"다들 영감께 일임하자는 의견입니다."

노인은 왕륭과 그 옆에 앉은 왕건을 물끄러미 바라보다가 입을 열었다.

"우선 왕륭, 자네가 이 영안성의 좌상을 맡아 주게."

왕륭은 손을 내저었다.

"그건 안 될 말씀입니다. 좌상이야 누구나 영감으로 생각하고 있지 않습니까. 더구나 어른들도 많은데 사십도 안 된 제가 좌상이라는 건 말이 안 됩니다."

노인은 고개를 저었다.

"나이가 문제될 계제가 아니오. 사실인즉 자네 아들이 제일 합당한데 생각 끝에 자네를 지목한 것이오."

좌중은 웅성거렸다. 노망이 아니면 농담이 아닐까, 듣고 있던 왕건은 종잡을 수 없었다.

"영감께서 대사를 이렇게 다루실 줄을 몰랐습니다. 집의 아이는 이제 겨우 열아홉 살입니다."

왕륭은 언성을 높였으나 노인은 침착했다.

"내가 정신이 혼미한 줄 아는 모양인데 그게 아니오. 며칠을 두고 생각한 일인데 자네 부자가 나서 줘야겠소."

"영감께서 좌상이 돼서는 안 될 조목이 무엇입니까?"

"난세에 중요한 것은 믿음이오. 나는 선종을 먼발치로 한두 번 보았을 뿐이지 서로 모른단 말이오. 영안성의 좌상이오, 낫살 먹었소, 이것만으로 선종이 믿어 줄 것 같소?"

"…….."

"자네 아들이 예전에 장군과 가깝게 지냈다는 소리를 듣고 나는 하늘이 도왔구나 생각했소. 어릴 때의 정이란 누구나 소중하고, 잊지 못하는 것이 아니겠소?"

좌중은 끄덕이고, 여러 말 할 것 없이 왕건을 좌상으로 삼아 쇠둘레로 보내자는 사람들도 있었으나 노인은 반대였다.

"아까 얘기한 대로 그 생각도 했으나 이십도 안 된 젊은 사람을 보냈다가 혹시 자기를 가볍게 보는 것이라고 오해하면 낭패란 말이오."

좌중은 납득이 가는 눈치들이었다.

"그러나 왕륭 자네가 영안성의 좌상이 돼서 아들과 동행하되, 여기 모인 여러 고을 대표들도 함께 가면 만사 잘될 것이오……. 여러분 생각은 어떻소?"

노인은 다시 한 번 좌중을 둘러보았다.

"좋겠습네다."

모인 사람들은 이의 없이 동의했다.

"모두들 겉치레가 아니고, 금은도 좋고 양곡이나 옷감도 좋으니 성의
껏 내 주시오. 우리가 재력으로 돕는다는 것을 실감하게 말이오."

이리하여 영안성의 좌상이 된 왕륭은 며칠을 두고 상인들이 바치는
물건들을 정리하면서 고을에 돌아간 대표들이 돌아오기를 기다렸다.

추석 전에 닿아야 할 터인데……. 여러 마리의 마소, 당나귀와 노새
에 짐을 잔뜩 실은 행렬은 동북으로 쇠둘레 길을 재촉했다.

도둑들을 염려해서 건장한 청년들이 무장을 하고 따라붙었으나 백여
리를 가자 선종의 기마척후들이 나타나고, 소식을 듣고 달려온 기마부
대가 호송해 주었다. 소문에 듣던 대로 병사들은 예절이 바르고 기강이
엄숙했다.

성 밖까지 나와 보름달을 등지고 기다리던 선종은 그렇게 반가워할
수 없었다.

"너, 왕거미 아니야!"

선두에서 말을 내리는 왕건을 보자 달려와 얼싸안았다.

"많이 컸구나!"

왕건은 진정으로 반기는 그의 마음씨에 어쩐지 눈시울이 뜨겁고 얼
른 대답이 나오지 않았다. 장군으로 넓은 땅과 많은 백성, 그리고 수만
병사들을 거느린 그가 거들떠보지도 않고 아는 척도 안 하면 어떻게 한
다? 그것은 자기만의 걱정이 아니고, 아버지와 또 다른 사람들의 걱정
이기도 했다.

그러나 선종은 예전 그대로의 선종이었다. 두 사람이 반기는 것을 본
일행 중에서는 저절로 한숨소리가 터져 나왔다. 그것은 안도의 한숨인
동시에 선종을 향한 찬탄의 한숨이기도 했다.

"아버지도 오셨어요."

왕건은 마음을 가라앉히고, 조금 뒤에 처져 서 있는 아버지를 돌아보

왔다. 선종은 그제서야 알아차리고 다가서 합장하고 머리를 숙였다.

"이거 실례했습니다. 오래간만에 뵙겠습니다."

"몸소 성 밖까지 이렇게 나오시니 황송하기 이를 데 없습네다."

"어서 들어가십시다."

예전과 다름없이 검은 가사를 입은 선종은 능숙한 솜씨로 말에 올라 왕건과 나란히 선두를 달렸다.

"달이 참 밝네요."

왕건은 보름달이 유난히 아름답게 보였다. 그러나 선종은 딴소리를 했다.

"허공 스님은 돌아가셨다지?"

"네, 작년 겨울에요."

"스님은 저 달 같은 분이었지. 생전에 꼭 찾아뵈려고 했는데 몇 발 늦었구나."

달빛에 비친 선종의 얼굴은 시무룩한 표정이었다. 왕건은 마음에 걸리던 것을 물었다.

"스님이라고 불러야 하나요, 아니면 장군이라고 불러야 하나요?"

선종은 억양 없이 대답했다.

"좋을 대로 불러라."

"그런데 세달사에서는 야단났어요."

"왜?"

"그 있잖아요? 갈빗대 사건 말이에요."

선종은 소리를 내어 웃었다.

"하하하……. 다섯 놈이 왕창 갈빗대가 부러진 사건 말이지? 그게 어떻게 됐어?"

"그 다섯 분은 지금쯤 자취를 감췄을 게고, 나머지 스님들도 걱정이 태산 같대요."

"왜?"

"장군께서 들부술까 봐 그러지요."

"그거 참, 시러베 중들이로구나."

한동안 말없이 가다가 이번에는 선종이 물었다.

"강돌 영감은 잘 계시지?"

"이달 초에 돌아가셨어요."

"저런……. 스님이고 영감이고, 제일 신세진 분들은 다 돌아가셨구나."

"……."

"설리(雪里)는 잘 있겠지?"

왕건은 가슴이 철렁했다.

언젠가 어머니를 찾아왔던 선종이 정원을 지나가는 설리를 넋 잃은 사람같이 바라보던 일을 생각했다. 강돌 영감의 조카로 이름 그대로 눈같이 살결이 흰 소녀였다. 설리가 사라진 연후에도 멍하니 있다가 그의 이름을 묻고는 혼자 중얼거렸다.

"설리라……."

한 번밖에 보지 못한 설리를 잊지 않은 데는 곡절이 없을 수 없었다. 왕건은 맥없이 대답했다.

"잘 있어요."

"그애 몇 살이더라?"

"저와 동갑이에요."

선종은 입을 다물고 생각하는 눈치였다.

설리는 소꿉장난하던 시절부터 같이 자란 사이요, 글도 함께 배웠다. 이웃에 살고 부모들도 가까운 처지여서 서로 간에 무시로 내왕하여 오늘에 이르렀다. 다른 친구들과 어울려 산이며 강에도 무수히 놀러 다녔다.

딱히 이야기가 오고간 것은 아니지마는 서로 좋아했고, 장차 결혼할 것으로 믿어 왔다. 이번에 길을 떠나는 전날 밤에도 찾아와 몸조심하라면서 눈물까지 떨어뜨리고 갔다. 선종의 기분 여하에 따라서는 살아서 돌아오지 못할 수도 있다는 이야기가 돌았고, 그의 귀에도 들어간 모양이었다. 그런 설리를 선종이 생각한다? 허나 선종은 지금도 중이 아닌가. 스스로 위로하면서 성내로 들어갔다.

선종은 예전 철성군(鐵城郡) 태수의 처소를 쓰고 있었다. 짐을 싣고 따라온 사람들은 병정들의 인도로 여러 군데 마련된 숙소로 흩어져 가고 왕륭 부자와 고을 대표들은 선종의 처소, 큰 방으로 들어갔다.

좌정하자 왕륭은 예성강 연안 일곱 포구의 대표와 개, 정, 염, 백(開, 貞, 鹽, 白) 네 고을의 대표들을 차례로 소개하였다. 선종은 일일이 맞절을 하고 이런 말도 했다.

"이 중에는 성함을 처음 듣는다 뿐이지 낯익은 분들도 적지 않군요."

"그렇습네까."

한 사람이 맞장구를 쳤다.

"불과 사 년 전까지 그 고을에서 문전걸식한 제가 아닙니까? 아마 안 가 본 집이 거의 없을 겁니다."

"그때는 서운하신 일도 적지 않았을까, 염려됩네다."

"사람이 살다 보면 고마운 일도 있고 서운한 일도 있게 마련이 아닙니까? 고마운 일은 고맙게 마음에 간직하고, 서운했던 일은 잊었습니다."

선종은 소탈하게 웃고 일어섰다.

"우리 식사나 같이 합시다."

옆방으로 옮긴 선종은 왕륭, 왕건 부자를 양 옆에 앉히고 그들 일행과 저녁을 함께 들었다. 왕건은 겸손한 가운데서도 이상한 기운을 풍기는 그의 몸가짐에 위풍이라는 것을 생각했다.

"스님께서 떠나신 후 우리 고장도 많이 변했습네다."

말수가 적은 아버지는 젓가락을 놀리면서 처음으로 입을 열었다. 왕건은 이런 자리에서 보니 아버지의 몸가짐도 근사하다고 생각했다.

"강돌 영감도 돌아가셨다지요?"

"그래서 제가 뒤를 이어 좌상이 됐고, 오늘 여러분과 함께 찾아뵙게 되었습네다."

"좋은 분이었지요. 특히 어머니의 상사 때, 영감과 좌상 부자께서 애써 주시던 일은 생각할수록 고맙기 이를 데 없습니다."

"허공 스님도 가시고……. 옛날에는 십 년이면 강산도 변한다고 했지마는 요즘은 어쩐지 해마다 변하는 것 같습네다."

"변할 것은 변해야지요."

순간, 선종의 눈은 광채를 발했다.

한동안 수저를 놀리는 소리가 들릴 뿐 침묵이 흐른 연후에 아버지가 서두를 꺼냈다.

"우리가 찾아뵌 것은 저희 고장을 장군께 바치기로 작정했으니 이를 받아 주시고 보호해 주십사 하는 일 때문입네다."

선종은 묵묵히 왕륭을 돌아보고, 왕륭은 사이를 두고 말을 이었다.

"똑 찍어 말씀드리자면 무력으로 짓밟지 말아 줍시사 하는 겁네다."

선종은 웃었다.

"허허……. 아무리 무지막지해도 고향을 짓밟는 사람은 역사에 없습니다. 제가 할 수 있는 일은 무엇이든지 해 드리지요."

이 한마디로 모든 근심걱정이 사라진 좌중에는 긴장이 풀리고 경쾌한 기운이 감돌았다.

시름없는 이야기와 함께 술잔이 수없이 오간 끝에 한 노인이 수염을 내리 쓰다듬고 물었다.

"고향 말씀이 나왔으니 말이외다만 장군의 고향은 어디십네까?"

"여러분의 고향이 내 고향이지요."

"그건 해 보시는 말씀이고."

"그렇지 않습니다. 팔자가 기박해서 나면서부터 떠돌라, 철이 들어 제일 오래 산 고장이 세달사올시다. 내딴에는 고향으로 생각했는데 이거, 축에 안 끼워 주실 모양이구만."

좌중에는 웃음이 터져 나오고, 술기운도 어지간히 돌아 이 구석 저 구석에서 별의별 소리가 다 나왔으나 선종은 거침없이 받아넘겼다.

"스님과 장군과, 어느 쪽이 본업이신가요?"

"둘 다 본업이지요."

"스님이 술을 드시고 육식을 하셔도 괜찮은가요?"

"그건 장군으로 하는 것이지요."

"살생도 그렇겠군요."

"그렇지요."

"그럼 어떤 때 스님이신가요?"

"불법을 가르칠 때지요."

"말하자면 한 손에는 칼을 드시고 다른 한 손에는 불경을 드신 형국이외다."

"맞았소."

"그렇게 해야 됩네까?"

"칼로 눈에 보이는 도둑을 치고, 불법으로 마음의 도둑을 치고. 그래야만 이 난세가 가라앉을 것 같구만."

"장군께서는 금년에 몇이십네까?"

"스물다섯, 여기 앉은 왕건보다 여섯 살 위올시다."

"장가는 안 드시나요?"

한구석에서 엉뚱한 질문이 나와 또 한바탕 웃음이 터졌으나 선종은 거침이 없었다.

"들어야지요."

"기왕이면 고향 처녀를 맞으시지요."

"좋지요."

모두들 떠들썩하게 웃었다.

선종은 진심으로 옛 친구들을 대하듯 그들과 어울려 주었다. 왕륭은 신중한 사람이었다. 선종이 소탈하게 나온다고 자칫하면 도가 지나칠 염려가 있었다. 아닌 게 아니라 선종이 이쪽을 보는 사이에 저쪽 구석에 앉은 젊은 친구가 한쪽 눈을 찡긋해서 애꾸의 흉내를 내기도 했다. 이러다가는 모처럼 잘된 일이 허물어질 수도 있을 것이다. 권력자 특히 난세를 뒤흔드는 권력자의 기분처럼 위험한 것도 없었다. 지나간 여러 해 동안 서해를 내왕하면서 이 땅에서도 당나라에서도 철없이 권력자의 비위를 건드려 무리죽음을 당하는 것도 몇 차례 보아 왔다. 잠자코 앉아만 있던 왕륭은 옆에 앉은 선종에게 정중히 머리를 숙였다.

"오늘 밤은 분에 넘치는 환대를 해 주시니 고마운 말씀 이루 다 할 수 없습네다."

"고마운 건 저올시다."

그는 조금도 취하지 않은 말투였다.

모두들 물러나오는데 선종은 왕건의 어깨에 손을 얹었다.

"아침에 아버지하고 우리 셋이 조반을 같이 하자."

간밤의 푸성진 연회와는 달리 조반상은 검소하기 이를 데 없었다. 보리가 반 이상 섞인 밥에 찬도 산채와 콩나물을 무친 것에 노루고기가 몇

점 놓였을 뿐이었다. 영안성에서 상인들이 먹는 것과는 댈 것도 아니고 밥술이나 먹는 농부들의 식사와 별로 다를 것이 없었다.

그래도 선종은 시래깃국에 말아 맛있게 먹었다. 말단 병사들과 침식을 같이한다는 이야기는 헛소문이 아니었다.

"풍문으로 듣기는 했습네다마는 이렇게까지 검박하게 지내시는 줄은 몰랐습네."

아버지가 한마디 했으나 선종은 덤덤히 대답했다.

"난세라 모든 것이 부족해서 그렇습니다."

별다른 이야기가 없이 식사를 마치고 숭늉을 들면서 선종은 왕건을 바라보았다.

"아드님을 저한테 맡길 생각은 없으신지요?"

예전에 둘이 다정하게 지낸 터라 어색한 대목이라도 생기면 쓸모 있을 듯해서 데리고 왔을 뿐이지 장차 대를 이어 장사를 시킬 작정으로 있었고 난세에 싸움터에 들이민다는 것은 생각해 본 일도 없었다.

"아직도 어려서……."

왕륭은 말끝을 흐렸다.

"열아홉이면 장부지요."

"가업(家業)을 이어 장사할 아이로만 생각했는데 무사로 제구실을 하겠습네까?"

"하구도 남지요."

왕륭은 판단이 서지 않았다. 일이 이렇게 될 줄은 몰랐고, 그렇다고 막강한 힘을 가진 사실상의 왕자(王者)의 뜻을 마다할 수도 없었다.

"생각해 보지요."

"장사도 세상이 조용해야 되지 않겠습니까. 억지로 말씀드리는 것은 아니고 옛정이 그리워 가까이 지내고 싶어 생각한 일입니다."

"고마우신 말씀이십네다."

"제가 알기로는 좌상 어른도 싸움에 용감한 분이라는데 장사에서 무사로 바꿔 보시는 것이 어떨까요?"

왕륭은 당나라에 내왕할 때 해적들과 싸움이 붙으면 앞장서 분전했고, 특히 활솜씨가 대단해서 신궁(神弓)이라는 칭송도 들었다. 그는 아들을 향했다.

"네 생각은 어떠냐?"

왕건은 천천히 대답했다.

"생각할 여유를 주시지요."

아버지는 잠자코 있다가 말을 이었다.

"저희들의 처신은 천천히 생각해 보기로 하고, 우선 영안성에 들어가 장군을 찾아뵌 하회를 알려야 하겠습니다."

"그래야지요."

아버지는 또 한참 생각하다가 물었다.

"허물없는 말씀을 드려야겠는데 대업(大業)을 시작하셨으니 후사(後嗣)를 생각하셔야 하지 않겠습네까?"

"장가를 들라는 말씀이군요."

"말하자면 그렇습네다."

"그러지 않아도 그 부탁을 드리려던 참입니다."

"어제 보신 정주 고을 좌수 영감에게 아주 잘생긴 딸이 있는데……."

"설리를 주선해 주시지요."

왕건은 아찔했다. 설마 하던 것이 현실로 나타난 것이다.

아버지는 안색이 변하는 듯하면서 말을 더듬거렸다.

"설리가 …… 누구지요?"

"강돌 영감의 조카딸 말입니다."

"아아, 네네……."

아버지는 골똘히 생각하다가 다시 입을 열었다.

"모르기는 해도 장군께서 소망하신다면 밤중에라도 뛰어올 것입네다."

왕건은 더 이상 들리지도 않고 들으려고도 하지 않았다.

전란의 위험으로 걱정이 충만했던 영안성에는 희망이 감돌았다. 평화가 보장되었을 뿐만 아니라 새로운 권력자와 친근한 관계를 맺고 돌아온 고을의 대표들, 특히 왕륭 부자는 개선장군 같은 대접을 받았다.

성내 한복판 넓은 광장에 모인 사람들은 왕륭의 보고를 받고는 얼굴에 화색이 돌고, 싸움이 아니면 피난의 두 갈래 길을 생각하던 어제와 달리 저마다 자기 나름대로의 설계를 머리에 그리기 시작했다.

이제 국토의 북반이나마 선종의 힘으로 통일될 가망이 보이고, 서해에서 동해까지 안심하고 다닐 수 있을 것이다. 계산이 빠른 이들은 내륙으로 가져갈 물건과 가져올 물건, 거기서 남을 이문을 머릿속에서 셈하고 있었다.

군중이 흩어진 후 왕륭은 성내의 모모한 상인들 오륙 명을 집에 초대하여 점심을 같이 했다. 이 영안성을 좌지우지하는 실력자들이었다.

"이 세상에서 제일 모를 것이 사람이란 말이야. 그 애꾸 떠돌이 중이 명장(名將)이라니 지금도 믿어지지 않는구만."

강돌 영감의 아우 강석이 술을 찔끔 마시고 안주를 집으면서 혼잣말처럼 중얼거렸다.

선종이 소망하는 설리의 아버지였다. 왕륭은 아들과 설리의 사이를 모르지 않았다. 그러나 천하의 판세가 바뀌는 소용돌이 속에서 그것은 눈을 감을 수밖에 없는 하찮은 일이었다. 그 일을 곰곰이 생각하고 있는데 이런 말 저런 말이 터져 나왔다.

"결국 우리가 사람을 알아보지 못한 것이지요."

"그런 걸 생각하면 돌아가신 강돌 영감은 보는 바가 있었던 모양입네다. 하찮은 그의 어머니를 정성으로 대해 주시고……."

"강돌 영감의 신세는 지금도 고맙기 이를 데 없다고 합디다."

왕릉이 전해 주자 강석은 싫은 얼굴이 아니었다.

"형님도 형님이지마는 댁의 자제분도 보는 눈이 있었던가 보지요. 아무 영문도 없이 떠돌이를 극진히 대했으니 말이오."

제일 늙은 노인이 끼어들었다.

"누구나 뿌린 씨를 거두게 마련이라고 했는데, 돌아가신 강돌 영감과 좌상의 자제분이 우리 영안성을 위해서 좋은 씨를 뿌렸고, 이번에 그 열매를 거둔 셈이외다."

그러나 왕릉은 이렇게 응대했다.

"뿌린 씨라면 허공 스님이 더욱 큰 씨를 뿌렸지요."

"그렇지요."

모두들 입을 모았다.

식사가 끝나자 왕릉은 좌중을 둘러보고 나서 천천히 입을 열었다.

"여러분이 명색 좌상으로 뽑아 주셨으니 여러분의 의견에 따라 제 처신을 정할까 합네다. 선종 장군께서 저더러 함께 일하자고 하시는데 여러분의 의견은 어떠신지요?"

뜻밖의 일이라 한동안 침묵이 흐른 연후에 노인이 물었다.

"어떤 자린가요?"

"그건 아직 모르겠습네다."

"자리는 고하간에 그런 분과 인연을 맺는 것은 이 영안성을 위해서도 좋은 일이지요. 다른 분들의 생각은 어떠신지?"

여러 가지 의견이 오고간 끝에 영안성 좌상의 자리를 그대로 가진 채 쇠둘레로 가는 것이 합당하다는 결론이 나왔다. 이 고장 상인들과 최고 권력을 직결하면 장차 여러모로 편리하리라는 계산이었다.

모두들 흩어진 연후에 왕륭은 설리의 아버지와 단둘이 마주 앉았다.

"내 청이 하나 있소."

"무슨 말씀인데요?"

"선종 장군께서 설리를 소망하시는데 생각이 어떠신지……."

"……."

강석은 다부진 수염을 움씰 하고 말이 없었다. 왕륭도 아이들 사이를 알고 있을 터인데 이렇게 나올 수 있을까.

모른다고 치자. 세상 풍문은 어떻든 지금도 자기 머리에 남아 있는 선종은 떠돌이 중, 거기다 애꾸, 그의 어머니라는 여자도 헐 수 할 수 없는 비렁뱅이로 형님 댁에서 집을 지켜 주다가 맥없이 죽어간 처지가 아닌가. 마음이 내키는 혼담일 수 없었다.

더구나 성쇠(盛衰)가 자심한 것이 요즘의 건달 장군들인데 선종도 까놓고 말하면 건달 장군에 틀림없고, 남달리 세다고 하지만 그라고 언제 망할지 누가 아느냐.

며느리로 싫다면 할 수 없지. 자기로서는 난세의 허황한 권력보다도 밥술이나 넉넉히 먹고 무탈하게 지낼 수 있는 집안에 보내야 하겠다. 왕건 말고도 성내에는 착실히 장사하는 청년들이 없는 것도 아니다.

그렇다고 내일은 어떻든 지금 당장은 생사여탈의 힘을 가졌다는 선종의 뜻을 거역할 수 있을까. 그는 난감하기 이를 데 없었다.

"하지만 좌상, 우리 말은 안 했어도 아이들 사이가 어떻다는 것을 알고 있지 않소?"

강석은 볼멘소리였으나 왕륭은 침착했다.

"왜 모르겠소? 허나 지금은 난세요."

숨 가쁜 침묵이 흐른 후에 왕룡은 선종의 칭찬을 시작했다.

"사람은 역시 자기가 앉을 자리에 앉아야 빛을 발하는가 봅디다. 털어놓고 말해서 선종이 여기 있을 때야 떠돌이 중으로 누구 하나 대수롭게 보는 사람이 없었지요. 그런데 이번에 가서 보니 위풍이 당당한 장군이요, 왕자의 기상이 역력히 보이더란 말이오."

"……."

"우리 그때의 선종과 지금의 선종을 혼동하지 맙시다."

"……."

왕룡은 열린 문으로 내다보이는 마당 구석을 가리켰다.

"가령 저기 있는 커다란 괴석(怪石)만 하더라도 그렇지요. 저 자리에 있으니 그럴듯하게 보이지, 이것을 이 방 안에 끌어들인다면 자리만 차지하고 거추장스러울뿐더러 볼품이 있겠소? 앉을 자리에 앉은 사람은 근사하고, 지금의 선종이 바로 그런 사람 같습디다."

"……."

"우리는 대대로 장사를 해 왔으니 장사의 눈으로 세상을 보아 왔고, 다른 세계를 체험하지 못했지요. 무사들의 세계도 그 나름대로 근사한 데가 있습디다. 우리 신라의 역사를 더듬어 보아도 그것이 오히려 사나이의 갈 길 같기도 하구요."

듣고만 있던 강석이 가로막았다.

"좌상, 내 한 가지 모를 일이 있소."

"무언데요?"

"아이들 사이를 알면서 왜 선종에게 그렇다고 얘기를 안 했지요?"

"그 생각을 안 한 건 아니지요. 하지만 정혼을 했다면 몰라도 그렇지 않은데 거짓말을 할 수야 있소? 역사를 생각해 보시오. 권력자를 속였다가 얼마나 많은 참변이 일어났소? 섣불리 나갔다가는 아이들이 다 같이 해를 입고 영안성은 쑥밭이 되고……. 그걸 염려했소."

"알아듣겠소."

강석은 힘없이 대답하고 왕륭은 탄식했다.

"아이들의 마음에 상처를 입힐 것을 생각하니 피차 기가 막힐 일이오. 하지만 기왕지사 이렇게 되었으니 타일러서 말썽이 없도록 해 봅시다."

강석은 고개를 끄덕이고 나가 버렸다.

쇠둘레에서 돌아온 왕건은 멀리 도망갈 궁리를 했고 설리도 두 말 없이 그러자고 했을 뿐 아니라 일이 잘못돼서 정말 그 애꾸에게 가야 할 형편이 되면 예성강에 빠져 죽어 버리겠다고 했다.

그런데 아버지의 이야기를 들으니 도망간다고 될 일이 아니었다. 적어도 두 집 어른들은 무사할 수 없고, 어쩌면 이 영안성이 온통 잿더미가 될지도 모를 일이었다. 선종의 소탈하면서도 불같은 성깔을 아는 왕건은 아버지의 판단이 맞다고 생각했다.

"크게 생각하면 아무것도 아닌 일이다."

아버지도 끝에 가서 이런 말을 덧붙였다.

어떻게 생각하든 마음은 결코 편할 수 없었다. 그는 입을 다물고 가타부타 대답을 하지 않았다.

설리는 막무가내라고 했다. 하루를 살아도 왕건에게 가지 애꾸에게는 못 간다고 무슨 소리를 해도 듣지 않는다는 것이다.

"쇠둘레로 가면 내왕이 쉽지 않을 테니 일가친척도 찾아볼 겸 집에 가서 며칠 쉬도록 해요."

조반을 마친 아버지는 집안일을 돌보는 중년 여인을 보내고 일어섰다.

"송악(松嶽)에 갔다 올 터이니 그동안 잘 생각해라. 네가 정 안 되겠다면 나도 생각을 달리하겠다. 모레 돌아올 것이다."

옥박지르기라도 한다면 할 말이 없는 것도 아닌데 아버지는 그렇지 않았다. 송악, 할아버지 작제(作帝)가 송악산 남쪽 기슭에 지은 집은 꽤 넓은 농토도 딸린 큰 집이었다. 장사 일이 뜸하거나 머리가 아픈 일이 생기면 곧잘 가서 쉬는 고장이었다. 열에 아홉 번은 따라오라고 하였으나 이번에는 그런 말도 없었다.

저녁에 왕건은 어슬렁어슬렁 강석 영감 댁으로 갔다. 이런 때면 으레 식사는 거기서 하게 마련이었다.

대문이 잠겨 있었다. 세상이 어수선해도 영안성만은 평온해서 문을 잠그는 법이 없고 아예 집을 비워도 걱정할 것이 없었다. 이상하다, 그 대로 돌아서려다 말고 몇 번 대문을 흔들어 보았다.

"누구세요?"

설리의 목소리였다.

"나야."

설리는 달려 나와 빗장을 벗겼다. 며칠 사이에 눈에 띄도록 까칠해 졌다.

"오늘따라 대문은 왜 잠갔지?"

"실컷 자려고."

큰 집 안에 인기척이 없었다.

"모두 어디 가셨어?"

"패강(浿江, 평산) 당숙댁에 갔어."

"당숙댁에?"

"제사가 있어. 모레 오신대."

설리가 저녁을 짓는 사이에도 왕건은 생각했다. 우연히 이렇게 됐을 까. 아니면 두 집 어른들이 의논해서 이렇게 만들었을까.

저녁상을 마주한 설리는 전에 없이 들떠 있었다.

"덮어놓고 버텼더니 아버지도 정 그렇다면 생각을 달리한다고 하셨어."

그러나 왕건은 들뜰 수 없었다.

무엇인지 몰라도 어른들은 각오가 선 것만은 짐작할 수 있었다. 어쩌면 화를 당할 결심까지 선 것도 같았다.

"일이 잘됐으니 발을 뻗고 늘어지게 자려던 참이야."

설리는 닭다리를 그에게 넘겨주고 말을 이었다.

"어른들이 없을 때 우리 술을 맛보면 어때?"

왕건은 비로소 웃고 대답했다.

"그래 볼까."

설리는 당나라의 소주(蘇州)에서 왔다는 새 단지를 뜯어 나란히 놓인 술잔에 부었다.

"여러 해 전에 아버지가 당나라에서 무역해 온 거야."

"그런 걸 뜯어도 괜찮을까?"

설리는 대답 대신 잔을 들어 왕건을 따라 조금 마시고는 얼굴을 붉히고 그를 건너다보았다.

"어른들은 왜 이런 걸 좋다고 마실까?"

"난 어른이 못 돼도 맛이 괜찮은걸."

왕건은 잔을 비우고 또 내밀었다. 설리는 빈 잔을 채워 주고 상 위의 닭고기를 잘게 찢기 시작했다.

왕건은 마시면서 생각이 없을 수 없었다. 일가친척, 어쩌면 영안성 내 수백 호에 사는 남녀노소의 운명까지 좌우할 이 일은 고집을 부려서 좋을 일이 아니었다. 도망친다는 것도 말은 쉽지마는 그 많은 사람들이 자기들 때문에 생활의 터전을 버리고 떠난다는 것은 될 말이 아니었다. 다른 사람들은 고사하고 두 집 친척들도 내막을 안다면 설리를 오랏줄에 묶어서라도 선종에게 갖다 바칠 것이다.

진작 결혼하지 않은 것이 후회되었으나 후회한다고 될 일도 아니었다.

생각할수록 장사치란 미물이었다. 일이 잘되면 남보다 배불리 먹고 좋은 집에 사는 것도 사실이지만 일이 안 되면 목을 매기도 하고 물에 빠지기도 하는 것이 장사치들이다. 더구나 이런 난세에는 칼 든 자들에게 꼼짝을 못하고 재물은 물론, 딸을 바치라고 해도 어쩔 수 없는 것이 장사치들이 아닌가.

역시 칼을 들어야겠다. 짓밟히기만 하고 살 수는 없다.

"무슨 생각을 그렇게 하지?"

술을 찔끔찔끔 마시면서 말이 없는 왕건을 오래도록 바라보고 앉았던 설리가 물었다.

"나도 칼잡이가 돼야겠어."

"칼잡이라니?"

"선종처럼 무장(武將)이 돼야겠단 말이야."

"열아홉 살짜리가 별안간 어떻게 무장이 되지?"

"우선 큼직한 인간에게 붙어서 공을 쌓아 가는 거지."

큼직한 인간이라면 지금 형세로는 견훤이 아니면 선종이다.

"견훤한테 갈 생각이야?"

설리가 물었으나 왕건은 대답하지 않았다. 두 사람 중의 한 사람이 장차 천하를 잡을 것이고 따라서 언젠가는 크게 맞붙어 싸우리라는 것이 세상의 공론이다. 선종은 견훤에게 붙은 자기의 일가친척들을 그냥 두지 않을 것이다.

또 하나, 듣지도 보지도 못한 자기가 붙는다고 해서 대수롭게 생각할 견훤이 아니다. 보나마나 졸병일 터인데, 졸병부터 올라간다는 것은 아득한 이야기다.

잘 알뿐더러 고맙게 생각하고 있는 선종에게 붙는 것이 제일 좋은데 자기와 설리가 결혼한다면 문제는 달라진다. 붙여 주기는커녕 때려죽이려고 덤빌 것이다.

"그럼 애꾸한테 갈 거야?"

설리가 얼굴을 찌푸렸다.

"생각해 봐야지."

"그 일은 아무래도 좋아. 우린 언제 결혼하지?"

설리의 맑은 눈이 빛났다.

"글쎄……."

왕건은 이 세상의 난감한 일들이 한꺼번에 몰아닥치기라도 한 듯 머리가 어지러웠다.

"이러쿵저러쿵, 또 딴소리들이 나오기 전에 빨리 해 버려, 응?"

"……."

"이 세상에서 하루만 살아도 좋아. 까짓 거 그 애꾸가 밟아 죽이면 죽어 주지, 뭐."

"죽을 생각부터 할 건 뭐야. 살고 봐야지."

왕건이 부러지게 이야기하자 설리는 고개를 끄덕였다.

"하긴 그래."

식사를 마치자 설리는 자리를 깔았다. 잠자코 지켜보던 왕건은 자리에 들어 떨리는 손으로 설리를 끌어당겼다. 처음으로 이성을 맞는 두 남녀의 몸은 희미하게 떨고 있었다.

다음 날도 그들은 하루 종일 문밖에 나가지 않았다.

생각하고 또 생각한 왕건은 남의 사타구니 밑을 기었다는 한신(韓信)이 되기로 결심했다. 설리를 선종에게 보내고 자기는 그 부하가 되는 것이다.

남녀가 자유로이 사귀고, 천침(薦枕)이 일반의 습속(習俗)이던 시대라 혼전의 정절이 문제될 것은 없었다.

그러나 설리는 바람벽이었고, 더구나 선종의 부하가 된다는 것은 말도 안 되는 비굴한 짓이라고 했다.

"참아야지 . 더구나 큰 것을 생각할수록 크게 참아야지."

"어른 같은 소리를 하네."

아닌 게 아니라 쇠둘레에 다녀오면서부터 부쩍 나이가 들어 가는 느낌이었다.

"그렇게 됐어."

"무어라건 난 못해."

"나도 하고 싶어 하는 줄 알아?"

"내가 싫어졌으면 그렇다고 할 것이지."

"그런 게 아니야. 이치가 통하는 안온한 시대라면 말도 안 되는 소리지. 하지만 어른들도 말씀하시잖아? 지금은 폭풍이 휘몰아치는 세월이란 말이야. 집이 온통 무너지는 판에 따스한 아랫목에 늘어붙을 생각만 한다면 결과는 뻔하잖아? 비상한 때에는 비상하게 나와야지."

"비상하게 나온다는 게 고작 그거야?"

"내 딴에는 고작이 아니야. 자기가 좋아하는 여자를 뺏은 사나이 밑에서 부하 노릇을 한다는 것은 그만한 각오가 필요한 일이지."

"나 같으면 칼을 들고 결판을 내든지, 안 되면 배를 가르지 그 짓은 안 하겠다."

"그건 필부의 용기다."

왕건의 단호한 태도에 설리는 입을 다물어 버렸다.

또 하루해가 기울기 시작했다. 저녁밥을 짓는 설리는 이따금 몰래 눈물을 흘리고 한번은 살그머니 밖에 나갔다 들어왔다. 실컷 울고 오는 양 두 눈이 빨갰다. 왕건은 아궁이 앞에 쭈그리고 앉아 장작을 지피면서 잠자코 있었다.

영원한 이별을 아쉬워하듯 설리는 갖출 수 있는 대로 성찬을 마련했다. 어제 저녁같이 술도 몇 잔 마셨으나 식사 도중 아무도 입을 열지 않았다.

자리에 들어 설리는 왕건의 가슴에 파고들었다.

"난세의 여자는 지푸라기보다도 못하다는데……."

설리는 말을 맺지 못하고 눈물을 삼켰다.

"남자라고 다를 게 없지."

왕건은 가슴이 싸늘했다.

오래도록 침묵이 흐른 후에 설리는 탄식조로 물었다.

"이 세상은 왜 옳은 것이 옳은 대로 통하지 않을까?"

왕건은 설리를 안은 팔에 힘을 주면서 대답을 궁리했다.

"힘이 없기 때문이지. 설리도 나도 이제부터 힘을 찾아 나서는 거야."

"……."

"언젠가 허공 스님도 말씀하셨잖아. 나라가 문란하고 법도가 무너지면 힘이 앞에 나오게 마련이라고. 문란한 것을 바로잡을 수 있는 것은 힘밖에 없으니 덮어놓고 힘을 좋지 않게 보는 것은 옳지 않다는 거야."

그러나 설리는 창문을 바라보면서 딴소리를 했다.

"달이 떴나 봐."

창에 달이 비치고 방 안이 어지간히 밝아 왔다. 왕건이 무어라고 하려는데 설리가 가로막았다.

"알아들었으니 세상 얘기는 그만해. 이런 세상에 이틀만이라도 함께 지냈으니 얼마나 고마운 일이야."

각각으로 흐르는 시간이 그렇게도 아까울 수 없었다. 이 세상에서 보내는 마지막 밤인 양, 달에 비친 서로의 모습, 하늘이 주신 그대로의 모습을 더듬고 갈구하면서 새날이 밝아 오는 것이 원망스러웠다.

"쇠둘레에는 언제 떠나지?"

조반을 마치고 일어서는 왕건에게 설리는 차분한 목소리로 물었다.

"곧 떠나게 될 거야."

설리는 따라 일어서 그의 어깨에 두 손을 얹고 속삭였다.

"되도록이면 멀리 떨어져 살았으면 좋겠어."

"가 보면 알겠지마는 선종은 이름이 붙지 않았다 뿐이지 사실상 임금이야. 임금과 신하의 사이라 지척도 천 리나 다름없지."

"그럴까……."

왕건은 힘껏 안아 주고 밖으로 나섰다.

며칠을 두고 차비를 서두른 왕륭과 강석은 제각기 아들과 딸, 그리고 장사나 농사를 버리고 무사를 지망하는 수십 명의 고을 청년들과 함께 말을 타고 길을 떠났다.

설리도 가마를 마다하고 기마행렬에 끼었다. 그도 왕건도 서로 애써 눈길을 피하며 가끔 눈을 들어 맑게 갠 가을 하늘을 쳐다보았다.

도중에서 하룻밤 자고 다음 날 하오 쇠둘레에 닿을 때까지 설리는 한마디도 말이 없었다. 왕건도 묻는 말 외에는 입을 열지 않았다.

서로를 잃는 안타까움이 각각으로 더해 가고, 여태까지의 세계와는 다른 세계로 들어가는 긴장감도 겹쳐 그들의 얼굴에는 웃음이 없었다.

선종이 이번에도 성 밖까지 나와 반가이 맞아 주었다. 설리의 모습을 보고는 아주 유쾌한 얼굴이었고, 떠나기 전까지도 푸념하던 강석 영감도 그의 위풍과 소탈한 성품이 마음에 들었는지 딱딱하던 얼굴에 화색이 돌기 시작했다.

장군 처소의 큰 방에 들어가자 선종은 두 분 어른 앞에 큰절을 했다.

"겹겹으로 고마운 일뿐이라 무어라 말씀드려야 할지 모르겠습니다."

그의 거동을 지켜보던 설리도 잔뜩 긴장했던 얼굴이 차츰 풀리는 듯했다. 누구의 눈에도 지금의 선종은 여태까지 영안성 사람들이 생각하고 있던 떠돌이 애꾸 중이 아니고 당당한 쾌남이요, 막강한 힘을 가진 왕자였다. 그러면서도 이를 데 없이 겸허하고.

그는 왕륭 부자와 강석 부녀를 위해서 정성을 다한 자리를 베풀었다.

"예는 언제 올리는 것이 좋겠습니까?"

자기 마음대로 하고도 남을 일이건만 식사 도중 강석 영감에게 물었다.

"여기 형편대로 하시지요."

강석 영감은 그가 더욱 마음에 드는 눈치였다. 왕건은 갈수록 자기가 초라하게만 느껴졌다.

그런데 선종은 엉뚱한 제의를 했다.

"어떻습니까. 만백성이 어려운 때라 우선 오늘 밤 이 자리를 혼례로 알고, 다음에 세상형편이 넉넉해지면 다시 제대로 된 식전을 베풀도록 하면……."

이것도 다른 건달 장군들과 다른 일면이었다. 두 달이 멀다 하고 새로운 여자를 맞아들이고, 그때마다 세끼 밥을 먹기도 어려운 백성들로부터 공물(貢物)을 긁어다 휘황한 잔치를 베푸는 것이 요즘의 건달 장군들의 작태였다. 그런데 선종은 가난한 백성들이 하는 대로 식사 한 끼로 대신하자는 것이다. 강석 영감은 두 말 없이 찬성이었다.

"좋습지요."

그들은 왕륭이 시키는 대로 자리를 바꿔 선종과 설리를 나란히 앉혔다. 왕륭은 그들 앞에 새로 갖다 놓은 잔에 각각 술을 부었다.

두 사람은 왕륭이 시키는 대로 잔을 입으로 가져갔다. 선종은 죽 들이키고 설리는 떨리는 손으로 입술에 잠깐 댔다 상 위에 내려놓았다.

"맞절을 하시오."

아버지의 목소리에 이어 두 사람이 일어섰다. 왕건은 눈을 감고 마음을 진정시켰다.

"이제 두 분은 백 년을 해로하실 배필이 되셨습네다."

아버지의 목소리와 함께 왕건은 눈을 떴다.

선종은 돌아가면서 잔에 술을 부어 주고 설리는 고개를 숙인 채 옷고름을 만지작거렸다.

"너도 마셔."

그는 왕건의 잔에도 부었다. 왕건은 사양하지 않고 마셨다. 취하도록 마시고 싶었으나 아무리 마셔도 취하지 않았다.

밤이 어지간히 깊어 가고 술도 마실 대로 마셨다. 선종은 자리에 앉은 사람들을 한 바퀴 둘러보고 말을 이어 갔다.

"우리 모두 한 식구가 된 터이라 이제부터 힘을 합해서 대업을 이루도록 합시다."

"……."

"우선 왕건은 쇠둘레의 태수(鐵圓太守)로 이 일대를 다스려 줬으면 좋겠는데 생각이 어떻지?"

기껏해야 병정 몇십 명 거느리는 사상을 주리라 생각했는데 단박 태수라는 것은 신라의 왕족 외에는 전례가 없는 일이었다.

"제가 감당할까요?"

설리 때문에 마음이 무거웠으나 그것은 각오하고 온 일이라 이때쯤은 침착할 수 있었다.

"하고말고."

그는 왕륭을 향했다.

"영감께서는 금성(강원도 김화) 태수가 어떨까요?"

"과분합네다마는 송악군의 일이 마음에 걸려서……."

"참, 그렇군. 아드님을 단련해서 새해에 송악 태수로 보낼 테니 그때 금성으로 가시지요."

"감사합네다."

그는 다음으로 강석을 건너다보았다.

"장인께서는 따님도 계시고 하니 친위대장 (親衛大將)을 맡아 주시지요."

그러나 강석은 굳이 사양했다.

"저는 장사로 늙은 사람이외다."

"아랫사람들이 다 해 드릴 터인데."

"또 있습지요. 예로부터 외척이 정사에 간섭해서 잘된 일이 없습네다."

"그럼 돌아가 천천히 생각하시기로 하고, 오늘 밤은 편히 쉬시지요."

그는 층계 밑까지 배웅하고 설리와 함께 돌아섰다. 왕건은 대문을 나서면서 힐끗 돌아보았다. 선종을 따라 층계를 오르는 설리도 돌아보고 있었다. 초롱불에 비친 그녀의 두 눈에 눈물이 번뜩이는 듯했다.

진성여왕

897년 유월, 신라의 서울 금성.

삼십 대 초반의 여왕(진성여왕)은 임해전(臨海殿) 기둥에 몸을 의지하고 노송에 둘러싸여 잠자듯 고요한 호수를 하염없이 바라보고 있었다. 어제 열두 살 난 조카 요(嶢)에게 왕위를 물려주고 오늘은 이 대궐과도 영원히 하직하는 것이다.

－가는 봄 보내며
　그분이 안 계시니 눈물과 시름
　아껴 주시던 이 몸을
　그르칠세라 조심에 조심
　오래지 않아 그분을
　또다시 만나게 되리라
　낭(郎)이여, 그리는 마음이

더듬는 그 길은

아, 다북쑥 우거진 골짜기 길

어느 밤인들 잠이 올 줄 있으랴 ─

생전의 남편과 즐겨 부르던 노래, 그때는 감미로운 애수가 흐르는 가락이었으나 그가 세상을 떠나고부터는 남몰래 부르면서 눈물지어 온 노래였다.

이제 속세의 모든 짐을 벗고 그의 혼백이 기다리고 있는 해인사(海印寺)로 가는 것이다.

왕위에 오른 지 만 십 년, 인생은 고해(苦海)라고 하지만 실로 어김없는 고해의 소용돌이 속에서 홀로 허우적거린 십 년이었다.

큰오라버니 헌강왕(憲康王)의 뒤를 이은 작은오라버니 정강왕(定康王)은 일 년도 못 되어 몸져누웠다. 누구의 눈에도 소생할 가망이 없는 중병이었다.

이십을 갓 넘은 이 오라버니에게는 자식이 없고, 큰오라버니의 아들, 즉 어제 즉위한 요는 돌도 되지 않았었다.

종실이나 대신들이나 뒤를 이을 사람은 남편 김위홍이라고 은연중에 의견을 모았다. 돌아가신 아버지 경문왕(景文王)의 아우요, 큰오라버니 헌강왕 때부터 상대등으로 십여 년 동안 나라를 다스려 왔을 뿐 아니라 덕망도 있어 갖출 조건은 다 갖춘 인물이었다.

그런데 이변이 생겼다. 작은오라버니가 숨을 거두기 전에 시중(侍中)을 불러 놓고 유언을 한 것이다.

"나는 병이 중해서 다시 일어날 가망이 없는데 대를 이을 아이가 없소. 그러나 누이동생 만헌(曼憲)은 천성이 총명하고 체격도 장부 같소. 경 등은 옛날 선덕, 진덕 두 분 여왕의 고사(故事)를 본받아 그를 세우고 잘 보살펴 주시오."

생각지도 않던 일이라 굳이 사양했고, 대신들도 여러 날을 두고 의견이 분분했으나 결국 유언을 따르게 되었다.

어명, 더구나 돌아가시면서 남긴 유명(遺命)을 거역하는 선례를 남긴다면 나라의 근본이 흔들린다는 것이다. 또 부군 되는 위홍 어른이 도와드릴 터이니 걱정할 것이 없다고들 했다.

이리하여 생각지도 않던 왕위에 올랐다.

남편 김위홍은 정사(政事)에 유능한 인물이라 만사 그에게 맡기고 임금으로 참석해야 할 의례(儀禮)에 얼굴을 내밀고 집안일을 돌보는 것으로 족했다.

위홍은 풍류에도 안목이 있어 대대로 내려오는 신라 고유의 노래(鄕歌)뿐만 아니라 사라져 가는 고구려, 백제의 노래까지 수집하여 후세에 남길 필요가 있다고 하였다.

중국 주(周)나라 때의 노래, 중앙의 주 본국의 노래는 물론 제후국(諸侯國)의 민간에서 부르는 노래(國風)까지 한데 묶어 엮은 시경(詩經)은 참으로 좋은 유산이라는 것이 그의 의견이었다. 이리하여 대구(大矩) 스님의 주재로 삼대목(三代目)을 편찬하게 되었다.

그런데 하늘같이 믿었던 이 남편이 별안간 세상을 떠난 것이다.

즉위한 지 칠 개월 되는 다음 해(888년) 이월, 함께 자리에 들어 잠이 들까 말까 하는데 옆에 누운 남편이 흔들어 깨웠다.

"이상해 , 눈이 안 보인단 말이오."

방 안에 켜 놓은 촛불은 그냥 타고 있는데 아무것도 안 보인다는 것이다. 여왕은 일어나 앉아 다섯 손가락을 펴고 그의 눈앞에서 좌우로 흔들었다.

"안 보이세요?"

"안 보여."

"피곤하신가 보지요. 푹 주무세요."

"그럴까, 전에는 이런…… 일이……."

혀가 꼬부라지고 숨이 차서 말끝을 맺지 못했다.

옆방에 있던 시녀들이 몰려들고 입직 중인 의원들이 달려왔으나 더이상 말 한마디 없이 혼수상태에 빠져들고 알약을 물에 타서 입에 넣었으나 그대로 옆으로 흘러내리고 목으로는 넘어가지 않았다.

입직 중인 의원들에 이어 집에 돌아갔던 의원들도 불려왔으나 말은 안 해도 한결같이 가망이 없다는 눈치들이었다. 맥박은 가끔 끊어졌다 다시 이어지고 숨소리는 갈수록 희미해지건만 모여 앉은 사람들은 지켜볼 뿐 달리 도리가 없었다.

여왕은 눈물을 삼키면서 인간의 무력함을 이때처럼 실감한 일도 없었다. 눈을 감고 부처님에게 애절한 기원도 올렸다. 죽음이 피할 수 없는 길이라면 남편 아닌 자기에게 그 길을 가게 해 달라고.

그러나 자정이 넘어 김위홍은 마지막으로 큰 숨을 몰아쉬고 운명하였다. 하늘과 땅이 온통 캄캄해지는 충격이었다. 그대로 몸져누워 정신을 차리지 못했고 남편의 장사를 어떻게 치렀는지도 알지 못했다.

잇단 불행에 대신들은 의논하여 천하에 대사령을 내리고 의원들이 정성을 다하고, 스님들은 부처님 앞에 기구하였다. 어느 덕분인지는 몰라도 석 달이 지나 오월에 들어서자 그럭저럭 자리에서 일어나 마당을 거닐게 되었다.

그러나 세상이 달라졌다.

꽃도 산천초목도 예전의 다채롭던 빛깔이 아니고 회색의 단조로운 물체에 지나지 않았다. 산천초목뿐만 아니라 만나는 사람과 그들이 하는 이야기도 예전 같지 않고 반가운 일도 흥미로운 일도 없었다.

이제 아무런 의욕도 없고 세상만사 모래알을 씹듯 마음이 동하는 일이 없었다. 임금이 실성했다는 뒷공론이 돌아다닌다는 소문도 들렸다.

만사만물의 근원은 마음에 있다는 부처님의 말씀은 옳은 말씀이라고 생각했다. 실성하고 안 하고 간에 이 삭막한 마음을 돌려 예전 같은 눈으로 세상을 볼 자신이 서지 않았다.

이런 처지에 그대로 임금의 자리에 눌러앉는다는 것은 될 말이 아니었다. 결국 자기는 일개 평범한 여자에 지나지 않고, 그 평범한 자리로 돌아가는 것이 도리라고 생각했다.

병 후 처음으로 나간 조회(朝會)에서 대신들에게 일렀다.

"나는 물러날 터이니 상대등과 시중 이하 대신들이 의논해서 후사를 정해 주시오."

모두들 입을 모아 안 될 일이라고 하였으나 한 번쯤 인사치레로 하는 소리라 치부하고 신변의 정리를 시작했다. 일상생활에 없어서는 안 될 것만 남기고 패물이며 의복을 시녀들과 대신의 아낙네들에게 나눠 주었다. 절간에 들어가 세상을 잊으리라.

그러나 대신들의 만류는 겉치레가 아니었다. 글을 올리고 가까운 종실을 움직이고, 후사도 마땅한 이가 없다고 진정으로 호소하였다.

그에 그치지 않고 여왕의 마음을 위로한다고 돌아간 김위홍을 혜성대왕(惠成大王)으로 추존하여 그의 무덤을 능(陵)으로 확장하는 역사를 시작하고, 해인사에는 그의 명복을 비는 원당(願堂)을 짓기 시작했다.

도로 주저앉는 수밖에 없었다. 생각하면 임금의 자리란 묘한 것이어서 조그만 행동거지도 많은 백성들에게 기쁨을 줄 수도 있고 고통을 줄 수도 있는 것이다.

그는 적어도 하루에 한 번은 궁중의 불당에 들어갔다. 오래도록 부처님 앞에 꿇어앉아 자기에게는 마음의 평화를, 백성들에게는 복과 풍년을 내려 주시도록 빌었다.

사랑하고 의지하던 이가 이 세상을 하직하는 죽음은 말로 다 할 수 없는 슬픔과 괴로움으로 사람을 짓이기는 듯했다. 애절한 기구에도 불구하고 가슴의 응어리는 굳어만 가고 잠을 이루지 못하는 밤의 연속이었다.

어떻게 된 부처님이기에 임금이라는 자신을 매질하는 데 그치지 않고 백성에게도 매정하기 이를 데 없었다. 이 수삼 년 동안 해마다 흉년이 들어 도토리와 풀뿌리 심지어 나무껍질로 목숨을 이어 가는 백성들이 늘어만 갔다.

국사(國師)로, 온 나라의 추앙을 받는 무염(無染) 스님을 불렀다.

"내가 마음의 고통을 이기지 못하는 것은 수도가 부족한 탓이라고 자책합니다. 그러나 몇 해째 흉년이 들고 나라의 형편이 기울어 간다는 공론인데 무슨 까닭일까요?"

태종 무열왕의 팔대손으로 당나라에 유학하고 돌아온 이 늙은 스님은 한동안 잠자코 있다가 무뚝뚝하게 한마디 했다.

"더욱 기울 것입니다."

마음의 위로를 기대했던 여왕은 뜻밖이었다. 근심걱정이라고는 그림자도 보이지 않는 스님의 얼굴을 한참 뜯어보다가 또 물었다.

"무슨 도리가 없을까요?"

나오는 대답은 역시 인정사정이 없었다.

"없지요."

"그럼 왜 이렇게 됐을까요?"

"제행무상(諸行無常)이지요."

"우리 신라가 건국한 지 금년으로 구백사십오 년입니다. 스님도 종실이신데 그렇게 허무한 말씀만 하지 마시고 좋은 지혜를 주시지요. 나라의 일도 사람이 하는 것인데……."

"바로 사람 때문이지요."

"사람 때문이라니요?"

"지금 신라에서 사람대접을 받는 것은 김씨와 박씨 외에 따로 있습니까. 집이고 나라고 이치는 마찬가진데 연목밖에 안 될 김씨들이 기둥 구실을 하고 아궁이에 들어가야 할 박씨들이 연목 구실을 하고……. 안 되지요."

"바꾸면 되지 않겠어요?"

그러나 무염은 잔잔한 미소를 짓고 여왕을 한참 바라보다가 일어섰다.

"소승은 물러가겠습니다."

무염을 보내고 나서 여왕은 곰곰이 생각했다. 대신들, 장군들. 고을의 도독들과 태수들, 김씨 혹은 박씨 아닌 자는 쌀에 뉘만큼도 없었다. 핏줄 덕에 식충이나 면한 자들은 모두 한자리 차지하고 못된 짓을 골라 하고 있다. 재간이라고는 사치와 주색밖에 모르는 고관대작들, 칼도 제대로 못 쓰는 장군들 – 무염의 말이 맞다.

시중 준흥(俊興)을 불러 그의 의견을 물었다. 그러나 준흥은 안색이 달라졌다.

"나라의 형편이 기울어 간다는 소문을 어디서 들으셨는지 모르겠습니다마는 어진 대신들을 모함하는 자들의 소행일시 분명합니다."

"그럼 사실이 아니란 말이오?"

"폐하 성덕의 소치로 지금 같은 태평성대도 드문 터에 당치도 않은 뜬소문입니다."

남편 위홍은 생전에 이름 없는 스님들을 자주 불러들였다. 특히 탁발을 하며 전국을 돌고 온 운수승(雲水僧)을 만나면 보고 들은 것들을 기탄없이 이야기해 달라고 했다.

어떤 중은 흉년이 들어 백성들이 고통을 겪는다고 전할 뿐 더 이상 말을 하지 않았으나 분을 참지 못하는 듯 언성을 높이는 축도 있었다.

"호랑이보다 무서운 것이 폭정(暴政)이라고 했는데 지금 신라의 형편이 바로 그렇습니다."

남편 위홍은 듣기 거북한 말도 탓하지 않고 귀를 기울였다. 그리고 힘 닿는 데까지 그들이 지적하는 잘못을 고치려고 애도 썼다.

여왕은 개기름이 흐르는 준홍의 얼굴을 바라보면서 무염 스님의 말씀을 생각했다. 시중이라는 이 나라의 기둥, 과연 기둥으로 합당한 재목일까. 글줄이나 흥얼거리는 경망한 재사, 기둥 아닌 연목감으로도 안심이 될 것 같지 않았다.

여왕은 대산군(大山郡, 전북 태인) 태수로 나가 있는 최치원(崔致遠)을 생각했다. 당나라에 건너가 공부하고 과거에 급제하여 그 나라의 벼슬까지 지낸 출중한 인물이었다.

금년이 서른한 살이라는데 간간이 흰머리가 섞이기도 했다. 전란의 당나라에서 십여 년을 시달린 탓일까. 시달렸기 때문에 인간으로서 단련이 되었다고 하는 사람도 있었다.

헌강왕이 돌아가기 전해 (885년)에 그가 스물여덟 살의 나이로 십육 년 만에 당에서 돌아오자 임금은 시독 겸 한림학사 수병부시랑 지서서감사 (侍讀 兼 翰林學士 守兵部侍郎 知瑞書監事)로 임명하여 측근에 두고 중용하였으나 모사들의 입방아에 견디다 못해 자청해서 고을로 내려갔다.

"최치원을 불러들이면 어떻겠소?"

여왕은 오래도록 생각하다가 물었다.

"무슨 자리로 말씀이십니까?"

준홍은 좋은 얼굴이 아니었다.

"마음 같아서는 대신으로 큰일을 맡겼으면 좋겠소."

준홍은 입을 벌리고 한참 쳐다보다가 대답했다.

"대신은 진골 이외에는 안 된다는 것은 폐하께서도 익히 아시지 않습니까?"

"……."

"최치원의 가문은 육두품(六頭品)이라 하늘이 알게 올라가도 시랑(侍郎, 차관)밖에 안 됩니다."

"그럼 시랑으로 오라고 하면 어떻겠소?"

"지금 자리가 모자라서 진골도 노는 사람들이 많습니다. 생각하면 최치원이 태수로 있는 것도 과분한 대우지요. 오히려 대산군에서 부성군(富城郡, 충남 서산)으로 옮기자는 것이 중론이올시다."

더 말할 여지가 없었다.

진골이라는 혈연집단이 움직이는 요즘 신라의 임금이란 이 집단의 허울 좋은 장식품에 지나지 않는다는 것을 여왕도 모르지 않았다. 그는 입을 다물고 준홍은 물러갔다.

말로도 행동으로도 어떻게 할 여지가 없는 것이 현실이었다. 남은 길은 과거와 미래에 파묻혀 현실을 잊는 일이었다.

피할 수 없는 식전에 모습을 나타내고 대신들이 가져오는 문서에 도장을 찍는 일 외에는 참견을 하지 않고, 입을 여는 일도 드물었다.

대구화상을 불러 남편이 끝맺지 못한 삼대목의 편찬을 새로 시작했다. 생전에 남편이 전국에 영을 내려 수집한 향가는 곳간에 더미로 쌓여 있었다. 학자, 스님뿐만 아니라 고구려, 백제의 유민으로 이 방면에 식견이 있는 사람들까지 모아 분류하고 교정하여 책으로 엮는 사업은 전보다도 열심히 진행되었다.

아득한 옛날부터 내려오는 노래들은 시대에 따라 내용이 다르고, 중앙의 귀족과 시골의 민간에 따라 달랐다. 산천을 신으로 받드는 노래가 있는가 하면 불교가 국교(國敎)로 정착한 이후에는 부처님의 공덕을 기리는 것이 태반이었다.

또 삼국통일을 전후한 시대의 노래는 용감한 화랑들을 찬양한 것이 많았고 고구려의 노래는 웅장하고, 백제의 노래는 인간미가 흐르는 섬세한 특징이 있었다.

그는 노래 속에 흐르는 역사를 읽으면서 무염 스님이 말씀하신 제행무상을 생각했다. 나라도 이 법칙에는 예외일 수 없다면 신라는 장차 어떻게 될까.

틈이 생기면 부처님 앞에 무릎을 꿇고 염불하면서 서방정토를 생각했다. 이 목숨이 다하는 날 서방정토에서 남편 위홍을 만나 영원한 평화 속에 조용히 지내는 것이 소원이었다.

일과 기도에 몰두하고 현실을 잊는 노력 속에 한 해가 가고, 새해의 봄과 여름도 덧없이 흘러 가을이 되었다.

조회(朝會)에서는 대신들의 의논이 분분했다. 고을에서 들어와야 할 세공이 제대로 들어오지 않으니 야단났다는 것이다.

"금년도 가뭄으로 흉년이라는데 중앙에서 절약하고 세공을 되도록 가볍게 하는 것이 어떻겠소?"

오래간만에 한마디 했으나 대신들은 말이 많았다.

"버릇이 돼서 안 됩니다."

"다 흉년이 든 것이 아니고 풍년이 든 곳도 적지 않습니다."

"백성들은 바치는데 고을의 벼슬아치들이 흉년을 핑계로 서울에 보내지 않는 것이 태반입니다."

"차제에 버르장머리를 고쳐야 합니다."

여왕은 더 말하지 않았다.

다음 날부터 말 탄 관원들이 고을로 흩어져 갔다. 세공을 바치지 않은 백성과 벼슬아치들을 족친다는 것이다.

그런데 이것이 큰 난리로 번질 줄은 아무도 몰랐다. 처처에서 백성들이 들고 일어나 관가를 들부수고 독려하러 내려간 관원들을 짓밟아 버리는가 하면 힘깨나 쓰는 자들은 장군을 자칭하고 흡사 그 고을의 임금 같이 행세한다는 것이다.

고을에 있는 군대는 헝겊 막대보다도 못하다고 했다. 도끼니 몽둥이를 들고 달려드는 핫바지들을 당해 내지 못하는 것은 고사하고 싸우기도 전에 도망친다는 소식이었다.

불과 삼백 리 떨어진 사벌주에서는 아자개라는 농사꾼이 괴수가 되어 도독부를 들부수고 장군 행세를 한다기에 본보기로 서울에서 군대를 보냈으나 겁을 먹고 접근조차 못했다.

대장 영기(令奇)를 불러다 목을 땄으나 대신 나가 싸우겠다는 자는 아무도 없었다. 신라는 갈기갈기 찢기고 중앙의 명령이 통하는 것은 서울 주변 기백 리에 불과했다.

이제 신라는 변변치 못한 기둥, 변변치 못한 연목의 낡은 집이 무너진 형국이 되었다.

무너져도 왕창 무너지고 사랑채의 방 하나 남은 격이었다.

망하는 집안에 말이 많다고, 대신들은 날마다 회의를 열고 저마다 한 마디씩 했으나 씨가 먹히는 것은 별로 없었다. 그중에서도 고을의 못된 백성과 벼슬아치들의 버르장머리를 고쳐야 한다고 서슬이 퍼렇던 자들은 서로 네 탓이라고 팔뚝질로 세월을 보냈다.

여러 날을 입씨름으로 보내던 대신들은 한 가지 결론을 가지고 나타났다.

"이제는 폐하께서 직접 나서시는 길밖에 없습니다."

"어떻게 말이오?"

"……."

대답을 못했다. 가만히 보아하니 일을 저질러 놓고 발뺌을 하자는 속셈들이었다. 도대체 남자라고 할 수 있는 물건들일까. 한참 바라보다가 다시 물었다.

"무슨 계책이 있소?"

시중 준흥이 떠듬거리며 대답했다.

"진실로 아무 계책도 서지 않습니다. 이렇게 된 바에는 만사 영명하신 폐하의 결단을 받들어 준행하는 일 외에는 달리 변통이 없습니다."

난세에 우선 필요한 것은 강력한 무력인데 사벌주의 패전에서 본 바와 같이 신라의 군대는 군대라고 할 수 없는 오합지중이었다.

무리도 아니다. 통일 후 신라 사람들은 무기를 팽개쳤다. 고을은 말할 것도 없고 서울인 금성의 수비군마저 삼분의 이 이상이 고구려, 백제의 후손들이었다. 제대로 단련한 일도 없고, 제대로 대접한 일도 없으니 목숨을 내걸고 싸울 까닭이 없었다. 보리밥이나마 하루 세 끼 얻어먹을 수 있다기에 모여든 자들이요, 싸움이 벌어지면 도망치는 재간밖에 없는 무리들이었다.

화랑도(徒)라는 것도 허울만 남아 있었다. 이제 화랑도는 세도가의 아이들이 수양이라는 이름 아래 전국의 명승지를 휩쓸고 돌아다니며 노닥거리는 패거리로 전락하였고, 옛날 같은 전사(戰士)의 집단은 못 되니 전쟁에는 무용지물일 수밖에 없었다.

결국 무력은 없는 것이나 마찬가지였다. 여왕은 준흥에게 물었다.

"내가 내리는 결단에는 누구나 군소리 없이 따른다는 말이오?"

"비상한 때라 모두들 비상한 각오로 무조건 어명을 받들기로 했습니다."

"그렇다면 묻겠는데 이렇게 비상한 때에도 사람을 쓰는 데 핏줄을 따져야 하겠소?"

"……."

아무도 대답을 못했다.

"서울은 물론, 궁벽한 고을까지 이렇다 할 벼슬자리는 김씨 아니면 박씨가 차지하고 있는 것이 오늘의 실정이 아니오?"

"……."

"나라는 누가 다스리지요? 진골이라는 김씨, 박씨는 좀 모자라도 고관대작이며 다른 사람은 아무리 출중해도 시골 벼슬조차 어려우니 나라가 제대로 돌아가겠소?"

"그러하오나 골품제(骨品制)는 천년사직의 근간을 이루어 온 조상 대대의 법도올시다."

준흥이 한마디 하자 다른 대신들도 고개를 끄덕였다.

여왕은 그들을 물끄러미 바라보고 말이 없었다.

무거운 침묵이 흘렀다.

"만백성이 감읍하여 만곡의 눈물을 흘리도록 조서를 내리시는 것이 좋을까 합니다."

준흥이 침묵을 깨자 다른 대신들도 한마디씩 했다.

"그게 좋겠습니다."

"거인(居仁)이나 최치원이 초를 잡는다면 아무리 포악한 도둑들이라도 울지 않고는 못 배길 것입니다."

"……."

무슨 물건도 못 되는 걸레들이다. 여왕은 잠자코 응대를 하지 않았다.

"그렇지 않습니까, 폐하?"

쳐다보는 준흥을 오래도록 바라보다가 물었다.

"지금 가장 급한 일이 무엇이오?"

"……."

대답을 못했다.

"조서니 뭐니 글 장난으로 평정될 난리라면 아예 일어나지도 않았을 것이오."

"……."

"내가 보기에 가장 시급한 것은 아직 난리가 일어나지 않은 이 서울과 주변의 고을들을 잘 다스리는 일 아니겠소?"

"지당하신 말씀이십니다."

합창하듯 머리를 조아렸다. 여기서 난리가 나면 모두 죽을 판이라 떨리는 목소리들이었다.

"고을은 누가 다스리오?"

뻔한 질문이었으나 준홍은 대답하지 않을 수 없었다.

"그야 태수들이지요."

"지금 태수들을 그냥 두고 안심이 되겠소?"

"모두 진골들인데 그들에게 무슨 딴마음이 있을 까닭이 있겠습니까?"

여왕은 무언가 한 가지 빠진 듯한 이 대신의 얼굴에서 눈을 떼지 않고 띄엄띄엄 물었다.

"지금 난리를 일으키는 게 태수들인가요, 아니면 그들이 다스리는 백성들인가요?"

"그야 백성들이 못돼서 이 야단이 아니겠습니까?"

"딴마음이 없다는 그 진골 태수들이 못된 백성들이 들고 일어나지 않도록 다스릴 수 있느냐, 그걸 생각해 본 일이 있소?"

"여태까지 잠잠했으니 장차도 별일이 없으리라는 것이 중론입니다."

"장담할 수 있겠소?"

"……."

"역사를 보아도 난리라는 것은 역질(疫疾, 전염병) 같은 것이어서 한 고장에서 터지면 다른 고장으로 번지게 마련인데…….”

“지당하신 말씀이십니다.”

“대신들이 의논해서 지금 태수들로 안심이 된다면 더 말할 것이 없고, 그렇지 못하다면 무슨 방책이 있어야 할 게 아니오?”

대신들은 서로 쑥덕거리다가 준홍이 대답했다.

“신들보다도 영명하신 폐하께서 더 잘 아실 줄 믿습니다. 합당치 못하다고 생각되시는 태수가 있으면 진골 중에서 새사람을 골라 교체하시는 것이 좋을까 합니다.”

여왕은 정색을 했다.

“이 지경에 이르러서도 골품 타령이오?”

“…….”

“다른 고장 태수들은 진골이 아니라서 백성들에게 짓밟혔소?”

대신들은 고개를 떨어뜨리고 준홍이 힘없이 한마디 했다.

“그러하오나 귀천을 혼동하면 나라의 기강이 무너질까 걱정입니다.”

여왕은 일어섰다.

“잘들 생각해 보시오.”

구백여 년의 신화 속에 골품제도는 그런 대로 구실을 다해 왔다. 골품에 따라 사람을 십칠등의 위계로 묶어세워 상하의 정연한 질서를 유지하는 근간이 되었다. 특히 성골(聖骨)이 없어진 후 으뜸이 된 진골은 왕위를 비롯하여 조금이라도 두드러진 벼슬은 독차지하였다. 일반 백성들은 그들을 자기들과는 달리 하늘이 따로 낸 별종으로 생각하고 무조건 우러러보고 복종하여 왔다.

그러나 이제 이 신화는 무너졌다. 하찮은 백성들의 도끼질과 몽둥이 찜질에 잘난 줄 알았던 진골들은 맥없이 모두 자빠졌다. 별것도 아닌 것들이 나대고 거드럭거렸다고 생각하게 된 것이다.

그런데 서울의 대신들은 아직도 골품의 꿈에서 깨어나지 못하고 있었다.

대신들 간에 의논이 분분하다는 소문이 며칠이나 계속된 연후에 그들은 또 입궐하였다.

"실정을 알아보니 역시 영명하신 폐하의 말씀이 옳습니다."

준홍이었다.

"……."

"서울 주변의 고을도 안심이 되는 고장이 별로 없다고 합니다."

"……."

"만사불구하고 주변 고을들을 튼튼히 다진 연후에 이를 발판으로 역도들의 손에 들어간 땅을 수복하자는 데 의견을 모았습니다."

"……."

"꿩 잡는 것이 매라고, 폐하의 말씀대로 골품을 따질 때가 아니라는 데도 모두 동감입니다."

"……."

"그러하오니 폐하께서 합당하다고 생각하시는 대로 고을의 인사를 비롯하여 모든 것을 쇄신하신다면 신 등은 전력을 다하여 보필할 결심입니다."

"잘 생각했소."

여왕은 처음으로 입을 열었다.

"그런데 폐하……."

준홍은 헛기침을 하고 계속했다.

"골품을 가리지 않고 유능한 인재를 기용하여 고을을 안정시키는 것은 초미의 급무이오나 그 연후의 일이 걱정입니다."

"걱정이라니?"

"그들을 그냥 그 자리에 둘 수는 없지 않겠습니까?"

"그야 그렇지요. 그냥 둘 만한 사람은 그대로 두더라도 큰 공을 세운 사람들은 벼슬을 올려야지요."

대신들은 서로 마주보고 힐끔힐끔 곁눈질을 했다. 준홍은 그들의 본심을 드러냈다.

"그러시면 전일에도 말씀드린 바와 같이 귀천이 혼동되어 나라의 근본이 흔들릴까 걱정입니다."

"어떻게 하면 안 흔들리지요?"

"안정된 연후에는 섭섭지 않게 상이나 주어 물러나게 하고, 진골로 대체하면 예전 질서로 돌아가는 것이 되니 이모저모 좋을 줄로 압니다."

"……."

여왕은 응대를 하지 않았다. 궂은일은 남이 해 주고, 호강은 자기들이 독차지하는 것으로 머리가 굳어 버린 불치의 병신들이다.

"성단을 내려 주시지요."

"내릴 성단이 있어야지."

"무슨 말씀이시온지?"

"처지를 바꿔 생각해 보시오. 경들이 그런 일을 당했다면 마음이 어떻겠소?"

"……."

"천년사직이 오늘 이 지경이 된 것은 대신으로부터 밑바닥 벼슬아치들까지 백성을 그렇게 대했기 때문이오."

"……."

장내는 기침소리 하나 없었다.

옛날 무열왕이나 김유신 장군은 생사를 초월하여 전쟁을 지휘하고 통일의 위업을 성취했는데 그 후손들은 왜 이다지도 좀스럽고 칠칠치 못할까.

그러나 참고 부드럽게 말머리를 돌렸다.

"내가 듣기에는 옛날 태종 대왕이나 김유신 장군께서는 공이 있는 사람은 끝까지 그 공을 알아주고 우대했다고 합니다. 그래서 큰일을 하신 것으로 알고 있는데 경들의 생각은 어떻소?"

신라 역사에서 가장 존숭을 받는 두 조상의 선례를 대는 데는 군소리가 있을 수 없었고 저마다 한마디씩 했다.

"지당하신 말씀이십니다."

"신 등이 불민했습니다."

"미처 거기까지 생각하지 못했습니다."

끝으로 준흥이 나섰다.

"폐일언하고 만사 성지대로 거행하겠습니다."

회의를 파하고 내전에 들어온 여왕은 작년 겨울에 돌아간 무염 스님을 생각했다. 스님은 생전에 신라는 이제 도리가 없다고 했다. 대신들이 노는 꼴을 보니 자기 눈에도 도리가 없는 듯한데 공연히 입씨름을 한 것은 아닐까.

그렇다고 임금이라는 자리에 있는 이상 가만있을 수도 없었다. 무시로 전국 방방곡곡을 돌아다녀 세상 물정을 잘 아는 도선 스님을 불러들였다.

"스님은 금년이 몇이시지요?"

좌정하자 반백을 넘은 그를 바라보다가 물었다.

"예순셋이올시다."

단아한 얼굴에 미소를 지었다.

"요즘 세상은 어떻게 돌아가지요?"

"난세올시다."

"무슨 방책이 없을까요?"

"글쎄올시다."

여왕은 대신들과 의논한 내용을 이야기하고 그의 의견을 물었다.

"스님의 생각은 어떠신지요?"

"지금같이 속수무책으로 앉아 있는 것보다야 낫겠지요."

탐탁한 대답이 아니었다.

"스님께 부탁이 있습니다."

"무슨 말씀이십니까?"

"쓸 만한 사람들을 천거해 주시지요."

"불경을 외우는 일이라면 좀 합니다마는 사람의 천거는 해 본 일이 없습니다."

"민정을 누구보다도 잘 아시는 스님이신데, 중생을 제도하시는 셈 치고 도와주시지요."

도선은 잠자코 있다가 엉뚱한 말을 했다.

"사람이 다칠까 걱정입니다."

"다치다니요?"

"대신들도 귀천을 따지지 않기로 했다는 말씀이십니다마는 본심은 그렇지 않을 것입니다."

"……."

"급한 대목이 넘어가면 귀천이 아닌 다른 트집을 잡는 일은 없겠습니까?"

앞을 훤히 내다보는 말투였다.

"그건 내가 못하게 하지요."

"폐하께서 모처럼 말씀하시니 몇 사람 천거해 보지요."

여왕은 그에게 차를 대접하고 돌려보냈다.

도선이 천거한 사람들은 이삼십 대의 건장한 청년들이었다. 모두 무술에 능하고 글도 자기 앞가림은 하는 사람들로, 졸병 출신도 있고, 농사꾼도 있었다. 다 같이 눈에 광채가 나고 보기만 해도 총명한 기가 흘렀다. 신라에도 이런 사람들이 있었던가. 하여튼 매일 접하는 대신들과는 종자가 달랐다.

여왕은 도선이 천거한 사람을 궁중에 불러들여 후히 대접하고 며칠씩 별당에 재우면서 사람됨을 살펴보았다.

그러고는 능력에 따라 태수 또는 촌주(村主)를 제수하여 고을에 파송하고 시원치 않은 자들을 그 자리에서 물러나게 했다.

고을에 내려간 그들은 병정들을 단련하고 세공과 부역도 백성들의 힘에 겹지 않도록 애썼다. 또 중앙에 바칠 세공도 과한 것은 과하다고 서슴없이 항변하여 합당하게 조정하고, 호사를 모르고 자란 사람들이어서 스스로 검박하게 지내는지라 달이 가고 해가 갈수록 도성 주변의 불안하던 공기는 사라지고 조정을 믿고 안정되어 간다는 소문이었다.

차츰 주변이 안정되고 죽음의 공포가 사라져서 그런지 서울, 특히 세도가들 사이에는 묘한 풍문이 떠돌아다닌다고 했다. 남편을 잃은 젊은 여왕이 건장한 청년들을 궁중에 끌어들여 밤마다 재미를 보고, 그들에게 벼슬을 주어 고을로 내려보낸다는 것이다.

실없은 자들이 배는 부르고 할 일은 없으니 공연히 입을 놀리는 것이라고 한 귀로 흘려들었다.

특히 청년들 때문에 벼슬자리를 잃고 서울로 올라온 진골들은 드러내놓고 불평이라고 했다.

"어디서 나타났는지도 모르는 개뼉다귀가 진골을 몰아내고 태수라니, 세상은 망한 놈의 세상이다."

"새까만 졸병이 단박 촌주라니, 낮잠 자던 고양이도 웃겠다."

그런가 하면 한 등 목소리를 낮추어 종알대는 축도 있다고 했다.

"암탉이 세차게 울어 대니 될 게 뭐야."

심지어,

"그 가시나, 건장한 사내라면 사족을 못 쓴단다."

이런다는 것이다.

그러나 세월이 갈수록 천하대세는 심상치 않았다. 견훤은 국토의 서남부 태반을 손에 넣었고, 북쪽에서는 양길의 부장으로 있던 선종이 동해안을 휩쓸고 서쪽으로 방향을 돌려 한산주 전역을 통합하여 버렸다. 아직 칭왕(稱王)을 하지 않았다 뿐이지 사실상 신라는 삼분(三分)되어 세 나라가 겨루고 있는 셈이었다.

그런데 무너질 뻔하던 울타리를 바로잡아 놓으니 그 속에서 짖고 까부는 것이 귀족이라는 자들이었다. 다 뺏기고 손바닥만 한 땅이 남아 있는 처지에서도 그 손바닥이 우선 뒤집힐 염려가 없어 보이니 허망한 꿈속에서 보채기 시작했다.

"연전에 폐하께서 임명하신 태수 아무개는 역모를 꾸몄으니 마땅히 불러다 목을 베야 합니다."

"촌주 아무개는 안하무인으로 노략질이라 끌어다 목을 졸라야 합니다."

은밀히 알아보니 당치도 않은 모함이었다. 도선 스님의 말씀이 옳았다. 중구난방으로 떠드는 품이 아무래도 공은 있고 죄는 없는 사람들을 사지에 몰아넣을 염려가 있었다.

스님을 찾아 의논하려 했으나 벌써 전에 멀리 북쪽으로 떠났는데 어디 갔는지 아무도 몰랐다.

등극한 지 구 년. 시월의 쌀쌀한 날씨였다. 감기를 앓던 외아들 양패가 별안간 열이 오르고 헛소리를 하다가 첫새벽에 숨을 거두었다. 약조차 제대로 쓸 틈이 없었다.

열한 살, 여왕은 터질 것만 같은 가슴을 쥐어짜고 흐느꼈다.

양패의 장례가 끝나자 대신들을 불렀다.

"내 이제 몸도 마음도 지쳤소. 후궁에서 자라는 요(嶢)에게 자리를 물려주고 떠날 터이니 차비를 해 주시오."

말 많던 대신들도 막상 이렇게 나오니 망설이는 눈치들이었다.

"그분은 겨우 열 살이십니다."

"열 살에도 등극한 예가 얼마든지 있지 않소?"

"그것은 만부득이한 경우이고, 폐하께서 엄존하시온데……."

"나는 지쳤소."

"정 그러시다면 태자로 봉하시지요. 대신들이 그분을 도와 정사를 처결하기로 하고 쉬시면 어떻겠습니까. 이 난국에 열 살밖에 안 되시는 분이 등극하셨다면 포악한 도둑들이 무슨 흉계를 꾸밀지 걱정입니다."

시각을 다투어 이 예토(穢土)를 떠나고 싶었으나 이번에도 뜻대로 되지 않았다.

"그렇게 하시오."

그는 짤막하게 대답하고 일어섰다.

요를 태자로 봉하고 대신들에게 정사를 맡긴 후에는 궁중 깊숙이 파묻혀 부처님 앞에 돌아간 남편과 아들의 명복을 빌고 독경(讀經)으로 세월을 보냈다. 갑갑하면 황룡사, 불국사를 찾고, 때로는 토함산에 올라 동해에 뜨는 해를 바라보았다. 아침이면 어김없이 뜨고 저녁에는 어김없이 지는 해에 천행은 건(天行健)이라는 고인의 말을 실감했다. 영겁세에 걸쳐 한 치의 착오도 없이 움직이는 천지만물의 운행, 인생은 그 속에서 피고 지는 하찮은 잎사귀에 지나지 않는다는 생각이 들었다.

다시 용상에 앉는 일은 결코 없으리라. 정사에도 관여하지 않았다. 처음에는 대신들이 찾아와 묻기도 했으나 알아서 하라 했고, 나중에는 찾아오는 일도 없었다.

얼마 안 가 누구를 내쫓고 누구를 옥에 가둔다는 소문이 심심치 않게 들려왔다. 대개는 도선의 천거로 자기가 임명한 지방관들이었다.

단 한 번, 준홍을 불러다 정색을 하고 일렀다.

"경들에게 맡겼으니 더 할 말은 없소. 내가 보낸 지방관들을 파직하는 일에도 간여할 생각이 없소. 그러나 사람의 목숨은 다르오. 그들의 목숨을 뺏는 일은 못 하오."

준홍은 그렇게 하겠노라 하고 물러갔다.

이듬해 봄까지 그들은 다 쫓겨나고, 대신 서울에서 불평으로 세월을 보내던 진골들이 대개 옛 자리로 돌아갔다.

다시 웅성거린다는 소문이 들렸다. 특히 서울의 서남지방에서는 유별나게 붉은 바지를 입은 도둑들이 떼를 지어 행패를 부리고 관가를 들부수는 바람에 거드럭거리고 돌아갔던 진골들은 야간도주를 해서 서울로 몰려든다고 했다. 붉은 바지를 입은 이 적과적(赤袴賊)은, 못되게 놀다 도망치는 관원들을 쫓아 서울의 서쪽 교외 모량리(牟梁里)까지 추적하여 온 일도 있었다.

당황한 대신들은 여러 달 만에 찾아와 의견을 물었다.

"어찌하오리까?"

"정사에서 손을 뗀 사람이 무어라 하겠소. 대신들이 알아서 하시오."

그들을 돌려보내고 심란한 마음을 달래려고 손에 잡히는 경서를 펼쳤다.

생야일편부운기(生也一片浮雲起)

사야일편부운멸(死也一片淨雲滅)

그렇다, 사람이 죽고 사는 것은 구름이 뜨고 지는 것과 무엇이 다르랴.

쫓아내거나 옥에 가뒀던 지방관들을 다시 제자리로 돌려보냈고, 적과적도 한 풀 꺾였다는 소식이 들려도 그는 입을 열지 않았다.

또 한 해가 가고 새해(897년) 봄이 왔다.

등극한 지 십일 년째, 만으로 십 년이 되는 해였다. 남편과 아들을 잃고, 나라는 결딴나고, 슬픔과 괴로움으로 엮은 세월이었다.

예전에는 봄은 즐거움과 아름다움으로 충만한 계절이었으나 꽃도 산천초목에도 죽은 남편과 아들의 모습이 겹쳐 가슴을 에는 아픔을 가눌 길이 없었다.

유월.

한때 들먹거리던 서울 주변의 고을들도 안정을 되찾고 어린 태자를 받들고 조정도 별 탈 없이 굴러갔다.

여왕은 태자에게 자리를 물려주고 이제 마지막으로 떠나는 궁중의 뜰을 거닐다가 임해전(臨海殿)까지 내려왔다.

천 년의 가지가지 사연을 간직한 이 대궐, 자기에게는 너무도 짧은 행복에 지루하고도 겹겹으로 안겨 준 고통의 추억밖에 없는 대궐, 하늘은 왜 인간세상에 그 숱한 슬픔의 씨를 뿌려 놓았을까. 즐거움만으로 채워도 백 년을 넘기지 못하는 인생을…….

호수를 바라보는 그의 눈에 이슬이 맺혔다.

"이제 차비가 다 됐습니다."

다가온 시녀의 한마디에 제정신으로 돌아온 여왕은 천천히 발을 옮겨 대궐로 올라갔다.

성 밖까지 전송 나온 문무백관과 작별 인사를 나누고 마차에 오른 여왕은 몇 번이고 뒤를 돌아보았다. 영원히 하직하는 서울, 영원히 하직하는 속세였다.

도중 대구(大丘, 大邱)에서 하룻밤을 보내고 다음 날 느지막이 가야산 해인사에 당도했다.

구십오 년 전 애장왕(哀莊王)이 창건한 이래 왕실의 특별한 은고를 입어 많은 전토를 차지하고 경내에는 수많은 건물들이 들어찬 웅대한 절간이었다.

그러나 유월인데도 주변의 농토는 제대로 곡식이 자라는 곳보다 잡초가 무성한 땅이 많고 불탄 절간 건물들도 그대로 방치되어 있었다.

늙은 주지 승훈(僧訓)스님은 내력을 설명했다.

"눈이 뒤집힌 도둑들에게 보이는 것이 있겠습니까. 마구 들이치는 바람에 스님들과 신도들이 힘을 합쳐 스스로 지키는 수밖에 없었습니다. 그 통에 부상을 입은 사람은 이루 헤아릴 수 없고, 전사한 사람도 승속(僧俗)을 합해서 오륙십 명에 이르렀습니다."

여왕은 눈을 감고 듣기만 했다. 서울에 있을 때 비슷한 보고를 무수히 받았다. 전국 도처에서 난민들이 절간에 쳐들어가 돈이 될 만한 물건은 무엇이든지 약탈해 가고 스님들도 많이 죽어갔다는 것이다. 이야기 도중에 최치원이 들어와 인사를 했다.

"여기서 폐하를 이렇게 뵈옵게 되니 실로 감개무량합니다."

사십 세의 최치원은 무릎에 두 손을 얹고 단정히 앉았다. 벌써 전에 벼슬을 버리고 동해안과 남해안을 비롯하여 전국의 명산대찰을 두루 돌아다니다가 가족을 거느리고 이 해인사 아랫마을에 정착했다는 소식은 이미 듣고 있었다.

"반갑소이다. 선생께서 연전에 시무십여조(時務十餘條)를 들어 깨우쳐 주신 일은 지금도 고맙게 생각하고 있습니다."

여왕은 그를 깍듯이 대접했다.

"천기(天機)가 이미 기운 것을 알면서 부질없이 심려를 끼쳐 드려 황송합니다."

옆에 앉은 승훈이 끼어들었다.

"말세지요. 진실로 인력으로는 어찌할 수 없는 터이라, 폐하께서 이리로 오신 심정은 짐작하고도 남음이 있습니다."

여왕은 조용히 몇 마디 했다.

"나는 이제 속세의 모든 것을 버리고 부처님의 길을 배우러 온 일개 여인에 불과하니 모두들 마음을 쓰지 말고 잘 가르쳐 주시오."

"속절없는 것이 인간세상이라 어지신 임금과 출중하신 신하가 속세를 떠나 이처럼 한자리에 모이신 것도 불연(佛緣)인가 합니다."

승훈의 말에 최치원은 고개를 끄덕였다.

"하늘이 요동치는데 사람이 아무리 현명한들 무슨 도리가 있겠습니까. 하늘이 진정하는 날 세상도 가라앉겠지요."

승훈도 맞장구를 쳤다.

"그렇지요. 연전에 전사한 분들의 명복을 빈다고 공양탑들을 세운 것도 생각하면 무력한 인간의 애절한 거동에 불과하지요."

사 년 전에 해인사뿐만 아니라 운양대(雲陽臺), 백성산사(百城山寺), 오대산(五臺山) 등지에서 절간을 지키다가 무참히 죽어간 사람들을 위해서 길상탑(吉祥塔) 즉 공양탑을 세운 것을 생각하고 하는 말이었다. 그때 최치원도 승훈의 청으로 일부 지석(誌石)의 애도문을 지은 일이 있었다.

처음에는 지석을 가지고 당해 절간에 가서 탑도 세울 작정이었으나 난세라 길이 막혀 해인사에 탑을 세우고 모두 그 안에 넣어 두었다.

여왕은 몇 마디 사연을 물어보고 탄식했다.

"내가 살아서 여태 목숨을 부지한 것이 민망하오."

두 사람은 때를 잘못 타고나서 고통에 시달리다 심심산천으로 찾아온 이 총명한 여인의 진심에서 우러나오는 한마디에 눈시울이 뜨거웠다.

인간의 억만 가지 사연을 외면하고 세월은 어김없이 흘러 여름이 가고 가을도 깊어 붉게 물들었던 단풍도 낙엽으로 바람에 휘날렸다.

여왕은 남편의 원당에서 나오는 일이 드물고, 가끔 시냇물을 따라 산에 오르다가 발을 멈추고 바람에 뒹굴어 가는 낙엽을 한없이 바라보곤 했다.

－생사의 길이란

여기 있으려 해도 있을 수 없고

간다는 말씀조차 이르지 못하고

떠나버리는 것인가.

어느 가을 날 이른 바람에 속절없이 떨어질 나뭇잎같이

한번 떠나면 가는 곳 모르는구나.

아, 미타찰(彌陀刹, 아미타여래가 계신 서방정토)에서 만날지니

도를 닦아 기다리오리다.－

남편이 세상을 떠난 후 심란할 때마다 부르던 노래를 소리 없이 뇌며 눈물을 삼켰다.

그는 원당에서 독경으로 세상사를 잊고, 부처님과, 남편의 위패 앞에 하루 속히 서방정토에 갈 수 있도록 기구하였다.

섣달에 들어 여왕은 몸져누웠다. 십 년의 피로가 한꺼번에 몰려 아주 탈진한 양 꼼짝할 기운이 없었다. 시녀가 의원을 부르려는 것을 말렸다. 이대로 소리 없이 사라져 남편과 아들이 기다리는 저승으로 가고 싶었다.

"내가 죽거든 그날로 다비에 부쳐 가루를 저 서산에 뿌리라고 해라."

이튿날 아침 여왕은 잠자듯 고요히 운명했다. 흐느끼는 시녀들의 울

음소리에 승훈 이하 스님들이 몰려오고 뒤이어 소식을 듣고 최치원도 달려왔다.

유언대로 조촐한 장례 끝에 화장한 유골을 가루로 내서 서산에 뿌리고 돌아오는 길에 최치원은 승훈과 나란히 걸으면서 속삭였다.

"난세의 입방아들이 말려 죽인 셈이지요."

기병 사령관

왕건은 세상이 재미없었다.

마음을 단단히 먹고 오기는 했으나 쇠둘레의 생활은 괴롭기 이를 데 없었다. 추위가 더해 가면서 낙엽이 휘날리고 앙상한 나뭇가지들이 바람에 허우적거리는 모습은 자기의 심정 그대로 처량하게만 보였다.

명색은 대장군이었으나 선종은 사실상 임금이었다. 그러나 예전과 다름없이 소탈하고 티를 내는 일이 없었다. 특히 왕건에게는 유달리 친절하기에 속을 모르는 사람들의 눈에는 그처럼 복된 사람도 없었다.

공석상에서는 태수라 부르고 다른 사람들과 마찬가지로 대했으나 사석에서는 예전과 다름없이 아우처럼 대해 주고 만사 불편이 없도록 마음을 써 주었다.

함께 사냥에 나가는 일도 잦았고, 그런 날 밤이면 잡아온 꿩이며 노루 고기로 저녁을 함께 들고 설리도 자리를 같이하게 마련이었다. 그러나 왕건은 이것처럼 거북스럽고 괴로운 일이 없었다.

설리는 선종의 부인이 된 후로 강씨부인(康氏夫人)이라고 불렀다. 백성에게 성이 있을 까닭이 없으니 그의 아버지 강석(剛石)의 강을 성인 셈 쳤고, 글줄이나 하는 사람들이 강(剛)씨라는 성은 없으니 강(康)씨로 하는 것이 좋겠다 하여 그리되었다.

이런 자리에서 선종은 언제나 유쾌했다.

"왕거미야, 옛날 내가 돌중으로 빌어먹을 때 네가 왜 나한테 그렇게 잘해 주었는지 지금 생각해도 모르겠다."

이런 소리를 하는가 하면

"정말이다. 네가 돌아가신 어머니에게 꿩을 드리던 모습은 지금도 눈에 선하다."

라고 말하기도 했다. 왕건은 빙그레 웃기만 했다.

설리는 언제나 덤덤한 태도로 말이 없고 무슨 내색을 하지도 않았다.

"어려서부터 같이 자란 터에 남 보듯 서로 말 한마디 없으니 왜들 이러지?"

선종은 왕건과 설리를 번갈아 보았다.

"옛날에 소꿉친구지마는 지금이야 어디 그렇습니까."

왕건은 일거일동을 조심하라는 아버지의 당부를 잊지 않았다.

"그렇지 않다니?"

"지금이야 대장군의 부인이시고, 저는 그 신하가 아닙니까?"

"너 왕거미는 예나 지금이나 그림에 그려 놓은 듯이 단정한 인물이로구나."

선종은 웃었다.

설을 며칠 앞두고 왕건은 또 내실에 불려 들어가 저녁을 같이 했다.

"새해에는 너도 갓 스물이 되는구나."

선종은 술을 마시고 안주를 집으면서 이런 말을 했다.

왕건은 생각이 많았다. 명색은 쇠둘레의 태수라지만 선종의 밑에 이대로 있다가는 숨도 크게 쉬지 못할 것 같고, 더구나 설리를 생각하면 가슴이 말라 가는 것만 같았다.

그의 심정을 짐작한 아버지는 떠나기 전에 선종에게 부탁했다.

"해가 바뀌면 저는 되도록 빨리 이 아이와 교대하는 게 좋겠습네다. 더구나 송악은 장차 서해안과 패서도(浿西道, 평안도 황해도 방면)를 손에 넣으려면 다시없는 거점(據點)이라 늙은이보다 젊은 사람이 맡는 게 좋을 테니까요."

"거기가 중요하다는 걸 알기 때문에 내 곁에 두고 좀 단련해서 보내자는 것이니 염려 마시오."

왕건은 이 일을 생각하고 물었다.

"새해에는 영안성으로 보내 주시겠지요?"

그러나 선종은 고개를 흔들었다.

"영안성은 안 돼."

"……."

왕건은 그의 심사를 알 수 없었다.

"너, 이웃집 공자를 몰라본다는 소리를 들었지?"

"……."

"네가 영안성에 가서는 영이 안 선다."

"……."

옳은 말이었다. 어려서 자란 곳, 머리를 숙여야 할 어른들이 너무나 많고, 또 장사치의 아들 왕건을 대수롭게 볼 사람이 몇이나 있을까.

"또 있다. 영안성 같은 조그만 토성으로는 좀도둑은 막아 낼 수 있어도 큰 전쟁에는 턱도 없다."

"네……."

"송악산 남쪽 기슭에 너의 조상 때부터 내려오는 터전이 있다지?"

"있습니다."

"정병들을 붙여 줄 터이니 해동하면 그리로 가서 백성들을 동원하여 새로 석성(石城)을 쌓아라."

군대를 호령하고 백성을 다스려 온 선종은 인간의 심리도 알 대로 알아낸 모양이었다. 옛날 그대로의 왕건이 직함을 하나 들고 영안성에 들어가 봐야 대단할 것도 없으리라. 정예로운 군대를 이끌고 당당한 대장으로 돌아와 조상의 땅에 성을 쌓는다면 사람들은 달리 보고 영도 설 것이다. 이것은 자기의 체통을 세워 주는 일도 되지만 선종 자신의 위풍을 보이는 효과도 있을 것이다. 겉으로는 어떻든 속으로는 아직도 그를 돌중으로밖에 안 보는 사람들이 영안성에는 얼마든지 있다는 것도 짐작하는 모양이었다.

새해 정월 열나흘, 갓 스물이 되는 왕건의 생일이었다.

"장수들과 자리를 함께하려다가 옛일을 생각하니 이렇게 우리끼리 한때를 보내는 것이 좋을 듯해서……."

내실에 들어가니 선종은 설리와 함께 성찬을 차려 놓고 기다리고 있었다.

그동안 천여 기의 기병들이 그의 휘하에 배치되었고, 내일의 대보름이 지나면 모레는 송악으로 떠나는 날이었다. 어쩌면 야릇한 이별, 한편으로는 간절히 바라면서도 한편으로는 아쉽기 이를 데 없는 작별을 위해 설리가 마련한 자리 같기도 했다.

"인간만사 급하다고 달리기만 할 수는 없지. 여태까지는 달리기만 해서 병정도 백성들도 지쳤다."

식사를 들면서 선종은 말을 이어 갔다.

"적이 건드리지 않는 한 앞으로 한동안 쉬면서 힘을 기를 작정이다. 그동안 너는 송악에서 몇 가지 할 일이 있다."

"네……."

"성을 쌓는 외에 정병들을 모집하고 단련하는 것은 당연한 일이니 말할 것도 없고……."

그는 말을 끊고 눈웃음을 보내면서 물었다.

"그 밖에 무슨 일을 해야 할 것 같으냐?"

백성들을 잘 다스리고 세공을 제때에 거둬들이고…… 등등, 할 일들이 머리에 떠올랐으나 왕건은 그를 쳐다보고 잠자코 있다가 어중간한 대답을 했다.

"글쎄올시다."

자기를 내세우지 않는 것은 그의 천성이기도 했으나 여기 오기 전에 하던 아버지의 말씀도 머리에 남아 있었다.

"처세는 날카로움보다 우로(愚魯), 즉 어리석고 둔한 것을 면한 정도가 좋다."

평시에도 그렇지만 특히 난세에 자기를 보전하려면 모가 나서 남의 미움을 받거나 지혜를 내세워 위험한 인물로 지목되는 일이 없어야 한다고도 했다.

"말을 되도록 많이 기르는 일이다. 너에게 천여 필을 딸려 보내는 것은 그 때문이다. 타고도 다녀야 하겠지만 애써 새끼를 낳게 하고 잘 길러 좋은 군마를 많이 만들란 말이다."

선종의 눈이 빛났다.

"폭풍같이 나타나 폭풍같이 휩쓸고, 폭풍같이 사라지는 것이 기병의 무서운 위력이다."

"네……."

"지금 견훤이 서남 일대의 큰 땅을 차지한 것도 섬에서 기르던 세도가들의 말을 몽땅 차지했기 때문이다. 그 말들이 없었던들 저렇게까지 크지는 못했을 게다."

"알아듣겠습니다."

"가거든 영안성 사람들에게 내가 안부를 전하더라고 해라."

"그 밖에 하실 말씀은……."

"너는 천성이 둥근 사람이라 잘할 것이다. 그렇다고 사람이 좋기만 해서도 안 될 때가 있는 법이다."

다음다음 날, 천여 기를 거느린 왕건은 그대로 질주하여 해질 무렵, 송악에 당도했다. 병정들이, 선발대가 마련한 마구간에 말을 매고 장막에 들어가 식사 준비를 시작하자, 왕건은 소식을 듣고 영안성에서 달려온 사촌 아우 식렴(式廉)과 함께 집으로 들어갔다. 자기가 없는 사이에 아버지를 도와 온 청년이었다.

"형, 많이 달라졌네."

저녁상을 마주한 식렴의 첫마디였다.

"달라져?"

"깃발을 앞세우고 그 많은 기병들의 선두를 달려오는 모습은 정말 근사하더구만."

"……."

"되지도 않는 장사를 집어치우고 나도 한몫 낄 수 없어요?"

"장사가 안 돼?"

"나라 안이 이 꼴인데다, 당나라도 난장판이라, 아무래도……."

"……."

"그런데 형, 좀 수척해진 것 같네."

왕건은 대답을 하지 않았다. 그동안의 마음고생이 얼굴에 나타난 모양이었다.

"형의 직함이 뭐지요?"

식렴이 물었다.

"여기다 성을 쌓고 그 대장 노릇을 하라니 송악군 태수 비슷한 것이겠지."

"영안성두 그 밑에 들어가고?"

"그렇지."

"출세두 좋지마는 몇 명 안 되는 친척이 뿔뿔이 흩어져서 큰아버지는 금성으로 가신다지, 형은 여기, 나는 영안성, 통 재미가 있어야지."

"만나면 헤어지고, 헤어졌다가는 또 만나고, 그런 거지."

식렴은 잠자코 있다가 엉뚱한 말을 꺼냈다.

"형, 금년에는 장가를 들어야지요?"

"마땅한 상대가 있어야지."

왕건은 웃어넘겼다. 설리를 잃은 후 생각은 꿈에도 그의 주위를 맴돌 뿐 다른 여자를 생각해 본 일이 없었다.

"왜 없어요? 얼마든지 있지요."

"그만해 두자."

왕건은 애써 다른 여성을 찾을 생각은 없었고, 결혼이라는 것은 해도 그만, 안 해도 그만이라는 생각이었다.

"참, 그 애꾸 중 말인데, 근사하다는 사람도 있고, 아니라는 사람도 있고, 어느 쪽이 정말이지요?"

"말조심해. 근사한 게 사실이고, 장군이라기보다 임금이라고 생각하는 게 좋겠다."

"개천에서 용이 났네요."

"그런 말 하는 게 아니다."

"권세라는 게 좋기는 좋네요."

"왜?"

"이러니저러니 하면서도 그의 부하가 된 형이 온다니까 영안성은 온통 야단이에요. 크게 잔치를 베푼다고 서두르는가 하면 내일 아침에는 어른들이 인사를 온대요."

"그건 안 되지."

왕건은 정색을 했다.

저녁을 마친 왕건은 식렴과 단둘이 말을 달려 영안성으로 향했다. 우선 아버지를 찾아 인사를 드리고 나서 마을의 어른들을 일일이 찾아 절하고 안부를 물었다. 한결같이 놀라는 눈치들이었다.

"아니 자네, 대장이 돼 온 줄 알았는데……."

"병정들에게야 대장이지마는 어른들께는 심부름꾼이올시다."

"천여 기를 거느린 대장이 심부름꾼이라니……."

어떤 노인은 이런 소리도 했다.

"우리 영안성에서 인걸이 났단 말이야. 대장에다 이처럼 어진 인품을 갖췄으니 이건 보통 경사가 아니지."

"아니올시다. 저는 예전 그대로의 왕건이올시다. 무엇이든지 시키시면 힘닿는 데까지 애쓰겠습니다."

왕건은 눈으로 보아서는 그의 말대로 달라진 것이 없었다.

태어나서 작년 가을까지 있던 고장이라 길 가는 사람 치고 모르는 얼굴은 거의 없었다. 길가에서 어른들에게는 머리를 숙이고, 함께 자란 친구들을 만나면 얼싸안고 반겼다.

가지가지 칭송이 성내를 휩쓸었다.

"여문 이삭이 머리를 숙인다더니 과연 그렇군."

"밑바닥 벼슬아치들도 턱을 쳐들고 거들먹거리는 세상에……."

그런가 하면 자기의 뛰어난 안목(眼目)을 내세우는 축도 있었다.

"내 전부터 왕건의 관상을 유심히 보았는데 큰 인물이 될 줄 알았지."

그러나 은근히 빈정대는 패도 없지는 않았다.

"벼룩이 뛰어서 몇 치야? 엊그제까지 노를 젓고 장부나 뒤적이던 애가 되면 얼마나 되겠어. 벼락치기로 올라간 자는 벼락치기로 곤두박질할 테니 두구 봐."

아주 그럴싸하게 꼬아대는 재간바치도 있었다.

"자기가 섬기는 대장군의 처가 동네라 오금을 못 펼걸, 서툴게 놀다 가는 모가지가 달아날 판이라 겸손을 떠는 거지."

어쨌든 칭송하는 자는 목청을 돋우기에 그 즉시로 귀에 들어오고 빈정대는 자는 저들끼리 속삭거리는지라 몇 다리 건너 며칠 후에 들려왔다.

왕건은 그 어느 쪽도 못 들은 것으로 치부하고 아버지와 함께 성터를 획정하고 백성들을 동원할 계획을 짰다. 아버지도 조상의 땅에 근사한 석성을 쌓는 것이 즐거운 모양이었다.

며칠을 두고 의논 끝에 세밀한 계획이 선 후에야 아버지는 쇠둘레를 거쳐 금성으로 떠났다.

왕건은 성을 쌓는 외에 예정에도 없던 싸움터에도 심심치 않게 나가야 했다.

도둑 떼가 어느 마을을 덮쳤다는 소식이 오면 선종의 문자대로 폭풍같이 기병들을 몰고 가서 폭풍같이 무찔러 버리고 돌아왔다. 그는 선종이 말하던 기병의 위력을 실감하고 휘하에 있는 군마의 새끼를 불리는 한편 민간에도 말을 기르는 일을 권장했다.

시일이 흐름에 따라 송악군 일대에는 도둑이 자취를 감추고 말았다.

왕건의 기병 집단은 백성들의 보호자로 자타가 공인하게 되었고 백성들은 성심으로 그에게 협조했다.

돌을 나르고, 깎고 쌓는 일은 쉽지 않았다. 병정들도 일과의 훈련이 끝나면 백성들과 함께 땀을 흘리고, 왕건도 언제나 현장에서 떠나지 않았다.

그런데 유월에 들어 뜻하지 않은 소식이 날아들었다.

쇠둘레의 설리가 지난달 그믐께 아들을 낳았는데 이름을 청광(靑光)이라고 지었다는 것이다.

설리가 아들을 낳았다? 그것은 왕건에게는 기쁨일 수 없고, 이미 잃은 설리를 다시 한 번 잃는 아픔이었다.

혹시나 하는 생각도 없지 않았다. 작년 팔월에 간 설리가 금년 오월에 해산했으니 꼭 열 달, 남에게는 예삿일이었으나 왕건은 그렇지 못했다. 쇠둘레로 떠나기 전에 함께 보낸 오뇌의 두 낮과 밤이 머리에 떠오르고 가슴이 무거웠다.

그러나 부처님이나 알까. 이 아이의 근원은 자기도 선종도 또 어떤 인간도 딱히 알 수는 없는 일이다.

마침 농번기라 백성을 동원할 수는 없고 병정들을 반으로 갈라 서로 교대해서 축성과 훈련을 번갈아 했다.

때로는 사오 기만 거느리고 멀리까지 나가 지형을 익히고 필요한 고장은 지도로 그려 두기도 했다.

민정을 살피는 일도 게을리하지 않았다. 양식이 떨어진 백성에게는 관고(官庫)에서 양곡을 내주고 병이 들어도 가난해서 약을 못 쓰는 자에게는 군대의 의원을 보내는 일도 자주 있었다.

추석을 앞두고 부하 몇 명과 함께 남으로 말을 달렸다. 만나는 백성마다 오랜만에 찾아든 평화와 함께 금년은 대풍이라고 했다. 자기의 눈에도 황금빛으로 물든 이삭들이 미풍에 물결치는 광경은 어김없는 풍년이요, 푸른 바다 못지않은 장관이었다.

세달사에 들러 부처님에게 감사를 드리고 바람도 쏘일 겸 정주(貞州) 쪽 바다로 달리다가 시냇가 버드나무 밑에서 말을 내렸다. 땀을 들이고 말에게 물을 먹이는데 얼마 떨어지지 않은 냇가에 소녀의 뒷모습이 보였다.

설리와는 비슷도 하지 않았으나 저도 모르게 설리를 생각하면서 그를 불렀다.

"너는 뉘집 규수냐?"

십육칠 세로 보이는 소녀는 나지막한 소리로 대답했다.

"이 마을 천궁(天弓)의 딸이올시다 (후일의 신혜왕후[神惠王后] 유[柳씨])."

천궁이라면 이 정주 고을 제일가는 부자였다. 더 할 말도 없어 그를 보내고 다시 일어나 말에 오르려는데 마을에서 천궁 영감이 청년 몇 사람을 거느리고 나와 인사를 했다.

"태수 어른께서 모처럼 우리 고장에 거동하셨으니 하룻밤 묵어가시지요."

따라온 부하들도 싫은 얼굴이 아니었다. 왕건은 해도 기울기 시작했고 피곤도 한 김에 그를 따라갔다. 전에도 한번 지나가면서 겉으로 본 일은 있으나 안에 들어가 보니 호상(豪商)이라는 이름을 듣는 만큼 굉장한 집이었다.

저녁상은 글자 그대로 진수성찬이었다. 바닷가라 해어(海魚)가 즐비한 것은 말할 것도 없고 네 발 짐승 고기도 가지가지였다. 전에는 구경도 못한 술도 여러 가지 나왔다. 왕건은 사양 않고 먹고 마셨다.

별당에 마련된 잠자리에 들어가니 아까 냇가에서 본 소녀가 새 옷으로 단장하고 맞아 주었다. 귀한 손님을 맞는 이 시대의 풍습이라 왕건은 거리낌 없이 소녀와 하룻밤을 같이했으나 그를 품에 안고도 생각은 설리에게 달려가곤 했다.

이튿날 송악으로 돌아온 왕건의 머리에서 이미 소녀는 잊혀졌다.

추수가 끝나는 것을 기다려 다시 백성들을 동원하여 가을과 겨울 동안 쉬지 않고 성을 쌓으면서 한 해를 보내고 새해의 봄을 맞았다. 그런데 오월에 들어 슬픈 소식이 왔다.

금성 태수로 가 있는 아버지가 아주 위독하다는 것이다.

마침 저녁식사 중이던 왕건은 그대로 숟가락을 놓고 나섰다.

그는 금성에서 온 병정을 앞세우고 수병(手兵) 십여 기와 함께 밤새도록 말을 달렸다. 한 번 쉬는 일도, 입을 열어 말하는 일도 없었다.

왕륭은 새벽에 당도한 아들을 보고 가까스로 손을 쳐들려다 말고 그냥 떨어뜨렸다. 왕건은 꺼지는 등불같이 쇠잔할 대로 쇠잔한 아버지의 손목을 잡고 목이 메어 말이 나오지 않았다.

삶을 위해서 십여 세부터 해적들과 싸우며 거센 파도를 타고 당나라를 내왕한 아버지, 마침내는 아내와 자식들까지 참화를 당하고 외아들만 남긴 아버지는 잇단 슬픔과 고통의 매질에 탈진하여 이제 마지막으로 사라져 가는 것이다.

옆에는 의원과 함께 열 살도 안 된 어린 왕신(王信)과 그 아우 왕육(王育)이 앉아 있었다. 아버지의 사촌 형님의 아이들, 떼도둑들에게 부모를 잃은 고아들이었다. 아버지는 그들이 가긍해서 언제나 옆에 두었고 금성에도 데리고 왔다.

의원이 슬그머니 일어나 밖으로 나가자 아버지는 길게 한숨을 내쉬었다.

"생각하면 천 년도 더 산 것 같다. 오래도 살았지."

사십을 넘은 지 얼마 안 되었건만……. 애통하는 인간과 평온한 인간의 세월은 같을 수 없고, 늙음과 젊음의 차이는 지나온 세월만으로는 따질 수 없다는 것을 왕건은 실감했다.

"그렇다고 유한은 없다."

정말 유한이 없는 양 아버지의 얼굴에는 한때 생기가 도는 듯했다. 왕건은 잡은 손에 힘을 주었다.

"돌아가시기는요."

"아니다. 여기 앉은 애들을 잘 돌봐 줘라."

어린 왕신, 왕육 형제는 벽을 향해 소리 없이 눈물을 흘리고 있었다.

"네……."

"세상이 크게 소용돌이치는 바람에 우리 일가는 풍비박산이 되고 이제 네가 기둥으로 남는 셈이구나……. 그 바람에 배꾼, 장사꾼에서 팔자에도 없는 무사가 되고."

"……."

"하늘의 뜻이겠지."

"……."

"너는 이제 어쩔 수 없이 시석지간(矢石之間)을 달릴 수밖에 없을 게다. 난세는 얼른 끝날 기미가 보이지 않고."

"……."

"유언이랄 것도 없다마는, 예로부터 용기와 지략(智略)이 뛰어나 주인을 떨게 하는 자는 위태롭고, 천하를 덮을 큰 공을 세운 자는 상보다 벌을 받는다(勇略震主者危, 功蓋天下者不賞)고 했으니 조심해라."

"……."

"공은 항상 대장군께 돌리고, 부득이 안 될 때에는 아랫사람에게 돌려라."

"네……."

"평범한 장사치들 사이에서도 내로라하고 뾰족하게 나오는 사람은 배겨나지 못하는 법인데 죽이고 살리는 무사들 사이에서는 더 말할 나위가 없을 게다."

"……."

의원이 다시 들어와 알약을 물에 타서 대접하자 아버지는 힘없이 잠이 들었다. 왕건은 희미한 숨소리에 귀를 기울이다가 의원과 함께 밖으로 나왔다.

"생 녹용을 대접하면 어떨까요?"

"글쎄요……."

의원은 이제 별도리가 없다는 말투였다.

"무슨 병인가요?"

"간적(肝積, 간암)입니다."

왕건은 가슴이 내려앉았다. 이 병에는 약도 없고, 마지막 가는 길이라는데 하필이면……. 그는 애써 마음을 가라앉히고 다시 물었다.

"무슨 약을 쓰시지요?"

"고통을 덜어 드리고, 주무시는 약을 드리는 외에는 딴 방도가 없습지요."

하늘과 땅 사이에 홀로 서 있는 외로움에 왕건은 툇마루에 걸터앉아 허공을 쳐다보았다.

"춘부장께서는 평소에 술을 많이 드셨나요?"

왕건은 고개를 끄덕였다.

배를 타고 바다에 나가는 사람들은 술이 아니고는 추위와 위험을 이겨내지 못한다고 한다. 아버지도 예외는 아니었다. 더구나 연거푸 닥치는 불행에 한때는 술이 아니고서는 잠을 이루지 못한 일도 있었다.

산란한 마음으로 지나온 일들을 생각하는데 대문간에서 말을 내리는 사나이가 눈에 들어왔다.

선종의 친위대 군관 백옥삼(白玉杉, 후일의 배현경[裵玄慶])이었다. 원래 서울(慶州) 사람이었으나 골품을 내세워 사람을 사람으로 보지 않는 벼슬아치들이 보기 싫어 선종이 울오어진을 점령했을 때 제 발로 걸어와 졸병으로 들어온 사람이었다.

대담하고 용감해서 언제나 싸움에는 앞장서는지라 선종의 눈에 들어 얼마 안 가 군관이 되었다.

이름 없는 백성이라 글을 배우지 못해서 자기 이름을 겨우 쓸 정도였으나 사람됨이 원만하고 깨끗해서 마음에 들었다. 저쪽에서도 마음이 통했는지 쇠둘레에 있을 때는 서로 허물없이 지내면서도 왕건이 상관인지라 깍듯이 대했다.

"이거 웬일이야?"

왕건은 나가 그를 맞아들였다.

"춘부장께서 위중하시다는 소식을 듣고 대장께서 가 뵈라고 해서 왔습지요."

그는 문간에 들어서자 주머니를 내밀었다.

"대장군께서 보내시는 약재올시다."

"고마우신 일이지. 하지만 이제 백약이 무효래……."

"그래도 하는 데까지 해 봐야지요."

그는 다시 대문 밖에 나가 안장에 거꾸로 달아맨 녹용 한 쌍을 들고 들어왔다.

"오는 길에 마침 요 너머 산에서 잡았지요. 지금 곧 드시면 좋을 텐데……."

왕건은 아직도 마당에 엉거주춤 서 있는 의원에게 물었다.

"어떻게 할까요?"

"기왕 가져오셨으니 써는 보지요."

여전히 신통치 않은 대답이었다.

병정들이 사발을 가져오고 백옥삼은 손수 녹용을 세워 피를 쏟아부었다.

"이 한 틀을 잡수시면 천하 없는 병도 도망갈걸요. 자, 들어가시지요."

그는 왕건과 의원을 재촉했다.

아버지는 백옥삼을 보자 자리에서 일어나려고 하다가 맥없이 그냥 늘어져 쳐다보기만 했다.

"대장군께서 위문을 보내서 왔습니다."

백옥삼은 무릎을 꿇고 앉았다.

"생전에는 여러 가지로 고맙기 이를 데 없었다고 전해 주시오."

"금방 잡은 녹용이올시다. 이걸 한 사발 죽 들이켜면 곧 일어나실 겁니다."

그는 사발을 들었으나 의원이 말렸다.

"그렇게 한꺼번에 드는 법이 아니오."

아버지는 의원이 시키는 대로 몇 모금 마시고 곧 약 기운이 도는지 혼수상태에 빠져 들었다.

백옥삼은 무던한 사람이었다. 밤새도록 왕건과 함께 번갈아 눈을 붙여 가면서 간병해 주었다.

그러나 이튿날 아침 잠시 눈을 떴던 아버지는 가까스로 몇 마디 남기고 마지막 숨을 몰아쉬었다.

"모두들 잘 있어라."

왕신, 왕육 형제는 목을 놓아 울고 왕건은 소리 없이 흐느끼면서 아버지의 치뜬 눈을 감기고 턱을 고였다.

백옥삼은 따라온 병정에게 쇠둘레에 가서 선종에게 알리라 이르고는 바삐 돌아갔다. 태수 처소의 관원들을 동원하여 수의와 관을 마련하고 왕건과 왕신 형제가 입을 상복도 마련해 왔다.

소식을 들은 선종은 그 밤으로 부하들을 거느리고 달려왔다.

자기의 어버이를 모시듯 왕건과 백옥삼을 도와 수의를 입히고 입관
도 거들었다. 왕건은 말렸으나, 입관이 끝난 후에는 염주를 굴리며 독경
까지 해 주었다.

"장지는 어디로 하지?"

선종이 왕건에게 물었다.

"허락해 주신다면 고향 땅에 모시고 싶습니다."

"더운 때라 서두르는 게 좋겠군."

이튿날 첫새벽에 장례 행렬은 금성의 서문을 빠져나왔다. 관을 실은
마차를 중심으로 앞뒤에 기병들이 따라붙고 선종은 왕건과 함께 선두
를 달리다가 쇠둘레로 가는 갈림길인 부양(斧壤, 강원도 평강)에서 작별
했다.

따라온 오십여 기의 병정들에게 영안성까지 모시라 이르고 자기는
오류 기만 거느리고 말고삐를 틀었다.

"언젠가는 누구나 가는 길이니, 이런 것이 인생이라 생각하고 과히
상심 마라."

왕건의 어깨에 한 손을 얹고 위로했다.

도중에는 길이 좁은 대목도 많고 그대로 건널 수 없는 강도 적지 않았
다. 좁은 대목에서는 관을 내리고 여럿이 달려들어 마차를 모로 메고 넓은
대목까지 나오는 경우도 있었고, 깊은 강에서는 병정들이 관을 어깨 위로
쳐들고 건너면 마차는 마차대로 뒤를 따르는 일도 한두 번이 아니었다.

말을 타고 달리는 때와는 달리 이렇게 지체를 거듭하여 이튿날 밤에
야 영안성에 당도했다.

횃불을 든 성내 사람들이 쏟아져 나오고 식렴은 왕건의 말갈기를 잡

고 흐느꼈다.

마을 인심은 여전히 후했다. 소식을 가지고 먼저 달려온 병정의 이야기를 듣고 식렴이 혼자 지키는 집에 모여 장례 준비를 마치고 기다리는 중이었다.

관을 큰방에 모시고 제례를 올린 다음 대청에 좌정하자 강석 영감이 물었다.

"산소는 어디로 할 생각인가?"

"어머니 옆에 모실까 합니다."

"모두들 그렇게 짐작은 했으나 상주의 소견을 들어야겠기에 그 일만은 손을 못 댔네. 청년들이 쟁기도 갖추고 기다리고 있으니 아침 일찍 일을 시작하지."

다음 날 정오 영안성 밖 예성강이 내려다보이는 양지 바른 언덕에 아버지는 어머니와 나란히 묻혔다. 어머니가 돌아간 후 아버지는 심란할 때면 이곳을 찾았다. 잔디 위에 앉아 예성강과 멀리 바다를 바라보면서 한없이 생각에 잠기곤 하던 그 자리였다.

삼우제를 마친 후 세달사에 위패를 모시고 돌아오니 선종의 편지가 기다리고 있었다.

― …… 인간이란 스스로 태어나려고 해서 태어난 것도 아니고, 스스로 죽음을 면하려고 해서 면할 수 있는 것도 아니다. 또 귀천과 미추(美醜), 남녀의 구별도 자기의 뜻과는 상관없이 세상에 태어나 주어진 환경을 헤매다 사라져 가는 것이 인생이다. 피고 지는 꽃이 마음대로 안 되는 것과 마찬가지라 생각하면 틀리지 않을 것이다. 아버지를 잃은 슬픔을 어찌 모르겠느냐마는 우주만물의 법칙이라 생각하고 마음을 진정하기 바란다. ―

왕건은 일에 몰두하여 자신을 매질하면서 만사 잊으리라 마음먹었다. 갈 곳을 잃은 어린 왕신 형제를 집에 데려오고 식렴은 소원대로 휘하에 서사를 시키고 영안성의 집은 강석 영감에게 맡겼다.

강석 영감은 남다른 데가 있었다. 선종이 또 벼슬을 내리고 쇠둘레에 큰 집도 마련했으나 움직이려 하지 않았다. 왜 그러느냐고 물었더니 대답은 간단했다.

"사람은 분수대로 살아야지."

대장군의 장인이 되었다고 달라진 것은 없었다. 매일 가게에 나가 계산하고 기장을 하고, 마을 사람들과 의논해서 당나라에 무역하러 갈 준비를 서둘렀다.

인간의 계획이나 애환은 아랑곳없이 세월은 흐르고 달이 바뀌어 유월이 되었다.

견훤은 쉬지 않고 강역을 넓히고, 아름다운 여인들을 골라 들여 이미 낳은 자식들도 많건만 이 한 달 사이에 두 여인이 또 아들딸을 각각 하나씩 낳았다는 소식이 들렸다.

신라에도 변동이 있었다고 했다. 젊은 여왕이 십여 세의 조카에게 왕위를 물려주고 해인사에 들어가 버렸다는 것이다. 이 풍진 세상에 불세출(不世出)의 대장부도 감당하기 어려울 터인데 어린아이를 용상에 앉히는 신라 사람들의 심사를 알 수 없었다. 아직도 골품의 꿈속을 헤매는 모양이다.

왕건은 추석 인사를 드리려고 강석 영감을 찾았다.

"바다에는 해적이 전보다 더 들끓고 당나라는 여전히 난장판이라는데, 안 떠나시는 게 좋겠습니다."

"아니야, 가야지. 위험하다고 앉아서 굶을 수는 없지 않은가?"

"하지마는 이런 판세에 장사가 되겠습니까?"

"되지. 백성은 잡초 같은 것이라서 아무리 짓밟혀도 다시 일어나고,

살려고 기를 쓰는 것이 아닌가. 가기만 하면 바위틈을 숨어 다니면서라도 흥정은 붙게 마련이야."

"영감께서야 쇠둘레에 가시면 편히 지내실 분이지, 어디 기를 써야 할 잡초십니까?"

"잡초지. 나는 예나 지금이나 잡초로 태어난 장사꾼 강석이야."

바늘 끝도 들어갈 구멍이 없었다.

"가시더라도 바다가 조용한 봄에 가시지요."

"무역도 농사처럼 가을이라야 소출이 있거든."

구월 초에 여러 척의 배를 거느리고 떠난 강석 영감은 겨울이 다 가도록 소식이 없었다.

섣달에 들어 해인사에서 세상을 등지고 살던 신라의 여왕이 세상을 떠났다는 소식에 이어 강석 영감을 따라갔던 사공 몇 명이 거지꼴로 나타났다. 돌아오는 길에 폭풍 속에서 해적들과 싸우다 거의 전멸했다는 것이다.

쇠둘레를 떠난 지 만 이 년, 지난겨울에 축성의 마무리를 지은 왕건은 스물두 살의 새해(898년)를 긴장 속에 맞았다. 쇠둘레로부터 내달에는 동병(動兵)이 있을 터이니 만반의 준비를 갖추라는 명령이 온 것이다.

왕건은 식렴을 데리고 성내를 두루 살폈다. 큰 병력이 동원될 경우, 대장군이 거처할 처소와 장수들의 숙소, 병사들이 들어갈 병영과 마구간 등등 갖출 것은 다 갖췄다. 이만하면 선종도 만족할 것이다. 태어나서 죽을 때까지 백 리 밖으로 나가 보지 못한 농부들은 이야기에 나오는 용궁(龍宮) 같다고 입을 벌렸다.

식렴은 숫자에 밝은 청년이었다. 병마와 군량의 숫자를 정확하게 파악하고 있을 뿐만 아니라 그 내용도 세밀히 구분하여 자세한 장부를 만들어 두었다.

말만 하더라도 쇠둘레에서 끌고 온 말과 새로 태어난 말, 민간에 양

육을 권장하여 사들인 말들을 구분하고, 마령(馬齡)과 건강상태, 군마로 쓸 만한 것과 타마(駄馬)로 분간하였다.

병사들에 대해서도 마찬가지였다. 쇠둘레에서 온 병사들과 새로 모집한 병사, 연령과 건강상태, 병력(病歷)과 특기까지 기입하였고, 군량에 이르러서는 곡식의 종류와 그 수량을 몇 말 몇 되에 이르기까지 날마다 출납과 잔액을 일일이 기록하였다.

전쟁에 경험이 있는 장수라면 한 눈으로 이 부대의 전력(戰力)을 알아낼 자료였다.

이월 초에 백여 기의 호위를 받으며 쇠둘레로부터 달려온 선종은 새로 쌓은 성을 두루 살피고, 왕건이 바친 문서를 훑어보고 나서 성 밖에 도열한 기병대를 열병하였다. 그는 여전히 검은 승복 차림이었다.

열병을 마치고 왕건의 지휘 하에 주변 산야에서 벌어진 이천 가까운 기병들의 기사(騎射)와 공방(攻防)등 실전을 방불케 하는 연습을 관람하는 선종은 시종 무뚝뚝한 얼굴이었다. 사석에서는 농담도 잘하는 선종이건만 일단 마상에 올라 부하들을 앞에 대하면 무슨 생각을 하는지 도무지 알 수 없고 필요한 외에는 말 한마디 없는 것이 그의 습성이었다.

연습을 마치고 왕건과 함께 말을 달려 성내로 들어오면서 그는 처음으로 입을 떼었다.

"왕 장군, 문서와 실제가 꼭 같군. 애를 많이 썼구만."

왕건은 처음으로 그로부터 장군이라는 말을 들었다.

"감사합니다."

성내의 대장군 처소에 장수들을 소집한 선종은 좌중을 둘러보고 말문을 열었다.

"지나간 이 년 동안 왕 장군과 당신들의 수고가 어떠했다는 것을 일목요연하게 알 수 있었소."

성을 쌓는 것도 큰일이었지만 군마도 병사도 배로 늘었고 단련도 할 만큼 했다. 선종은 그 노고를 알아보는 장수의 눈을 가지고 있었다.

"이 자리에서 왕건 장군을 정기대감(精騎大監, 기병사령관)으로 임명하는 터이니 당신들은 우리 군(軍)의 방패인 동시에 첨병(尖兵)으로 알고 정진해 주시오. 또 새로 쌓은 이 성은 발어참성(勃禦塹城)이라 이름할 것이며, 왕 장군과 의논해서 각자 공에 따라 위계도 올릴 생각이오."

선종은 아직도 탁자 위에 놓여 있는 문서를 내려다보고 물었다.

"이것은 누가 기록한 것이오?"

"식렴이라는 서사올시다."

"이리 불러 오시오."

식렴은 떨리는 가슴을 진정하면서 불려 들어갔다.

군복은 입었어도 십칠팔 세밖에 안 되어 보이는 식렴이 걸어 들어오는 것을 보고 선종은 의외라는 눈치였다. 한동안 물끄러미 바라보기만 하고 말이 없는 선종 앞에서 식렴은 더욱 오그라들었다.

전에 가사를 입고 돌아다니는 선종을 보기는 했으나 어릴 때 일이라 기억이 희미하고, 지금 눈앞에 보이는 위풍당당한 이 대장군과는 연결이 되지 않았다.

"네가 식렴이냐?"

선종의 묵직한 소리가 울렸다.

"네……."

식렴은 긴장했다.

"이것은 우리 전 군, 어느 부대의 기록보다도 월등 낫다. 이것을 모범으로 삼아야겠다."

"……."

이런 자리에는 처음으로 나온지라 목이 타고 대답이 나오지 않았다.

"다른 부대도 본을 받도록 돌릴 터이니 기록하는 방법을 몇 벌 만들어라."

"네……."

식렴은 가슴이 벅찼다.

"네 소원이 무엇이냐?"

식렴은 떨리는 소리로 나지막이 대답했다.

"무사가 되는 일이올시다."

"으-응."

선종은 뚫어지게 보다가 물러가도 좋다고 손짓을 했다.

저녁에는 성의 준공과 대장군의 환영을 겸한 연회가 있었다. 선종은 유쾌한 얼굴로 먹고 마셨으나 피곤하다면서 먼저 자리를 떴다.

이튿날 아침. 일찍 일어난 왕건은 선종이 기침하는 것을 기다려 문안을 드리러 갔다. 그러나 왕건이 문안을 드리기 전에 선종이 먼저 말을 걸었다.

"조반을 마치고 우리 세달사에 같이 갈까?"

"그러시지요."

"우리 단둘이 가는 거야."

하나밖에 없는 선종의 눈이 웃고 있었다.

화창한 봄 날씨였다.

선종은 옛날을 회상하는 듯 말수가 적었으나 상쾌한 얼굴이었다.

성에서 얼마 떨어지지 않은 아버지의 새로운 봉분 앞에 합장 배례하고, 근처에 있는 강석 영감의 산소도 찾았다. 유발(遺髮)을 돌상자에 넣어 묻은 무덤이었다.

"장인영감은 외곬이라서……. 설리는 한동안 눈물로 세월을 보냈다."

지난겨울에 돌아간 강석 영감을 두고 하는 말이었다. 다른 것은 몰라도 그의 입에서 설리의 이름이 나오는 것처럼 가슴 아픈 일도 없었으나 그가 속사정을 알 리 없고 이쪽에서 입 밖에 낼 처지도 못 되었다. 왕건은 잠자코 듣기만 했다.

다시 말을 돌려 산모퉁이를 돌자 선종은 말을 내렸다.

"여기서 쉬어 가자."

두 사람은 길가에 마른 풀을 깔고 앉았다.

"여기가 너하고 처음 만나 시비를 걸던 곳이지?"

선종이 그를 돌아보았다.

"그렇습니다."

"그때는 어머니와 동행이었는데……."

그는 감회 어린 눈으로 사방을 둘러보다가 왕건의 어깨에 손을 얹었다.

"어머니가 아니었다면 너를 한바탕 두들겨 팰 참이었다. 어디 가나 천덕꾸러기라 닥치는 대로 화풀이를 하고 돌아다니던 때."

선종은 씩 웃었다.

"갈빗대 사건도 비슷하겠군요."

"그렇지. 그때 네 갈빗대를 구한 건 우리 어머니다. 두고두고 잊지 마라."

두 사람은 소리를 내어 웃었다.

세달사는 한낮의 햇살 아래 잠자듯 고요했다.

산문에서 말을 내리는데 대웅전의 층계에 앉아 졸고 있던 늙은 중이 하품을 하면서 내다보았다. 알아보지 못하는 모양이었다.

두 사람은 마당을 가로질러 다가갔다. 입을 헤벌리고 바라보던 노승은 기겁을 하고 구르다시피 층계를 내려와 선종 앞에 합장했다. 합장할 뿐 입술은 떨고 말을 못했다.

선종은 마주 합장하고 물었다.

"모두들 어디 갔지요?"

"탁발도 나가고, 더러는 밭갈이도 나가고……."

노승은 왕건은 뒷전이고, 고양이 앞의 쥐처럼 선종 앞에 두 손을 모아 쥐고 파랗게 질렸다. 전에 선종이 여기 있을 때 힘으로는 당할 재간이 없는지라 말끝마다 지옥에 떨어질 개빽다귀라고 구박을 일삼던 중이었다. 듣다못해 한번은 멱살을 잡아 흔들면서 더 이상 못나게 놀면 모가지를 빼서 시궁창에 처넣는다고 협박했다. 그 후에도 뒤로 돌아다니면서 된 소리 안 된 소리 종알대던 위인이다.

"왕년에는 신세를 많이 졌소이다."

이 한마디는 오묘한 효과를 냈다. 중은 땅바닥에 엎드려 연거푸 머리를 조아렸다.

"그, 그때는…… 주, 죽을죄를…… 지었습니다."

머리를 조아리면서도 연신 눈알을 굴려 선종의 옆구리에 늘어진 칼을 훔쳐보았다.

선종은 한 손으로 그의 어깻죽지를 처들고 말없이 쏘아보았다.

"주, 죽이는 건…… 아, 아니겠지요."

중은 와들와들 떨었다. 선종은 처들었던 중을 내려놓고 물었다.

"허공 스님은 어디 모셨지요?"

"네네……."

중은 크게 한숨을 내쉬고 앞장서 걸으면서도 힐끗힐끗 뒤를 돌아보았다. 뒤에서 단칼에 내려칠까 겁이 나는 눈치였다.

선종은 허공 스님의 사리(舍利)를 모신 석탑 앞에 무릎을 꿇고 염주를 굴리며 독경을 시작했다. 왕건은 옆에 꿇어앉아 생전의 스님을 생각하고, 스님이 없는 절간은 빈집이나 다를 것이 없다는 생각이 들었다.

독경을 마친 선종이 큰절을 하고 일어섰다.

"따라와."

그는 왕건에게 일렀다.

선종은 뒷산으로 올라가고 왕건이 뒤를 따르는데 노승도 엉거주춤 따라붙었다.

"스님은 따를 것 없소이다."

중은 멍청하니 섰다가 긴장이 풀린 듯 그 자리에 주저앉았다.

산 중턱, 돌무지 앞에 이른 선종은 무릎을 꿇고 두 손으로 돌을 어루만지며 머리를 들지 않았다.

알 수 없는 일이라 왕건은 옆에 서 있는 수밖에 없었다.

선종은 울고 있었다. 나중에는 어깨를 들먹이다가 두 손으로 얼굴을 감싸고 흐느꼈다.

"왕거미야, 여기가 어머니 산소다."

마침내 일어선 선종의 첫마디였다.

"대웅전 불단에 모신 줄 알았는데……."

"떠나기 전에 옮겨 모셨다."

"……."

"한숨 돌리면 제대로 모실 작정이다마는 사람의 일은 모르니 내가 약차하면 네가 대신 해 주려무나."

왕건은 말없이 고개를 끄덕였다.

산기슭에 내려오니 어느 구석에 지켜섰던지 노승은 종종걸음으로 다가와 굽신하고 물었다.

"지형을 살피셨습니까?"

"지형?"

선종은 이상한 얼굴을 했다.

"이 근처에서 전쟁이 터지는 건 아닌가 해서⋯⋯."

"터질 수도 있지요."

선종은 무뚝뚝하게 대답했다.

"그럼, 소승들은 피난을 갈까요, 아니면 그냥 있어도 괜찮을까요?"

"그야 부처님에게 물으셔야지요."

"스님, 아니, 대장군께서는 이 절에 원한이 많으실 줄 압니다. 하지만 그때 장군께 몰매를 주려다 경을 친 못된 것들은 다 사라지고 없으니 너그러이 보아주십시오."

"쓸데없는 걱정 말고 도나 닦으시오."

산문에서 말에 오른 두 사람은 좌측으로 푸른 바다를 바라보면서 말에 채찍을 가했다.

도중, 영안성에 들러 어른들을 찾아 인사를 드리고 새 성에 돌아온 선종은 장수들과 저녁을 함께 들면서 앞일을 의논했다.

"이 성이 마음에 드는데 본영을 이리로 옮기면 어떻겠소?"

그는 함께 온 김대검(金大黔)과 모흔(毛昕)을 번갈아 보고 물었다. 북원에서부터 행동을 같이하여 온 장수들이었다.

"쇠둘레에 있는 다른 장수들의 소견도 들어 본 연후에 결정하는 것이 어떻겠습니까?"

모흔이 한마디 하자 김대검도 고개를 끄덕였다.

"그것도 그렇군⋯⋯."

선종은 한참 생각하다가 말을 이었다.

"본영을 옮기고 안 옮기고는 추후에 결정하기로 하고, 이쯤에 좀 더 큰 성이 하나 있는 것이 좋지 않겠소? 이 성은 좀 작아서⋯⋯."

두 사람은 다 찬성이었다. 나라의 중앙에 위치한 데다 강과 바다가 가까워 조운(漕運)도 편리한 요지(要地)인 만큼 여기 튼튼한 거점(據點)을 만드는 것은 매우 중요하다는 의견이었다.

선종은 왕건을 돌아보았다.

"정기대감은 서둘러서 성을 수축(修築)해 주시오."

곧 동병한다면서 성을 넓힌다? 또 농사철이 시작되는데 백성을 동원하는 것도 안 될 일이었으나 왕건은 다른 말을 하지 않았다.

"그렇게 하지요."

식사를 마치자 선종은 탁자 위에 지도를 펼쳐 놓고 군령을 내렸다.

"이번에 동병하면 적어도 한강 이북은 모두 손에 넣어야겠소."

그는 지도에서 얼굴을 들고 왕건에게 일렀다.

"우리가 동병하는 사이에 평양 장군(平壤將軍) 검용(黔用)이 배후에서 움직일 염려가 있으니 정기대감은 성을 수축하는 한편 이에 대비해 주시오."

검용이라는 힘깨나 쓰는 건달이 평양을 중심으로 적지 않은 땅을 차지하고 날친다는 소문은 전부터 듣고 있었다.

선종은 뒤에 앉은 백옥삼을 돌아보았다.

"너는 전쟁 경험도 많은 터이니 여기 남아 정기대감을 도와드려라."

왕건은 백옥삼을 붙여 준 것이 마음에 흡족했다. 믿음직하고 서로 말하지 않아도 마음이 통하는 사람이었다.

이튿날 선종은 왕건 휘하에 있던 이천 기를 반으로 갈라 반은 남기고 반을 인솔하여 쇠둘레로 돌아갔다.

선종이 떠나간 후 왕건은 아무리 생각해도 농사철이 시작되는 판에 백성들을 동원한다는 것은 말이 안 되었다.

며칠을 두고 궁리 끝에 인근 고을에서 쏟아져 들어오는 유랑민(流浪民)들에 착안했다. 장군을 자칭하는 건달들이 설치는 고장의 백성들은 농사를 지어야 송두리째 뺏기고 생명을 잃는 일도 허다하기에 남부여대하여 조용한 송악으로 몰려들었다. 황무지를 개간하려고 땅을 팠으나 당장 하루 세 끼가 어려운 사람들이 태반이었다.

왕건은 서해와 예성강 포구의 상인 대표들을 모아 놓고 이렇게 서두를 꺼냈다.

"대장군께서는 장차 이 성으로 본영을 옮길 생각인 것 같습니다."

모두 놀라고 환영하는 눈치였다. 이름이 대장이지 사실상의 임금이 본영을 옮긴다는 것은 서울을 옮긴다는 뜻이다. 많이 모여들면 그들이 소용되는 물건도 지금과 비할 바 아닐 터이니 장사가 잘될 것은 말할 것도 없었다.

"그래서 이 성을 넓히고 관가와 병영, 그리고 집도 더 지어야겠는데 여러분이 도와주시오."

어떻게 도우라는 것인지, 모두들 궁금한 듯 그를 바라보았다.

"농사철에 농민을 동원하여 폐농할 수는 없으니 유랑민들을 동원할까 하는데 그 품삯이 걱정입니다. 반은 세공으로 충당할 생각이니 반을 여러분이 맡아 주셨으면 해서 부탁을 드립니다."

계산이 빠른 상인들은 필요한 액수를 묻고 그 자리에서 의논하여 각 포구의 분담금까지 할당했다. 다음 날부터 공사가 시작되었다. 일꾼들은 남아돌 지경으로 몰려들고 품삯도 넉넉히 주는지라 행여 쫓겨나지 않을까 열심히 일을 하는 바람에 공사는 예상보다 빨리 진행되었다.

선종이 오천 기병을 거느리고 쇠둘레를 떠났다는 소식과 함께 평양 장군 검용도 움직인다는 소문이 들렸다. 사실을 확인할 길은 없으나 만약에 대비할 필요가 있었다.

왕건은 성을 수축하는 한편 수하의 병력을 반으로 갈라 송악 일대를 지키는 한편 백옥삼과 교대로 패강진까지 북상하여 무력시위를 하는 한편 세작을 평양까지 잠입시켜 그들의 동태를 살폈다.

검용은 앉아 있을 수만은 없다, 적어도 예성강까지 밀고 내려가 그 이북만이라도 차지해야겠다고 서둔 것은 사실이었다. 그러나 도중의 고을을 차지한 장군들은 세상 돌아가는 형편을 관망하면서 이 핑계 저 핑계로 동조하지 않는다고 했다. 섣불리 한쪽에 붙었다가 화를 당하느니 가만히 보고 있다가 이기는 편에 붙자는 것이 그들의 속셈이었다.

선종의 진격은 신속 과감했다.

우선 승령(僧嶺, 연천)을 점령한 그는 임강(臨江, 장단), 인물(仁物, 덕수), 공암(孔嵒, 양천), 검포(黔浦, 김포) 일대를 휩쓸고 칠월 초에는 바다를 건너 혈구진(穴口鎭, 강화도)까지 점령하고 점령지에는 심복들을 배치하고 뭍으로 올라왔다.

왕건은 정주 포구까지 내려가 친위군 백여 기만 거느리고 배에서 내리는 선종을 맞았다.

"성은 잘돼 가오?"

축하인사를 받은 선종의 첫마디였다.

"다 끝나고 잔손질이 좀 남아 있을 뿐입니다."

"빠르군."

선종의 검게 탄 얼굴이 활짝 웃었다.

왕건은 선종과 나란히 말을 달려 예성강가를 거슬러 올라갔다.

"금년도 대풍이로군."

황금빛으로 물결치는 논을 바라보면서 중얼거리던 선종은 왕건에게 얼굴을 돌렸다.

"농사를 짓느라, 부역을 하느라 백성들을 너무 부리지 않았소?"

친위군이 따르는지라 단둘이 있을 때와는 말투가 달랐다. 왕건은 상인들이 협조한 내력을 설명했다.

"정기대감은 훌륭한 경세가(經世家)로군."

성을 한 바퀴 돌고 성내에 들어온 선종은 새로 지은 전각(殿閣)들을 보고 마음에 드는 모양이었다.

"이건 흡사 대궐이 아닌가."

"대장군께서 거처하실 곳입니다."

"수고가 많았소."

선종은 그의 손을 지그시 잡고 계속했다.

"장수들과 의논해서 여기 옮겨 오기로 했소. 성의 이름도 발어참성을 버리고 송악성(松岳城)으로 하지."

"좋겠습니다."

왕건은 고생한 보람이 있다고 생각했다.

선종은 그대로 송악성에 주저앉아 쇠둘레에 있는 중앙관서들의 이동을 명령하고 고을에 사람들을 파송하여 이 사실을 알렸다.

승자에게는 영광이 따르게 마련이고 영광은 우선 선물로 나타났다. 가까운 포구의 상인 대표들이 금은이며 비단을 싸들고 찾아와 축하를 드리고 크게 잔치를 베풀었다.

동해에서 서해에 이르기까지 이미 그의 휘하에 들어온 고을의 장군들도 범연할 수 없었다. 제각기 그 고장의 특산물을 보내 충성과 축하의 뜻을 아울러 표시했다.

그런데 더욱 희한한 일이 벌어졌다. 평양 장군 검용을 빼고 그 이남, 즉 패서도(浿西道)의 여러 고을에서 형세만 보고 있던 건달 장군들이 연속 찾아와 항복하였다. 그들 또한 빈손일 수 없고, 선물은 더욱 푸짐하고 인질(人質)까지 바치고 충성을 맹세했다.

선종은 이런 선물을 하나도 남기지 않았다. 대개 이번 전쟁에 공이 있는 장병들에게 보내고 일부는 성을 쌓는 데 공이 있는 사람들에게도 나

뉘 주었다.

승자에게는 영광뿐만 아니라 아첨도 따르게 마련이었다. 패서도에서 제 발로 항복하여 온 건달 장군들은 입에 침이 마르도록 선종을 추켜세우고 괘씸한 것은 평양 장군 검용이라고 목청을 가다듬었다.

"대장군의 위광이라면 하루아침에 짓밟아 없애 버릴 수 있을 것입니다."

이러는 자가 있는가 하면 별것도 못 되는 것이 마음에도 없는 소리를 해 댔다.

"제가 앞장을 서겠습니다."

그럴 때마다 선종은 덤덤히 응대했다.

"천천히 두고 봅시다."

달포 사이에 쇠둘레의 모든 관원들이 이사를 와서 자리를 잡고, 설리도 아기와 함께 가마를 타고 왔다. 왕건은 깍듯이 인사를 드렸고 설리도 별다른 내색을 하지 않았다.

여러모로 경사가 겹친 해라 추석에는 큰 잔치가 벌어졌다. 선종은 송악에 있는 장수에서 말단 군관에 이르기까지 여러 전각에 불러들여 먹고 마시게 하고 전각마다 돌며 그들의 공과 노고를 치하하였다.

왕건은 술이 과한 듯싶어 도중에 슬그머니 일어나 밖으로 나왔다. 집에 가서 일찍 자리라.

전각 모퉁이를 돌다 혼자 우두커니 서서 달을 쳐다보는 선종과 마주쳤다.

"무슨 시름이라도 있습니까?"

선종은 고개를 끄덕였다.

왕건은 자기보다 두 치는 더 큰 선종을 쳐다보았다.

"제가 힘이 될 수는 없는 일인가요?"

"힘이 되고 안 되고보다, 우선 자네 의견을 한번 들어 볼까 했지."

단둘이 있는 데서 '네'가 아닌 '자네'라는 소리를 듣기는 처음이었다.

그들은 천천히 걸어 전각 뒤 느티나무 밑에 돌을 깔고 앉았다.

"북원에 있는 양길 장군을 어떻게 생각하지?"

뜻밖의 질문이었다. 양길과 선종의 관계는 일찍부터 알고 있었고 궁금한 점도 없지 않았으나 입 밖에 내기는 거북한 일이라 묻지 않았을 뿐이다.

"이름은 들었습니다마는 만나 본 일이 없으니 어떤 분인지 통 모르지요."

"……."

선종은 대답하지 않고 달만 쳐다보았다.

"무슨 일이 있었습니까?"

선종은 대답 대신 품에서 종이를 한 장 꺼내 건네주었다. 백지에 큼직한 글씨로 써 내려간 양길의 간단한 편지였다.

　　– 배은망덕한 너의 처사는 천지신명이 알고 네 자신도 모를 까

　닭이 없다. 이번까지 내 명령을 거역하고, 내게 와서 시말을 아뢰

　고 예를 갖추지 않으면 신불(神佛)도 그냥 두지 않을 터이니 그리

　알아라. –

보름달에 비추어 읽은 왕건은 편지를 도로 선종에게 건넸다. 전에 양길과 주종 관계에 있었다는 이야기는 들었으나 그동안 이 같은 사연이 있는 줄은 몰랐다.

양길은 지금도 북원에 본영을 두고 청주(青州, 淸州), 국원(國原, 충북 충주)을 비롯하여 한강 남쪽 광주(廣州)에 이르기까지 삼십여 성의 광대한 땅을 차지한 장군이다. 왕건이 물었다.

"양길 장군은 어떤 분인가요?"

"호인이고 내게는 은인이 틀림없지."

"그런데 왜 갈라서게 됐어요?"

"고맙게 생각하고 처음에는 시키는 대로 했지. 그런데 갈수록 너무한단 말이야. 성을 하나 뺏을 때마다 불러올리고, 그 성은 자기 심복에게 주고, 또 다른 성을 치라는 거야, 지금 차지하고 있는 삼십여 성이라는 것도 태반은 내가 뺏어 바친 거지. 사람을 성을 치는 사냥개 정도로밖에 보지 않는단 말이야. 이러다가는 안 되겠다 싶어 명주를 점령한 후부터는 갈라섰지."

"……."

"호인인 건 사실인데 쩨쩨하고 의심이 많아서 큰일을 치기는 다 틀렸다고 단념한 지 옛날인데 그 후에도 어느 고을을 칠 때마다 와서 결과를 보고하라고 야단이더니 이번에는 이런 편지까지 보내니, 나 원 참."

"어떻게 하실 작정이지요?"

"자네 같으면 어떻게 하지?"

"쳐부수는 도리밖에 있나요?"

"그렇게 간단치 않아. 내막을 모르는 세상 사람들은 나더러 배은망덕하다고 손가락질할 게 아닌가?"

"……."

"이번에 한강 이북을 휩쓸고 바다를 건너 혈구진까지 치면서도 바로 코끝에 있는 광주를 다치지 않은 것도 생각이 있어 한 일인데 양길 장군은 그걸 몰라주니 답답한 노릇이지."

"양길 장군이 가만히만 있으면 다치지 않을 작정이신가요?"

"은인임에는 틀림없으니 그가 살아 있는 동안에는 안 다치는 것이 도리가 아닐까?"

"지금 편지를 보니 바람은 일게 생겼는데요."

"그것이 걱정이야."

영웅의 등장

겨울이 가고 새해(899년) 봄이 오면서 양길의 땅에 들어가 있는 세작들로부터 심상치 않은 보고가 들어왔다.

이번에야말로 역적 선종을 짓밟는다고 그의 휘하에 있는 여러 성에서는 병마를 더욱 모집하고 단련하고, 군량미를 비축한다는 것이다. 선종은 듣기만 하고 말이 없었다. 그러나 낮이면 직접 나서 병사들의 단련을 지도하고 밤이면 지도를 펴 놓고 골똘히 생각에 잠기는 시간이 많아졌다.

오월 말. 양길의 영내에 있는 모든 성에 동원령이 내리고 출정 준비를 서두른다는 소식이 왔다. 선종도 영내의 성들에 명령하여 보졸들은 성을 지키도록 남기고 기병들만 출동 태세를 갖추라고 일렀다.

이 전쟁은 속전속결로 결말을 지어 버려야지 오래 끌면 남쪽의 견훤에게 어부지리를 주어 다 망할 염려가 있다. 그러므로 기동성이 월등한 기병으로 집중 공격하여 일거에 무찔러야 한다는 것이 선종의 의견이었다.

이에 대해서는 아무도 이론의 여지가 없었다. 그러나 양길이 어느 방향으로 공격해 올 것인지에 대해서는 이론이 없을 수 없었다. 이 송도로 진격해 오리라는 사람도 있고, 멀리 떨어진 동해 쪽, 약한 대목부터 하나하나 치면서 송도까지 진격해 오리라는 사람도 있었다.

유월 중순, 북원에 집결한 양길의 출정군은 오천으로 보기(步騎) 반반이라는 보고에 이어 목표는 어딘지 몰라도 북진을 개시했다는 소식이 왔다.

선종은 단을 내렸다.

"양길의 목표는 쇠둘레일 것이오. 북원에서 쇠둘레에 이르는 성들을 점령하여 동해에서 서해에 걸치는 우리 영토를 양분한 다음 다른 성들을 하나하나 격파하여 영역을 넓히려는 전략 같소. 기병들은 신속히 쇠둘레에 집결하도록 각 성에 군사들을 파송하오."

기침소리 하나 없는 가운데 김대검이 나섰다.

"평양 장군이 후방에서 장난칠 염려는 없겠습니까?"

"평양 장군보다도 남쪽의 견훤이 더 문제요. 만일에 대비해서 정기대감은 이 송악성에 남되 백옥삼과 능산(能山, 후일의 신숭겸[申崇謙])의 두 군관은 대감의 절제를 받도록 한다."

선종은 그날로 친위군 삼천 기를 거느리고 쇠둘레로 떠났다. 뒤에 남은 왕건은 기분이 언짢았으나 입 밖에는 내지 않았다. 정기대감이 기병을 주축으로 하는 싸움, 그것도 운명을 판가름하는 전쟁에 출전하지 않고 빈 성이나 지킨다는 것은 명예로운 일이 못 되었다. 그러나 그는 잠자코 성의 경비를 강화하고 고을에 나가 농사를 독려했다.

하루는 성내를 순찰하다가 시녀들과 함께 평복으로 거리에 나온 설리와 마주쳤다. 왕건은 말에서 내려 머리를 숙이고 문안을 드렸다.

"한동안 뵙지 못했습니다."

설리는 반색을 하고 무슨 말을 할 듯하다가 고개만 끄덕이고 돌아서가 버렸다. 왕건은 개운치 않았다.

우습다면 우습고 거북하다면 거북한 처지에 놓인 자기가 처량하기까지 했다.

이제 나이 스물 셋, 전에 정주에서 만난 천궁의 딸을 비롯해서 고을에 나가 유숙할 때마다 천침 또는 시침이라 하여 적지 않은 여인들과 잠자리를 같이했다. 천성인지 여색은 싫지 않았다.

그러면서도 정식으로 혼인을 권하는 사람이 있어도 어쩐지 응할 생각이 없어 지금도 독신이다. 왜 그럴까 자신도 알 수 없는 일이었다.

그러나 그는 천성으로, 순간의 상심은 다음 순간에 털어 버리곤 했다. 그리하여 모든 것을 잊고 하루하루의 일에 정력을 쏟았다.

평양 장군 검용은 중간에 있는 패서도의 성들이 선종에게 항복한지라 섣불리 움직일 기색이 없었으나 남쪽의 견훤은 큰소리를 친다는 것이다.

"주종(主從)끼리 뿔이 부러지게 싸우는데 끼어들어? 일 년쯤 싸우면 둘이 다 자멸할 것이다."

그는 느긋한 마음으로 여자들을 상대로 술을 마시면서 즐거운 세월을 보내고 있다는 소식이었다. 결국 남북 다 같이 움직일 기색은 없었다.

그러나 칠월 중순, 견훤의 장담과는 달리 엄청난 소식이 왔다.

도합 일만 기병을 거느린 선종은 북상하는 양길의 군을 비뇌성(非惱城, 경기도 가평)에 몰아넣고 일거에 포위, 섬멸해 버렸다는 것이다. 양길은 부하 몇 기를 거느리고 겨우 도망쳤다고 했다.

이쪽의 손해도 만만치 않았다. 선종을 따라 오늘에 이른 김대검, 모흔, 장귀평(張貴平), 장일(張一) 등 심복 장수들이 대개 전사했다는 것이다. 선종 자신도 대단치는 않으나 팔에 화살을 맞았다는 소문도 있었다.

어쨌든 양길의 주력을 섬멸했으니 대승(大勝)에 틀림없고, 그 여세를 몰아 추격하리라는 것이 왕건의 계산이었다.

그러나 며칠 후 선종은 친위군만 이끌고 송악성으로 돌아왔다. 거의 반이나 줄어든 숫자에 머리와 팔, 다리에 입은 상처를 흰 천으로 동여맨 병사들도 적지 않았다. 소문대로 선종도 오른 팔에 상처를 입고 있었다.

도중까지 마중나간 왕건이 전승을 축하했으나 선종은 시무룩한 표정이었다.

"이겼는지 졌는지 분간이 서지 않는 전쟁이었소."

왕건은 짐작이 가기에 더 말하지 않았다. 이긴 것은 사실이나 기둥같이 믿던 장수들을 거의 다 잃었으니 큰 손실이 아닐 수 없었다. 양길의 군대도 사생결단으로 싸운 모양이다.

성에 들어왔으나 전 같으면 축하연도 있을 법하건만 선종은 아무 말 없이 집에 들어간 채 며칠이 지나도 밖에 나타나지 않았다. 상처를 치료하면서 가끔 혼자 술을 마시고는 한숨을 쉰다는 소문이었다.

며칠 후 천여 개의 유골 상자를 실은 마차들이 당도했다. 선종은 처음으로 모습을 나타내고 성 밖까지 마중 나갔다. 전에 없이 초췌한 얼굴에 입을 꾹 다물고 말이 없었다.

성내의 불당에서 재를 올릴 때에는 친히 목탁을 두드리고 경을 외우는 목소리도 침통하기 이를 데 없었다.

재가 끝나자 유골들은 제각기 고향에 보내고, 갈 곳 없는 유골은 예성강 북쪽 양지 바른 언덕에 묻었다. 장수들의 무덤을 팔 때에는 선종도 손수 연장을 들고 거들었다. 장수라고 해도 농군 아니면 유랑민 출신도 몇 명 있는지라 이들도 이 언덕에 묻히는 수밖에 없었다.

생애에서 가장 큰 전쟁에서 가장 많은 사상자를 낸 탓인지 선종은 말수가 적어지고 혼자서 생각에 잠기는 시간이 많아졌다. 전처럼 왕건을 내실로 불러들여 옛이야기를 하는 일도, 식사를 같이 하는 일도 없었다.

해가 바뀌어(900년) 새싹이 돋기 시작하고 이어서 산과 들에는 진달래며 살구꽃이 만발하였다. 오래지 않아 오월 단오, 단오날은 선종의 생일이라 관원들은 은근히 잔치를 준비하였다.

그런데 바로 그 단옷날, 연석에서도 별로 말이 없던 선종을 펄쩍 뛰게 하는 일이 벌어졌다.

견훤이 왕위에 올라 국호를 백제(百濟)라 하고 신라를 짓밟아 옛날 의자왕(義慈王)의 원수를 갚는다고 천하에 공포했다는 소식이 날아들었다.

"응?"

선종은 알 수 없는 신음소리를 내고 앞을 응시했다. 생기를 잃었던 눈은 광채를 발하고 한동안 말이 없다가 오래간만에 얼굴에 미소가 나타났다.

"명절이니 다 유쾌하게들 놀지."

그는 몇 잔 마시고 일어서면서 말을 준비하라고 일렀다.

"어디 가십니까?"

왕건도 따라 일어섰다.

"바람을 좀 쏘이고 와야겠소."

"제가 모시고 갈까요?"

"아니, 괜찮소."

왕건은 도로 주저앉는 수밖에 없었다.

술자리에서는 견훤이 입돋음에 올랐다. 견훤이 임금이라니, 송아지도 웃을 노릇이라는 사람부터, 장군 풍년이 들더니 이제 임금 풍년이 드는 게 아니냐고 빈정대는 사람들까지 가지가지였다. 왕건은 입을 다물고 듣기만 했다.

저녁에 집에 돌아오니 식렴이 대문간에서 말을 내리는 길이었다.

"너 어디 갔댔니?"

"대장군을 따라갔다가 돌아오는 길인데 어디랄 것도 없고, 산이고 들이고 마구 달리시다가는 말을 세우고 한량없이 하늘을 쳐다보곤 하시데요."

다음 날 왕건은 선종에게 불려 들어가 단둘이 마주 앉았다.

"양길이 패주하기에 옛일을 생각해서 그냥 두었으나 형세가 이렇게 된 이상 가만있을 수 없소. 견훤이 넘겨다보기 전에 선수를 쳐야겠소."

양길은 비뇌성에서 대패했으나 아직도 한강 이남의 여러 성을 차지하고 있었다.

"네……."

"추수가 끝나는 대로 동병해야겠는데 이 일은 정기대감이 맡아 줘야겠소."

"네……."

"지금부터 은밀히 준비를 진행하오."

"알겠습니다."

시월. 삼천 기병을 거느린 왕건은 한강을 건너 광주성부터 공격하였다. 양길의 아우 호길(好吉)이 지킨다는 이 성이 떨어지면 그 영향도 클 것이었다. 떠나기 전에 선종은 이런 말을 했다.

"튼튼한 성은 안으로부터 무너지지 밖에서 친다고 떨어지는 일은 드문 법이오. 회유, 반간(反間)부터 해 보고 안 될 때에만 무력에 호소하라는 뜻이오."

특히 광주성은 옛날 고구려와 대치할 때 한산정(漢山停)을 두어 문무왕도 여러 차례 내왕한 만큼 견고하기로 이름난 성이었다.

왕건은 선종이 말한 대로 시문(矢文)을 보내 항복하는 자는 상을 주고 반항하는 자는 삼족을 멸한다고 협박하여 이틀의 여유를 주었다.

그러나 성에서는 아무 응대도 없었다. 없을 뿐만 아니라 그 밤으로 성문을 열고 나와 기습 공격을 가해 왔다. 경계를 늦추지 않았기 때문에 쉬 격퇴할 수 있었으나 아무래도 피를 보지 않고는 될 것 같지 않았다.

다음 날부터 충차(衝車), 포차(抛車)를 총동원하여 성문을 들이치고 성벽에 돌을 날렸으나 그때마다 화살이 빗발처럼 날아와 적지 않은 사상자를 냈다. 그러면서도 시문을 줄기차게 쏘아 보내고 말 잘하는 군관들을 뽑아 화살이 닿지 않을 만한 거리까지 접근시켜 타이르기도 했다.

그러나 배은망덕한 돌중 선종의 졸개들이라고 욕설만 되돌아오곤 했다. 희생이 크더라도 운제(雲梯)를 동원해서 성벽을 기어오르는 수밖에 없다고 생각했는데 이변이 일어났다.

닷새째 되는 날 새벽.

첫닭의 울음소리와 함께 별안간 성안 처처에서 북소리가 울리고 고함 비명으로 떠들썩했다. 희뿌연 어둠 속을 눈여겨보니 성 위에서 파수를 보던 병사들도 두리번거리다가 모두 성내로 자취를 감추고 말았다.

능산과 백옥삼이 다가와 수비가 없는 이때에 들이치자고 했으나 왕건은 듣지 않았다. 병사들에게 이른 조반을 먹이고 좀 더 두고 보자고 했다. 선종이 말한 대로 이 튼튼한 성이 자기들끼리 싸워 안으로부터 무너지는지도 모른다. 섣불리 건드리는 것은 어리석은 일이다. 자칫하면 서로 싸우는 자들을 묶어세울 염려가 있었다.

동이 트고 사방이 밝아오자 성루에는 백기가 오르고 성문이 활짝 열렸다.

백기를 든 병정들을 선두로 백여 명이 초로의 사나이를 뒷짐으로 묶어 가지고 나왔다. 왕건의 기병들이 그들을 에워싸고 능산은 마상에서 외쳤다.

"뭐야!"

"항복하러 왔습니다."

대장인 듯한 거구의 사나이가 외쳤다.

"무기를 버려!"

그제서야 알아차리고 백여 명은 무기를 땅에 내동댕이쳤다.

거구의 사나이는 왕건 앞에 다가와 허리를 굽신 했다.

"왕규(王規)라고 이 호길 장군의 부장(副將)이올시다. 대세가 이미 기울었는데도 고집불통이라, 하는 수 없이 이렇게 묶어 가지고 장군께 항복을 청하는 것입니다."

"잘 생각했소."

왕건은 칭찬하고 나서 손수 호길의 결박을 풀어 주고 호상(胡床)을 권하여 마주 앉았다.

"인생만사 이런 것이라 생각하고 너무 낙심 마시오."

흰머리가 섞인 호길은 떨어뜨렸던 얼굴을 천천히 들었다.

"패군지장(敗軍之將)이 무슨 할 말이 있겠소. 다만 한 가지 청이 있는데 들어주시겠소?"

"말씀하시오."

"나는 이미 죽은 목숨이나 다름없고 또 유한도 없소. 그러나 성내의 병정들이나 백성들 중, 내게 가담한 사람들은 모두 옥에 갇힌 모양인데 그들을 살려 줄 수 없겠소?"

왕건은 항거하는 자는 삼족을 멸한다고 협박한 대목은 잘못이라고 깨달았다.

"염려 마시오. 그 밖에 다른 것은 없으신가요?"

"지체 없이 내 목을 따 주시오."

단아한 얼굴에 미소까지 떠올랐다. 그의 침착한 태도에 왕건은 인물이라고 생각하면서 선종의 문자를 빌려 썼다.

"피차 난세를 평정하여 예토(穢土)를 정토(淨土)로 만들려고 힘써 오지 않았겠소? 이제 결말이 났으니 장군께서도 우리와 함께 일합시다."

그러나 호길은 고개를 저었다.

"무사로서의 내 명수(命數)는 이것으로 끝났소. 부하의 손에 묶인 치욕을 잊도록 목이나 쳐 주시오."

왕건은 능산과 백옥삼에게 입성(入城)을 명령하고 말 한 필을 가져다 호길을 태웠다. 기세등등해서 성내로 쏟아져 들어가는 부대의 뒤를 따라 함께 말을 몰면서 왕건은 호길을 위로했다.

"장군의 심정은 알고도 남음이 있소. 협력을 안 하셔도 무방하오. 무사만이 인생의 길은 아닐 터이니 잘 생각해 보시오."

성내에 들어온 왕건은 적병들의 무기를 회수하고 옥에 갇힌 사람들을 모두 풀어 준 다음 호길의 처소에서 다시 그와 마주 앉았다.

"여기 가족 되시는 분들과 안심하고 그냥 계시지요."

왕건의 제의에 호길은 정색을 했다.

"나는 한 시각이라도 여기 있으면 그만큼 고통이오. 내 심정을 모르겠소?"

왕건은 자기의 친절이 친절일 수 없다는 것을 알아차렸다.

"그러시면 북원(北原, 원주)에 계신 백씨에게 가시지요."

왕건은 대답을 기다리지 않고 부하들을 시켜 그의 짐을 꾸리고 말에 내다 싣게 하였다. 호길의 친위병 십여 명을 모아 놓고 무기도 도로 주었다.

"너희들은 장군을 북원까지 모셔라."

시종 말없이 눈을 감고 앉아 있던 호길은 가족들과 함께 말에 나눠 타고 왕건을 내려다보았다. 무슨 말을 할 듯하다가 고개를 돌렸다.

"백씨에게 전해 주시오. 본의는 아니지만 불원간 시석지간(矢石之間)에서 뵙게 될 것 같다고."

호길은 고개를 끄덕이고 말은 없었다.

그의 일행을 보내고 나서 왕건은 우선 급한 일부터 처리했다. 성내에 피난해 들어와 있던 백성들은 물론, 호길의 부하들 중에서 고향으로 가고자 하는 자는 무조건 보내도록 했다. 계속 군에 있겠다고 지망하는 자는 엄선해서 각 부대에 분산배치하고 선종의 방침에 따른 정신교육도 시켰다.

성을 포위한 지 닷새, 노숙(露宿)하면서 전투에 시달린 병정들은 피곤의 빛이 역력했다. 여기서 며칠 쉬고 다음 계획도 세우리라.

밤늦게 왕규가 인도하는 대로 침실로 들어갔다. 전에 호길이 쓰던 방이라고 했다.

잠자리에 들려는데 새 옷으로 단장한 앳된 처녀가 들어왔다.

소녀는 자기 소개를 했다.

"왕규 장군의 맏딸이에요(후일의 광주원 부인[廣州院 夫人])."

미인은 아니었으나 수수한 얼굴에 날씬한 몸매였다.

"시침하라더냐?"

"네……."

고개를 떨어뜨리고 대답했다.

"이리 들어와."

왕건은 여러 달 만에 맞는 여체를 애무하면서 물었다.

"몇 살이냐?"

"열일곱이에요."

젊은 왕건은 밤이 깊어가는 것도 잊었다.

이튿날 병정들은 파수를 제외하고는 늘어지게 자기도 하고, 마철을 갈아 끼기도 했다. 늦잠에서 깨어난 왕건은 조반을 마치고 군관들을 소집했다.

다음 목표를 어디로 하느냐에 대해서는 의견이 엇갈렸다. 우선 서쪽으로 내려가 당성(唐城, 경기도 남양)부터 치고 동진하자는 축도 있고 국원(國原, 충주)부터 쳐서 양길의 영역을 동서로 분단하여 총력을 집중할 틈을 주지 말자는 축이 있는가 하면 북원으로 진격하자는 축도 있었다.

"오늘 하루 더 생각하고 내일 다시 모입시다."

왕건은 백옥삼과 능산을 대동하고 왕규의 인도를 받으며 인근 마을로 말을 달렸다. 바람도 쐬고 백성들이 사는 형편도 살필 겸 나선 길이었다. 소문대로 호길은 유순한 사람이어서 세공을 가벼이 한 탓인지 풍족하지는 못할망정 끼니가 어려운 사람은 드물었다. 끼니가 어려운 사람에게는 양곡을 보내고 병자에게는 의원을 보내라고 일렀다. 성내에 돌아온 왕건이 저녁을 마치고 일찍 잠자리에 들려는데 소리 없이 문이 열렸다.

"어서 들어와."

어젯밤의 처녀려니 생각하고 돌아보지 않았다. 한동안 기다려도 응대가 없기에 쳐다보니 다른 아이였다. 촛불에 비친 얼굴은 더욱 앳되고 더욱 아름다워 보였다.

"으ㅡ응?"

"시침을 들라고 해서…….

자리를 같이한 왕건은 그의 부드러운 살결을 더듬으면서 물었다.

"아버지는 누구냐?"

처녀는 떨면서도 상냥하게 대답했다.

"왕규 장군의 둘째 딸이에요(후일의 소광주원 부인[小廣州院 夫人])."

"몇 살이지?"

"열다섯 살이에요."

왕건은 언니보다도 동생이 마음에 들었다. 일찍 잔다던 것이 첫닭이 울어서야 눈을 붙였다.

늦게 일어난 왕건은 조반도 같이 들었다. 첫정이 든 설리와는 생긴 모습부터 달랐으나 상냥하기는 매일반이었다.

그는 상을 물리면서 일렀다.

"오늘 밤에도 네가 와 줬으면 좋겠다."

소녀는 고개를 끄덕이고 물러갔다. 두 딸을 다 바치는 것을 보니 왕규는 진정으로 이쪽에 붙으려고 기를 쓰는 모양이라 믿어도 좋을 듯싶었다.

상을 물리고 능산, 백옥삼 그리고 이번에 새로 배속된 사귀(沙貴, 후일의 복지겸[卜智謙])와 홍술(弘述, 후일의 홍유[洪儒])을 불렀다. 홍술과 사귀는 꾀가 있고, 능산과 백옥삼은 용감한 군관이었다. 아직 백 기 내외를 거느리는 하급 군관들이었으나 믿음직스럽고 그들도 자기를 따르기에 친위군에 소속시켰다.

"사상(숨上, 부대장)들과 의논하기 전에 너희들의 의견을 듣고 싶다. 어디부터 치는 것이 좋을 성싶으냐?"

그는 네 사람을 둘러보다가 남달리 몸집이 장대한 능산에게 눈이 멎었다.

"될 수만 있으면 뱀은 머리부터 치는 것이 옳지 않습니까? 양길이 있는 북원을 치면 나머지는 저절로 무너지리라는 것이 저희들의 소견입니다."

나머지 세 사람도 머리를 끄덕였다.

자기들끼리 토론이 있은 모양이었다.

"그렇지, 좋은 생각이야."

왕건도 그 생각을 하고 있었으나 내색을 하지 않고 그들을 칭찬해 주었다.

그들이 물러간 후 사상들을 불러 회의를 열었다. 그러나 어제와 마찬가지로 의견이 갈려 좀체 합의를 보지 못했다.

왕건은 참을성 있게 각자의 의견을 듣고 나서 단을 내렸다.

"다 일리 있는 생각들이오마는 일거에 북원을 치기로 합시다. 내일 아침 진시(辰時)에 진발이오."

회의가 파하고 물러나자 왕규가 찾아왔다.

"소식을 들었습니다. 저를 선봉에 서게 해 주시지요."

왕건은 잠시 생각하고 나서 대답했다.

"선봉이고 아니고 간에 생각이 그러시다면 같이 갑시다."

왕규는 호길을 배반하고, 견훤은 신라에 반역하고, 선종은 은인 양길을 치고, 도처에서 장군을 자칭하는 자들은 하극상의 회오리 속에 물거품처럼 부침(浮沈)하고 그런 와중에서 얼마나 많은 사람들이 억울하게 죽어 갔을까. 왕규를 보내고 홀로 앉은 왕건은 새삼 난세를 실감하고 평화는 이룰 수 없는 허망한 꿈같이 생각되었다.

저녁에는 장거(壯擧)를 축하한다고 왕규가 성대한 잔치를 베풀었다.

왕건은 몇 잔만 마시고 도중에서 일어섰다.

잠자리에서 어젯밤 소녀를 품에 안은 왕건은 난세에 자취를 감춘 평화는 아름다운 여체에서 가냘픈 숨을 쉬는 느낌이었다.

북원성(北原城, 원주)을 포위한 왕건 군은 하루 쉬고 다음 날 아침부터 공격을 시작했다.

그러나 접근만 하면 화살이 비 오듯 하고 갑병(甲兵)으로 포차, 충차도 움직여 보았으나 사상자만 늘고 도무지 소용이 없었다. 성은 흡사 불

가사리 같고, 사람들은 총대장의 본영이라 역시 다르다고 했다.

해가 떨어지자 왕건은 공격을 중지하고 장막에서 식사를 들면서 생각이 많았다. 광주성에서처럼 자중지란이 일어났으면 좋겠는데 양길의 부하들은 한결같이 그에게 심복한다니 가망이 없었다.

무슨 수를 써서 밖으로 유인해 내다가 칠 수는 없을까. 잔뜩 약을 올리면 분을 참지 못해 쳐나올 수도 있지 않을까. 그러나 백전노장이라는 양길이 그런 수에 넘어갈까.

해돋이에 공격을 시작하려는데 하얀 바지저고리에 방패만 든 사나이가 반백의 수염을 바람에 나부끼며 성루에 나타났다. 그는 장수들에 둘러싸여 이쪽을 가리키며 이야기를 주고받고 있었다.

"저것이 양길이올시다. 쏴 버릴까요?"

옆에 섰던 왕규가 활을 내렸으나 왕건은 한 손으로 그를 제지했다.

화살이 닿을 거리도 아니거니와 어쩐지 그의 마음 씀이 비위에 거슬렸다. 아무리 난세라도 인간의 마음이 이렇게까지 황폐할 수 있을까.

그뿐이 아니다. 양길 같은 덕장(德將)이 전사한다면 그 부하들은 정말 목숨을 내걸고 보복하려 들 것이다. 이긴다 하더라도 이쪽의 인명 피해가 클 것은 뻔한 일이다. 역사에는 그런 예가 얼마든지 있다.

이윽고 문루에서 외치는 소리가 들렸으나 바람결에 무슨 말인지 알아들을 수 없었다. 왕건의 지시로 능산이 말을 달려 가까이 갔다 돌아왔다.

"군사(軍使)가 나갈 터이니 쏘지 말랍니다."

"좋다고 일러라."

능산이 다시 말을 달려 갔다 오자 성문이 열리고 호길이 혼자 말을 달려 나왔다.

"반갑소이다."

마상의 왕건이 먼저 말을 걸었다. 그러나 호길은 용건부터 말했다.

"우리 형님께서 장군과 직접 담판하시겠다는데 제가 대신 여기 남아 있을 터이니 들어가 보시지요."

"항복인가요?"

"항복은 아닙니다. 하여튼 들어가 보시지요."

주위에서, 특히 왕규가 앞장서 말렸으나 왕건은 듣지 않았다. 아우를 볼모로 내보낸 양길의 성의를 의심할 까닭이 없었다.

"이분을 잘 모셔라."

왕건은 호길을 장막에 모시고 주찬을 드리라 이르고, 능산과 사귀 두 사람을 거느리고 성내로 들어갔다.

양길은 아까 본 흰 바지저고리 차림 그대로 방에 맞아들였다. 오십 대 초라고 들었는데 백발이 성성한 노인이었다. 왕건은 정중히 인사를 드렸다.

"대장군의 성망은 일찍부터 듣고 있습니다."

상대방의 기분을 거스르지 않으려고 한마디 한마디 조심하고 행여 오해를 부를까 군소리를 달지 않았다.

풍채가 좋은 노인은 오래도록 그를 바라보다가 천천히 입을 열었다.

"이 성에는 무기도 식량도 넉넉하오. 군사들도 잘 단련돼서 적어도 일 년은 버틸 수 있소."

그는 말을 끊고 창을 바라보았다.

왕건은 잠자코 듣는 수밖에 없었다. 양길은 침을 삼키고 그대로 창을 바라보면서 말을 이었다.

"요즘 와서 천운(天運)이라는 것을 생각하게 됐소. 장군은 나에 대해서 잘 알 것이고, 내 심정도 짐작이 갈 것이니 긴 말은 하지 않겠소. 다만 후세에 이 양길이 부하에게 배반당하고, 그 배반한 자의 부장에게 항복했다는 소리는 남기고 싶지 않소."

무거운 침묵이 흘렀다. 왕건은 알아차렸다. 배반자는 선종이요, 그 부장은 자기 왕건이었다. 그의 심사도 알 만했다.

"제가 할 수 있는 일이라면 무엇이든지 해 드리겠습니다."

양길은 그를 돌아보고 가라앉은 목소리로 말을 이어 갔다.

"끝까지 싸워 모두 죽자는 것이 중론이었는데 어젯밤에야 겨우 무마했소. 원래 난세에 애통하는 사람들을 구하려고 일어선 내가 천운이 이미 기운 마당에 나 하나 때문에 많은 사람들을 사지에 몰아넣어서야 쓰겠소……. 그러나 한 가지 조건이 있소."

양길은 대할수록 순박하고 성의 있는 인품이 드러났다. 선종은 쩨쩨하고 의심이 많다고 했으나 왕건의 눈에는 그렇게 보이지 않았다.

"들어 드리지요."

"나를 따르고 오랫동안 고락을 같이한 장병들을 그대들에게 넘길 수는 없소. 내 손으로 해산해서 각자 고향에 돌아가 생업에 종사하도록 할 작정인데 그들을 다쳐서는 안 되오."

"좋습니다."

"적어도 사흘은 걸릴 것이오."

"그러시겠지요. 모두들 떠난 다음 장군께서는 어떻게 하시렵니까?"

"내 걱정은 마시오."

"성의껏 모셔 드리지요."

양길의 입가에 미소가 떠올랐다.

"모실 건 없고."

다시 성 밖에 나온 왕건은 호길을 성내로 돌려보내고 자초지종을 사상들에게 설명하였다.

날씨도 제법 쌀쌀한지라 초병들만 남기고 나머지는 장막에 들어가 쉬게 했다. 그런데 몇몇 사상들과 함께 왕규가 앞장서 반대하고 나섰다.

"우리를 방심케 하고 불의에 습격하자는 계략 같습니다."

그러나 왕건은 도사(道士) 같은 양길의 풍모를 생각하고 상종하지 않았다.

그날 하오부터 성내에서 사람들이 쏟아져 나와 길을 메운 행렬은 간단없이 계속되었다. 마소와 노새, 당나귀 등에 식량이며 가장집기를 잔뜩 싣기도 하고, 등에 쌀자루를 진 남자, 아기를 업고 한 손으로 어린것을 끌면서도 힘에 겹도록 머리에 보따리를 이고 가는 아낙네들도 숱하게 눈에 들어왔다.

군관들 중에는 군량미로 쓸 것을 몽땅 가져간다고 불평하는 사람들도 있었으나 왕건은 타일렀다.

"그들도 먹고 살아야 할 게 아니냐?"

기병들을 시켜 무거운 짐을 실어다 줄까 하다가 그만두었다. 마지못해 떠나기는 하나 자칫하면 적개심에 불타는 그들과 마찰이 생길 염려가 있어 지켜보기만 했다.

나흘째 되는 날 아침, 사십 대의 여인이 새 옷으로 단장한 십여 명의 소년 소녀들을 거느리고 성문으로 나와 왕건의 장막을 찾았다.

"저는 양길 장군의 아낙입니다."

점잖은 몸가짐이었으나 피곤한 얼굴에 눈에는 핏발이 서 있었다.

왕건은 일어서서 그들을 맞아들였다.

"부인께서 웬일이신가요?"

여인은 목이 메는 듯 대답을 못하고 품에서 봉서를 꺼내 넘겨주었다. 양길의 유서였다.

― 옛날의 계백 장군은 죽음의 싸움터로 떠나기 전에 제 손으로 처자들을 처치했다고 들었소. 나도 그 생각을 몇 번이고 해 보았

소마는 차마 못할 일이고, 계백 장군의 이야기는 사실이 아니라고 믿게 되었소. 여기 내자에게 어린것들을 딸려 보내니 그들의 생사는 장군에게 맡기겠소. 행여 살려 주시더라도 선종의 부하가 된다든지 처첩이 되는 일이 없도록 부탁하오. 남을 죽이는 자는 남의 손에 죽게 마련이고, 배신하는 자는 배신을 당하게 마련이오. 장군은 부디 덕을 베풀어 피를 흘리는 일을 막고, 이 하늘 아래 평화가 오도록 힘써 주시오. ㅡ

아이들은 두 형제의 손자 손녀들이라고 했다.

왕건은 일행을 장막에서 쉬게 하고 근처에 있는 백여 기를 끌고 급히 성내로 말을 달렸다.

양길의 처소. 대청에는 양길, 호길을 비롯해서 오륙 명의 남자들이 심장에 칼을 꽂은 채로 모로 쓰러져 있고 여자도 몇 명 단도를 입에 물고 앞으로 고꾸라졌는데 그중 한 사람은 광주성에서 본 호길의 부인이었다.

왕건은 양길의 가슴에서 칼을 빼고 어깨를 잡아 반듯이 눕혔다. 마지막 숨을 몰아쉬며 입술을 움직이기에 귀를 기울였다.

"인생은…… 꿈이야……."

들릴락 말락 한 소리를 남기고 숨을 거두고 말았다. 왕건은 그의 눈을 내리 쓰다듬고 턱을 고인 다음 무릎을 꿇고 합장했다. 인생은 꿈, 허무라는 영원한 잠의 한 대목을 스쳐 가는 것이 인생이라는 꿈일지도 모른다. 꿈이라도 모질고 허망한 꿈. 왕건은 가슴이 싸늘했다.

왕건은 동행한 병정들에게 장례 준비를 명령하고 다시 성 밖에 나와 양길의 부인을 만났다.

"장례에 참석하시렵니까?"

"그보다도 이 아이들을 어떻게 하실 작정이신가요?"

"부인께서 소망하시는 대로 해 드리지요."

"지아비와 아들, 조카, 며느리 모두 죽는 판에 난들 살 생각이 있겠소? 행여 아이들이 도륙을 면하면 돌보아야 하겠기에 값없는 목숨을 남긴 것이오."

"알아듣겠습니다. 어디든지 마음에 드시는 고장에 집을 마련하고 살림도 돌봐 드리지요."

"아니에요. 이 티끌세상은 시각을 다투어 떠나야겠어요."

절간에 들어갈 생각이라고 짐작했으나 더 캐묻지 않았다.

"장례는 보시고 떠나시겠지요?"

"이 가슴 아픈 고장에서, 더 이상 가슴 아픈 광경을 보면 정말 가슴이 터져 쓰러질 것이오. 어린것들을 데리고 곧 떠나게 해 주시지요."

"그렇게 하십시다."

그는 부하들에게 마필과 양식을 마련하라고 명령했으나 부인은 사양했다.

"패물이 좀 있으니 당분간은 지탱할 것입니다."

"그러시더라도 마필은 있어야겠지요?"

"……."

말없이 고개를 젓는 부인의 눈에 살기가 번뜩였다. 실오라기 하나 신세를 안 진다는 결의, 철천의 한이 서린 얼굴이었다.

왕건은 어디로 가겠느냐고 물으려다 그만두었다. 선종이 어떻게 나올지 만일의 경우를 생각해서 자기도 모르는 것이 좋을 듯싶었다.

큰아이들을 앞세우고 보따리를 머리에 인 부인은 제일 어린것을 등에 업고 바람에 치마를 나부끼며 남쪽으로 멀어져 갔다. 오래도록 지켜보면서 왕건은 참사람들의 모습을 보는 느낌이었다.

장군의 예로 양길의 장례를 치른 왕건은 수비대를 배치하고 하루 쉬고는 곧 북원성을 떠났다. 더 추워지기 전에 국원성을 쳐야 하는 것이다.

이 성은 진흥왕(眞興王)이 소경(小京)을 삼았고, 경덕왕(景德王) 때에는 중원경(中原京)으로 삼을 만큼 요지로 성도 견고했다.

싸움이 벌어지면 큰 희생을 치르지 않고는 뺏을 수 없을 것이다. 더구나 날은 갈수록 추워 오는데 포위군이 장막에서 겨울을 난다는 것은 쉬운 일이 아니었다.

말을 달리면서 궁리를 거듭하는데 국원성을 십여 리 앞에 두고 생각지 않던 일이 일어났다. 국원 장군 긍달(兢達)이 사오 기만 거느리고 마중 나온 것이다.

"북원성이 떨어지고 대세가 결정된 이상 쓸데없이 피를 흘릴 것 없이 항복하러 왔으니 받아 주십시오."

농사꾼같이 생긴 사나이가 말에서 내려 머리를 숙였다. 왕건도 말에서 내려 그의 손을 마주 잡았다.

"이렇게 고마울 데가 어디 있겠소. 우리 이제부터 힘을 합쳐 일을 잘해 봅시다."

왕건은 꾸밈없이 솔직한 그의 태도가 마음에 들었다.

그들은 함께 말을 달려 성내로 들어오면서 이야기를 주고받았다.

"장군처럼 항전하지 않고 항복하는 분은 그대로 두라는 것이 대장군의 명령이니 계속해서 국원 장군으로 이 고을을 다스려 주시오."

"고마운 분부십니다."

긍달은 흡족한 얼굴이었다.

해질 무렵에 성내에 들어가니 장군 처소에는 이미 잔칫상이 마련되어 있었다.

양쪽의 군관 이상이 참석한 자리에서 주객은 다 같이 만족하여 먹고 마셨다. 공격군은 피 한 방울 흘리지 않고 목적을 달성해서 좋고, 긍달은 양길의 부하에서 선종의 부하로 바뀌었다 뿐이지 여태까지와 다를 것이 없으니 서운할 것이 없었다.

도중에 긍달은 이런 말을 꺼냈다.

"장군이 오신다는 소문을 듣고 이 처소를 비워 놓았습니다. 지금부터 여기서 유숙하시고 일도 처결하시지요."

"그건 안 될 말씀입니다."

왕건은 거절했다.

"안 되다니요?"

긍달은 이상하다는 표정이었다.

"오늘부터 장군이나 저나 똑같은 선종 대장군의 부장(部將)이올시다. 말하자면 같은 동료인데 그게 될 말씀입니까."

왕건의 이 말에 장내는 숙연해졌다. 긍달은 떠듬떠듬 말을 이었다.

"허지만 장군은 승자요, 저는 항장(降將)입니다."

"우리 언제 싸웠습니까? 승자도 패자도 아닌 동료올시다."

좌중에는 탄성(嘆聲)이 들리고 긍달은 난처한 얼굴로 그를 마주 보았다. 왕건은 그에게 술을 권하면서 일렀다.

"저는 손님이올시다. 객관(客館)을 쓰게 해 주실 수 없을까요?"

한동안 생각하던 긍달은 고개를 끄덕였다.

"알겠소이다. 하늘 아래 장군 같은 분도 있었군요."

그는 말석에 앉은 군관을 불러 속삭이고 군관은 밖으로 나간 채 다시는 돌아오지 않았다.

연회가 파하고 바로 장군 처소 옆에 있는 객관으로 인도된 왕건은 놀랐다.

촛불 옆에 앉았다 일어서는 소녀는 얼굴이며 몸매며 그대로 설리였

다. 얼근히 취기가 돈 왕건은 덮어놓고 그를 얼싸안았다. 그리고 자리에
들어 물었다.

"궁달 장군의 따님이냐?"

"조카예요."

"몇 살이지?"

"열여섯이에요."

목소리마저 영안성에서 함께 놀던 소녀 시절의 설리를 닮았다. 설리
를 잃은 후 마음 한구석을 떠나지 않던 우수(憂愁)의 응어리가 풀리는
듯 왕건은 실로 오래간만에 무아의 황홀경에 젖어들었다.

새벽에 잠이 깨니 소녀는 벌써 단장을 하고 옆에 앉아 있었다. 맑은
정신으로 보니 설리와 다른 데가 많았으나 비슷한 데도 적지 않았다.

"이름은 뭐지?"

"그저 애기라고 불러요."

왕건은 웃었다.

"열여섯 살 애기도 있나, 내가 이름을 지어 줄까?"

소녀는 생긋 웃고 대답했다.

"네."

"밝고 아름다우니 명미(明美)가 어때?"

"고마워요."

왕건은 이 소녀가 마음에 들었다. 문안을 들어온 궁달에게 훌륭한 조카
를 두었다고 했더니 아직 미거하다고 겸양하면서도 싫은 얼굴이 아니었다.

귀한 손님에게는 딸을 바치는 것이 상례인데 조카를 들여보낸 것을
보니 궁달에게는 딸이 없는 것일까. 있어도 박색인지도 모른다. 그렇다
고 물어볼 수도 없는 일이었다.

어쨌든 왕건의 국원성 생활은 즐거운 일의 연속이었다. 마음에 드는

여인을 만났을 뿐만 아니라 양길의 휘하에 있던 크고 작은 성들이 잇달아 항복해 온 것이다. 장군들은 선물을 안고 제 발로 찾아와 항복하고, 항복하는 자는 일률로 그대로 그 고을을 다스리게 했다.

모두들 충성을 맹세하고 만족해서 돌아갔다. 그러나 청주(靑州, 淸州)와 당성(唐城, 경기도 남양), 그리고 괴양(槐壤, 충북 괴산)만은 사람을 보내 타일러도 응대가 없었다. 청주는 청길(淸吉), 괴양은 신훤(莘萱)이라는 장수가 지키고 있는데 신훤은 전에 죽주에서 날치던 건달 장군 기훤(箕萱)이라고 했다.

특히 신훤은 애꾸 중놈의 부하가 되라니 웃기지 말라고 욕설을 퍼부었고, 은근히 견훤과 내통하고 있다는 것이다.

왕건은 움직일 때라고 생각했다. 항복한 성들에도 동원령을 내려 보기(步騎) 일만에 가까운 병력으로 우선 괴양성을 포위하였다.

신훤과 선종의 내력을 아는 왕건은 그가 결코 항복하지 않으리라는 것을 알고 있었다. 신훤도 왕년에 선종을 구박한 일을 잊지 않았을 터이니 항복한다고 살려 줄 선종이 아니라는 것을 모르지 않을 것이다.

이틀 밤과 낮을 싸우면서 왕건이 느낀 것은 성을 지키는 병사들이 이쪽의 기세에 눌려 겁을 먹고 있다는 사실이었다. 화살이 닿는 거리는 팔십 보가 고작인데 이백 보까지 다가가도 마구 활을 쏘아댔다. 훈련이 덜된 탓도 있겠지만 이것은 겁을 먹은 증거였다.

얕잡아본 장수들은 기기(機器)를 총동원하면 이따위 성은 하루아침에 짓밟을 수 있으니 지체하지 말자고 했다.

그들의 의견은 틀리지 않았다. 그러나 정면으로 맞부딪치면 이쪽에도 적지 않은 사상자를 낼 것은 자명한 일이었다.

왕건은 하루만 더 기다려 보자고 타이르고 나서 붓을 들었다.

허풍이 많은 자는 강한 자에게 약하고, 약한 자에게 강하다. 이런 인간일수록 비겁하고 생명에 대한 애착이 더한 법이다. 이 엄청난 병력 앞에 신훤도 병사들과 마찬가지로 겁을 먹었을 것이고, 지금 밤낮으로 생각하는 것은 자기와 가족의 목숨을 부지하는 일일 것이다.

붓을 들고 생각하던 왕건은 종이에 써 내려갔다.

— 장군, 이 세상에 한 번밖에 태어나지 못하는 것이 인간의 생명이외다. 대세가 이미 결정된 것은 장군의 눈에도 보일 것이오. 이런 판국에 헛되이 귀중한 생명을 버리는 것처럼 어리석은 일도 없을 줄 아오. 장군이 우리 대장군과 손을 잡을 처지가 못 된다는 것을 알고 있는 저로서는 장군의 딱한 처지를 이해하고도 남음이 있소. 오늘 오정부터 내일 아침 해돋이까지 남문을 터놓을 터이니 장군의 일가친척은 물론 장군을 따르는 부하들도 함께 떠나도록 하시지요. 살생을 금기로 삼는 부처님의 뜻에 따라 권고하는 터인즉 조금도 의심하지 말기를 바라오. 이 기회를 놓치면 참극이 벌어질까 염려하지 않을 수 없소. —

왕건은 손수 편지를 화살에 동여매고 활의 명수인 능산을 시켜 성안으로 쏘아 보냈다. 그러고는 남문 쪽의 부대에 군관을 보내 포위를 풀고 멀찌감치 후퇴하라고 명령하는 동시에 전군에 공격을 중지하고 초병들을 제외하고는 모두 장막에 들어가 쉬라고 전했다.

한 식경이 지나서부터 편지의 효험이 나타나기 시작했다. 사방 성벽에 오른 병사들이 감시하는 가운데 남문이 열리고 말 탄 군관 사오 명이 모습을 나타냈다.

이리저리 이쪽 진영을 살피다가 남으로 달리기 시작했다. 그대로 사라지는 줄 알았더니 오 리쯤 가다가 되돌아와 성내로 다시 들어갔다.

한 번쯤 이쪽의 진의를 시험해 보는 것도 무리가 아닐 것이다. 그런데 한 번에 그치지 않고 같은 일을 두 번, 세 번 되풀이했다. 신훤은 의심이 많은 인간인 모양이었다.

해가 서산에 너울거릴 무렵 장군기를 앞세운 이십여 기가 남문을 빠져나와 쏜살같이 남으로 달렸다.

"신훤이 도망갑니다. 쳐서 없애 버릴까요?"

옆에 선 능산이었다.

"신훤이 아닐 거다."

왕건은 멀어져 가는 일행에서 눈을 떼지 않고 대답했다.

얼마 안 되어 이번에는 초라한 몰골의 기병 십여 기가 뒤를 따라 달렸다. 왕건의 밝은 눈에는 남장(男裝)을 한 여자도 눈에 들어왔다.

"저게 신훤 일행 같다."

왕건은 혼잣말처럼 뇌까렸다.

"칠까요?"

"내버려 둬."

뒤이어 또 십여 기가 따르고 더 이상 성을 빠져나오는 사람은 보이지 않았다.

"왜 밤을 택하지 않았을까요?"

능산의 물음에 왕건은 간단히 대답했다

"의심이 많아서 그렇지."

"네?"

"어두우면 지척을 분간할 수 없으니 복병을 염려했겠지."

밤새도록 성내는 조용하고 이쪽에서도 움직이지 않았다.

새날이 밝고 동산에 해가 뜨기 시작하자 떠들썩하는 소리와 함께 사대문이 열리고 병사들이 쏟아져 나오면서 외쳤다.

"장군이란 놈이 우릴 속이고 도망쳤다."

"적장의 목을 따러 간다고 큰소리 치더니 쥐새끼처럼 저만 살겠다고 도망쳤다."

일반 병사들은 용감한 신훤 장군이 적장 왕건의 목을 따러 간다기에 믿었다. 믿었을 뿐 아니라 그 용맹과 오묘한 전법에 감탄을 금치 못했다. 몇십 기밖에 안 되는 병력으로 어떻게 저 많은 적병을 물리치고 그 장수의 목을 딸 수 있을까?

비법이 있다고 했다.

'비법'이라는 바람에 감동의 바람까지 일었다.

그러나 세상에 비밀이 없었다. 비밀은 함께 도망가지 못한 신훤의 측근에서 새어나와 밤사이에 온 성내에 퍼졌다. 어떤 노인은 이런 문자를 쓰고 웃었다는 소리도 들렸다.

"허어. 무주공산(無主空山)이라더니 무주공성이 돼 버렸군."

왕건은 성내로 들어갔다. 지배자가 바뀌면 억울한 호소가 터져 나오고 자칫하면 보복의 피가 흐르게 마련이다. 왕건은 공포에 떠는 신훤의 부하 장병들과 관원들을 불문곡직하고 즉시 고향으로 돌려보내고 백성들은 갈 사람은 가고 남을 사람은 남아 마음 놓고 일하라고 일렀다.

지체할 시간이 없었다. 성안에서 하루를 묵은 왕건은 다음 날 일찍 떠나 청주를 포위하였다.

소문과는 달리 청길은 제 발로 걸어 나와 항복하고 공치사까지 곁들였다.

"선종 대장군의 성화야 천하가 다 아는 일이지만 저는 일찍부터 왕 장군의 덕풍(德風)을 흠모하고 오늘을 기다리던 참입니다."

같이 성내로 들어오면서도 말이 많았다.

"아시는지 모르겠습니다마는 전에 대장군께서 죽주에 계시기 전에 이 청주에도 계셨습니다. 그래서 고향이나 다름없이 생각하신다는 말씀을 듣고 있습니다."

왕건도 언젠가 선종으로부터 청주에도 있었다는 이야기를 들은 것 같기도 했다.

그러나 이 청길은 어딘지 모르게 교활한 냄새를 풍기는 인간이었다. 이쪽이 약해 보이면 항전해서 한몫 보고, 강하면 선종의 고향 운운으로 한몫 보자는 꿍꿍이는 아닐까.

그렇다고 내색을 할 수는 없었다.

"대장군께서도 장군의 쾌거를 기뻐하실 것이오."

한마디 칭찬했더니 청길은 한 술 더 떴다.

"그러지 않아도 한번 송악에 가서 대장군께 인사를 드리려고 마음먹고 있었습지요."

"좋겠지요."

왕건은 덤덤히 대답했다.

저녁에는 연회도 있었으나 도중에 나와 일찍 잠자리에 들고, 시침으로 들어온 젊은 여자도 곤하다는 핑계로 그대로 돌려보냈다.

다음 날 청주를 떠난 왕건 군은 이틀 후, 당성을 포위하기 시작했다. 청주와는 달리 성문을 굳게 닫고 죽은 듯이 고요하다가도 다가가면 화살이 빗발치듯 날아왔다.

그러나 대세라는 것은 누구도 어쩔 수 없는 모양이었다. 사흘째 되는 날 아침 성루에 백기가 나부끼고 성장(城將) 이흔암(伊昕巖)이 부하 두 기만 거느리고 말을 달려 나왔다.

그는 청길과는 딴판이었다. 육 척 거구에 바위 같은 몸집, 이야기에도 군더더기가 없었다.

"성을 내놓았으니 접수하시오."

그는 내뱉었다.

"앞장서서 인도하시오."

그러나 이흔암은 그를 아래위로 훑어보고 입을 열지 않았다.

"앞장서란 말이오!"

왕건은 외쳤다.

"안심하고 들어가도 되오."

"안심?"

"말귀를 못 알아듣는군. 잘 타일러서 아무 일 없게 만들어 놓았단 말이오."

대단한 배짱이었다. 적중에서 이렇게 나올 수 있는 사나이는 백 년에 하나쯤 나타날까? 왕건은 묘한 인물이라고 생각하면서 부드럽게 나왔다.

"장군은 어떻게 할 작정이오?"

"당신이 죽이지 않으면 고향에 돌아가 농사를 지을 생각이오."

"죽이다니 무슨 말씀을……."

왕건은 부하들에게 성에 들어가도록 명령하고 그를 장막에 불러들였다.

"고향은 어디신지요?"

왕건은 따끈한 술을 한잔 권하고 자기도 마시면서 물었다.

"여기서 십 리, 바닷가에 있소."

"농사를 지어 본 일이 있소?"

"나는 원래 뱃놈이오. 농사가 안 되면 배를 타겠소."

"그러지 말고 우리와 함께 일을 합시다."

"그만두겠소."

"장군 같은 용장이 왜 쉽사리 성을 내놓았소?"

"성내에서 당신네 군세(軍勢)를 관망하고 천운(天運)은 선종에게 있다는 것을 알았소. 성내에 남은 장병들에게도 일렀소마는 당신도 선종을 도와 하루 속히 평화를 이룩하시오."

이흔암은 묻는 말에만 간단히 대답하면서 사양 않고 술을 마셨다. 취기가 돌자 왕건을 뚫어지게 바라보다가 물었다.

"당신도 원래 뱃놈이라지?"

왕건은 웃었다.

"맞았소."

"피차 뱃놈이 뭍에 올라온 것부터 잘못이 아닐까?"

이흔암은 처음으로 활짝 웃었다.

"그럴지도 모르지요."

왕건은 끄덕이고 말을 이었다.

"장래야 어떻든 우리 힘을 합쳐 이 난세를 수습해야 하지 않겠소?"

"나더러 선종의 부하가 되란 말이오?"

"말하자면 그렇소."

이흔암은 자작으로 사발술을 죽 들이키고 눈을 껌뻑거렸다. 어지간히 취한 얼굴이었다.

"말하자면 그렇다?"

"선종 장군을 위해서라기보다 천하를 위해서 말이오. 이런 때에 장군 같은 용장이 가만있는다는 것은 말이 안 되오."

"천하를 위하는 일이라면 선종의 발바닥을 핥으래도 핥아야지."

"반갑소."

왕건은 그가 응하는 줄 알았으나 그렇지 않았다.

"젊은 친구가 성급하군. 선종은 배신자요. 진심으로 뉘우치고 내 앞에 와서 사과한다면 그를 위해서가 아니라 당신 문자대로 천하를 위해 나서지."

"……."

"옛날 우리는 양길 장군을 모시고 천하를 통일하기로 맹세했소. 나이로나 양길 장군을 섬긴 경력으로나, 나는 삼 년도 더 선배였소. 그런데 이것이 도중에서 배반하고 슬쩍 가로챘단 말이오."

"……."

"당신 같으면 심기가 편하겠소?"

왕건은 더 할 말이 없었다. 성내에 들어가 하룻밤 쉬어가라고 해도 듣지 않았다. 생각 끝에 부하들을 시켜 성내에 있는 그의 가족들을 데려오게 했다.

가족들이 짐을 실은 말들과 함께 도착하자 이흔암은 쓰다 달다 말 한 마디 없이 말에 올라 고삐를 틀었다.

멀어져 가는 그의 뒷모습을 지켜보는데 능산이 옆에서 중얼거렸다.

"괴상한 친구로군요."

"어쨌든 인물은 인물이다."

왕건은 능산 이하 친위군을 이끌고 성내에 들어가 대휴식을 명령했다.

이흔암의 군대는 질서정연하게 무기를 바치고 항복하여 왔다. 잘 단련된 병정들이라 버리기 아까운 부대였다.

그러나 하룻밤 자면서 생각한 왕건은 전원 해산하여 제 고장으로 돌려보냈다. 그들이 따르던 이흔암이 근처에 있는데 그대로 결속하여 있다면 언제 무슨 변고가 일어날지 알 수 없는 일이었다.

여기서도 밤마다 얼굴이 반반한 소녀들이 번갈아 시침을 들어왔다.

왕건은 그들을 품에 안고도 국원성의 궁달의 조카를 생각했다. 이제 이번 출정의 목적은 달성됐다. 돌아가는 길에 데리고 갈까?

우선 항복한 여러 성에서 가세한 병력 중에서 조금씩 차출케 하여 수비군을 편성하고 나머지는 각기 소속된 성으로 돌려보냈다. 궁달도 부하들을 이끌고 국원성으로 돌아갔다.

　항복했다고 안심이 되는 세상이 아니었다. 왕건은 여러 성에 군관들을 파송하여 인질(人質)을 요구하고, 그들이 오기를 기다리면서 오래간만에 한가한 나날을 보냈다.

　국원성에는 특히 능산을 보내 긍달의 조카를 데리고 오도록 일러두었다.

　장군들은 아들, 아들이 없는 사람은 조카를 인질로 보내왔다. 왕건은 그들을 후히 대접하면서 기다렸으나 늦어도 사흘이면 돌아올 능산이 열흘이 지나도 나타나지 않았다.

　긍달이 배신했을까.

　보름이 되어도 오지 않았다. 왕건은 배반이라 단정하고 토벌준비를 하는데 네다섯 살 된 긍달의 아들을 데리고 능산이 돌아왔다.

　"죄송하게 됐습니다."

　능산은 수척한 얼굴로 머리를 숙였다.

　"무슨 일이 있었구나."

　"그분이 병환이라서⋯⋯."

　"그분이라니?"

　"조카 따님 말입니다."

　"그러면 그렇다고 알릴 것이지."

　"좋은 소식이 아니라서⋯⋯."

　왕건은 우직한 능산이 답답하기도 하고 착한 마음씨가 가상하기도 했다.

　"그래, 나았느냐?"

　"그게 글쎄⋯⋯."

능산은 머리를 긁적거리고 말끝을 흐렸다.

"죽었구나."

"네……."

왕건은 가슴이 내려앉는 듯했다.

"언젠데?"

"어젯밤이올시다."

"장사라도 치르고 올 것이지."

"장군께서 기다리신다고 궁달 장군이 성화를 해서 첫새벽에 떠났습니다."

왕건은 더 말하지 않았다.

일개 여자의 일로 허송세월할 때가 아니었다. 이튿날 길을 떠났다.

어린 인질들을 거느린 행렬은 더딜 수밖에 없었다. 집에 보내 달라고 앙탈하는 아이들이 있는가 하면 춥다고 손등으로 눈물을 훔치는 아이들도 있었다. 이들을 이끌고 왕건이 송악성에 돌아온 것은 섣달도 거의 갈 무렵이었다.

그런데 송악성에서는 전부터 짐작하고 있던 일이 벌어지고 있었다. 성 밖 멀리까지 마중 나와 왕건의 전공(戰功)을 칭찬한 선종은 한동안 말없이 달리다가 말고삐를 늦추면서 그를 돌아보았다.

"장수들과 의논해서 결정을 보았소."

"무슨 결정 말씀입니까?"

"나라를 창시하는 일이오."

"잘하셨습니다."

왕건은 놀랄 것도 없었다. 이제 선종은 전 국토의 반 이상을 차지했는데 그 영역의 반도 안 되는 땅으로 독립을 선언한 견훤을 생각하면 당연한 일이기도 했다.

성안에 들어와 간소한 환영연에 참석하고 집에 돌아오니 검은 가사에 두건을 쓴 젊은 여승이 기다리고 있었다. 어디서 본 듯한 얼굴인데 여승으로는 별로 아는 사람이 없는지라 차를 권하고 물었다.

"누구시더라?"

"저를 잊으셨나요?"

왕건은 바라보다가 물었다.

"혹시 정주의 천궁 영감댁 따님이 아니신지요?"

여승은 고개를 끄덕였다.

"그래요."

햇수로 오 년 전 부하들과 함께 정주를 지나다가 하룻밤 융숭한 대접을 받은 천궁, 그날 밤 시침을 든 여인 유 씨(柳氏)였다. 덕성은 있어 보였으나 설라나 이번에 만난 궁달의 조카처럼 매력이 넘치는 여인이 아니었기에 그 후 잊고 있었다. 그러나 당시의 앳된 모습은 가시고 수척은 해도 이제 성숙한 젊은 여인이었다.

"어떻게 속세를 버릴 생각을 했지?"

왕건은 옛일이 되살아나 말투도 저절로 바뀌었다.

"여자는 남자 한 사람으로 족한 것이 아닌가요?"

"……."

왕건은 대답할 말이 없었다. 하룻밤을 같이한 후 기다리다 지쳐 속세를 버린 여심(女心)을 알 만했다. 시침이 남자를 구속하는 건 아니지마는 이렇게까지 나오는 것을 보고 가책이 없을 수 없었다.

그는 말머리를 돌렸다.

"그런데 송악에는 어떻게 왔지?"

"저는 운수(雲水)예요. 마침 송악을 지나다가 오늘 장군께서 개선하신다기에 축하나 드리고 떠나려고요."

"꼭 떠나야 해?"

"아까두 말씀드렸잖아요. 여자는 한 남자로 족하다고요."

"그 남자가 여기 앉아 있잖아."

"또 한 밤을 스쳐 가시게요?"

"한 밤이 아니라 종생이지."

"……."

여승은 곰곰이 생각하는 눈치였다.

"믿어도 좋을까요?"

여승은 머리를 쳐들고 그를 똑바로 보았다. 오 년간을 시달려온 마음의 갈등에 결말을 지으려고 찾아온 것이리라고 짐작한 왕건은 부러지게 대답했다.

"왕건이 식언할 사람 같소?"

여승은 그의 가슴에 얼굴을 파묻었다.

"부모님은 안녕하시겠지?"

"두 분 다 벌써 돌아갔어요."

서글픈 목소리였다.

이튿날부터 유 씨는 가사를 벗고 두건을 쓴 채 깎은 머리가 자라기를 기다리면서 주부 노릇을 시작했다.

왕건도 이제 스물넷, 선대부터 시중을 드는 중년부인이 있어 일상생활에는 불편이 없었으나 집에 들어오면 허전한 마음이 들기 일쑤였다.

그뿐이 아니었다. 자칫하면 모함의 구실이 될 수도 있었다. 아닌 게 아니라 스물넷이 되도록 장가를 안 가는 데는 곡절이 있을 것이라고 입을 놀리는 자도 있다는 소문이었다.

선종의 즉위식은 정월 대보름날. 여러 성의 장군들과 예성강과 서해의 포구 대표들, 그리고 백관들이 도열한 가운데 엄숙히 거행되었다. 국호는 고려(高麗). 그것은 새로운 왕조의 등장인 동시에 새로운 영웅의 등장이었다.

그는 등극하여서도 승복을 벗지 않다. 속계(俗界)와 법계(法界)의 지배자로 군림하려는 생각은 더욱 움직일 수 없는 신념으로 굳어져 가는 눈치였다.

식전이 끝난 후 신하들을 모아 놓고 잔치를 베푼 자리에서 그는 이렇게 말했다.

"옛날 신라는 당나라를 끌어들여 고구려를 멸망시켜 평양은 쑥밭이 되고 많은 사람들이 당에 끌려가 개돼지처럼 학대를 받고 죽어 갔소. 나는 반드시 이 원수를 갚고야 말 것이오."

왕건은 작년에 등극한 견훤도 백제를 들먹이며 비슷한 말을 했다고 들었다. 나라를 창시하는 사람일수록 옛날을 잊고 화합할 것을 제창하고 밝은 앞날을 약속하여 덕(德)을 앞세우는 법이라는데 이것은 과연 옳은 일일까. 견훤은 일자무식이라 그럴 수도 있으려니 생각했는데 글을 알고, 더구나 불교를 숭상하는 선종의 입에서 이런 말이 나올 줄은 몰랐다. 선종의 성품 가운데 여태까지 자기가 모르는 일면이 있는 것은 아닐까.

잠자코 듣고만 있는데 선종은 큰 잔으로 술을 들이켜고 말을 이었다.

"우리가 단합하고 부처님이 도와주신다면 안 될 일이 무엇이 있겠소? 몇 해 안에 나라 안을 통일하고 압록강을 건너 발해(渤海), 즉 옛날 고구려 땅까지 합쳐 웅대한 나라를 만들자는 것이 내 생각이오. 그래서 나라 이름을 고려라고 했소."

왕건은 이것은 그럴듯한 생각이요, 터무니없는 망상도 아니라고 생각했다.

당나라가 여러 갈래로 갈라져 망해 가고, 발해 자체도 건국 이백 년에 기강이 말이 아니라는 소문이었다.

문제는 선종의 운과 마음가짐이었다. 운이 좋으면 그의 뜻대로 될 수도 있을 것이다. 그러나 덕과 화합 아닌 복수를 내세워 가지고 일이 될까.

왕건은 선종의 큰 뜻은 알 만했으나 그의 마음가짐에 처음으로 전에 없던 불안을 느끼기 시작했다.

밤에 집에 돌아오니 유 씨가 문을 열어 주면서 달빛에 온 낯이 웃음이 되었다.

"바깥은 몹시 춥지요?"

"추워."

덤덤히 대답하면서도 왕건은 흡족했다. 집이라는 것은 벽과 지붕으로 족한 것이 아니라 남녀가 어울려야 제구실을 하는 것이라고 실감했다. 여자는 집에 화기(和氣)를 채우는 마력을 가지고 있었다.

옷을 받아 챙기면서 유 씨가 물었다.

"추우실 텐데 따끈한 술을 드릴까요?"

"아니야. 궁중에서 들었어."

첫사랑은 잊을 수 없는 속성을 지녔기에 때로 설리를 생각하는 일이 있었으나 이 젊은 여인이 온 후부터는 그의 자상하고 덕성스러움에 마음이 끌려 옛일은 아련한 추억으로 후퇴했다.

자리에 든 왕건은 다시 삼국시대가 왔다고 이 생각 저 생각 하는데 유 씨는 처음 듣는 이야기를 꺼냈다.

"왕후께서 이 달이 산달이라는 걸 아세요?"

"그래?"

유쾌한 소식일 수는 없었으나 전처럼 마음에 상처를 주지는 않았다. 한편 신기하기도 했다.

남자들이 건국이라는 거창한 일을 치르고 천하대사를 논하는 날, 거기 대해서는 한마디도 없이 남편의 추위 걱정, 남이 아기 낳는 일만 입에 올리는 여인의 마음은 하늘이 그렇게 정한 것일까.

정월 그믐. 왕후 설리는 둘째아들을 낳았다. 왕위에 오른 데다 또 아들까지 생겼다고 선종은 희색이 만면했다.

신하들을 모아 놓고 잔치를 베푼 자리에서 이름은 신광(神光)으로 지었다고 알렸다. 알렸을 뿐 아니라 이름 풀이도 곁들였다.

"첫아이의 이름 청광(清光)으로 말하자면 청은 동방(東方)이니 동방의 빛이라는 뜻이오. 동방에 처해 있는 우리나라에 빛을 내릴 것이요, 이번에 태어난 신광으로 말하자면, 신은 하늘이니 온 천하에 빛을 내린다는 뜻이오. 장차 이 아이들로 해서 이 같은 소원이 성취되기를 경들과 함께 미륵대불 앞에 빕시다."

말로만 그친 것이 아니라 국내에 있는 모든 사찰에 영을 내려 이 원(願)이 이룩되도록 부처님 앞에 기구하도록 하였다.

왕실의 경사에 신하된 자들도 범연할 수 없었다. 전 강토의 고을에서 선물이 더미로 쏟아져 들어왔다. 금은보화, 비단, 마소, 곡물, 심지어 어디서 구했는지 앵무새까지 나타났다.

선종은 전처럼 신하들에게 나눠 주지 않고 보관할 수 있는 것은 모두 국고에 넣어 두라고 했다. 새로 선 나라인지라 국고가 빈약한데 이 난세에 언제 무슨 일이 벌어질지 모르니 여축이 있어야 한다고 했다.

뒤에서 노랭이라고 속삭이는 축도 있었으나 대개는 그럴듯한 생각이라고 했다. 선종은 등극해서도 보리를 섞어 먹고 사치를 멀리했기 때문에 불평의 여지가 없었다.

한숨 돌리고 내리밀어 신라와 견훤의 백제를 쳐서 통일하자고 주장하는 신하들도 적지 않았으나 선종은 듣지 않았다.

봄과 여름이 가고 가을에 들어 견훤이 대야성(大耶城, 경남 합천)까지 처들어갔다는 소식이 오자 대신들은 걱정이었다.

"이러다가는 견훤에게 선수를 뺏겨 궁지에 몰리지 않겠습니까?"

"대야성 장군은 용감하고 성은 견고해서 떨어지지 않을 것이오."

선종과 견훤이 광대한 땅을 차지하고 왕위에 올랐으나 아직도 그들이나 신라에 복종하지 않고 그 중간 지역에서 소왕국 행세를 하는 성들이 적지 않았다. 그러나 대야성은 아직도 신라의 영토였다.

대야성은 신라의 서울 금성과 얼마 떨어지지 않은 곳이니 여기가 견훤의 수중에 들어가면 금성을 넘볼 것은 뻔한 일이었다. 신하들은 이것이 걱정이었다.

"그러나 만일의 경우도 생각해야 하지 않겠습니까?"

선종의 총애를 받아 항상 옆에 따라 다니는 군관 은부(狋鈇)가 한마디 했다.

대신들은 입을 다물고 있는데 은부의 언동은 당돌했으나 선종은 탓하지 않았다.

"견훤은 동병을 너무 자주 한다. 병정도 백성도 지쳤다는 것을 모르는 모양이다."

그는 이어서 대신들을 둘러보았다.

"내가 보기에는 크게 걱정할 일은 당분간 없을 것 같소. 백성의 힘이 곧 나라의 힘이니 한동안 쉬면서 나라의 힘을 기릅시다."

대신들은 물러나왔으나 은근히 말들이 많았다.

"밑바닥까지 고생해 봐서 백성들의 하정을 아는 명군이다."

이렇게 칭송하는 사람도 있고, 그 반대도 있었다.

"입으로는 큰소리를 쳐도 소성(小成)에 만족하는 소인이다."

어쨌든 평화가 온 것은 좋은 일이라고 왕건은 생각했다. (계속)

작가 메모

목숨을 바칠 만한 조국. 이 세상에 과연 그런 것이 존재할 수 있는가.
말기의 신라인들에게 그런 것은 없었다. 그들에게는 내일도 없었고, 중
요한 것은 오늘을 즐기는 일이었다.

화랑(花郞)들의 강건하던 신라, 김유신이나 김춘추 같은 걸출한 인물
들이 국사에 발분망식하던 예전의 신라를 생각하면 과연 이들이 같은
신라인인가, 의심이 갈 정도로 변신하고 있었다.

그들의 증상은 갈수록 깊어 갔고, 급기야 걷잡을 수 없는 일대 혼란,
천하대란(天下大亂)을 유발하고야 말았다.

신라 말기의 이 난세를 살다 간 최치원은 자기가 직접 보고 들은 바를
다음과 같은 글로 남기고 있다.

　－ 가는 곳마다 극악무도한 자들이 없는 곳이 없고(惡中惡者無處
　無也), 굶어 죽은 시체와 전사한 시체들이 들에 즐비하게 널려 있
　었다(原野星排). －

어느 학자의 계산에 의하면 이 난세를 평정하겠다고 전국 도처에서 일어난 군웅(群雄)이 약 팔십 명, 그들이 차지한 면적은 대체로 지금의 군(郡) 정도였다. 말하자면 우리 역사의 춘추전국 시대였다.

장군을 자칭한 이들 영웅들 중에는 견훤(甄萱), 궁예(弓裔) 즉 선종(善宗), 양길(梁吉), 순식(順式), 검용(黔用) 등등 역사에 이름을 남긴 사람들도 적지 않았으나 그중에서 가장 뛰어난 것이 선종이었다.

많은 영웅들이 사회의 저변에서 일어난 만큼 태반이 일자무식의 문맹이었으나 그는 불가에서 도를 닦으면서 제대로 학문을 익힌 사람이었다. 그 위에 불우한 태생 때문에 갖은 고초를 겪었고, 그로 해서 일반 사회의 실정을 피부로 체험하여 누구 못지않게 잘 알고 있었다.

그는 세상을 옳게 인식하였고 그 인식을 바탕으로 세상을 개조할 처방도 엮어 낼 수 있었다. 고통받는 백성들에게 뚜렷한 목표를 제시하고, 그들과 고락을 같이하고, 힘을 주고, 반드시 이긴다는 신념을 심어 주면 많은 사람들을 묶어세울 수 있다고 생각하였다. 묶어세운 백성들의 힘으로 장군을 자칭하는 잡다한 세력들을 쓸어버리고 종당에는 신라 조정을 타도하고 천하를 통일하여 평화를 이룩할 계획이었다.

선종은 타고난 지도자였고 출중한 지도력으로 이르는 곳마다 사람들의 마음을 사로잡고, 그들을 규합하여 강력한 무장세력을 육성하였다. 그는 이들을 이끌고 불과 수년 내에 한반도의 북반을 점령하여 독립왕국을 건설하기에 이르렀다.

뿐만 아니라 선종은 넓은 안목을 가진 전략가(戰略家)이기도 하였다. 그는 나라를 창시하고 얼마 안 되어 수군을 건설하였고, 왕건으로 하여금 이 수군을 이끌고 서해를 우회하여 견훤의 배후를 치라고 명령하였다. 일시적으로 치는 데 그치지 않고 그 고장, 지금의 나주(羅州) 일대를 항구적으로 점령하고 눌러앉도록 하였으니 당시로서는 아무도 감히 생각하지 못한 웅대한 전략이었다. 선종은 일찍부터 주적은 견훤이라고 판정하고 그에게 양면작전을 강요하는 전략을 실천에 옮긴 것이었다.

요즘의 군사용어에서 말하는 이정면작전(二正面作戰)으로, 견훤으로서는 남북 양면에서 선종과 싸워야 하는 형국이었다. 제2차 세계대전에서 독일과 일본이 패한 것도 앞뒤로 적과 싸워야 하는, 이 같은 전략에 빠졌기 때문이었다.

견훤은 북으로 진격하려면 남에서 나주의 선종 군이 공격해 오고, 나주를 치려고 들면 북에서 쳐내려오고— 그의 왕국이 종말을 고할 때까지 이 양면작전에 시달려야 했다.

천하의 대세는 결국 선종이냐 견훤이냐, 양자의 대결로 압축되고 있었다. 만약 선종이 도중에서 꺾이지 않았다면 이 난세를 평정하고 천하를 통일한 것은 선종이었을지도 모른다. 그러나 그는 자기가 건설한 것을 고스란히 왕건에게 물려주고 역사의 무대에서 사라졌다.

**

궁예, 즉 선종과 왕건은 언제 어디서 처음 만났을까? — 이 소설을 쓰면서 우선 부딪친 의문이었다. 주역들인 만큼 이것은 중요한 문제가 아닐 수 없었다.

훗날의 행적으로 보아 두 사람은 어려서부터 서로 아는 사이였고, 그것도 매우 친한 사이였다. 왕건은 선대부터 개성에 가까운 예성강 하구, 영안촌에 정착해 살아온 사람이니 거처가 분명한데 선종은 세달사의 중이었다는 사실 외에는 알 길이 없었다.

어린아이들이 서로 만나 가깝게 지냈다면 피차 가까운 거리에 살지 않았을까? 따라서 세달사는 개성 주변의 어느 고장이 아닐까 생각하고 옛날 기록과 학자들의 논문을 찾을 대로 찾았으나 세달사의 위치는 나오지 않았다. 다만 '법보원'의 〈불교사전〉에 세규사(世逵寺)라는 절의 이름이 나오고, 위치는 강원도라고 되어 있을 뿐 구체적인 지명은 명시되지 않았다. 덧붙여서 '혹 세달사(世達寺)라고도 함'이라고 이설(異說)을 소개하고 있었다.

이설은 '규(逵)'와 '달(達)'이 비슷한 데서 나온 착오가 아닐까. 서해 바닷가 영안촌의 어린아이와 멀리 떨어진 강원도의 어린아이라고 만나지 못한다는 법은 없겠지만 지금과는 달리 교통이 불편하던 시기에는 희귀한 일이고, 더구나 무시로 만나 친해진다는 것은 아무래도 부자연스러운 일이 아닐까.

의문이 풀리지 않고 있던 차에 일본에 주문한 책자들이 손에 들어왔다. 그중에서 우리 고대사에 조예가 깊은 동경대학 교수 이케우치 히로시(池內 宏, 1878-1952)의 논문을 접하게 되었다. 그는 이 논문에서 세달사를 개풍군 흥교면 흥교리(開豊郡 興教面 興教里)에 있는 흥교사(興教寺)로 비정(比定)하고 있었다. 바꿔 말하면 흥교사의 옛 이름이 세달사라는 것이다. 이 절은 왕건의 고향인 영안촌과는 불과 십 킬로미터 안팎의 가까운 거리다. 그렇다면 독실한 불교신자인 왕건 일가와 무시로 내왕이 있었을 것이다.

선종은 왕위 계승 문제에 얽혀 철도 들기 전부터 쫓기는 신세가 된 사람이었다. 붙잡히기만 하면 어김없이 목숨을 잃는 경우였다. 이런 처지에 경주에서 가까운 강원도보다 훨씬 거리가 먼 개성 방면이 더 안심이 되지 않았을까. 또 이 당시 신라는 일본, 중국 등 이웃나라에 문호가 개방되어 있었고, 더구나 개성상인들은 무역선을 타고 중국과 자주 내왕하고 있었다. 선종의 보호자들은 만일의 경우 이들의 배에 편승하여 대륙으로 망명하는 방법도 상정하고 있지 않았을까. 왕족의 경우는 흔히 있는 일이었다. 그러기 위해서는 내륙 깊숙이 숨어 있는 것보다 바다 가까이 있는 편이 유리함은 말할 것도 없다.

천 년도 더 흘러간 옛일을 단정할 수 있는 사람은 아무도 없다. 다만 이런저런 측면을 생각한 결과 이케우치 설(說)이 합리적이라고 판단되어 불교사전을 따르지 않고 이 설을 택하게 되었다.

**

견훤은 해적 토벌군에 끼어 서남해로 갔다. 어떤 해적이었을까?

장보고가 암살당한 것은 846년, 그로부터 사십여 년 동안 이 방면은 무방비로 방치되어 있었다. 장보고 생전에는 숨을 죽이고 있던 해적들이 또다시 여기 나타나 갖은 행패를 부리기 시작했다. 견훤이 상대로 한 것은 다시 고개를 든 이들 해적들이었다. 지방의 힘으로는 감당할 수 없어 중앙에서 병력을 파견했다면 상당히 큰 부대였을 것이고, 그들이 토벌해야 하는 해적도 상당한 세력이었다는 것을 알 수 있다.

해적이라고 하지만 쪽배 몇 척으로 가능한 일이 아니었다. 어지간한 파도에도 견디고, 장거리 항해도 가능한 크고 견실한 배라야 하고, 토벌군과 마주쳤을 때 대적하여 싸울 병력도 상당수 있어야 했다. 사람만 있어서 될 일이 아니고 무기와 식량도 상당량 비축해 둬야 하였다.

또 어지간히 인원과 장비를 갖춘 배라도 한 척으로는 안 되었다. 만일의 경우 상부상조할 우군, 바꿔 말하면 함께 싸워 줄 배들이 있어야 했다. 이 때문에 해적선은 단선(單船)인 법이 없고 어느 경우에나 복수의 배를 거느린 선단(船團)이었다. 십여 척 혹은 수십 척의 대 선단인 경우도 드물지 않았다.

한마디로 그것은 사설함대(私設艦隊)였다. 가난한 백성들이 수십 명

혹은 수백 명 힘을 합쳤다고 이런 함대를 만들 수는 없는 일이다. 때문에 가난한 백성들은 궁지에 몰리면 '임꺽정'의 경우에서 보듯이 산에 들어가 산적(山賊)이 되었고 해적은 되지 못했다.

해적들의 배후에는 이처럼 강력한 사설함대를 만들 만한 힘을 가진 세력이 있었다.

역사적으로 우리 해안을 침범한 해적에는 두 종류가 있었다. 하나는 일본에서 건너온 왜구(倭寇), 또 하나는 중국에서 건너온 중국 해적이었다. 왜구라고 부르는 일본 해적들의 배후에는 일본 서부의 여러 영주(領主)들이 있었고, 중국 해적들의 배후에는 산동(山東) 지방의 토호들이 있었다. 삼국사기(三國史記)의 장보고전(傳)을 보면 이 시대, 신라 말기에 우리 서해안을 침범한 것은 당나라, 즉 중국 해적들이었다.

왜구에 대해서는 이 작품과는 관계가 없으므로 생략하기로 하고, 견훤이 서남해에서 싸운 당나라 해적들의 본거지는 산동반도(山東半島)의 동단이었다. 그들은 배를 타고 바다에 나오면 우리 서해안의 백령도(白翎島)로 직행하였다. 백팔십 킬로미터의 거리로, 한반도와 중국 본토를 잇는 최단거리였다. 아득한 옛날부터 서양식 기선이 들어온 근대에 이르기까지, 목선(木船)밖에 없었던 시절에 가장 많이 이용한 뱃길이었다.

해적들은 백령도로부터 서해안을 남하하면서 약탈을 자행하고 전라남도 서남단까지 갔다가 여기서 한숨 돌리고, 뱃머리를 돌려 오던 길을 다시 북상하여 산동으로 돌아갔다. 말하자면 서남해는 그들의 종착역이었다. 장보고는 서남해의 완도(莞島)에 수군기지를 설치하는 한편 산동에도 발판을 마련하였었다. 출발역과 종착역을 다 같이 제압하고 그들이 내왕하는 항로를 남북으로 훑었으니 해적은 속수무책으로 괴멸될 수밖에 없었다.

당시나 지금이나 해안지방은 가난한 농촌이나 어촌이다. 더구나 그

시대는 지금보다도 훨씬 빈약한 촌락들이 군데군데 산재해 있었고, 금은보화 같은 것은 있을 리 없었다.

그럼에도 불구하고 많은 자금과 인원을 동원하여 해적선단을 조직한 것은 무슨 까닭이고, 그들이 노린 것은 무엇이었을까?

가축을 잡아갔다느니 양식을 약탈해 갔다느니 하는 것은 지나는 길에 덤으로 한 것이고, 그들이 주로 노린 것은 사람이었다. 육지에 올라오면 촌락을 습격하였고, 짐승을 사냥하듯이 도망치는 남녀 주민들을 추격하고, 포위하여 닥치는 대로 잡아 뒷짐으로 묶었다. 묶은 사람들은 배로 휘몰고 가서 선창에 몰아넣었고, 목표로 하는 숫자가 차면 본국으로 돌아갔다.

본국에는 언제나 노예 상인들이 기다리고 있었다. 해적들은 잡아온 사람들을 이들 상인에게 팔아넘겼고, 그동안 들어간 비용을 빼고도 엄청난 이문을 남길 수 있었다. 인구가 희박하던 시대여서 노동력이 부족하였다. 그들 동족 간에도 인신매매가 성행하였던 만큼 해외에서 끌려온 이들 신라 노예는 본국인들보다 값이 싼지라 매우 환영을 받았다.

**

예로부터 육군에 종사할 병사는 오지의 농촌에서 모집하고, 수군에 종사할 수병은 바닷가의 어촌에서 모집하였다. 수군은 바다에 익숙해서 물을 무서워하지 않아야 하고, 헤엄도 잘 쳐야 하고, 배도 부릴 줄 알아야 했기 때문이다. 바다에서 떨어진 오지에서 자란 사람은 이런 재주가 없고, 특히 열이면 아홉은 뱃멀미를 해서 수군에서는 쓸모가 없었다.

그런데 신라 조정은 서남해의 해적을 친다면서 견훤같이 산속에서 장성한 청년들을 모집하여 갔다. 수군이 아닌 육군의 모병(募兵)이었다.

이것은 바다에 나가 수전(水戰)으로 해적을 막는 것이 아니라 육전으로 막는다는 것을 의미하였다.

바다에서 오는 적은 바다에서 막는 것이 상책이고, 일단 상륙을 허용하면 이들을 쓸어내기란 여간 어려운 일이 아니다. 당시 사람들이라고 이런 이치를 모를 까닭이 없었으나 수군이 없으니 육전으로 막을 수밖에 없었다.

장보고를 암살한 신라 조정은 서남해에 있던 그의 함대도 철저히 파괴해 버렸기 때문에 이 무렵의 신라에는 수군이 없었다. 이 때문에 견훤이 속한 부대는 수전으로 해적과 맞서지 못하고 육지에서 싸울 수밖에 없었다.

견훤이 전주에 도읍을 정하고 정식으로 후백제 왕(後百濟王)을 칭한 것은 900년, 선종이 철원에서 건국을 선언한 것은 그 다음 해였다.

왕건이 선종의 명령으로 서해를 남하하여 견훤의 배후를 친 것은 그로부터 이 년 후인 903년이었다. 전주의 견훤은 이들이 남하하는 것도 몰랐고, 목포 해역에 상륙한 후에야 겨우 보고를 받는 형편이었다. 이 때문에 왕건은 나주 일대의 십여 고을을 싸우지도 않고 점령할 수 있었다. 견훤이 큰 함대는 차치하고, 소규모의 초계함정(哨戒艦艇) 몇 척이라도 만들어 해안의 요소에 배치했던들 이런 일은 없었을 것이다.

선종과 왕건, 그리고 견훤 사이에는 근본부터 차이가 있었다. 선종과 왕건은 서해를 바라보고 자란 바다의 사나이들이었고, 견훤은 상주의 두메산골에서 자란 산의 사나이였다. 선종과 왕건은 바다를 알고 따라서 수군의 역할을 중시하였으나 견훤은 바다에 대한 인식이 부족했고, 따라서 수군을 대수롭게 보지 않았다.

사람의 고정관념은 고치기 어려운 것이어서 견훤이 생각을 달리하고 수군에 주력하기까지는 이십여 년의 세월이 걸렸다. 그러나 수군의 건설은 하루아침에 되는 것이 아니다. 왕명으로 하면 함정의 건설은 어려운 일도 아니었으나 수전(水戰)을 지휘할 장수와 장교들은 단시일에 양성되는 것이 아니다. 병사들도 전기(戰技)에 숙달하려면 시일이 필요했다.

견훤이 수군을 건설하여 반격에 나선 것은 왕건에게 나주를 점령당한 지 이십팔 년이 흐른 932년의 일이었다. 때는 이미 늦었고, 그는 성공하지 못했다. 수군에 대한 이 같은 인식의 차이는 그들의 운명에 크게 작용하였음은 말할 것도 없다.

***

삼국사기(三國史記)와 삼국유사(三國遺事)의 기사를 종합해 보면 신라의 제51대 진성여왕은 사람도 아니라는 결론이 나온다. 그로 말미암아 구백 년의 유서 깊은 신라왕국은 기강이 무너졌고, 사처에 내란이 일어나 마침내 나라가 멸망하게 되었다는 것이다. 요컨대 망국의 원점(原點)에 이 여인을 세워 놓고 있다.

사연은 이렇다.

그는 평소부터 유모의 남편 위홍(魏弘)이라는 사나이와 좋아지내는 처지였는데 임금이 되자 공공연히 이 간부(姦夫)를 궁중에 끌어들여 측근들과 함께 권세를 부리게 했다.

얼마 안 가 사나이가 죽자 애통한 나머지 멋대로 그를 임금으로 추존(追尊)하고 혜성대왕(惠成大王)이라는 시호(諡號)를 바치도록 했다. 유모의 남편에게 말이다.

천성이 안 좋은 여자인지라 위홍이 죽은 지 얼마 되지도 않았는데 몰래 잘생긴 소년 두세 명을 궁중으로 불러들여 요직을 주고 음탕한 짓을 자행하니 이로부터 기강이 무너지고 나라는 거덜이 나게 되었다.

이 밖에도 못된 조목을 몇 가지 더 나열하고 있는데, 요컨대 나라는 이 여자 때문에 망하게 된 것으로 하고, 온갖 먼지를 뒤집어씌워 놓고 있다.

사실일까? 우선 문제의 위홍이란 어떤 인물이었을까. 당시의 왕실 가계를 도표로 그리면 다음과 같이 된다.

```
희강왕 ─ 김계명 ┬ 경문왕 ┬ 헌강왕
                └ 위  홍 ├ 정강왕
                         └ 진성여왕
```

도표에 나타나 있듯이 위홍은 경문왕의 아우인 동시에 여왕의 삼촌이었다. 경문왕이 돌아가자 위홍은 국가 최고의 벼슬인 상대등(上大等)으로 조카인 헌강왕을 도왔고, 헌강왕이 돌아가자 정강왕, 정강왕이 돌아가자 진성여왕이 설 때까지 권좌에 있은 사람이다.

그런 사람을 유모의 남편이라고 표현할 수 있을까. 혹, 진성여왕이 어릴 때 숙모 되는 그의 부인이 젖을 빨렸을 수도 있을 것이다. 그것을 가지고 유모니 유모의 남편이니 하는 것은 일부러 깎아내리기 위한 억지가 아닐 수 없다.

누가 무엇 때문에 깎아내렸을까.

여기서 주목할 것은 진성여왕은 김씨 왕조의 사실상 최후의 국왕이었다는 사실이다. 그는 박씨에게 쫓겨났고, 박씨 왕조는 자기들의 쿠데타를 정당화하기 위해서 그에게 먼지를 뒤집어씌울 필요가 있었다.

이런 전제를 깔고 이 시기의 역사를 다시 읽어 보면 진실의 윤곽을 대개는 짐작할 수 있을 것이다.

경문왕이 돌아가고 젊은 헌강왕이 뒤를 잇자 위에 말한 바와 같이 위홍은 상대등, 역대로 많은 왕비와 고관대작들을 배출한 박씨 가문의 거물 박예겸(朴乂謙)은 시중(侍中)으로, 협력하여 국사를 처결해 나갔다.

두 사람은 합심해서 잘나가다가 헌강왕 6년 별안간 박예겸이 시중을 사임하고 물러갔다. 분명한 기록이 없으니 실상은 알 수 없으나 이때 무슨 말썽이 있었다고 보아야 할 것이다.

가령 위홍의 부인은 박예겸의 딸 또는 누이동생이었는데 소박을 맞고 친정으로 쫓겨 갔다든지, 혹은 위홍의 부인이 세상을 떠나고 박씨 가문에서 후취를 들이기로 했는데 위홍이 약속을 지키지 않았다든지.

초혼이든 재혼이든, 관계자들의 연령관계를 추산해 보면 이 무렵에 위홍은 조카딸인 만(曼), 후일의 진성여왕과 결혼한 것 같다. 이 결혼에는 문제가 있어 크게 박예겸의 분노를 샀고, 그는 이것을 계기로 위홍과 갈라선 것이 아닌가 한다. 그의 눈으로 보면 이 결혼은 야합이었고, 두 사람의 관계는 간통이었다.

참고로, 이 시대에는 숙질간이나 사촌끼리 결혼하는 것은 보통이고, 이복남매도 결혼이 허용되었다. 따라서 두 사람의 결혼 자체는 흠이 될 수 없었다.

헌강왕이 돌아가고, 아우 정강왕이 뒤를 이었으나 그는 곧 세상을 떠났고, 여기서 대가 끊어졌다. 위홍은 스스로 왕위에 오를 수도 있는 처지였으나 오르지 않고 정강왕의 누이동생인 자기의 처를 그 자리에 앉혔다.

친형인 경문왕의 계통을 존중했다고 볼 수도 있으나 원래 권력에 그다지 흥미가 없는 인물이었던 것 같다. 대구화상이라는 스님과 협력하여 우리 가사인 향가(鄕歌)를 수집하고 편찬하는 일에 몰두한 것으로 보아 정치가보다 문인에 가까운 성품으로 추측된다.

어떻든 그는 여왕의 남편이니 궁중에 무상출입하건 들어와 살건 탓할 것은 없었고, 여왕은 그를 기둥으로 믿고 국사에 임하고 있었다. 그런데 얼마 안 가 이 위홍이 세상을 등지고 힘없는 여왕이 홀로 남게 되었다.

위홍의 죽음은 박예겸에게는 좋은 기회였다. 박씨 일가는 여왕의 덜미를 잡고 국사를 좌지우지하다가 즉위한 지 만 십 년이 되는 여왕의 11년 여름에 그를 왕위에서 끌어내려 해인사로 추방하였다. 스스로 물러난 것으로 하였으나 신라의 역사에 그런 전례가 없고, 또 스스로 물러났다면 여왕의 자녀 중에서 후계자를 세웠을 터인데 그러지도 않았다. 여왕에게는 적어도 두 명 이상의 자녀가 있었고, 그중에는 양패(良貝)라고 하는 아들도 있었다.

여왕은 해인사에서 불편한 심기를 달래다 일 년도 못 되어 세상을 떠났다. 삼국사기에 여왕은 북궁(北宮)에서 돌아갔다고 하였는데 근년의 연구 결과 북궁은 경주의 북방에 있는 어느 궁궐이 아니라 해인사라는 것이 판명되었다. 해인사는 경주에서 보면 서북 방향에 있다 하여 이 무렵에는 북궁해인수(北宮海印藪)라고 부르기도 하였다.

박씨들은 시골에서 새까만 소년을 하나 끌어다 여왕의 후임으로 앉혔다. 헌강왕이 생전에 지방 순시를 나갔다가 하룻밤을 시골 처녀와 동침했는데 그 배에서 나온 아이라는 것이었다.

이 아이가 효공왕(孝恭王)이었다. 조선조 말기에 강화도에서 나무꾼 소년을 끌어다 왕위에 앉힌 철종(哲宗)의 내력과 비슷한 일이 그보다 천 년 전에도 벌어졌었다.

박씨들은 용의주도하게 예겸의 딸을 왕비로 들여보냈다. 그러고는 이 왕을 허수아비로 부리다가 그가 세상을 떠나자 예겸의 아들 경휘(景暉)가 아예 왕위를 차지하고 들어앉아 버렸다. 그가 신라 제53대 신덕

왕(神德王)이었다.

이로써 제17대 내물왕 (奈勿王) 이후 52대 효공왕까지 오백오십여 년 간 연면히 이어 오던 김씨 왕조는 막을 내리고 제8대 아달라왕 (阿達羅 王) 이후 칠백여 년 만에 박씨 왕조가 다시 등장하게 되었다. 그들은 자 기들이 김씨 왕조를 뒤집어엎지 않을 수 없었던 연유를 설명하자니 자 연히 진성여왕과 그 남편 위홍을 희생양으로 만들 수밖에 없었다. 진성 여왕은 말하자면 화재가 예고된 헌 집을 상속하였다가 화재를 당한 사 람이지, 그 자신이 불을 지른 방화범은 아니었다.

끝으로, 여왕은 정말 음탕하고 못된 여인이었을까? 사기나 유사는 박 씨 왕조가 남긴 기록에 의한 것이므로 그 속에는 좋은 소리는 한마디도 없다. 희미하나마 한 가지 단서는 그의 시호(諡號) 진성(眞聖)에서 찾을 수 있을 것 같다. 시법(諡法)에 의하면 생전에 선(善)하고 간(簡)하였던 사람에게 성(聖)자를 붙이기로 되어 있다. 선은 착하다는 뜻이고, 간은 조신하고 변함이 없다는 뜻이다.

시호는 당사자의 사후, 생전의 언행을 평가하여 그에 맞도록, 이 방면 에 조예가 있는 학자들이 의논해서 바치는 칭호인 만큼 과히 틀리지 않 을 것이다. 요컨대 간단한 인물평이다.

참고로 박씨 왕조는 삼대째 되는 경애왕(景哀王)이 경주에 쳐들어온 견훤의 강요에 못 이겨 자살하니 십오 년 만에 종말을 고하였다.

신라 왕국은 사실상 이때 막을 내린 것이고, 견훤이 세운 경순왕(김 씨)은 최종적으로 망국의 절차를 밟은 실무자에 지나지 않았다.

**

　반세기에 걸친 내란을 평정하고 이 땅에 다시 평화를 가져온 것은 초기에 일어선 어느 영웅도 아니고, 선종의 부하 장수의 한 사람으로 있던 왕건이었다.

　그는 어떤 사람이었을까?

　천재적인 두뇌에 있어서 왕건은 선종에 미치지 못했고, 일선에서 싸우는 전투사령관으로서는 견훤에 비할 바가 못 되었다. 그러나 왕건은 두 사람에게 부족한 덕(德)이 있었다는 것이 그에 대한 평가였다. 덕이란 무엇인지, 알 것도 같으나 똑 찍어 말하라면 매우 어려운 것이 덕이다. 몇 권의 사권을 두루 찾아 종합해 본 결과 다음과 같이 설명할 수 있음직하다.

　"덕이란 선천적으로 타고날 수도 있으나 수양을 쌓음으로써 체득할 수 있는 정신적인 품격(品格)이다. 이런 품격을 갖춘 사람은 항상 자기 성찰을 게을리하지 않고, 남의 어려운 사정에 동정하고, 남의 의견을 존중한다. 따라서 주위 사람들의 호감을 사고, 그들을 감화(感化)할 수도 있다."

　복잡한 감은 있으나 대체적인 흐름은 짐작이 간다. 또 성인군자를 연상케 하는 면도 없지 않으나 거두절미하고 단순하게 생각하면 덕이란 남의 호감을 살 수 있고, 남에게 믿음을 줄 수 있는 능력이라고 생각하면 그다지 틀리지 않을 것이다. 이대로라면 본인은 움직이지 않아도 사람들이 따라오게 되어 있다. 왕건은 천성으로 이 같은 장점을 갖추고 있는 데다 민심을 잡기 위해서 능동적으로 움직인 인물이었다.

　이런 사람은 출세를 한다.

　선종이 세상을 떠난 후 견훤과 대치한 것은 말할 것도 없이 왕건이었다. 이 난세에 종지부를 찍을 양자 대결이었으나 중간지대에는 아직도 장군을 자칭하는 지방세력들이 허다하였고, 경주의 신라 왕조도 그대로 있었다.

이들은 크게 힘을 쓸 처지가 못 되는지라 때에 따라 이쪽에 붙기도 하고 저쪽에 붙기도 했다. 되도록 유리한 조건으로 이기는 편에 붙으려는 기회주의자들이었다.

이들을 보는 눈은 두 사람이 판이하게 달랐다.

우선 견훤은 이들 기회주의자들을 멸시했다. 일이 있으면 앉아서 불러들였고, 안 오면 군대를 끌고 가서 짓밟아 버렸다. 마음에 들면 칭찬하고 안 들면 침을 뱉고 면박을 주었다.

견훤의 눈으로 보면 이들은 걸레 같은 물건들로, 왕건만 밟아 없애면 그날로 흩어져 사라질 것들이었다. 심지어 그는 경주에까지 쳐들어가서 신라 왕실을 쑥밭으로 만들어 버리고 돌아왔다.

그는 항상 주적(主敵)인 왕건에게 초점을 맞추고 있었고, 다른 자들은 안중에도 없었다.

왕건은 달랐다.

인간은 여든 살에 이르러서도 칭찬을 하면 좋아하고 비판을 하면 싫어한다. 사소한 것이라도 뺏으면 화를 내고 주면 좋아한다. 이 같은 인정의 기미를 통찰한 왕건은 신라 왕뿐만 아니라 고을의 하찮은 장군에게도 머리를 숙이고 비위를 건드리는 일이 없었다. 항복만 하면 한 치의 땅도 빼앗지 않고 그들이 가지고 있는 지위와 이권을 그대로 보장해 주었다.

이런 일도 있었다. 선필(善弼)이라는 노인은 신라 접경의 손바닥만 한 고을, 지금으로 치면 면(面) 정도의 땅을 차지한 장군이었다. 그러나 신라와 통하는 데 필요하다고 판단한 왕건은 그를 상보(尚父)로 떠받들고 머리를 숙였다. 아버지같이 모신다는 뜻이었다.

한번은 견훤과 크게 싸워 크게 패한 일이 있었다. 어김없이 잡혀 죽게 되자 그는 수모를 참고 견훤 앞에 나가 항복을 빌었다. 이때도 그를 상보로 모신다고 맹세했다. 견훤이라면 꿈에도 못할 일이었으나 왕건은 했다.

아마 인간으로 치면 견훤은 정직한 사람, 왕건보다 순수한 인품이었을 것이다. 왕건은 비판적인 각도에서 보면 권모술수를 일삼는 불순한 인물, 좋게 말하면 능소능대(能小能大)하여 만난을 헤치고 나갈 수 있는 유능한 인물이었다.

어떻든 왕건은 유한 사람, 견훤은 무서운 사람으로 정평이 나 버렸다. 왕건은 세상의 인심을 얻고 견훤은 잃었다.

이로 해서 왕건은 견훤과 싸운 외에는 피를 흘리지 않고 국토를 통일할 수 있었다.

손자(孫子)는 백전백승(百戰百勝), 즉 백 번 싸워 백 번 이겼다고 해도 그것은 최선의 길은 아니다, 최선의 길은 싸우지 않고 이기는 데 있다고 하였다. 이런 점으로 보면 왕건은 대단한 전략가이기도 했다.

왕건은 한반도를 통일하기 훨씬 전부터 압록강 저편의 대륙에 눈을 돌리고, 앞날을 위해서 평양에 전진기지를 건설하였다. 그에게는 널리 천하대세를 보는 식견이 있었고, 난국에 대처하는 능력이 있었고, 큰 목표를 향해서 행동하는 적극성도 있었다. 예견하지 못한 정세의 변동으로 대륙의 꿈은 이루지 못했으나 그는 역시 큰 비전을 가진 큰 인물이었다.

**

역사에 등장하는 인물이라도 자세한 것을 알려면 문중의 기록을 참조해야 할 경우가 적지 않다. 필자는 이런 경우 해당 인물의 후손을 만나 직접 이야기를 듣기도 하고 그것이 안 되면 종친회에 전화로 문의하기도 했다. 대개는 아는 대로 이야기하고 자료를 보내 주기도 하였으나 가끔 묘한 일을 경험하기도 하였다. 한번은 이런 일이 있었다.

"댁은 무슨 연고로 남의 문중 일을 캐고 드는 것입니까?"

상대가 이렇게 나오는 것이다. 같은 문중이라도 파가 다르면 사안에 따라 견해가 다르고, 크게 싸우는 일도 드물지 않다는 것을 이때 비로소 알게 되었다. 전화에 나온 상대는 반대파의 견해에 동조할 것을 염려한 것이었다. 이쯤 되면 더 이상 할 말이 있을 수 없고 대화는 끊어질 수밖에 없다. 비록 자기 조상이라도 역사적인 인물의 평가는 사회 일반에 맡기고, 세월의 풍화(風化)에 일임하기까지는 아직도 먼 것 같다.

이 난세의 주역은 선종, 견훤, 왕건의 세 사람이었다. 왕건의 후손에 대해서는 모르는 사람이 없으나 선종과 견훤의 후손은 그 후 어떻게 되었을까. 보학(譜學)의 대가인 김환덕(金煥德) 씨에게 알아보았다.

궁예, 즉 선종의 후손으로는 김씨 혹은 이씨, 드물게는 철원(鐵原) 궁(弓)씨를 칭하는 사람들도 있다. 조선조 선조 때 정여립의 난리에 연루되어 옥사한 이발(李潑)은 선종의 후손이었다.

견훤의 후손으로 자처하는 견(甄)씨도 있는데 좀 오래되었지만 1985년 통계에 의하면 남한 전역을 통틀어 구백구십 명이 있었다. 세조 말년에 한성판윤(漢城判尹)으로 견완일(甄完一)이라는 사람이 기록에 남아 있다.

이 작품은 원래 1980년대 초 신문에 연재한 소설이다. 그 후 단행본으로 몇 번 판을 거듭하였으나 그때마다 피치 못할 사정이 생겨 당연히 해야 할 저자 교정을 하지 못했다. 이번에 시간의 여유를 얻어 처음으로 자세한 교정을 하였고, 다소의 수정도 가하였다. 또 그동안 지명에도 대폭적인 변동이 있었으므로 이것도 일일이 찾아 새로운 지명으로 대치하였다.

2000년 정월 초하루 김성한